ハヤカワ・ミステリ

ATTICA LOCKE

ブルーバード、ブルーバード

BLUEBIRD, BLUEBIRD

アッティカ・ロック
高山真由美訳

TOKYO
HAYAKAWA
BOOKS

A HAYAKAWA
POCKET MYSTERY BOOK

BLUEBIRD, BLUEBIRD
by
ATTICA LOCKE

Translated by
MAYUMI TAKAYAMA
First published 2018 in Japan by
HAYAKAWA PUBLISHING, INC.
This book is published in Japan by
arrangement with
LITTLE, BROWN AND COMPANY
New York, New York, U.S.A.
through TUTTLE-MORI AGENCY, INC., TOKYO.

装幀／水戸部 功

ホーソーン、ジャクソン、ジョンソン、ジョーンズ、ロック、
マーク、マクレンドン、マクガワン、ペリー、スウェッツ、
ウィリアムズ——断固として拒否した男たち、女たちに捧ぐ

おれはいったんだ。「そいつは駄目だね、ミスター・ムーア」
――ライトニン・ホプキンス「トム・ムーア・ブルース」

ブルーバード、ブルーバード

登場人物

ダレン・マシューズ………………テキサス・レンジャー
リサ……………………………………ダレンの別居中の妻
ベル・カリス…………………………ダレンの母
クレイトン・マシューズ…………ダレンの伯父。憲法学の教授
ウィリアム・マシューズ…………クレイトンの双子の兄弟。元テキサス・レンジャー。故人
フレッド・ウィルソン……………テキサス・レンジャーA隊の副官。ダレンの上司
ラザフォード・
　　マクミラン（マック）……マシューズ家の農場の管理人
グレッグ・ヘグランド……………ＦＢＩヒューストン支局の捜査官。ダレンの友人
ジェニーヴァ・スイート…………ハイウェイ沿いのカフェのオーナー
フェイス………………………………ジェニーヴァの孫
デニス…………………………………ジェニーヴァの店のコック
ハクスリー……………………………ジェニーヴァの店の常連。地元の退職者
ウェンディ……………………………ジェニーヴァの店の常連
アイザック・スノウ………………ジェニーヴァの店で床屋をしている男
ウォレス（ウォリー）・
　　ジェファソン三世………アイスハウス〈ジェフの酒場〉のオーナー。ジェニーヴァの隣人
ブレイディ…………………………〈ジェフの酒場〉の店長
パーカー・ヴァン・ホーン………シェルビー郡の保安官
マイケル・ライト…………………事件の被害者。弁護士
ランディ・ウィンストン…………マイケルの妻。写真家
ミシー・デイル……………………事件の被害者。〈ジェフの酒場〉のウェイトレス
キース・エイヴリー・デイル……ミシーの夫。材木会社勤務
クリス・ウォズニアック…………《シカゴ・トリビューン》の記者

シェルビー郡

二〇一六年、テキサス

ジェニーヴァ・スイートはオレンジ色の延長コードを引きずって〈メイヴァ・グリーンウッド、愛されし妻にして母、父なる神のもとで安らかに眠りたまえ〉という墓碑銘《ぼひめい》のそばを通りすぎた。足もとに敷きつめられた松葉の毛布に昼近くの木漏《こも》れ日が星座のような模様をつくるなか、ジェニーヴァは電気のコードをメイヴァの妹とその夫リーランド――父にしてキリストを信ずる兄弟――の墓のあいだに這《は》わせた。コードをぐいぐい引きながら、ジェニーヴァはゆるやかな坂を上《のぼ》った。墓そのものを踏まないように気をつけ、墓石のあいだの踏みならされた細いくぼみだけを歩いた。傾いた墓石が不揃《ふぞろ》いに並ぶ様子が、貧乏人の乱杭歯《らんぐいば》のようだった。

ジェニーヴァはティンプソンの大手スーパーマーケット〈ブルックシャー・ブラザーズ〉の紙袋と小さなラジカセを抱えていた。スピーカーからはマディ・ウォーターズの曲が流れている。〝あんたは歩いたことがあるかい、あの古く寂しい道をまっすぐに〟。ジョーのお気に入りの一曲だった。〈ジョー・〝ピーティ・パイ〟・スイート、夫にして父、そして――神よ許したまえ――ギターの悪魔〉の永眠の地に着くと、ジェニーヴァは磨かれた御影石《みかげいし》のてっぺんに慎重にラジカセを置き、電源コードを墓石のうしろの隠し場所に押しこんだ。隣にはかたちも大きさもそっくりな墓石があった。もうひとりのジョー・スイート――三十歳下でやはり故人――のものだった。ジェニーヴァは紙袋をひらき、アルミホイルをかぶせた紙皿を取りだした。ひとり息子への供え物だった。手でこねた生地にブラウンシュガーとフルーツを詰めこみ油で揚《あ》げた完璧な半月形のフライド・パイがふたつ。ジェニーヴァの得意料理で、リル・ジョーの大好物。まだ温かいのが皿を通して伝わってくる。バターの香りが、あたりに漂うマツのツンとくるにおいをやわらげた。墓石の上でバランスを取るようにして皿を置くと、ジェニーヴァは身を屈め、関節炎の膝を意識して一方の手を御影石の厚板に置いたまま、マツの落ち葉を墓から払った。眼下では、国道五九号を切り裂くようにセミトレーラーが通りすぎ、ガソリンのにおいのする熱い突風が木々のあいだを縫って届いた。十月にしては暖かかったが、近ごろではいつもそうだった。聞くところによると、きょうも二十七度近くまで気温が上がっているらしいが、そろそろ店の裏のトレーラーからクリスマスの飾りを引っぱりださなければ、とジェニーヴァは考えていた。**気候変動っていうらしいよ。この調子でいけば、長生きしたら地上で地獄が見られるかもね。**ジェニーヴァは大事なふたりの男に向かって、こんなふうに何もかも話した。ティンプソンに新しくできた生地屋の話をした。車を買ってくれとフェイスにうるさくせがまれていることも話した。ウォリーが酒場の壁に塗った汚らしい黄色についても話した。**誰かが大量の痰《たん》を吐いて、それを壁になすりつけたみたいなんだよ。**

しかし殺人事件や、町で持ちあがりつつあるトラブルには触れなかった。

死者にその程度の安らぎは与えたかった。

ジェニーヴァは指先にキスをして、その指ですぐそばの墓石に触れ、次いで隣の墓石に触れた。息子の墓に触れた指をしばらくそのままにして、疲れきったようなため息をつく。どうやらこの人生では死に追いかけまわされる巡り合わせみたいだ、とジェニーヴァは思った。死はひそやかな背後の影のようであり、狩りに出た犬さながらに一途《いちず》で、忠実でもあった。

うしろでマツの葉を踏む音がして、近くのポプラが風に葉をさらさらと鳴らした。ふり返るとミッティがいた。ミッティは黒人で、墓地の非公式の管理人だった。「そういうもんには電池が使えるだろう」ミッティは〈ベス・アン・ソロモン、あまりにも早くこの世を去った娘にして姉妹〉と刻まれたコンクリートの墓石にもたれて体を支えながら、小さなラジカセのほうへうなずいてみせた。

「プロパンの請求書が来たらこっちへ送っていいよ」ジェニーヴァはいった。

ミッティはジェニーヴァより年上で、おそらく八十歳近かった。濃い黒の肌をした小柄な男で、二本の脚は小枝のように細く、石灰のような灰色だった。ミッティは午後を墓地内の小さな小屋で過ごし、野良犬や害獣を追いはらったりしていた。競馬の雑誌と安い両切り葉巻のチェルートを手に、週に五日はここに来て、葬儀を見守り、自分の将来の住みかに目を光らせているのだった。ジェニーヴァの独特な墓参りの方法――冬にキルトをかけたり、クリスマスに豆電球を飾ったり、パイを供えたり、いつもブルースをかけていたりすること――については寛容だった。ミッティは菓子を見やり、もっとよく見えるようにと手を伸ばしてホイルをめくった。「桃だよ」ジェニーヴァはいった。「あんたの名前はどこにも書いてないけどね」

下り坂はいつでも上りより膝にこたえるもので、きょうもそれは変わらなかった。ジェニーヴァは顔をしかめて車に向かいながら、夫のカーディガンを脱いだ。日々の使用に耐える程度にかたちを保った最後の衣類のひとつだった。ジェニーヴァの車、九八年型のポンティアック・グランダムは、赤土に雑草がまばらに生えた平坦な場所に停めてあった。四車線のハイウェイに隣接する空き地だった。ハンドバッグからキーを出しもしないうちに、ミッティがパイにかぶりついているのが見えた。ジェニーヴァはあきれてぐるりと目をまわした。あの男はあたしがいなくなるまで待つだけの礼儀を示すこともできないのか。

　ジェニーヴァはポンティアックに乗りこみ、駐車場代わりの空き地からゆっくり車を出すと、セミトレーラーや猛スピードで走ってくる車がないことを確認してから五九号に乗り、ラークを目指して北へ向かった。自宅への一・二キロほどの道のりを黙って運転しながら、頭のなかでざっとメモをこしらえる。ミックスフルーツの二十オンス缶をふたつ、レタス八個、ソーダ・マシンに入れるシロップ、どうしたってすぐに在庫切れになるドクター・ペッパー、それにエズラ・ブルックスのウイスキーを一、二本。これは常連客のためにレジの下に置いておく。保安官はもう来ているだろうか。けさ裏庭に流れついたあれ、ひとりであそこに横たわっていたあの娘の遺体は、まだあるのだろうか。
こうしたことが自分の商売に与える影響について、ジェニーヴァは漠然《ばくぜん》とした不安を覚えたが、神の名のもとに町で起こったことはたいてい受けいれることにしていた。生まれてから六十九年を過ごしてきた町だった。

　一週間のうちにふたつの死体。

　いったい何が起こっている？

　ハイウェイを降り、〈ジェニーヴァ・スイーツ・スイーツ〉のまえに車を停める。一階建てで平屋根、赤と白に塗ったカフェだった。窓のカーテンは端に寄せて留めてあり、正面の看板には入口のドアを示す光る矢印がついていた。黒と赤の文字で宣伝文句が書きつけてある。**ＢＢＱポークサンドイッチ、四・九九ドル。シェルビー郡でいちばんのフライド・パイ。**ジェニーヴァはいつもの場所に車を停めた。カフェの脇に沿って土にポンティアックの幅の溝のついた、建物の羽目板と向かいの空き地の雑草のあいだのスペースだった。

ジェニーヴァの家――ひと部屋しかない手づくりの掘っ立て小屋――があっただけのころから、もう何十年もこの場所に停めている。給油ポンプのそばの舗装された駐車スペースは客のための場所だった。それにもちろん、ときどき店に来て商売をするウェンディも使う。いまも古色蒼然《こしょくそうぜん》たるグリーンのマーキュリーがドアの正面にどっかりと停められていた。錆《さび》の浮いた二十年ものの車には、がらくたが溢《あふ》れんばかりに詰めこんであり、車全体が急所をたたき損ねて中身のはみでたピニャータみたいに見えた。古いナンバープレートや、鉄のフライパン。かつらのスタンドが二台。古着。小さなテレビのアンテナが、左側後部の窓から突きだしている。

ジェニーヴァが店に入ると、カフェのドアについた小さな真鍮《しんちゅう》のベルがやわらかな音をたてた。

常連客がふたり、カウンターの座席で顔をあげた。ひとりはハクスリー、地元の退職者で、もうひとりはティム、毎週ヒューストンとシカゴを行ったり来たりしている長距離トラックの運転手だった。「保安官が来てるぞ」ジェニーヴァがうしろを通りかかると、ハクスリーはいった。ジェニーヴァはカウンターの端まで行くと〝メイン・オフィス〟への扉をあけた。キッチンと客にはさまれたせまいスペースだ。「おまえさんが出かけてから三十分くらいで転がりこんできたんだ」ハクスリーがそういい、彼もティムもジェニーヴァの反応を窺《うかが》おうと首を伸ばした。

「時速百五十キロくらいでとばしてきたんじゃないかな」ティムがいった。

ジェニーヴァは唇を引き結んだまま、怒りの固まりを飲みこんだ。

そしてキッチンへ通じるドアのそばのフックからエプロンを取った。色褪《あ》せた黄色のバラのポケットがふたつついた古いエプロンだった。

「もうひとりを調べるのに丸一日あった――そういう

話だったね？」ティムはハムサンドを半分ほど齧《かじ》り、口をいっぱいにしたままいった。そしてそれをコーラのひと口で流しこんでからつづけた。「ヴァン・ホーンは好きなだけたっぷり時間をかけたわけだ」

「保安官がなんだって？」ウェンディがカウンターの向こう端の席からいった。ウェンディのまえには、庭からの最高の収穫を詰めた広口瓶が並んでいる。丸々とした赤唐辛子。刻んだグリーントマトをキャベツとオニオンの細切りと一緒に漬けたもの。オクラを丸ごとビネガーに漬けこんだもの。ジェニーヴァは広口瓶をひとつひとつ持ちあげ、明かりに透かして、きちんと密閉されているかどうかよく確認した。

「外にほかのものもあるよ」ウェンディがそういうのを聞きながら、ジェニーヴァはエプロンのポケットからサインペンを引っぱりだし、それぞれの瓶のふたに値段を書きはじめた。

「キャベツの甘酢漬けと、オクラのピクルスは置いていっていいよ。だけどあんたが売ろうとしてるほかのガラクタはごめんだね」ジェニーヴァはそういって、正面の窓の外に見えるウェンディの車を顎《あご》で示した。

ウェンディとジェニーヴァは同い年だった。だが、ウェンディは話す相手やそのときの気分によって年齢をすこしばかり調整することがままあった。ウェンディは小柄だが肩はがっしりしており、見かけなど気にかけていないようなふりをしていた。髪は灰色で、ポマードで固めてだんごにしてあった。すくなくとも、前回——というのはだいたい七日まえから三日まえまでのあいだだが——櫛《くし》を通したときにはきちっとだんごになっていたはずだった。黄色いパンツスーツのパンツだけを穿《は》き、プロバスケットチーム〈ヒューストン・ロケッツ〉の色褪せたTシャツを着て、足には穴飾りのついた男物の革靴を履いていた。

「ジェニーヴァ、みんなハイウェイからちょっと降りて古いクズを買っていくのが好きなんだよ。いまの暮らしがどんなにマシかわかっていい気分になれるからさ。こういうクズをアンティークっていうんだよ」

「あたしにいわせればクズはクズだ」ジェニーヴァはいった。「買い取る気はないよ」

ウェンディはカフェのなかを見まわした——ジェニーヴァからティムとハクスリー、ビニールのボックス席についたべつのふたりの客、それから店の向こう端、カフェ・エリアが終わり、アイザック・スノウが間借りして、鏡とエンドウマメの色をした理髪用の椅子を置いている五平方メートルのスペースまで。アイザックは五十代後半の細身の男で、明るめの色合いの肌に銅色の染みがあった。アイザックは最低限しか口をきかなかったが、頼まれれば誰でも十ドルで髪を切った。ジェニーヴァは、アイザックが床屋仕事をしていないときにはちょっとした掃除をさせ、それと引き換えに毎日三度の食事を出していた。

神がおつくりになった人間で、ジェニーヴァのまかないの世話にならない者などいなかった。

ジェニーヴァの店は、この郡でほかに行くあてのない黒人はここに来ればいい、という考えのもとに生まれた。おいしい食事にありついて、秘密を守れるならウイスキーのボトルからちょっぴり飲んでいけばいい。髪をきれいにしてから、家族に会いに北へ向かえばいい。あるいは、アーカンソー州の向こう側に着けばあるはずの仕事をもらいにいけばいい——仕事がないなら、アーカンソーを通りすぎて向こうまで行く意味などないのだから。ジム・クロウ法の廃止から四、五十年経ったいまでも、たいした変化はなかった。ジェニーヴァのカフェは、黄色く変色した壁のカレンダーのように、時間のなかで置き去りにされていた。ジェニーヴァはハイウェイ沿いの定点だった。ハイウェイは永遠に人々を乗せてジェニーヴァのそばを流れていく。

ウェンディは室内の黒い顔をひとつひとつ眺め、この陰鬱《いんうつ》な雰囲気、明らかに張りつめた空気の理由を探ろうとした。ウェンディの背後では、ジュークボックスの曲が、一日じゅう流れている五十曲のうちの次の一曲に切り替わった。ゴスペルの哀調を帯びたチャーリー・プライドのバラード、恩寵《おんちょう》を求める悲しげな嘆願だった。

しばらくのあいだ、誰も口をきかなかった。

それから、ウェンディがジェニーヴァに向かっていった。「けさはいったいどうしてそんなにイライラしてるの?」

「ヴァン・ホーン保安官が裏に来てるんだよ」ハクスリーが答え、カフェの奥の壁を顎で示した。壁には紙の丸まりかけたカレンダーがたくさん貼ってあり、モルト・リカーから地元の葬儀場や、ジミー・クラークが郡政委員の買収に失敗したことまで、十五年まえからのありとあらゆる物事が宣伝されていた。その壁の向こうはキッチンで、デニスが鍋一杯分のオックステールを調理している。牛脂《ぎゅうし》に浸《ひた》されたローリエやニンニク、タマネギ、燻液《くんえき》のにおいが、ジェニーヴァのところまで届いていた。キッチンのスクリーンドアの向こうには広い空き地があった。ところどころにキンポウゲやメヒシバの生えた赤土の地面が百メートルほど広がり、シェルビー郡の西の境界である錆色のバイユーの土手へとつづいている。「保安官助手も三人連れてきてる」

「何があったの?」

ジェニーヴァはため息をついた。「けさ、バイユーから死体があがったんだよ」

ウェンディは驚いた顔でいった。「また?」

「しかも白人」

「ああ、最低だね」

ハクスリーはうなずき、コーヒーのカップを押しやった。「みんな覚えてるだろ、あの白人の女がコーリガンで殺されたときだって、五十キロ以内にいた黒人の男はほとんど全員引っぱっていかれた。やつらは教会やら酒場やら、黒人が商売してる場所全部に出入りして、殺人犯か、あるいはやつらの頭んなかにある条件に合う人間を探しまわった」

ジェニーヴァは胸のなかで押さえがはずれたような気がした。抑えこもうとしていた不安が漏れだして込みあげ、完全に喉が詰まってしまうのではないかと思った。

「で、この先でつい先週殺された黒人の男については、誰かなんかしてくれたかね」ハクスリーがいった。

「警察はあの男のことなんて考えちゃくれないよ」ティムはそういって、脂《あぶら》染みのついたナプキンを皿の上に放った。「白人の女の死体が出てきたんじゃあね」

「覚えておくといい」ハクスリーはカフェのなかの黒い顔すべてをひとつひとつ重々しく見つめながらいった。「黒人の誰かが、この件で刑務所送りになるだろう」

第一部

1

ダレン・マシューズは、ステットソン帽を証言台の端に置いた。伯父たちに教わったように、つばを下にして。きょうの出廷のために、テキサス・レンジャーの官服の着用を許されていた。カチカチに糊《のり》づけされたボタンダウンのシャツに、プレスのきいた黒のスラックス。銀のバッジは左の胸ポケットの上に留めてある。バッジを身につけるのは久しぶりで、停職の原因となったロニー・マルヴォの捜査以来だった。結婚指輪をはめるのもおなじくらい久しぶりだった。これも本日の衣装の一部なのだ。ダレンは指輪をいじりたい、腫《は》れている手の薬指にはめた金属をぐるぐるまわしたい、という衝動に抗《あらが》った。

ダレンは漏れでてきた昨夜八時以降の記憶をまたひととおりたどった。スモーク・チキンの載った発泡スチロールの皿、簡易テーブル、ジムビームの壜、そして伯父のステレオでかかっていたブルース。氷がチリンと鳴る音、最初の一杯。それが最後の記憶だった——もちろん、あきらめに伴う安堵《あんど》も。そう、ダレンは自分の結婚生活については無力だった。これが第一のステップ。第二のステップは、スリーフィンガーの酒をくり返し注ぐこと。第三のステップは、ジョニー・テイラーの粋《いき》なボーカルにすべてを預けること——自分の飾りけのない男らしさも、男が一生のうちに手に入れてしかるべきものを要求する気持ちも。そのしかるべきもののなかには善良な女からの愛情も含まれる。その女からの忠誠や、一緒にクソの川を渡ることもいとわない気持ちもだ——向こう岸に到達するためにそれが必要な場合には。ブルースのギター、暖かみのあるバーボンの琥珀色《こはくいろ》。そういったものが記憶の縁をゆっくりと流れていった。次に気がついたときには、唐突に木の固さだけが感じられた。ダレンが夜明けに目覚めたのは、家族のファームハウスの裏のポーチだった。

　頬に裂傷があった。手をどうしたのかはまったくわからなかった。血は出ていない。指のつけ根の関節の上にあざができているだけだったが不快な痛みがあり、鎮痛剤を四錠飲んでやっと痛みが引いた。農場内の何か、ひどく固いものとぶつかったのはまちがいない。リサと離れてからおなじみになった二日酔いの気まずさが霧となってダレンの好奇心は鈍っており、断片をつなぎあわせて起こったことの全貌を知ろうなどとは思わなかった。ダレンの知る事実はこうだ――自分はひとりで飲み、ひとりで目覚めた。車のキーはいまも冷凍庫に入っている。目覚ましい洞察の瞬間が訪れたときに、そこにしまっておいたのだ。どうやら自分以外には誰を傷つけたわけでもなさそうで、これなら許容範囲内だった。だが、ひどく疲れていた。ひとりで寝ること、ひとりで食事をすることに飽き飽きし、待つこと――今回の大陪審の結果を待つこと、帰ってきていいと妻がいってくれるのを待つこと――しかできない状態にうんざりしていた。

「それで、被告人とはどういう知り合いなのですか？」サン・ジャシント郡の地区検事フランク・ヴォーンが、検察側の証言台から尋ねた。

「マックは仕事でわれわれと――」

「なんですって？」

「マック……ラザフォード・マクミランのことです」ダレンは説明した。「彼はもう二十年以上、私の家族のために働いています」

　そういうわけで、マックがロニー・マルヴォに銃を突きつけた夜、ダレンはヒューストンからサン・ジャシント郡のマックの家まで一時間もかからずに駆けつけたのだった。リサからは行かないでと懇願された。非番でしょう、といわれた。しかしそれは関係ないとふたりともわかっていた。ダレンはひと月にわたる出張から戻ったばかりだったので、リサはこんなに簡単にまたわたしを置いていくなんて、と憤慨した。**ダレン、行かないで。**しかし結局ダレンはリサを置いて、マックを助けに飛んでいき、いまや殺人事件の証人となっていた。そして〝だからいったのに〟というリサの非難を受けつづけている。

ヴォーンはうなずいて、陪審員のほうをちらりと見た。農場や郵便局や床屋から引っぱりだされた地元の男たち、女たちだ。こうした人々にとって、法廷での一日は本物の興奮を約束してくれる娯楽でさえあった。人の命が懸《か》かっていることはたいした問題ではなかった。地区検事は語り手としての資質を備えており、行ったり来たりしながら話す方法も、意外さの演出も、のらりくらりとしゃべって鍵となる情報を散逸させるコツも心得ていた。ここには判事はいなかった。廷吏と、検察と、法廷記者と、十二人の陪審員がいるだけだった。この十二人が、ラザフォード・マクミランを第一級殺人で起訴するか否《いな》かを決するという重大な仕事を担っている。大陪審の手続きはすべて非公開なので、傍聴席の蜂蜜色《はちみついろ》のベンチには誰も座っていなかった。州側の厚意で、法廷はしっかりとざされていた。被告人もその弁護人も、検察側の証拠の提示に立ちあうことは許されていなかった。ダレンがここにいるのは、表向きは検察のためだった。しかしダレンは陪審員の頭に疑惑の種を植えつけるために、できることはなんでもしようと思っていた。むずかしいのは、それをしながら同時に職を失わないことだったが、そのくらいのリスクは喜んで引き受けるつもりだった。マックが冷酷に誰かを殺したなどとは信じたくなかった。

「彼はあなたの家族のためにどんな仕事をしているの

ですか?」ヴォーンが尋ねた。

「郡内のうちの農場の管理をしてくれています。カミラにある六ヘクタールほどの土地です。そこには私が育った家があるんですが、もう何年も、誰かが常時住んでいるわけではないので」ダレンはつづけた。「まあ、いまは事実上、私が住んでいるといえますが。妻とちょっといろいろありまして、すこし距離をおきたいといわれ――」

異議あり。質問と関係ありません。

もし自分がヴォーンの立場だったら、そしてもしこれがほんとうの裁判だったら、ダレンはそういっていたはずだった。

しかしここには判事はいない。それに、ダレンは法科の学生だったことがあるので、この状況を自分に有利に使えることもわかっていた。ダレンは陪審員に自分のことを知ってもらいたかった。自分がほんとうのことを話していると信じてほしかった。バッジだけで充分とは思えなかった。とくにいまのこんな見かけでは駄目だった。ドレスシャツの腋《わき》の下が湿っていたし、毛穴から悪臭が滲《にじ》みだしていた。いまになって初めて、手の痛みに隠れていた二日酔いの吐き気を自覚した。胃がでんぐり返り、げっぷをすると酸《す》っぱくて湿ったものがこみあげてきた。

ダレンは、伯父たちの鉄則のひとつを破ってしまった。町へ出るときには絶対に、すまなそうな顔、二流市民のような顔、あるいは一日に十五回も自分のことを説明するはめになるのもやむなしと思っているような顔をするな、というのがその鉄則のひとつだった。元弁護士で憲法学者でもある伯父のクレイトンさえ、われわれのような男たちがぶかぶかのズボンを穿いたりシャツの裾《すそ》を出したりしていれば、それだけで〝逮捕相当要因が歩いているようなもの〟だと公言していた。クレイトンと一卵性の双子であり、それでいてもものの考え方は対照的だったウィリアムも――ウィリアム自身もテキサス・レンジャーで、法執行者だった——この鉄則には一も二もなく同意した。**おまえを呼び止める理由をやつらに与えるな。**双子とはたいてい意見を同一にするものだという言説に反し、クレイトンとウィリアムが共通の見解を持つことはめったになかったが、ふたりがともにマシューズ家の一員で、東テキサスの田舎で何代もつづいてきた一族の男であるのは紛《まぎ》れもない事実であり、そういう黒人にとっては自尊心を持つことが自然な状態であると同時に身を守るテクニックでもあるのだった。ダレンの伯父たちは南部の生活におけるそうした古いルールを固く守った。有色人種の振る舞いは、どんなものであれ簡単に生き死にの問題に変わりうると理解していたからだった。そんなふうに生きるのは伯父たちの世代が最後だ、変化はホワイトハウスから徐々に浸透してくるはずだと、ダレンは信じたかった。

　ところが実際には、その反対のことが現実になった。オバマ後のアメリカを見れば自明だった。

　それでも、ダレンにとってふたりの存在は大きかった。伯父たちは明確な目的を持った偉大な人物であり、アメリカを黒人が暮らしやすい国に根本から変えるための方法を、それぞれの職業を通じて見つけたと信じていた。テキサス・レンジャーのウィリアムにとって、法はわれわれを守ることでわれわれを助けるはずだった——黒人に対する犯罪を、白人に対する犯罪とおなじ熱意をもって告訴することによって。被告弁護人のクレイトンは、それはちがうといった。法は嘘であり、羊皮紙にインクで綴《つづ》られた最初のときから、われわれに不利に書かれた一連の決まりごとであって、黒人は法から身を守らなければならないのだ。これは神聖な議論だった。黒人の人生を不可侵で継続する価値のあるものとして守るための議論。ダレンはこの議論をキッチンテーブルの下の長い脚のあいだをちょろちょろ歩きながら聞いた。当時、双子の伯父たちはまだ一緒に暮らしていた。ひとりの女をめぐって仲たがいするまえのことだった。ダレンは生後ほんの数日のころからふたりに育てられ、家庭内のふたつの意見の両方にまたがって暮らしてきた。

　ヴォーンはダレンの回想を断ち切り、次の質問に移った。「では、ミスター・マクミランがあの晩あなたに電話したのは、あなたが友人だからですか？　それともテキサス・レンジャーだからですか？」

　異議あり。憶測を求めています、とダレンは思った。

「両方でしょう。私の想像ですが」ダレンはいった。

「ミスター・マクミランがなぜ緊急通報番号の九一一でなくあなたにかけたのか、あなたはその理由を知っていますか？」

　リサにもおなじことを訊かれた。サザンメソジスト大学の色褪せたTシャツを着てベッドに座り、なぜマックは地元の警察に電話しなかったのか、そもそもなぜダレンが巻きこまれなければならないのかとリサは尋ねた。マックは地元の保安官にも電話したはずだ、とダレンは断言した。それはまちがいだったが、気づいたときには遅すぎた。しかしそれを陪審員にいうつもりはなかった。「知っている人間に連絡したほうが安心だと思ったのでしょう」ダレンはそういった。

　ヴォーンの砂色の眉がひそめられた。ヴォーンは四十代なかば、ダレンよりいくつか年上の白人の男で、眉より二段階ほど濃い栗色の髪をしていた。髪を染めているんだな、とダレンは思った。突然、町の〈ブルックシャー・ブラザーズ〉でヴォーンが通路をうろうろ歩きまわって髪用のカラー剤を探しているという、恐ろしい場面が頭に浮かんだ。ヴォーンは根っから政府の役人で、質素な青いスーツを着て、光沢のある黄褐色の革のブーツを履いていた。ダレンがこの告訴を望んでいないこと、レンジャーも検察もまちがっていると思っていることは、ヴォーンの耳に入っていた。だから証言の準備をするために最初に会ったときからずっと、ヴォーンはダレンの企みを嗅《か》ぎ分けようとしていた。

「知っている人間、そう」ヴォーンは陪審員のほうをちらりと見ながらいった。「警官であり、しかし友人でもある。そういうことですね？」

ダレンはこの質問には用心して答えた。「好意的である、という意味ならそうです」

「それで、あなたはミスター・マクミランを助けにヒューストンから駆けつけた。誰に対してもおなじことをするとは思えませんが」

「有名な犯罪者が私有地に侵入していたんですよ」

「貧乏白人《ペッカーウッド》、マックは彼をそう呼びませんでしたか？」

「マルヴォのほうが先にマックのことをニガーといって罵倒《ばとう》しましたからね」ダレンはいった。

ニガーという言葉が廷内ではっきり口にされると、部屋じゅうに衝撃が走った。白人の陪審員のうち何人かは目に見えて緊張した。人種の混在する場ではその言葉を口にするだけで暴力を誘発するかもしれない、あるいはすぐにも人権活動家のアル・シャープトン牧師が現われるかもしれない、とでも思っているようだった。

しかしダレンはこの点をはっきりさせておきたかった。ロニー・〝レドラム〟・マルヴォはタトゥーを入れた貧乏白人《クラッカー》で、覚醒剤《かくせいざい》の製造や違法銃器の売買によって資金を稼ぐ白人至上主義の犯罪組織〈ア《A》ーリアン・ブ《B》ラザーフッド・オブ・テ《T》キサス〉とつながりがあった——このギャングに入団するための唯一の方法はニガーを殺すことだった。ロニー・マルヴォは何週間もまえからマックの孫娘ブリアナに嫌がらせをしていた。ブリアナはサム・ヒューストン州立大学の聴講生で、マルヴォはブリアナが歩いて町を出入りするときに車でつけまわし、彼女が口に出したくもないような言葉を投げかけ、自宅にいるとわかっているときには家のまえを車で行ったり来たりした。そしてブリアナの肌の色や体つきや〝縮《ちぢ》れ毛〟をからかった。当然のことながら、ブリアナは怯《おび》えた。マルヴォが自分の家の庭で糞をした犬を銃で撃ったのも、おれの家——他人から見れば傾きかけた掘っ立て小屋——から五メートル以内の場所に入ってきた黒人にはそれとおなじかそれ以上のことをしてやる、という脅《おど》しを口にしているのも有名な話だった。高校時代には同級生をたたきのめし、黒人所有の農場で破壊行為をはたらいた——作物を引き抜いたり、柵を壊したりした。一度など、ダレンの地元の町カミラからほど近いアフリカ系メソジスト監督教会に火をつけて逮捕されたこともあった。体つきは消火栓のようで、身長は低いが樽《たる》のような胸と尖《とが》った頭をしており、薄くなりかけた髪をバンダナで隠していた。一方、マックは七十歳の黒人の男で、クー・クラックス・クランが記憶にあった。ショットガンを構えた父親の背中の陰で縮こまっていたことも覚えていたし、グッドリッチやシェファードといった町からクランの集団が押しよせてくるという話を聞いたことや、夜間に襲撃があるのではないかと不安に思ったことも覚えていた。しかし時はいまや二〇一六年であり、ラザフォード・マクミランはそんな不当な蹂《じゅう》躙《りん》を我慢するつもりはなかった。

「そうですね」ヴォーンがいった。「有名な犯罪者で、おっしゃるとおり、白人至上主義者としても知られていた男が被告人を脅かして——」

「ロニー・マルヴォがマックを脅した事実があったかどうかは知りません」ダレンは前列にいる陪審員に目を向けた。四人が男、ふたりが女で、全員が白人だった。「しかしマックには自分の土地を守る当然の権利があります」ダレンがそういうと、白人陪審員のうちふたりがうなずいた。

テキサス州では、小学生でも州の正当防衛法〝キャッスル・ドクトリン〟を暗唱できる。〝忠誠の誓い〟

とおなじくらいやすやすと。

　マックの件はその典型的な例だった。

　ロニー・マルヴォは暗闇にまぎれてマックの敷地の境界線を越え、新型のダッジ・チャージャーを乗り入れた。二十インチホイールにつけ替えた改造車で、おそらく麻薬の売上金で買ったものだった。マルヴォはエンジンをアイドリングさせたままライトを消した。二本の排気管から熱い空気が渦をまいて立ちのぼり、尖ったマツの葉のあいだへと煙のように消えた。マツはサン・ジャシント郡の端にあるマックのなけなしの土地の境界に並べて植えてあった。最寄りの民家へは、マックの家の正面を走る一車線の道をすくなくとも四、五百メートル進まないとたどり着けなかった。

　ブリアナはひとりで家にいたのだが、マックと暮らす下見板張りの小さな家のポーチに出て、誰が暗闇のなかで家を見張っているのか見きわめようとした。ダッジとその運転席にいるロニー・マルヴォの影が見えると、ブリアナは悲鳴をあげて携帯電話を取り落とし、電話は真っ二つに割れた。ブリアナは家のなかに駆け戻ってドアに鍵をかけ、キッチンの電話から祖父に連絡をした。マックはウルフ・クリークのそばでの仕事から急いで自宅へ向かいつつ、フォードの古いピックアップトラックの運転席からダレンに電話をかけた。マックが私道に入ると、ピックアップがマルヴォの退路をふさぐことになった。

　家からおれの拳銃を持ってこい、とマックは大声でブリアナに呼びかけた。ブリアナは銃身の短い三八口径のリボルバーを持ってすぐに出てきた。マックにはマルヴォが武装しているかどうかはわからなかったが、銃を突きつけてみることがそれを知る一番手っ取り早い方法だった。

　ダレンが到着したときには、ふたりの男は膠着《こうちゃく》状態にあった。

　ダレンはヘッドライトを暗くしてマックの家に近づ

き、古いオークの木の枝の下にトラックを停めた。砂利混じりの土の道を爪先立ちで歩いていった先でダレンが出くわしたのは、こんな光景だった――マックは自宅の庭のがらくたのあいだに立ち、三八口径をロニー・マルヴォの頭に向けている。マルヴォは悪態交じりに、ブリアナと話をしようとしただけだといっていた。「だがここに突っ立ったまま黙ってニガーに撃ち殺される気はねえ」マルヴォは三五七口径の銃でマックの胸を狙っていた。ダレンがホルスターから抜いたコルトの四五口径よりも威力のある銃だった。マルヴォは見せ物のような馬鹿馬鹿しさに苛立《いらだ》っているようだった。そんなに出ていってほしいなら、〝白髪頭《しらがあたま》の老いぼれニガー〟がまずそのクソ忌々《いまいま》しいトラックをどけろといっていた。マックはマルヴォに、先にその〝貧乏白人《ペッカーウッド》のケツ〟をダッジに乗せろという。唾《つば》が飛び、逆上したふたりの額が汗で光っていた。

「銃をおろせ、マルヴォ」ダレンがいった。「きれいに事を収めようじゃないか」

「それはニガーにいってやれ」ロニー・マルヴォはマックのほうを顎で示しながらいった。

「どっちのニガーのことだ、ロニー？」ダレンはいった。「答えるまえに、ニガーのうちのひとりはテキサス・レンジャーで、このためにベッドから引っぱりだされたことを思いだしたほうがいい。とてもじゃないが辛抱強くつきあってやる気分じゃない」コルトがポーチのランプからの明かりで光った。一瞬、マルヴォは追いつめられたような、怯えた顔をした。だがそれが必ずしもいいことでないのはダレンにもわかっていた。マルヴォの体がピクピクしはじめた。二挺の銃を頭に向けられ、バイカーブーツを履いた足が震えていた。悪ふざけが過ぎた、警察まで呼ばれ、これではまるでただの馬鹿だと遅ればせながら気づいたのだ。しかしプライドがおおいに厄介だった。これよりはるかに小さな揉《も》め事で撃たれることもあるのをダレンは知っていた。

ダレンはすばやく作戦を変更した。

「マック、銃をおろすんだ」ダレンはいった。ふたりのうち、マックなら説き伏せることができると思ったのだ。しかしダレンはまちがっていた。

「いやなこった」マックはいった。

「ここは任せてくれ、マック」

「これ以上の騒ぎはごめんだぜ」マルヴォはいった。

ブリアナがポーチで泣いているのが、ダレンのところまで聞こえた。

「このろくでなしをおれの土地から追いだしてやる」マックはいった。

「銃をおろすんだ、マック。そこまでする価値はない」

「おれには自分の土地を守る当然の権利がある」

「そうだ、だがそうやって拳銃を構えているかぎり、どんどんこの状況から抜けだすのがむずかしくなる。聞いてくれ、マック。あいつのせいで刑務所に入るようなことになってはいけない。おれがあいつを不法侵入でちゃんと捕まえるよ、あんたが銃をおろしさえすれば」

「そんなことはどうだっていい」マックは涙っぽい目をギラギラさせながらいった。「やつが死ぬか、出ていくかだ。中間はない」

「トラックをどけろよ、そうしたら出ていく」マルヴォはいった。「女にちょっかいを出しただけだ。誰かが自分のケツを拝みたがってるとわかりゃ、うれしいかと思ったんだよ」

「マック、ブリアナにキーを放るんだ」ダレンはいった。老人はいわれたとおりにしたが、拳銃をおろしはしなかった。拳銃は、マックの大きな手のなかでおもちゃの空気鉄砲のように見えた。マックのフォードに乗って道路へ出るんだ、とダレンはブリアナにいった。ロニー・マルヴォが私道を出て、私有地を離れられるように。

　このときにはすでにマック自身も泣きだす寸前といった様子で、口の端にたまった唾が流れるのもかまわず、ぶつぶつとつぶやいていた。「おれの土地に入りこんで、孫娘を嗅ぎまわる権利なんかないんだ。やつみたいなクラッカーのクソみたいな嫌がらせを我慢する気はない」

　ダレンはマックの呼吸が変化するのを感じた。強情になり、怒りがエスカレートしている。マックはもう何秒もしないうちに、細身の体のすべての筋肉を支配している憤怒《ふんぬ》に身を任せてしまいそうだとダレンは思った。「早くトラックを動かすんだ！」

　ブリアナがマックのフォードに向かってポーチから駆けだすと、ダレンは気が逸《そ》れた隙をついてマックに近づいた。そしてマックの右手首をつかんで一気に引きおろした。そのあいだも自分のコルトはロニー・マルヴォに向けたままでいた。マックは悪態をついたがすぐにあきらめ、まばらに草の生えた地面に倒れこんだ。マルヴォは即座に自分の銃をおろし、それをあいた運転席側の窓から車内に放りこむと、すぐに自分もダッジに飛びこんだ。まるで尻に火がついたかのように。

　ダレンは〝キャッスル・ドクトリン〟を正確に引用して証言を締めくくった。

　ヴォーンは苛立った様子を見せた。「ここでは法律は私が担当しますよ、ミスター・マシューズ」

「レンジャー・マシューズです」

「では、レンジャー・マシューズ、事実はこういうことですか。被告人は緊急番号に通報するのではなく、わざわざ知り合いのレンジャーに連絡をした。そのレンジャーはアフリカ系アメリカ人の同胞で、この出来事が掻《か》き立てる怒りを確実に理解してくれて――」

「異議あり」今回は、ダレンは声に出していった。

　ヴォーンは証言台の端を指の関節が白くなるほどき

つく握りしめながら、壇上からダレンを睨《にら》みつけた。

「ミスター・マシューズ――」

「私はテキサス・レンジャーです、検事」

「だったら、それにふさわしい行動をしなさい」

そう口にしたとたんに、自分がいい過ぎたことをヴォーンも察したようだった。陪審員席の一列めにいた女たちが、テキサス州内で最も尊敬を集める法執行機関の一員に対するヴォーンの口のきき方を見て首を横に振っていた。二列めにいた黒人の男ふたりのうちひとりは厳然たる態度で腕を組み、口の端にくわえたつまようじをもう一方の端へ動かした。それはまるで地区検事に直接向けた短刀のようだった。

「次の質問をしてください」ダレンは優勢なまま進めようとしていった。

「ミスター・マルヴォはその夜、自分の意志で立ち去った。そうですね？」

「そうです。マルヴォは武器を自分の車のなかに放り、すぐに現場からいなくなりました」

二日後、胸に三八口径の弾丸を二発食らったロニー・マルヴォの死体がマックの土地の脇の溝で発見されたとき、マックが容疑者のリストに載ったのはダレンの報告書があったからだった。だからダレンは今回の試練について責任を感じていた。あの晩、現場に行かなければよかったのに、報告書を提出しないですめばよかったのにと、一日に百回は思った。実際、文書を打ち終えたあと、プリンターから引き抜いたページを慎重に眺めながら躊躇《ちゅうちょ》したのだ。被害者であろうとなかろうと、名前を報告書に載せるだけで、マックが入ったら二度と戻ってこられないかもしれない扉をひらくことになるとわかっていたのだから。前科は、ひとたび黒人の人生についてしまえば、落としがたい染みになる。しかしダレンは警官だった。だから自分の仕事をした。規則に従ったら、こんなことに――あの老人を殺人で起訴するかどうかを大陪審で決めることに

――なってしまった。もし起訴が決まれば、マックは裁判を受けることになる。いままでの人生のすべてをひたすら働いて過ごし、家族を愛することに費やしてきた七十代の男にすぎないのに。有罪が決まればおそらく死刑になるだろう。

ロニー・マルヴォがアメリカ史上最も凶悪なギャングのひとつに属していたことは事実だった。裏切りの疑いがあれば共食いさえ辞さない連中だ。〈ア《A》ーリアン・ブ《B》ラザーフッド・オブ・テ《T》キサス〉には、警官に何かしゃべったらしい下っ端を特別に残忍な方法で殺すよう命じたリーダーがいる、という話をダレンは聞いたことがあった。密告者だと噂のたったその十九歳の下っ端は、ほとんど釈明の余地も与えられないまま縛りあげられ、リバティ郡の小麦農場のフェンスから首を吊られた状態で見つかった。ロニー・マルヴォの場合、誰に殺されたとしてもおかしくなかった。現実に連邦政府の犯罪情報提供者だったのだから。地区検事を含めても、法廷内でこの事実を知っているのはダレンだけだった。ダレンはヒューストンのレンジャー事務所の外で仕事をしていた。マルヴォ殺人事件の数カ月まえに、ＦＢＩとともにＡＢＴの捜査をする、複数機関からなる特別チームに志願したのだ。その職務上知りえた情報を漏らすことは当然許されなかったが、ＡＢＴにもロニー・マルヴォを袋詰めにする理由はあった――もし誰かがマルヴォの密告に気づいていたなら。

「あの晩、ミスター・マクミランはとても怒っていた。そうですね？」

ダレンはそれを〝心配していた〟とやわらげ、こうつけ加えた。「復讐を決意しているようには見えませんでした。もしそういう意味でお尋ねなら」

「憶測でものをいわないでいただきたい」

「私にいえるのは私が目にしたことだけです。マックは誰のことも撃ちませんでした」

ヴォーンはぎゅっと唇を引き結んだ。これは台本どおりではなく、ダレンもそれを自覚していた。

「ロニー・マルヴォは三八口径のリボルバーで撃たれた。そうですね？」

「私は捜査をしていません」

「それはなぜですか？」

「割り当てられなかったからです」ダレンは軽い調子でいった。

「フレッド・ウィルソン副官によれば、あなたはこの事件にはかなり詳しいそうですが？」

「そうです、ロニー・マルヴォは三八口径で撃たれました」ダレンはその点は認めた。

「そしてミスター・マクミランの土地に駆けつけた晩、あなたは彼が三八口径のリボルバーを故人に向けて振りまわすのを見た。まちがいありませんね？」

「しかし撃ちはしませんでした」ダレンは椅子にかけたまま身じろぎをした。「マックはただ放っておいてほしかっただけ、家にいれば安全だと思いたかっただけです。だから私に、〝ここにいてくれ〟といったんです」

　エンジンをふかし、砂埃《すなぼこり》と砂利をまきあげながらマルヴォがマックの土地から消えうせるとすぐに、ダレンはマックの横に膝をついた。二十年来、マックがすすり泣くところなど見たことがなかった。ましてやこの夜のように、人を殺す一歩手前までいたったことに動転しておおっぴらに泣く姿など思い浮かべたこともなかった。ダレンはロニー・マルヴォを追うこともできたし、マックとその孫娘と一緒にここに残ることもできた。ダレンは選択肢をはっきり示した。

　ここにいてくれ、とマックは静かにいった。

　結局、ダレンはひと晩じゅうマックの家のポーチで、拳銃を手に、車のヘッドライトが家のそばに忍び寄ってくることがないかどうか見張って過ごした。朝になって雲がわくまで、東テキサスの土が空に反射したかのような、錆色に縁取られた雲が低く垂れこめるまで、見張りをつづけた。テキサス州の小さな片隅で、ラザフォード・マクミランが一生涯にわたって与えられてしかるべき夜の平和を手に入れられるように、見張りをつづけた。

二日後、まさにその家の裏でロニー・マルヴォの死体が発見された。

「それが私の最後の質問につながるんですが」ヴォーンは背中のうしろで手を組んでいった。ダレンには、ヴォーンの口の端がかすかに持ちあがるのが見えた気がした。「あなたはその後四十八時間、被告人と一緒にいたわけではなかった。そうですね？」

「私は自宅に戻り、仕事に戻りました」

そしてリサからは、ロー・スクールへ戻ったらどう、といわれたのだった。**考えるだけ考えてみて、ダレン。**

簡単なことだとダレンにもわかっていた。

リサに理解できる人生を選び、家に帰るのだ。

「つまり？」

「そう、マックと一緒にはいませんでした」

「では、もしその四十八時間のうちにミスター・マクミランが問題の夜とおなじ銃を持ってミスター・マルヴォを射殺しに出かけたのだとしても、あなたにはわからないということですね？」

「そうです」ダレンはいった。ひと筋の汗が右の腋を流れ落ちていた。シャツが透けてそれが見えてしまわないかと心配だった。同時に、マックを助けられなかったのではないかと心配だった。

2

「銃がまだ出てこない」

「だから告訴してないわけだ」電話の向こうのグレッグがいった。

「サン・ジャシント郡の善良なる民が、状況証拠には限界があるなんてことをほんのすこしでも気にすると思うのか？」ダレンはいい、裁判所の向かいの〈ケイズ・カントリー・キッチン〉(Kay's Kountry Kitchen)で注文したビッグ・レッドの炭酸水の残りを注いだ。きょうのところは、クー《K》・クラックス《K》・クラン《K》を連想させるKの文字の無分別な使用――目に余る無自覚な差別、いかにもテキサス流――については無視した。カフェは開店休業状態で、ダレンの手は助けを必要としていたからだ。氷が残るように注意しながらコップに炭酸を注ぎ、ピンク色に染まった溶けかけの固まりを、グローブボックスで見つけたハンカチに包む。次いでハンカチの端を結びあわせ、手づくりのアイスパックを痛む左の拳《こぶし》に当てた。「まったくね、おそらく連中の半分は自分でマルヴォを撃ち殺したかったと思っているはずだ。ロニー・マルヴォは連中がいうところのA級クズ白人《ホワイト・トラッシュ》で、そういう人種に対する憎しみだけはお上品な場所で表明してもまだ許される」

「だったら、マクミランが英雄扱いされることも――告訴を免《まぬが》れることも――ありうるんじゃないか？」

「マックを殺人者だと思ってるここの連中から、いい結果は引きだせない」シボレーのピックアップトラックの運転席側のドアに背中を預けながら、ダレンはいった。「マックにルールがおなじように適用されるわけじゃない。それはわかってるだろ、グレッグ」そういってダレンはコールドスプリングの小さな町の広場を見まわした。点滅信号機のある単一交差点は、どの角にも骨董品《こっとうひん》店や委託販売ショップがあり、古い銃から中古のベビーベッド、錆の出た鉄のひとつ星《ローン・スター》まで、木のポーチに並べてなんでも売っていた。新しいものがサン・ジャシント郡に入ってきたり、サン・ジャシント郡を通過していったりすることはなかった。ここでは不要品を使いまわすことで経済が成り立っていた。

「ＦＢＩが自分たちの捜査を守ろうとして、こんなことになってるんじゃないのか」ダレンはいった。

グレッグ・ヘグランドは傷ついたふりをしてため息をついた。

グレッグはＦＢＩの捜査官であり、ヒューストン支局の犯罪捜査課で働いていた。何年もまえにふたりが出会ったのもヒューストンだった。クレイトンが甥《おい》のダレンを入れるのにサン・ジャシント郡の学校では満足せず、ヒューストンの私立高校に入れたからだった。リサとグレッグがそこでのダレンの最初の友達で、後にその学校を卒業すると、三人ともなんらかのかたちで法に関わる道へ進んだ。そしてダレンとグレッグはずっと連絡を取りあってきた。

グレッグは白人で、人生の大半を黒人の仲間たちと過ごしてきた。バスケットボールをして、黒人の女とつきあった。カントリー・ダンスを避けて、ステップ・ダンシングのショウに行った。万事そんなふうだった。もちろん、そうしたことはすべてグレッグがＦＢＩに入ったとたんに終わった。ナイキのスニーカーもジョンストン＆マーフィーの革靴に取って代わられた。しかしダレンはそれでグレッグを悪く思ったりはしなかった。そうした切り替えの技は、ダレンがグレッグにすこしずつ教えたようなものだった。黒人なら誰でも仕込まれていてしかるべき身の処し方だった。バスケットボールを除けば、ふたりがほんとうに上達したのはそうした技くらいだった。レンジャーの社交行事の場で、ダレンは一度か二度、ヴィンス・ギルやケニー・チェズニーといった、ほんとうはたいして好きでもないカントリーのミュージシャンを大好きだといい張ったことがあった。そうやって、リサをダンスフロアでくるくるまわしながら一緒に踊ったのだ。子供のころから聴いてきたジョニー・キャッシュやハンク・ウィリアムズのような古典的なカントリーなら我慢できたし、おなじカントリーでも黒人ミュージシャンのチャーリー・プライドには抑えきれない愛情があったが、テキサスの黒人のほんとうの財産はブルースだった。ダレンはクラレンス・〝ゲイトマウス〟・ブラウンやフレディ・キングをグレッグに聞かせた。ふたりがジェイ・Ｚやショーン・コムズの名前を聞くようになるずっとまえのことだった。ダレンにとって大事なのは、グレッグとのつきあいではいつだって自分に正直でいられるとわかっていることだった。そういう仲だった。

　グレッグは〈ア《A》ーリアン・ブ《B》ラザーフッド・オブ・テ《T》キサス〉を追っている捜査チームの一員ではなかったので、州立刑務所内外でのＡＢＴの活動――覚醒剤と自動拳銃の売買、複数の殺人、共同謀議など――に詳しいわけではなかったが、捜査の表面も内実もかなり知っていた。ロニー・マルヴォは数カ月まえに共犯証言をし、自身に共謀容疑がかかるのを回避するために、時期が来たら法廷で証言することに同意した。マルヴォはそのタトゥーの入った手に、ＡＢＴのリーダー数人を仕留められるだけの証拠を握っていた。もしＡＢＴ内部の誰かに計画を嗅ぎつけられていたら、ロニー・マルヴォはいずれにせよ死ぬ運命だったわけだ。ダレンはもう何週間もくり返し考えてきたことを口に出していった。「事件全体にＡＢＴの名前がべったり張りついてる」

　グレッグは反論した。「ふたつの弾傷のみ、修羅場《しゅらば》なしだぞ？　ＡＢＴの名刺という感じではないな」自分の考えに固執しすぎないように、マックの味方をすることがどれだけ負担になるか思いだすようにと、グレッグはダレンに警告しているのだ。

「それだって状況証拠でしかない。三八口径を持っていたからというだけでマックがやったと考えるのと似たりよったりだ」

「なくなった三八口径を、だ」

「それについては盗難届を出してる」これがあやしく聞こえることはダレンにもわかっていた。

「マックがその届けを出したのは、マルヴォの死体が発見された日の前日だった。知ってのとおり、われわれはそういう部分に〝偶然〟を持ちこんだりしない」グレッグは冗談めかして、手当たりしだいに全部の母音を引きのばして南部風にしゃべった。「レンジャーのやつらはまだおまえがその件に関与してると思っているのか？」

「面と向かってそういってくるような度胸のあるやつはいない」ダレンはいった。「念のためにいっておくと、レンジャー側はこう主張しているだけだ――マックとの関係を考慮するなら、おれはあの晩、公的な立場で出向くべきではなかった。こうもいわれてる――おれはマックを見捨てて、マルヴォを追いかけるべきだった、と。だがこの停職処分は便利でもあるわけだ。黒人がこの分野の捜査にあたるのは問題だとはっきり認めないまま、おれを特別捜査チームから放りだせるんだから。そうやってＡＢＴから遠ざけられている」

「そんなふうに干されたレンジャーはおまえが初めてってわけじゃない」

「そう聞いてマシな気分になるとでも？」

ダレンがチームに加わった直後から、小声でいろいろと囁《ささや》かれてはいた。副官のレンジャー・フレッド・ウィルソンは当初、ダレンを特別捜査チームに入れることに乗り気ではなかった。ウィルソンはその理由をはっきりいおうとはしなかった、いや、いえなかった。人種という、レンジャーが決して口にしない一点に抵触するからだった。レンジャーは第一にレンジャーであり、男か、女か、白い肌か、茶色い肌か、黒い肌かといったことは二の次だった。しかし、テキサス・レンジャーの協力を得て〈アーリアン《Ａ》・ブラザーフッド《Ｂ》・オブ・テキサス《Ｔ》〉という組織の捜査をするＦＢＩが、なぜ人種に言及せずにすませようとするのか、ダレンには理解できなかった。ＦＢＩは麻薬がらみの容疑と共同謀議でＡＢＴを検挙する意向であり、副官のウィルソンは、ヒューストンのＦＢＩ局員を支援するレンジャー側の班にダレンが加わることに同意したとき、ダレンに念を押した。「これは〈夜の大捜査線〉みたいな映画の話とはちがうんだ、マシューズ」ウィルソンはいった。「連中が運営しているのは重大かつ洗練された犯罪企業で、違法行為によってテキサスじゅうで何百万ドルも稼いでいる」すべてほんとうのことだった。だが、中心にある人種的憎悪に触れることなくＡＢＴを倒そうとするのは、濡れずに川で泳ごうとするみたいなものだった。

特別捜査チームに入るための最初の面接を受けて数週間が経ったころ、マックから連絡があった。カミラにある家――ダレンが育ったファームハウス――に侵入の痕跡があったという。犬の糞《ふん》――いや、人糞かもしれない、とマックはいっていた――が壁に滅茶苦茶に投げつけられ、拳銃が二挺盗まれていた。ひとつは銃把《じゅうは》に真珠のはまった三十年まえのリボルバーで、ウィリアム伯父のものだった。ダレンにはそれがとくにこたえた。ウィリアムは家を出たとき、ほとんど何も残していかなかったのだから。ウィリアムの所持品は、引退して使わなくなったレンジャーのバッジやステットソン帽も含め、息子のアーロンに譲られた。アーロンは州警察官で、テキサス・レンジャーになるためのマシューズ家の縁故を自分より先に使い尽くしたといってダレンを恨《うら》んでいた。ダレンとしては、プリンストン大学で取った学位やロー・スクールでの二年にそれなりの輝きがあったのだと思いたかったが、アーロンのいうことにも一理あるのはわかっていた。もしウィリアム・マシューズの甥でなかったら、今回のマックの件をめぐって、おそらく何週間もまえに解雇されていただろう。そういう意味では、ダレンはいまだに伯父の世話になっているのだった。

今回の事件は報告され、記録されたが、表面上はABTの暴力的なやり方と合致しなかった。ABTならもっと奇襲に頼ったはずだし、もっとたくさんの血が流されたはずだった。それに、仰々《ぎょうぎょう》しい警告や芝居がかった空虚な示威行動もなかった。だが、ABTのウェブサイトや、白人の国粋主義がキノコのように育つソーシャルメディアのたまり場に、ダレンの名前がちらほら見られるようになっていた。その事実を、グレッグは軽視していた。「おまえに死の危機が迫っているという報告は、あまりにも誇張がすぎると思う」グレッグは事態をすこしでも軽く見せようとしてそういったが、惜《お》しくもそれに失敗していた。「ただのおしゃべりだ——ほんとうに、噂に過ぎない。具体的なものは何もない。もしもっと何かあるようならこっちも動くよ、約束する。身の安全は百パーセント保証する」

「それは妻にいってくれ」

リサはダレンのキャリアの選択を、いまだにうまく飲みこめずにいた。新婚初夜に一緒に横たわったのは未来の弁護士だったのに、何年か後に目覚めたとき隣にいたのは警官だったという事実に納得がいっていなかった。ダレンの育ちのいい妻は、毎日セント・ジョンの服を着て、レクサスのセダンで通勤し、勤務先の法律事務所の私有駐車場に車を停めるような人間で、狂気と対峙《たいじ》したいという強い衝動も、テキサス・レンジャーの魅力も、ダレンが身に帯びた星形のバッジの魔力も理解しなかった。**そんなバッジがなんだっていうの？**　あなたを守ってくれるわけでもないのに、とリサはいった。そのためにあるものじゃないんだから。**あなたのためにつくられたわけじゃないんだから。**もし殺されたりしたら絶対に許さない、ともいっていた。

「マックを告訴すれば、人種間のいがみあいという話で押せる。大昔からある、取るに足りないクソみたいな話だ」ダレンはいった。「もし、ロニー・マルヴォがプロの殺しによって排除されたようだと噂が流れたら、ABTはそわそわして、ふだんの手順を変えるかもしれないし、商売を丸ごと停止するかもしれない。そうなれば、FBIの捜査は台無しになる。おれはFBIの捜査を救うためにマックの人生を犠牲にすべきだとは思わない」

「それで」グレッグはとうとう尋ねた。「マックの銃の処分を手伝ったのか?」

「おいおい、おまえまでそんなことをいうなんて」

「おまえがマックをどう思っているか知っているからだ……それに、マルヴォみたいな男をどう思っているかも」

「おれは、第一に警官なんだぞ」しかしそうはいいながらも、ダレン自身、確信がなかった。きょうは午前中のうちに、すでに偽証寸前のことをやっているのだから。もうすこしで手錠をかけられ、つき添われながら建物を出るはめになるところだった。マルヴォのような男に銃を向けたからといって、黒人がひとり刑務所に行くべきだとは、ダレンにはどうしても思えなかった。たぶん心の奥底では、マルヴォのような男を撃った人間なら、誰であろうと刑務所に入れるべきじゃないと思っているのかもしれなかった。

「それでも追われる身になるよ、ダレン。仕事のことだけをいってるんじゃない。告訴されるだろうね、おまえが証拠を隠したとなれば」

「そんなことはわかってる」ダレンはいった。「おれはなんにもしていない。それにマックもだ」

「確かなのか? あんなふうに孫娘に絡《から》んだ男だぞ。

これが昔で、もし立場が逆だったら、マックならそれだけで吊るされたところだ。もしかしたらあの老人は自分なりにちょっとばかり乱暴な正義を遂行したのかもしれない」

「リサみたいな口ぶりだな」

「これ以上議論するつもりはないよ」グレッグはいった。「電話したのはその話をするためじゃない」

ダレンは淡いブルーのハンカチを振り、氷の小片が砂利を敷いたコンクリートに落ちるのを眺めた。ダレンのトラックの正面の歩道では、少年が——たぶん五歳くらいだろう——ポカンと口をあけてダレンを見つめていた。母親が「おいで」といって少年をぐいと引っぱった。ダレンは、正真正銘のテキサス・レンジャーだけが子供の心に呼び起こせる畏怖《いふ》の念を思いだし、帽子を軽く持ちあげて笑みを浮かべた。

グレッグがいった。「ラークで起こった騒ぎについて聞いているか？」

「ラークのことは何も聞いていない」

「シェルビー郡だ、西の郡境を過ぎてすぐのところに、ちっちゃい店がある。人口は二百を超えないんじゃないかな」

「ああ」一度コーラを買いに寄ったことのある、ハイウェイ沿いの小さなカフェを思いだして、ダレンはいった。「車で通ったことがある」

「そこで、ここ六日のうちに殺人が二件あったんだ。一方はシカゴから来たらしい黒人男性、おれたちよりちょっと年下の三十五、だったと思う。通りかかっただけのようなんだが。二日後に、死体になってアトヤック・バイユーから引っぱりあげられた」

「ひどいな」

「それから、けさ、もう一体あがった」グレッグはいった。「地元の白人女性、二十歳」電話を通して、グレッグが自分専用の小さな仕切り席で机上の書類をめくる音が聞こえてきた。グレッグがFBIで働くようになってから数年しか経っておらず、出世につながるような、大きな事件を手がけたことはまだなかった。

「名前はメリッサ・ディル」

「ふたりにつながりはあるのか？」

「それを知りたいんだよ。ラークではもう何年も殺人事件など起こっていないのに、ここへきて週に二件だ」

「偶然ではありえないってわけか？」ダレンはいった。

「何かがあったんだよ」

　カッとなって血流が速くなるような、馴染《なじ》みの感覚が起こった。州内での人種がらみの殺人の話を聞くと気持ちが昂《たかぶ》るのはどうしようもなかった。「どうしてわかる？」

「スパイがいるからさ」グレッグはいった。

「その女の名前は？」

　グレッグは小さく笑った。女を引き寄せる能力のある男だと暗におだてられたのを楽しむかのように。しかし相手になるのはそもそも引き寄せられてもかまわないと思っている女たちなので、それが能力といえるかどうか、ダレンにはよくわからなかった。「ダラス郡検死局のある人物から連絡が入った、とだけいっておこう。シェルビー郡からの依頼で、彼らが男性の検死解剖をおこなった」さらに書類をめくる音が聞こえ、それからグレッグが被害者の名前をいった。「マイケル・ライト。遺体袋のファスナーをひらいて観察したとたんに、保安官に訊きたいことがいくつも見つかったそうだ」

「それはなぜだ？」

「遺体の状態に関係することらしい。電話で聞けたのはそれだけだ」

「死因は？」

「溺死《できし》」グレッグはいった。「だがそれは、男が水に入ったときにまだ息をしていたことを示すだけだ。それでも溺死といわれれば、保安官はまちがいなくそれに飛びついて、ほかの可能性をすべてとざしてしまうだろう。ジャスパーであったような事件は、誰も望んでいないわけだから」

テキサス州ジャスパーという町の名前を聞くことで、ダレンの内面は掻き乱された。グレッグはそれをわかっていて、あえていったのだ。一九九八年、ダレンは二十三歳の法科二年生で、その年にウィリアム伯父が突然亡くなっており、まだ深い悲しみのなかにあった。ダレンが夏期講座のあいまに学生用の談話室でサンドイッチを食べようとしていると、車で引きずられて死亡したジェームズ・バード・ジュニアのニュースがすべてのテレビの画面に映しだされた。ダレンは次の授業に出られなかった。談話室にとどまり、ケーブルテレビのニュース報道を何時間も見つづけた。自分が育った場所から百五十キロほどしか離れていない町で誰かが黒人を文字どおり頭がもげるまで引きずった、という事実に対して感じた憤激は、言葉にすることができなかった。自分の国を恥じ、自分の生まれた州を恥じた。

だが、同時に自分のまわりの学生や教授にも強い憤《いきどお》りを覚えた。大半が北部出身の白人で、舌打ちをし、憐《あわ》れみと蔑《さげす》みの両方がこもった口調でテキサスの地名を囁いたからだ。ダレンが愛し、ダレンのことを紳士であるのと同程度に戦士にもした土地の名前を。こうしたことは、どれも言葉にするのがむずかしかった。だからしようとも思わなかった。ダレンはただ立ち去った。その夏が終わるころには、州警察官になるための応募書類をテキサス州公安局に提出していた。目指したのは尊敬すべき法執行機関、地元の警察が解決できない——あるいはしようとしない——犯罪が起こったときに駆けつける、テキサス・レンジャーという名で知られる州警備隊の一員であり、州警察官になるのはその第一歩、十年ほどかかる長旅の最初の一歩だった。当時、自分にとって大事な唯一の法に一番近いのはこれだと思った——大地を踏みしめるブーツと、バッジと、四五口径のコルト。ブーツはワニ革か牛革で、手縫いが望ましい。ダレンの心にある内なる秤《はかり》は、つねにウィリアムを支持するほうへ傾いていた。弁護士のクレイトンは、甥がロー・スクールをやめたと聞くと、「おまえには心底がっかりしたよ」とだけいった。

「男が先に殺されたのか？」ダレンはグレッグに尋ねた。

「三日まえの金曜日にバイユーから引きあげられた。次が女性で、四、五百メートル下流にけさ打ちあげられたばかり」

妙だな、とダレンは思った。

南部によくある筋書きでは、ふつうは反対だった。まず白人の女が殺されるか、なんらかのかたちで害されるかして、それが現実であれ想像上のものであれ、月が太陽につづくように、次には黒人の男が死ぬことになるのだ。「女の死因は？」ダレンは尋ねた。

「検死解剖はまだだ。最初の死体とおなじような状態で発見されたという事実があるだけ。まあ、たぶん性的暴行があっただろうと声高にいわれてはいるが」

「なぜ連邦の人間を送らない？」

「保安官に頼まれていないからさ、人も、外部の助力も。もっとはっきりいえば、こっちから連絡するような権限がおれにはない」

「それで、おれに何をさせたいんだ？」

「現地に行って、ちょっとつっきまわってみてくれ。保安官がいっている以上のことがないかどうか確認するんだ。クランがらみとか、あるいはもっとよくないこととか。おまえの言葉でいえば……大昔からある、人種がらみのクソみたいな話だっけ？　おれは本腰を入れて捜査すべきだと思う。それに、おまえはまさにそういう事件を解決するためにバッジを手に入れたんだろう」

「おれは停職処分中なんだよ、グレッグ。バッジはない」

しかし下を向くと、自分が実際にはまだレンジャーの官服を着ており、法廷からそのまま星形のバッジをつけてきているのが目に入った。「で、何がおまえの手に入る？」

「正義のほかに？」

「隠し事はしないでくれ」

「もしこれが何かほんとうにもっと大きな、保安官がいっている以上のごたごただったら、サンドラ・ブランドの件みたいに、向こうの連中が何かクソみたいな事実を隠しているようだったら、おれが通報者になる。そうなればこのちっぽけな仕切り席から抜けだせる、というのはいうまでもないよな」（サンドラ・ブランドは二十八歳の黒人女性で、交通違反の取り締まり時に抵抗して逮捕され、留置場内で死亡した）

「何をいってるんだか」グレッグのむき出しの野心に顔をしかめながら、理解できる部分もあった。ダレン自身、ヒューストンの机に縛りつけられて、汚職や企業犯罪の捜査の手伝いばかりしているのはみじめだった。ダレンがほんとうに法執行者として活気づくのは、テキサス・レンジャーの肩書きにふさわしい精神――この偉大な州の荒野にいる男にふさわしい精神――に則《のっと》って活動しているときだけだった。特別捜査チームに加わることでダレンの生活は変わったが、そのせいで結婚生活に多大な緊張がもたらされることにもなった。ダレンが路上で過ごす時間を、リサは夫の仕事のなかで最も嫌った。

「なんだかにおうんだよ、ダレン。わかるだろう」

あまりよくわからなかった。

わかるのは、黒人の死体はそのへんに雑草が生えるように川から生えたりはしない、ということだけだった。

「一日か二日でいい」グレッグはいった。「それでピンとくるものがなければ、向きを変えて家へ帰ればいい」

　しかし最近は、どこへ帰ればいいかもよくわからなかった。

「わかった、やるよ」ダレンはいった。

　自分がそこへ向かうことはとっくにわかっていた。グレッグがラークの現場の説明をはじめた瞬間からわかっていた。大陪審とマックの件への怒りのせいだった。自分をとじこめているレンジャー上層部への恨みのせいでもあった。

「それから、ダレン、向こうでは充分気をつけてくれ。ＡＢＴはシェルビー郡にもいる」そんなことはグレッグにいわれなくてもわかっていた。ダレンは険しい顔でうなずきながら、トラックの運転席に乗りこみ、痛む手でハンドルを握った。

3

　ダレンはまず母親のところへ寄った。そうすると約束していたからだ。母親は、ダレンがカミラに、つまり自分の住まいから車でほんの数分の場所に滞在していることも、それがめったにない機会なのも知っていた。ベル・カリスはサン・ジャシント郡の東の端、テーダマツとアメリカシナノキの並ぶ赤土の道路の先に住んでいて、道路脇の木の枝がそこへ向かうダレンのトラックの両脇をなめるように擦《こす》った。木立の向こうに、母親の隣人たちが暮らす家々の黒いタールを塗った屋根と、雑草のなかに立つ差し掛け小屋や長細い《ショットガン》・ボロ家《シャック》を見分けることができた。近くで誰かがごみを燃やしており、そこから出る酸っぱいにおいの煙がダレンのトラックの正面にも漂ってきた。生活苦につきもののにおいだった。道のカーブしたところを走りながら、ダレンは母親の家主に会釈《えしやく》をした。パックという名の八十代の白人の男で、自分の家の裏にあるちっぽけな土地をベルに貸しているのだ。パックは正面ポーチからダレンに手を振り、すぐに木々に視線を戻した。パックは一日の大半をそうやって木々を凝視して過ごしていた。ダレンは左に曲がってパックの土地に入り、泥と雑草のなかについた二本のタイヤ跡をたどって、母親のトレーラーハウスへと向かった。

ベルは移動住宅の正面にあるコンクリートの踏み段に腰をおろして、煙草を吸いながら足の親指のペディキュアを落としていた。足もとにビールがあったが、ダレンにはよくわかっていた。ほんとうに厄介なものは家のなかにあるのだ。ベルは顔をあげ、ひとり息子を運んできた銀色のピックアップトラックを見たが、まったく関心のなさそうなくすんだ顔からは、この四日間ひっきりなしにダレンに電話をかけていたことなど微塵《みじん》も窺われなかった。

「痩《や》せたね」ダレンがトラックをおりると、ベルはそういった。

「そっちもね」ダレンはいった。

ベルとダレンの年の差は十六だけで、ふたりは腕の長さも脚の長さも似通っていた。ふたりともひょろりとした、ウィペット犬のような細さだったが、ダレンは上半身と脚に筋肉をつけ、ベルのほうは腰まわりに脂肪がついていた。しかしその脂肪もやっとのことで残ったもので、ほかの場所は時間の経過に負けて縮んでしまったかのようだった。父親には会ったことがなかった。だが、父親の兄であるウィリアムとクレイトンはどちらもようやく百七十センチを超える程度の身長だった。

すくなくとも身体的には、ダレンは完全にカリス家の人間だった。

「最後に買物に行ったのはいつだい、母さん？」

母さんと呼ぶと、ベルの態度が必ずやわらいだ。

ダレンとベルは、ダレンが八歳になってから初めて会ったのだった。そのまえは、ダレンの生みの親への好奇心は、父親だけに向けられていた。父親が向こう見ずであればあるほど面白かった――もっとも、ダレン・〝デューク〟・マシューズが十九年間の人生でしたことといえば、一回か二回寝ただけの田舎娘を妊娠させたくらいで、あとはベトナム戦争末期の悲痛な日々にヘリコプターの事故で死んでしまったのだが。ダレンにとって母親は物珍しい存在で、マシューズの家系に先住民のカドー族の血が混じっているという話とおなじくらい現実味を持たなかった。最初の数年は〝ミス・カリス〟と呼び、それが高校生、大学生のころには〝ベル〟になった。だが、四十を超えたあたりから、〝母さん〟という呼び方が口をついて出るようになった。まるで、何年ものあいだしぶとく歯のあいだにはさまっていた種が、ようやくぽんと取れたかのように。

「ソーセージと豆料理が、いまコンロの上にある」パールラガービールの缶を取りあげながら、ベルはいった。缶ビールはいまでもリヴィングストン湖畔の釣具店で買えた。釣具店の並びには、ベルが清掃員として週に三日働いているリゾート客向けのキャビンがいくつかあった。「おなか空《す》いてる？　お皿によそってあげようか？」

「長居はできないんだ、母さん」

「もちろんそうだろうね」

ベルは裸足《はだし》のまま立ちあがった。ダレンが紳士らしく差しだした手は払いのけた。ベルはビールを飲みほし、トレーラーのスクリーンドアへ向かった。「だけど一杯はつきあう。それくらいはしてくれるんでしょう」ベルは一番上の段ですこしふらついてから、スクリーンドアをあけてなかへと消えた。ダレンはあとにつづいて二部屋のトレーラーに入った。くすんだ、灰色がかった茶色の絨毯《じゅうたん》が、床一面に敷きつめてある。

「きょうは何本飲んだ？」ダレンは腕時計にちらりと目をやりながらいった。

もし正午まえに八本を超えるようであれば、車のキーを取りあげて、パックのところで預かってもらわなければならないだろう。母親にとっても息子にとっても不愉快なことになるはずだった。理由はそれぞれちがうのだが。「あたしは楽しくやってるよ」ベルはそれだけいい、L字形の長椅子に置いた薄っぺらいクッションに沈みこんだ。長椅子は居間の一部と簡易キッチンにまたがっていた。ベルは五十七歳で、成人してからの人生の大半をアルコール依存症者として過ごしてきた。この事実に、ティーンエイジャーだったころのダレンは戸惑い、大人になったいまは身の縮む思いだった。ベルは弾丸のかたちをしたカティサークの小壜を哺乳瓶のように吸った。飛行機の機内で出るようなミニボトルを、釣具店では五十セントで売っており、ベルはそれを窓の下枠に弾丸ベルトのように並べていた。

「きょうは仕事が休みだから」

「おれになんの用があったんだい？」

「あんたの母さんに一杯つきあうこともできないってわけ？」ベルはそういって、自分の隣のペイズリー柄のクッションをポンポンとたたいた。髪は編んで丸めてあり、テーブルにはマニキュアのボトルがあった。今夜は出かけるつもりだな、とダレンは思った。

「勤務中なんだよ」

「ちがうでしょ。リサから聞いた」

「まさか。それはないね」

リサとベルが話をするなどありえなかった。ベルは結婚式にすら来なかったのだから。ベル・カリスを頑《かたく》なに嫌っているリサとクレイトンのふたりが強く主張したため、招待客リストからはずされたのだ。ウィリアム伯父だけはベルの生活を支えるために毎月なにがしかの金を渡しており、その金をどうしたかは決して尋ねなかった。しかしそれもウィリアムが亡くなった日に終わった。クレイトンはベルを寄せつけず、ベルの名前が出るだけで必ず身を固くした。ある日ベルがダレンを返せといってやってくるかもしれない、子供時代から全部やり直そうとして、クレイトンの知る息子に近い唯一の存在を連れ去るかもしれないとでも思っているようだった。ダレンは毎年、クリスマスはマシューズ家の人々と過ごした。クレイトンに、ウィリアムの寡婦のナオミ。ナオミの子供ふたり、レベッカとアーロン。イースターはリサの両親と、ニューメキシコにある彼らの別荘で過ごした。感謝祭は友人たち、たいていはグレッグやダレンのレンジャー仲間と過ごした。母親と妻がおなじ部屋にいたことは一度もなかったはずだった。リサがダレンの仕事上のトラブルをベルに暴露したというなら、ベルが嘘をついているか、リサがダレンの想像よりはるかにひどく腹を立てているかのどちらかだった。

「自分の家で嘘つき呼ばわりされるなんてごめんだよ、ダレン」ベルはいった。「ヒューストンに何度か電話したんだ、あんたがマシューズ家の電話に出ないから」家族の農場をいうのに、ベルはつねにそういう堅苦しい呼び方をして、自分がそこに属していないことをはっきりさせようとした。両親はきちんとしたかたちでつきあっていたわけではなく、デュークは一度もベルを家に連れていったことがなかった。ふたりのロマンスは、森のなかでこっそりキスをするたぐいのものだった。ベルの背中はライブオークの粗い樹皮に押しつけられ、デュークは日が暮れるまでにベルを家に送り届けた。デュークが死に、その数カ月後にダレンが生まれると、クレイトンは何日も経たないうちに甥を手に入れた。「彼女は、あんたが仕事でちょっと厄介なことになってるっていってた。銃撃事件とか、ラザフォード・マクミランがどうしたとか。最近あんたがどこにいるかは知らないっていってたけど、あたしはカミラであんたのトラックを見たから」

「おれたちはちょっと距離を置いてる、それだけだよ」

「あの娘はむずかしいって、あんたに教えてやることもできたのに」ベルはそういって煙草を取ろうとまえに身を乗りだし、すでにあいているニューポートのパックに指をすべりこませた。そして新しい一本に火をつけ、盛大に煙を吐きだした。「だけど訊かれなかったからね。そうでしょ？」

ダレンはドア口から三十センチくらいしかなかに入っていなかった。帽子は脇にはさんだままだったが、頭のてっぺんが天井につきそうだった。「ずっとおれを探してて、そのおれはいまここにいる。で、用件は？」

「フィッシャーと話をつけてほしいの」

「その件にはいっさい関わりたくない」

「でも、きちんとお給料を払ってくれないんだよ、ダレン。このままじゃ飢え死にする」

「食べ物ならあるっていってたじゃないか」ダレンは簡易キッチンの二口コンロにちらりと目を向け、すくなくとも一週間はまえに調理されたらしい、表面が固くなった何かを見た。ソーセージと豆料理は願望だったのだ。こうありたいと思う母親の真似事をしてみたのだろう。

「フィッシャーはなぜ給料を払わないんだ？」ダレンは尋ねた。この話にはまだつづきがあるとわかっていたからだ。いつもそうだった。フィッシャーは、リヴィングストン湖そばの〈スターフィッシュ・キャンプ場――キャビン＆ＲＶパーク〉で働くベルの雇用主で、ベルの恋人でもあり、べつの従業員と結婚してもいた。もの悲しいメロドラマであり、ダレンはそれに巻きこまれたくなかった。

「フィッシャーは、あたしがあいつの財布から百ドル盗んだっていうんだよ」

「勘弁してくれ。クビにされたり、保安官を呼ばれたりしなくてラッキーだったよ」

ベルは舌打ちをして笑みを浮かべ、新しいボトルを取ろうと窓の下枠へ手を伸ばした。「そんなことはしないだろうね、レンジャーの息子がいるって知ってるから」

「レンジャーじゃない——すくなくとも、いまは」逃げ道を探しながら、ダレンはいった。

「あいつはそんなこと知らないもの」ベルは抜けめなくいった。「それはいつまでつけさせてもらえるの？」ベルはそういい、ダレンの胸に留められた銀のバッジを顎で示した。

「あしたまでにこれを持って現われなかったら、上司はおれを探しはじめるだろうね」

「時間はたっぷりあるじゃない」

「いくらほしい？」そのほうが簡単だったので、ダレンはいった。何もしなければ母親は不機嫌になる。いい年をした女の——自分はずっと過小評価されてきたと思っていて、そのことに腹を立てている女の——ふくれっ面を見ることになるのだ。ベルは自分の人生に関わりのある男たち、とりわけ息子には、貸しを充分に返してもらっていないと思っていた。そして、実際に育てたわけでもなければ、長いあいだクリスマスカードさえ寄こしもしなかったことがわかっているのに、ダレンのほうも何かしら借りがあるような気がしていた。何を返せばいいのかはよくわからなかった。きょうはとりあえず現金二百ドルを差しだした。手もとにあった金の大半だった。

　ベルはそれを仰々しく受けとり、シャツのポケットに押しこんだ。「食べるものを買うんだ」ダレンはいった。「最低でもそのうちの五十ドルは食料品に使ってくれ」そうするかもしれないし、しないかもしれない、とベルはいい、また新しいボトルを取ろうと窓枠に手を伸ばした。

4

アメリカ国道《USハイウェイ》五九号は、東テキサスの中心を貫く線である。地図上では、結びめのような小さな町をつなぐ糸である。ラレドからテキサカーナを抜け、北の国境へとつづいている。南北に延びるこの道路沿いの田舎町で生まれ育った黒人にとっては、ハイウェイ五九号は昔から可能性を示す弧であり、希望への舗装された道、北を目指す道だった。

しかしダレンの一族はちがった。

父方も母方も、奴隷《どれい》制時代からずっとテキサスに暮らしてきた家系だった。南北戦争後の再建《レコンストラクション》以来、テキサス州東端の松樹林を出ていった者は、法の手を逃れようとこの地を去った母方の少数のおじやいとこを除けば誰もいなかった。母方の一族は貧しかったためにとどまった。マシューズ一族は裕福だったためにとどまった。初期のころから農業に適した肥沃《ひよく》な土地を所有していた。気に入りの奴隷にマシューズという姓を与えた男がいて、その男から遺贈された土地だった。そういう言い伝えだった。そして黒人は、見知らぬ寒い場所で一からやり直すために、そうした財産を残してさっさと出ていったりはしない。そう、マシューズ一族はより深く土を掘りおこし、綿とトウモロコシと、自分たちだけの一族の根《ルーツ》を植えつけたのだ。自由に現金を引きだして出ていけるような集団ではなかった。一族は懸命に土地を耕し、つづく世代の男たち、女たちを育てるのに充分な利益をあげ、多くの者を大学や大学院へ送った。彼らの暮らしぶりは大都市のシカゴやデトロイト、製鉄で有名なインディアナ州ゲイリーなどで可能な生活と比べても劣らなかった。いずれにせよ、テキサス州を丸ごと白人に譲り渡す気にはなれなかった。股間を掻きながら噛《か》み煙草を吐き散らす大勢の貧乏白人《クラッカー》の憎悪にこの州が塗りつぶされるのはいやだった。当然のことながら、裕福であるからこそ、そうした選択ができた。しかし裕福であるために要求されるものもあった。そしてマシューズ一族は進んでそれを差しだしてきた。カミラに有色人種の学校をつくり、余裕のあるときには有色人種のビジネスのために小口融資を提供した。一族の人間は人生を公共の仕事に捧げた。教師になり、田舎医者になり、弁護士になり、時代の求めに応じて煽動者《せんどうしゃ》にもなった。

逃亡者にだけは決してならなかった。

自分たちは特別だ、ほかの者たちに耐えられない物事を耐える肝っ玉が自分たちにはあるという信念は、マシューズ一族の最もテキサス人らしいところだった。それは本物の不屈の精神から生じる尊大さ、六世代もの長きにわたり動じずにやってきた者特有の傲慢《ごうまん》さであり、つまらない嫉妬《しっと》や重大な権利侵害を弾《はじ》くホメロスの盾《たて》だった。暇を持て余した白人たちはそうした嫉妬や侵害に多くの時間をあて、黒人の生活のあらゆる面に——何を食べるかからはじまって、誰と結婚するか、どんな服を着るか、どんな音楽を演奏するか、どんな髪型をするか、町なかでどんなふうに白人に話しかけるかといったことにまで——押しつけがましい、立ち入った視線を向けてきたわけだが、マシューズ一族はその根っこにあるものを見きわめていた。そこにあるのは自分たち黒人とはあまり関係のない、勝手に加熱した妄想であり、偏見だった。自分自身を見つめずにまわりばかり気にしている人間なら、そうした偏見にさらされればひとたまりもなかった。

いいや、われわれはどこにも行かない。

ダレンは生まれてからずっとそう聞かされてきた。逃げたっていい、もしそうしても、誰もおまえを裁いたりしない。だが、とどまって闘うこともできる。夕暮れどき、カミラの古い家の裏手のポーチで、ウィリアムはつばを下にして帽子をポーチの手すりに置き、一族の土地を遠くまで眺めながらダレンにいったものだった。「気高さは、闘いのなかにある。すべてのもののなかにある」

何年もまえにダレンが故郷へ呼び戻されたのも、いまダレンがハイウェイ五九号に車を走らせて北へ向かい、シェルビー郡を目指しているのも、闘いのためだった。

グレッグの勘はおそらく正しいだろうとダレンも思っていた。やはりふたつの殺人事件にはつながりがあるのではないか。なんらかのかたちで人種問題が絡んでいるのではないか。すくなくとも、質問をしてみる価値はあるのではないか。人種がらみの殺人事件、とくに醜悪な汚点のあるような殺人事件、殺人方法や動機のなかに恥ずべきもののある事件、アメリカという国が胸を張っていられるようにきちんと裁くべき犯罪に取り組みたいという強い望みがあることを、ダレンは自覚していた。しかしそうした事件を安易にヘイトクライムと呼ばないように気をつけてもいた。テキサスの警官たちは、ある犯罪がべつの犯罪よりも悪質であるとはっきり示すことに臆病だと、レンジャーになった直後に学んでいたからだった。ダレンはこの仕事に就いて最初の年に、レンジャーの汚職調査部門と同規模のヘイトクライム対策ユニットを設立して未解決事件の捜査にあたるべきだ、と提案して叱責を食らっていた。ダレンが思い描いたのは、組織や地域に縛られず、事件そのものの類似性に重きを置く捜査ユニットだった。ダレンはヘイトクライムの特徴をまとめた報告書を書きあげた――判例を引用し、他州で有罪判決に持ちこんだ成功例を挙げて。それをヒューストンに設置されたA隊の副官と隊長と、オースティンのレンジャー本部の両方に提出した。報告書は、個人的な利害に大きく関わると思われる事柄に過度の興味を示している、という印象を残しただけだった。上司からはほとんど関心を持たれず、すくなからぬ白人レンジャーの反感を買った。ダレンのアイディアは完全に却下された。その件と、今回おそらくマックが起訴されることで、ダレンのテキサス・レンジャーとしての忠誠が疑われる事態になりそうだった。

シェルビー郡へは二時間のドライブだった。ハイウェイ沿いの豊かな松林が日陰をつくり、サン・ジャシント川へ注ぐ小川やバイユーにはヌマスギが点在している。レゲットのはずれで錆びた鉄橋を渡り、数キロ進んだところでサザンレッドオークの幹に留められた手書きの段ボールの看板が見えたので車を停めた。看板は茹《ゆ》でたピーナッツの宣伝だったが、ピックアップトラックの荷台を売店代わりにしている女は洋梨と手づくりのペッパージャムも売っており、ダレンのシャツに留められた星形のバッジを目にすると、無料《ただ》でカボチャを持っていっていいよといった。女の足もとに、ごつごつしたカボチャの入った箱があった。ダレンは丁重に断り、代わりに数ドル払ってピーナツをひと袋と洋梨をふたつ買うと、間に合わせの昼食として自分のトラックの運転席で食べた。袖をまくって、上腕を流れ落ちる洋梨の果汁で濡れないようにした。前部座席の向こう側で、電話がダレンを呼んだ。マックからのショートメールだった。**どうだった？**

　厳密にいえば、非公開の大陪審の進行について口外することは許されなかったし、被告人との通信記録を残すことで失業の危機をさらに深めるわけにもいかなかった。代わりに、ダレンは伯父に電話をかけた。留守録に簡単なメッセージ――マックへの伝言――を残すつもりだったが、講義のあいまのクレイトンがつかまった。そばを通りすぎる学生たちのおしゃべりと、広大なキャンパスを移動しているらしき六十代後半の伯父のかすかな息切れが聞こえてきた。亡くなったウィリアムの妻のナオミから、健康データの管理が簡単にできるようにと、去年のクリスマスに歩数や活動量などが測れる〈フィットビット〉を贈られていた。いまではクレイトンは、憲法学の講義のあいまに弁護士として法廷に立つ代わりに、雨でない日はいつでも歩きまわっていた。**ナオミが私の人生に活気を取り戻してくれたよ。**クレイトンはすくなくとも月に一度はそういった。ナオミとウィリアムとの結婚で生まれた子供たち、つまりクレイトンの姪《めい》と甥や、ダレンが感じる気まずさには無頓着《むとんちゃく》だった。「もっと早く連絡をもらえると思っていたんだが」クレイトンはいった。

　クレイトンの声はウィリアムとそっくりだった――ほんのすこしかすれた、耳に心地よい声だった――ので、クレイトンと話をするたびにダレンは一瞬混乱し、ウィリアムがまだ生きているかのような切ない気持ちになった。ふたりがよく似ているせいで、ダレンがほんとうに会いたいと思うほうの伯父がすでにいないことをよりはっきりと思い知らされ、二度と会えない者への思慕の念が募った。クレイトンと、おなじＤＮＡ

に固執するナオミとのあいだに進行中のロマンスも、半分はそういうことなのではないかとダレンは思っていた。二流のロマンスを科学的に説明すればそういうことなのではないか。

「母親のところに寄っていたんだ」ダレンはいった。

クレイトンはそれを無視してつづけた。「話を聞こうじゃないか。ヴォーンはどんなふうだった？ テキサスの大陪審などしくじりようもない他愛ない仕事だが、あの野郎が何かミスをしたという話を聞きたいもんだね。何か、結果としてマックが助かることになるようなミスを」

ダレンは正直に、あまりよろしくないと話した。やはりあの盗まれた三八口径や何かがよくない、充分なことができたかどうかは確信が持てない、あの夜の印象を覆《くつがえ》すようなこと——ロニー・マルヴォから離れ、次いでマックからも離れたこと——について検事に言《げん》質《ち》を取られたわけではないけれど、と説明した。「何人かは味方につけられたかもしれない」ふたりいた黒人陪審員を思い浮かべながら、ダレンはいった。

「おまえはできることをした、それを誇りに思うよ。次はそのバッジを返して、立ち去るんだ。シカゴの学部長とはもう話をしたのか？ いまもおなじ男がやっているのかな？」

「いや、いまは女性だよ」ダレンは答えた。ウェブサイトにアクセスするところまではやったのだ。かつてダレンがロー・スクールに出願したときは、さらなる情報を得るために連絡すべき電話番号のリストが載っているだけのみじめなページだったが、いまや出願に必要なことはすべてオンラインでできた。しかしダレンは〝ホーム〟より先のページをクリックしてはいなかった——すくなくとも酒を飲んでいないときには。

「まあ、オースティンでよければ三年生の席をひとつ用意してやれるよ、ダレン。応募用紙に記入すればいいだけだ。早ければ年明けから通える。いずれにせよ」クレイトンは穏やかにつづけた。「リサとの生活のためには、テキサスのほうがいいかもしれない」

　クレイトンはリサと連絡を取りあっているんだな、とダレンは思った。

「ロー・スクールではこんど新しく〈イノセンス・プロジェクト〉のコースをはじめるんだよ。とくに取調べの過程で警官の蛮行《ポリス・ブルータリティ》が疑われる事件を扱うから、法執行機関の空気を身をもって知っているおまえがいれば、何年もかからずに軌道に乗せられるだろう。おまえには才能がある。度胸もある。おまえがやろうとしていることすべて、レンジャーではやらせてもらえないことすべてが、ここではできるんだよ、ダレン。同胞を守ることができる。今回のマックの件で、おまえにもわかって――」

「うまく検挙した件だっていくつもあるよ。おれはいい仕事をしてきたんだ」

「それは誰に対する奉仕だね、ダレン？」

　もう何十回もしてきた議論だった。おなじくレンジャーだったウィリアムが口をはさむことのできたころを入れれば、もっとだった。クレイトンは、いまは退《ひ》きどきだと判断していった。「ヒューストンでの用件が全部済んだら、うちに寄ってくれ。ナオミと私でおいしい夕食を用意するよ。ロー・スクールのなかも案内できる。われわれのような人間のために世のなかを変えようとしている連中に紹介するよ」階級の力学が絡むと彼の指すわれわれはかなり複雑になるのだが、いつものごとくそれを無視してクレイトンはいった。「リサが、会社のオースティン事務所に異動になるかもしれないといっていた。おまえのために受けるつもりなんだろう。ふたりでやり直すんだ、ダレン」

　八十キロも走らないうちに母親から電話が三回入り、途中でピックアップの前部座席に置いた電話を伏せたので、ダレンはグレッグからの最初のショートメールを見逃した。次のメッセージは、ナコドーチェスを出て数キロのところでガソリンを入れているときに着信した。**メールを確認してくれ。**グレッグがＹａｈｏｏの個人アカウントから寄こしたメールには、マイケル・ライトとミシー・デイル――メリッサではなく〝ミシー〟だと判明した――について知りえたわずかな情報の概要が記されていた。グレッグはいくらかグーグルで検索し、ＦＢＩの多数のデータベースを自由に使って、次のような事実をつかんでいた――マイケル・ライトは三十五歳で、じつはテキサス生まれだった。

ダレンはエンジンをアイドリングさせたまま、トラックのなかで読んだ。マイケル・ライトはタイラーで生まれ、そこで小学校を出てから、両親とともにシカゴへ移った。両親はともに、いまでは故人だった。ライトは既婚者だったが、すくなくともグレッグがアクセスできた少数の目撃証言によれば、ひとりで旅行をしていた。犯罪歴はなく、パデュー大学と、シカゴ大学のロー・スクールを卒業したあとも北にとどまり、第二の故郷のそばにいた。グレッグはここに括弧《かっこ》でくくったメモを残していた。**シカゴ大学でおまえと知り合いだった？** しかしもちろんグレッグの計算は大きくはずれていた。ダレンがロー・スクールに通いはじめたころ、マイケル・ライトはまだ高校生だったはずだ。けれども確かに、生い立ちは似ていなくもなかった。見覚えのあるような感覚や、仲間意識のようなものがすぐに湧いてきた。添付された写真は、ライトが勤める法律事務所から取り寄せた顔写真で、数時間日にあたったあとのヒッコリーのような深い茶色のダレンの肌とはちがい、マイケル・ライトは肌の色が薄く、服の着こなしはダレンより垢《あか》抜けていた。それでもダレンはマイケル・ライトを知っているような気分になった。ほんのいくつかの年齢差がなければ、シカゴ大学で知り合いだったかもしれず、東テキサスで黒人少年として育った経験について語りあったかもしれなかった。一緒にビールを飲み、女の子やバスケットボールや憲法学の話をした可能性もあった。

配偶者には通告済み。

マイケル・ライトに関するグレッグの最後のメモには、妻の名前――ランディ・ウィンストン――とともに、殺人のあった時間の妻の居場所がまだはっきりしていないことが記されていた。妻の写真はなかった。だが、ダレンはリサを思い浮かべた。バターのようになめらかな茶色の肌と、星のように頬に散ったそばかすと、維持するために週に百ドルもかかる細い巻毛が頭をよぎった。リサが何年ものあいだ心配してきたのも、マイケル・ライトの妻が受けたのとまさにおなじ連絡を自分が受けとることだった。

グレッグのメールの残りはミシー・ディルの調査結果で、ライトのものよりはるかに分量がすくなかった。ティンプソン・ハイスクールの卒業生で、パノーラ・カレッジの美容術の講座に一学期半だけ在籍していた。ハイウェイ五九号のすぐそばにあるラークのアイスハウス（昔の貯氷倉庫の建物を食料品店や酒場につくりかえたもの。テキサスでは多くが冷えたビールを出す酒場になった）〈ジェフの酒場《ジュースハウス》〉でウェイトレスをしていた。葉書一枚に収まりそうな経歴だった。ただ、最初は見落としそうになったが、興味深いところがひとつあった。キース・エイヴリー・ディルとの結婚に関する記述だった。キースはラークの人間で、現在は〈ティンプソン材木会社〉で働いているのだが、ハンツビルの塀のなかで二年のお勤めをしてきたばかりだった。麻薬がらみの犯罪――売買目的の所持――だった。

グレッグはメモを添えていた。ＡＢＴ？

〈ア《A》ーリアン・ブ《B》ラザーフッド・オブ・テ《T》キサス〉はテキサスの刑務所で生まれた。つねに半数を超えるメンバーが収監されていたが、だからといって、この犯罪組織の運営が止まるわけではなかった。止まるどころか、むしろ刑務所が彼らの培養地なのだ。新人はなかでＡＢＴの思想を植えつけられ、外に出るとそのギャングに入ろうと必死になった。ABTに入るための通過儀礼は、黒人の死体をつくることだった。自分で殺しさえすれば、相手は誰でもかまわなかった。グレッグのいいたいことは――テキサスの刑務所で二年の刑期を終えていくらも経たないキース・ディルのいるまさにその町で、黒人の男が死に、次いでディルの妻まで死んだ――ダレンにもよくわかった。腹が立ったのは、さっき電話をかけてきた時点でグレッグはおそらくABTにつながる可能性のある事件だと知っていたのに、ダレンがシェルビー郡まで半分は進んだだろうと思えるまで待ってからさらなる情報を送ってきたことだった。腹いせに帰ってしまってもよかった。しかしABTへの言及が、ブーツのなかの小さな重りになっていた。気がついたときにはダレンはハイウェイに戻っており、時速百四十キロ近いスピードで走っていた。速度を落としたほうがいいのは承知していた。レンジャーに対する不満に駆りたてられて、半分もわかっていない物事に軽率に突っこんでいくのは考えなおしたほうがいいことも承知していた。それでもダレンは止まらなかった。すくなくとも、このときは。

シェルビー郡への境界を越えると、ダレンは星形のバッジをはずし、グローブボックスに放りこんだ。バッジは、ダレンがそこにあることも忘れていた、半分空いたワイルドターキーの壜にぶつかり、カチリと小さな音をたてた。誘惑の声。しかしいまはそれに答えるのはやめておいた。愛着のあるバッジをつけていないと裸になったような気がしたが、バッジがないことで匿名性《とくめいせい》が生じ、かえって守られているような気分にもなった。この星をつけていなければ、必要以上の注意を引くこともなく、郡内にいるABTの下っ端、いつでも獲物を探している狂犬に、自分の存在を宣伝して歩くようなことにもならないだろう。それに勤務先のヒューストンに話が伝わることもないだろう。上司から正式の許可もないまま、警官として、テキサス人として、ひとりの人間として、過度の興味を示している対象をつついてまわっていると知られることもないだろう。テキサス・レンジャーの星形のバッジをつけていないかぎり、彼らに止められるいわれはなかった。バッジがなければ、ダレンはひとりでハイウェイを走っているだけのただの黒人だった。

第二部

5

〈ジェニーヴァ・スイーツ・スイーツ〉の正面のドアについた真鍮のベルは、ダレンが店内に足を踏みいれたとき、小さくチリンと音をたてた。年季の入った橇《そり》の鈴で、ドアのバーハンドルに古いリボンで結わえつけてあった。リボンは赤と明るい黄緑色の格子縞で、端がほつれてクリスマス飾りの綿のようになっていた。誰かが特別に陽気な十二月の祝祭のために結んだものだろうが、すくなくともそれから十年は経っているように見えた。ジェニーヴァの店では、クリスマスはお気に入りの祭日のようだった。さまざまな色の電球のついたコードがキッチン入口のドアに留められ、その一メートルほど手前のカウンターもやはり色つきのライトで飾られていた。よじれたコードはこびりついたケチャップやバーベキューソースでべたべたで、カウンターの下の歪《ゆが》んだベニヤ板に留められていた。奥のほう、キッチン脇の壁にかかったカレンダーはすべて一年の最後の月までめくられ、ポインセチアと松ぼっくりのリースの絵や、生まれたばかりの輝くキリストの絵が、カフェの正面の大きな窓から注ぐ午後の陽光のなかで黄色がかって見えた。ボックス席の隣にあるジュークボックスでマヘリア・ジャクソンの〈きよしこの夜〉がかかるのは二回めだった。ダレンはすでに一時間ほどそのボックス席に座っていた。店内は全部で八十平方メートル足らずで、辺鄙《へんぴ》な場所にあるひと部屋のカフェのわりには上手に商売をしていた。郡境を越えてすぐのところで通りすぎたラークの看板には、**人口百七十八**と書いてあった。ジェニーヴァの店の一部は床屋につくりかえてあった。それもちょっと変わっていたが、部屋には一風変わった雑貨もたくさんあった。五十年まえのテキサスのナンバープレートがあったり、古いエレキギターが展示されていたり、かぎ針編みの赤ちゃん人形が高い棚に何列も並んでいたり。緑色の理髪用の椅子にはそばかすのある中年の黒人男が腰かけ、漫画を読んでいた。

子供のころ、ダレンはこういう場所のそばで育った。カミラにあった〈メアリーの売店&食堂〉では、小さいころにかき氷を買ったし、伯父たちが料理をする気になれないときはナマズのフライを買って帰ったりもした。コールドスプリングの〈ロシェルの店〉では、虫歯になりそうなくらい甘いレモネードを売っていて、暑い夏の日には裁判所に届くほど行列ができたものだった。何世代ものあいだ、テキサスの黒人女たちは、壁を四つ立てて得意料理をひとつつくりさえすれば黒人の財布をあてにできた。黒人たちは歓迎してもらえる場所を求めてそこらじゅうからやってくるからだ。ジェニーヴァの店はそうした時代に属するものだった。いまから二十年後にもまだこういう店は生き残っているだろうか、とダレンは思った。もしかしたら残るかもしれない。食事がこんなにおいしいならば。

さっき道端で軽食をとって以来の食事だった。

ダレンはササゲマメとオックステールのひと皿料理を半分ほど食べたところだった。できるかぎりゆっくり食べて窓際の席に居座り、窓の向こうの町からずっと目を離さなかった。いままでにわかったのは、こんなところだった。ジェニーヴァのカフェがあり、ハイウェイ五九号をはさんだはす向かいに丸屋根の大きな家があり、その家はまわりをピカピカの真っ白な木のフェンスで囲んであった。ハイウェイのこちら側、ジェニーヴァの店とおなじ側の四、五百メートル北を通りすぎたときには、伝統的なスタイルのアイスハウスを見かけた。席の半分は戸外にあるような酒場で、箱型をした平らな屋根の建物の三方をポーチが囲んでいた。ポーチの木材は風雨にさらされた灰色で、いくつか朽《く》ちて黒く変色している場所があった。建物の壁はアルミの羽目板でできており、さえない黄土色に塗ってあった。その壁を横切るように、〈ジェフの酒場《ジュースハウス》〉のネオンサインが光っている。ダレンはグレッグのメールの記述を思いだした。

町にはほかにも大事な場所があるのかもしれないが、それはもっと奥地に押しこまれているか、ハイウェイ本線を離れて延びる、川床についた轍《わだち》のような細い農道のずっと先にあるようだった。赤土の小道はマツの木々のあいだを蛇行して、松樹林の奥にある家やトレーラーハウスへとつづいていた。テキサス州ラークなら、くしゃみひとつする程度の時間で全体をパトロールできるだろう。ダレンは町を通り抜けて、二度引き返してからやっと、これで全部なのだと気がついた。町に入ったときにジェニーヴァの店のまえにパトロールカーが二台停まっていたので、ダレンはこのカフェに最初に寄ることに決めたのだった。この郡の西の境界にあたるアトヤック・バイユーがジェニーヴァの店の裏手の森を縫って走っていることは、ダレンも知っていた。

白人のトラック運転手がハイウェイを降りて入ってきた。ダレンは窓を透かして、虫の甲殻のようなプレートを見た。〝世界の中心地、オハイオ〟と書いてあった。運転手はドア口で立ち止まって、汗に濡れた髪から野球帽を持ちあげながらあたりを見まわし、五、六人の黒い顔に見つめ返されると、はっとしたように動きを止めた。

「何をあげましょうかね？」ジェニーヴァがいった。

「このへんでトラックが停まれる店はここだけか？」

「ティンプソンにもう一カ所あるよ、もしそこまでたどり着けるなら」

運転手は自分のトレーラーをふり返った。トレーラーは駐車場の半分近くをふさいでおり、ジェニーヴァのひとつしかない給油ポンプがその横でやけに小さく見えた。運転手は躊躇《ちゅうちょ》していた。

「だけどあんた、立ったままでいいから何か食わせろって顔をしてるね。入って入って。心配ないよ、カウンター席に座らせてあげるから」ジェニーヴァは笑みを浮かべてダレンの視線を捉《とら》え、ウィンクをした。ダレンは思わず微笑み返した。ふたりはダレンが食事を注文したときにほんのすこし言葉を交わしただけだったが、ダレンはすぐにジェニーヴァを好きになった。トラックの運転手は、持ち帰り用のポーク・サンドイッチを注文した。ダレンは会話のきっかけをつかみ、カウンターの最後の空席に移動した。六十代の黒人男と、もっと若い、〈トランスウエスト提携トラック輸送〉と書かれたナイロンのシャツを着た黒人男が並んで座っている横だった。

「気を悪くしないでほしいんだけど」ダレンはジェニーヴァにいった。「店のまわりに制服警官が大勢いるのが目についてね。何かあったのかな？」

六十代の男は小さく口笛を吹き、目のまえに広げた新聞の縁をピシリと弾いたが、何もいわなかった。ジェニーヴァは、包装済みのおしぼりを詰めていた紙袋から顔をあげた。そしてやはりコメントを控えた。口を開いたのは黒人の若者だった。「そこの裏で女が死んだんだ」若者はそういうと、携帯電話から顔をあげてダレンを一瞥《いちべつ》した。そしてダレンには全部聞かせていいと判断し、つけ加えた。「白人の女だ」

オハイオのトラック運転手が顔をあげた。「サンドイッチは、あとどれくらいかかる？」

「ジェニーヴァ、あの女には家に赤ん坊がいたんじゃなかったっけ？」黒人の若者がいった。

「誰が？　ミシー？」ジェニーヴァの店のコックなのだろう、白いエプロンをつけた男がサンドイッチを手にキッチンから出てきていった。サンドイッチは白い紙に包まれており、側面にバーベキューソースが染みて細い筋ができていた。コックはサンドイッチを紙袋のなかに入れた。

「四ドル九十九セント」ジェニーヴァはほかの全員を無視して、トラックの運転手に向かっていった。

オハイオの運転手はレジのまえに五ドル札を置き、そそくさと出ていった。数秒後、速度をあげてハイウェイに戻っていくトレーラーのエンジンの唸《うな》りがダレンの耳に届いた。ジェニーヴァはダレンを無視したまま奥の壁に押しつけられた事務用の戸棚に向かい、ひらいたままの戸棚に積まれた郵便物をせわしなく整理しはじめた。

「ハクスリー、出さなきゃいけない手紙はある？」

「いや、きょうはない」老人は答えた。

若いほうの黒人がかん高い声でいった。「そうだよ、赤ん坊がいた。あんたがそういってたんじゃないか」

「もうたくさんだよ、ティム」そういうと、ジェニーヴァは投函《とうかん》の準備ができている郵便物をきちんと重ね、オレンジ色のヘアバンドで留めた。ダレンと目を合わせることをあからさまに拒否していた。ダレンは彼らの仲間ではない、よって町の秘密を知る資格がない、というわけだ。

それならそれでかまわない。

ダレンは食事代を現金で払い、馬鹿馬鹿しいほどたくさんのチップを置いた。

ドアのベルが鳴るのを背後に聞きながら、ダレンは外に出てピックアップトラックへと向かった。前部座席のうしろに濃紺のダッフルバッグが置いてあった。中身は着替え、現金二百ドルほど、コルトの予備弾倉、職場の友人が自作した鹿肉のジャーキー、ヘアブラシ、煙草一パックだった。ダレンは喫煙者ではなかったが、煙草を手にしていれば外をぶらついていても人からあれこれ質問されることがすくないのだ。ダレンはパックからキャメルを一本引きだし、カフェの裏手へ歩いていった。ジェニーヴァの店のうしろは土の地面にメヒシバの生えたでこぼこの土地で、そこを百メートルほど進むと、アトヤック・バイユーの雑草だらけの土手に出た。アトヤック・バイユーは幅三メートルほどの水の帯で、苔《こけ》のような緑色をしている場所もあれば、古い一セント銅貨のような錆茶色をした場所もある。その色合いは、傾いた木々がどちらに日陰をつくっているかによって決まった。水面にはさざ波のきらめきひとつなく、静止した水は着色ガラスのようだった。バイユーの水深も、水面下にどんな野生生物がいるのかも、まったく見て取れなかった。ダレンは〝遺体の状況〟という言葉とそれが意味するところについてまた考え、マイケル・ライトを食事代わりにした生き物はいただろうか、と思った。

そう考えると胃がでんぐり返り、オックステールとササゲマメが逆流してきた。ダレンは顔を横に向けて草のなかに唾を吐き、なんとか嘔吐《おうと》を抑えようとした。バイユーの魚臭さと、人体が腐敗したときの胸の悪くなるような甘ったるい悪臭のあいだで気を失いそうになり、口と鼻を覆った。なんの役にも立たなかったものの、議論の余地のない本能的な行動だった。遺体にはすでに覆いがかけられていたが、ダレンにはミシー・デイルだとわかった。それしか考えられない。マイケル・ライトはダラスで解剖台の上にいる。ここはミシー・デイルが永遠の眠りについた場所だった。ダレンは水際からカフェの裏口までの距離を記憶にとどめた。裏口ではジェニーヴァの店のコック——エプロンをつけた男——が戸口の側柱にもたれて、現場全体を注視していた。店の裏には、かなり大きなトレーラーハウスがあった。緑色の縁取りのある白で、ダレンの母親の住まいよりずっと大きく、寝室が三つくらいありそうだった。

あそこに住んでいるのが誰であれ、たぶんその住人が遺体を見つけたのだろう。

「ジェニーヴァにいっておいてくれ、店の客をこっちへ寄こすなって」ぴっちりしたズボンを穿き、白いシャツに保安官のバッジを留めた男がいった。

男はダレンに話しかけていた。ダレンが犯罪現場に少々近づきすぎたからだった。ダレンは反射的に自分のことを説明しようと口をひらきかけたが、すぐに考え直した。自分はここではただの一般人であることを思いだしたのだ。小さな町の保安官たちとは、いまの仕事をはじめてからずっとつきあってきた。レンジャーの仕事の半分以上は、テキサス・レンジャーならできるはずの徹底した捜査をおこなうリソースを持たない、各地域の法執行機関の援助だった。歓迎されることもあった――とくにダレンは。肌の色の濃い容疑者や目撃者を器用に扱えるとみなされていたからだ。だが、いま目のまえにいるこの百七十センチ足らずの樽のような男もそうだが、よそ者を信用しない者たちもいた。そういう連中にとってはレンジャーのすべてが腹立たしいのだ。レンジャーに割り当てられた州予算の大きさから、郡をまたいで行使できる権限や、自由にうろついて人々に畏敬《いけい》の念を抱かせる様子まで、すべてが。

ダレンは、たいして興味もないただの見物人を演じる立場に甘んじた。日が陰って涼しくなり、ダレンの怒りも冷めてきた。自分は疲れているのだと気がついた。ずっしりとした食事が神経にいたずらを仕掛けているのだ。家に帰りたいとさえ思った。

カミラの家。あるいは、リサが迎えいれてくれるならヒューストンの家。

渇きがこう思わせるのだと、ダレンにはわかっていた。

禁酒《ゴー・オン・ザ・ワゴン》するんじゃなかったのか、という考えがふと頭に浮かんだが、そのとき感じた渇きは、乗ると誓った荷馬車《ワゴン》に先立ってすでに駆けだした、どうにか手《た》綱《づな》をつけただけの荒っぽい種馬のようなもので、ダレンの首根っこを押さえていた。くそっ、酒がほしい、とダレンは思った。謎を解きたい気持ちよりも、飲みたい気持ちのほうがたぶん大きかった。日が沈むまでこのへんで話を聞いてまわり、グレッグのために集められるものを集めたら、車でヒューストンまで戻ればいい。ウィルソン副官にも戻るといってあるのだから。たぶん、伯父からの夕食の誘いとオースティンの大学ツアーの申し出にも耳を貸すべきなのかもしれない。ロー・スクールに戻るという選択肢を手放す余裕などないのかもしれない。口のなかにはすでにバーボンの味がした。このひどく長い一日が終わったあとに待っているはずのもの。自分の将来のために、リサにさえ文句のつけようがない選択肢を捨てなかったことへの褒美《ほうび》だった。降伏の一杯を口のなかに感じた。

ダレンが地面の上の見えない線をまたぎ、カフェの裏口からほんの一メートルほどのところまで戻ると、よろしい、というように保安官がうなずいた。

「それ、もう一本持ってる？」という声が聞こえた。

ダレンがふり返ると、すぐそばに年配の黒人の女が立っていた。身長は中学生とおなじくらいだったが、服装は、性別にかかわらずどんな格好をしたってかまわないんだと気づいたばかりの年老いた男のようだった。ダレンがぶらぶらと店のそばへ戻るあいだもずっと、女は保安官助手たちの動きを眺めていたのだ。いまは一方の手を突きだし、ダレンの煙草を指差していた。ダレンはその小道具にまだ火をつけていなかったので、持っていた一本を丁重に差しだした。女が顔をしかめると、ダレンはポケットに手を伸ばしてパックを出し、女のために新しく一本振りだした。「そう、それでいい」女はそういうと、火はねだらずに、自分のポケットからライターを引っぱりだした。小さなプラスティックのライターで、踊るワニの絵が側面についていた。女は煙草に火をつけ、あんたにもつけてあげるから身を屈めて、とダレンに身振りで示した。そして炎をはさんでダレンをまじまじと見た。「あんた誰？」

「え？」

「このへんで見たことない顔だけど」

「ちょっと通りかかっただけだから」

「たいへんな日に当たっちゃったね」女はおぞましい現場を顎で示しながらいった。

「そうらしいね」ダレンはいった。「何があったんだい？」

女ははみだした煙草の葉を地面に吐きだし、次いでジャケットの脇を引っぱり、細心の注意をはらって身なりを整えた。まるでこれから十時のニュースを読みあげようとするかのように。「ひどい厄介ごとだよ、ここで起こったのは。最初は、先週ここを通りかかった男だった。水曜日だったって、ジェニーヴァはいってたと思う。そうしたら金曜日にはその男が死体で見つかって、溺死だっていうんだからね。で、今度はこの若い女だ。誰が何をしたにせよ、あのざまだ」女はそういって遺体のあるほうを指差した。百五十センチちょっとの遺体が白いナイロンの防水シートで覆われている。ブロンドの髪の房がシートの一端からのぞいていた。

「マイケル・ライトがここに来たのか？」ダレンはいった。

被害者の男の足跡をたどっているとは、自分でも思ってもみなかった。ダレンが死んだ男のフルネームを知っていることを妙だと思ったとしても、女はそれについては何もいわなかった。「男はもっと北で見つかったんだ。アイスハウスの裏で」

「だけどここに来たんだね。さっきジェニーヴァがどうとかいっていたじゃないか」

「この町に来た黒人がほかにどこへ行くっていうんだい？」

ダレンはトレーラーハウスを顎で示した。「あそこには誰が住んでいるんだ？」

「ジェニーヴァ」女はそういって、煙草をひと口吸った。「ときどきあのなかの部屋を貸すこともあるんだよ。一番近いモーテルでもここから十キロ近くあるからね。ジェニーヴァはあそこに在庫もいくらか置いてる。それから、ジョーが巡業に出てたときの道具類も」

「ジョーって？」

「ジョー・スイートの名前を聞いたことがないなんて、このへんの人間にはいわないほうがいいよ」

　女の顔に影が落ち、同時にダレンは背後に気配を感じた。アクア・ベルバのアフターシェーブローションと、バイタリスのヘアトニックが肩越しにふわりと香った。ふり返ると、大柄な白人の男がいた。身長はブーツを履いて百九十センチ近くあり、幅の広い頭をしている。薄くなった黒髪は撫《な》でつけてオールバックにしてあり、こめかみのあたりには白いものが混じっていた。煙草を手にし、顔にかすかな笑みを浮かべている。この小さな町で進行中の恐ろしい出来事に対し、この男は異常な興奮を隠せずにいた。「どうやら連続殺人犯を抱えこんじまったみたいだな」男はマルボロ・レッドの先端から灰を落としながらいった。ダイヤモンドの埋めこまれた結婚指輪をしており、そのダイヤはリサのものより大きかった。男はダレンがいるほうを横目で眺め、とくに興味を引くものがないとわかると、保安官助手たちのほうへ視線を戻した。

「黒人の連続殺人犯なんて聞いたことあるかね？」女がいった。

「じゃあ、殺人犯は黒人だと思うんだな？」

「あんたはそう思ってるんだろ？」女は煙草を根元まで吸った。

「白人の女が、シェルビー郡で一番の黒人のたまり場の裏手百メートル足らずの場所に打ちあげられる。それをあんたはどう思う？」

「だから保安官があんなに大急ぎで来たんだと思うね」

「被害者は地元の女なんだぞ、ウェンディ。そこがちがう」

「白人の女だよ。だからちがうんだろう」

　ジェニーヴァがコックと並んで立ち、裏口から全員を見ていた。コックは染みのついたエプロンのまえで腕を組み、保安官とその助手たちを見ながら、ぎゅっと結んだ口もとに苛立ちをあらわにしている。保安官助手たちはメモを取っていた。ジェニーヴァのほうをちらちら見ながら何やら書き留めていた。コックの顔に浮かんだ表情を、ダレンは以前にもべつの黒人の顔に見たことがあった。さっさとけりをつけてくれと、なかばうんざりしながら焦《じ》れているのだ——所持品検査や、小言、取調べなど、注目の的になる瞬間は避けられないのだから。よく知った厄介事がまたやってくるはずだった。

　案の定、保安官が歩いてきて、まずはウェンディのそばに立っている白人の男に向かってうなずいてみせた。「ウォリー、われわれはここでひととおり仕事をさせてもらわなきゃならない」

「もちろんだ、パーカー」ウォリーがいった。

　男ふたりはファーストネームで呼びあう間柄で、上下関係は完全に逆転しているようだった。保安官が頭を傾《かし》げてウォリーを見あげる様子が、まるで神経質な男子生徒が誰の機嫌も損ねていないことを確認しているかのようで、ダレンはそれを見苦しいと思った。保安官は次にカフェの裏に顔を向けてうなずいた。

「ジェニーヴァ」保安官はいった。

　ジェニーヴァはそっけなくうなずき返した。「なんだい、ヴァン・ホーン保安官」

「リストをできるだけ早く渡してくれ。記憶が新しいうちに。昨夜あんたの店にいた人間の名前を覚えているかぎり書いてもらいたい。名前がわからない者については外見を書けばいい。だが、リストはすぐにほしい」

ウェンディが声をあげた。「まったくね、きのうの夜ミシーがウォリーのアイスハウスから出てきたのは誰だって知ってるよ」

「現時点ではまだ何もわかっていない」

「ウェンディ、邪魔しないで、この人たちにあそこでやらなきゃいけないことをやらせるんだよ」ジェニーヴァがいった。「ミシーがここから運びだされるのは早ければ早いほうがいいんだから。誰にとってもね。保安官、ミシーの両親には連絡したの？」ジェニーヴァは穏やかにいった。「ミシーには息子がいたでしょう」

「ああ、わかってる」ヴァン・ホーン保安官はため息をつき、薄くなりかけた髪を手で梳《す》いた。保安官は五十代かそのくらいで、小柄で筋肉質な体は年老いた野球選手のようだった。首が太く、背中が広かった。

「家族はティンプソンにいるんだが、うちの連中が連絡を取ろうとしているところだ。キースは知らせを聞いてすぐに工場を出た。きちんと遺体の身元確認をしなきゃならんから、それで——」

ジェニーヴァは小さく身を震わせた。だが、声はしっかりしていた。「ミシーだよ」

「家族から聞かないと。身元確認は家族にしてもらう必要がある」

「そうだね」ジェニーヴァはうなずいた。その頭が、首で流木を運んでいるかのように重そうなのを見て、ジェニーヴァが発見者なのだとダレンにもすぐにわかった。ヴァン・ホーンは目先の仕事に戻った。到着したばかりの検視官のバンにも対応しなければならなかった。バンはカフェの正面からまわってきた。がたがたと揺れながらでこぼこの地面を進み、進路から保安官助手たちをどけるためにクラクションを鳴らした。

ウォリーは目のまえに展開しているぞっとするような

光景にいま一度見入ってから、向きを変えてカフェのほうへ歩きはじめた。「えらく気の毒だと思っているよ、ジェニーヴァ、ほんとうだ。この手のトラブルがあんたには一番いやだろうからな」ウォリーはそういって、白人が決めたルールによって確実にトラブルがもたらされることをほのめかした。「できるかぎりあんたを守る努力はするよ」

ウォリーはカフェの裏口へ向かった。

ジェニーヴァは一方の手をあげてウォリーを制止した。「駄目だよ、店の所有者みたいな顔をして裏口を通らないでもらいたいね」ジェニーヴァはいった。「ほかのみんなとおなじように、外をまわって表に行って。あんたの父親が誰だろうと関係ない」

6

ダレンはウォリーのあとにつづいてカフェの正面のドアから入った。ウォリーはカウンターの唯一の空席に向かったが、座りはせずに、森のなかで食べ物を見つけた熊がするように、椅子のそばをただぶらぶらしていた。ウォリーのゆったりとした姿勢には――ダチョウ革のブーツを履いた足を六十センチほどひらいてリノリウムの床に立つ姿といい、点々と茶色い染みのある分厚い手でカウンターの端を握る様子といい――どこか所有者然としたところがあった。若いトラック運転手のティムは、できるかぎりウォリーから離れようとしてスツールをおり、窓際の空いたボックス席へ移った。残されたハクスリーは、老眼鏡越しにウォリーを凝視していた。ジェニーヴァは、ウォリーからの小さなうなずき程度の合図だけで、空のコーヒーカップをウォリーのまえへすべらせるようにして出し、オレンジ色のふたのついたデカンタからコーヒーを注いだ。デカンタが置いてあった場所の隣にはドーム状のガラスのショーケースがあり、ペストリーや、四角いティーケーキや、折りたたみパイ――ダレンはこれをフライド・パイと呼び、子供のころは五セント硬貨を掻き集めて買ったものだった――が並んでいた。ウォリーはコーヒーの礼をいい、ジェニーヴァはかすかにうなずき返しただけだったが、決して無愛想ではなかった。ダレンはふたりのあいだの独特の呼吸を感心して眺めた。ウォリーが支払いをしようと財布に手を伸ばしたときには、ジェニーヴァはすでに二十ドル札への釣銭を数えてあった。ウォリーのスターリングシルバーのマネークリップから二十ドル札が出てくるのをあらかじめ知っていたかのようだった。そこには長い付き合いから生じる、それでいてどこか控えめな親密さがあった。

　ダレンにあとでわかったところによれば、ウォレス・ジェファソン三世はハイウェイをはさんだ向かいにある奇妙なかたちの赤煉瓦《あかれんが》の家を所有しており、そこの居間から〈ジェニーヴァ・スイーツ・スイーツ〉がよく見えるのだった。「まったく忌々しいな、こんなことがあるのは」ウォリーはいった。煙草やけした声だった。「このハイウェイのせいで、いろんなクズが寄ってくる。いまのうちにいっとくが、ヴァン・ホーンたちはあの女があんたの店の裏にあがったことをよく思ってない。ここにはいろんな連中が来るからな。シカゴやデトロイトみたいな北からラレドまで走るようなトラックの運転手とか。そのなかのひとりがこういうことをやらかしたとしてもおかしくない。ミシーはレイプされたのかもしれんと、保安官たちはいっている」

「おれが使ってもいいような電話はあるかな？」ダレンが尋ねた。

「あんたが手に持ってるそれはどうしたの？」ダレンの携帯電話を顎で示しながら、ジェニーヴァはいった。食事を頼んだ最初のときに惜しみなく示された好意はすっかり薄れていた。いまでは、なんであんたがまだここにいるんだい、といわんばかりの目でダレンを見ていた。食事をして支払いもすませたし、親戚でも友人でもないのに。ジェニーヴァは塩入れと胡椒《こしょう》入れの中身を補充するのに忙しく、忍び寄る鉄砲水のように、唐突に不機嫌になっていた。

「充電切れだ」ダレンはいった。

「あたしたちの脳みそもいつか充電切れを起こすよ、そんなものばかりいじってるんだからさ」キッチンから来たウェンディがいった。ウェンディはジェニーヴァのあとについて裏口から入ってきており、いまはカウンターのうしろの隅に置いてある、高い背もたれのついたビニールの椅子に、ため息をつきながら腰をおろしていた。ジェニーヴァは胡椒入れで公衆電話をさした。電話はカフェの片隅、アヒル柄のポリエステルのカーテンの陰にあった。ダレンはジェニーヴァに礼をいって部屋を横切った。ティムのそばを通りすぎるとき、ボックス席から突きだされた作業ブーツの足をどけてもらうのに、〝失礼〟と二回いわなければならなかった。ティムはジェニーヴァがダレンに対して冷淡になったことに気づいており、なんであれその対処の仕方を支持することにしたらしかった。それで、ダレンが通れるよう道を空けるのにわざとゆっくり時間をかけたのだ。

　カーテンの奥には小さな木の棚があり、ティンプソンとその周辺地域の電話帳が置いてあった。電話帳は小学校の卒業アルバムとおなじくらい薄い。ダレンの思ったとおりだった。誰かを探しているところを見せて町を警戒させるより、備えつけの住所録にあたるほうがよかった。ダレンは電話帳をぱらぱらとめくってキース・デイルを探した。ミシー・デイルの夫にして、ハンツビルにある州立刑務所、つまりABTの温床の元住人。二件の殺人の手がかりとしてはあまりにも弱く、捜査令状を取る根拠にもならない、ただの憶測だった。バッジがないままここでできることはほとんどなく、気がつくと、自分に権限がないことを不自由に思っていた。

ダレンは初めて間近にバッジを見たときのことを思いだした。

ダレンが十二歳のとき、ウィリアム・マシューズがテキサス・レンジャーの二百年近い歴史のなかで初の黒人レンジャーのひとりとなった。ある日、ダレンが隣のガトニー家の少年たちと水鉄砲で遊んでいると、伯父がGMCの青いピックアップトラックに乗って現われ、手招きをした。伯父は、シェファードの近くにある保安官事務所で捜査記録を何冊か受けとる必要があるという。

一緒に乗っていかないか、ダレン。

湿った脚がビニールの座席にぺたぺたとくっついた。ダレンは伯父側にある三五七口径の銃から目が離せなかった。グリップは本物のクルミ材で、ピカピカに磨きあげられ、郡南部を走るあいだ、助手席側の窓から射す日のきらめきを捉えた。ウィリアムの勤務地はハンツビルだったが、結婚したばかりのナオミと家庭を築こうとしている場所はヒューストンだった。クレイトンは、三人がともに小学生だったころからナオミが好きで、ずっと熱心に口説《くど》いていたのだが、ロー・スクールに行くために地元を離れていたあいだに、恋の争いで双子の兄弟に敗れることになったのだった。**ごめんなさい、クレイ。**ウィリアムとの婚約を明らかにしたとき、ナオミはそういった。クレイトンはウィリアムと口をきかなくなり、ふたりの生家であるカミラの家への出入りを禁じることさえした。ダレンはウィリアムのレンジャー宣誓就任式への出席を許されなかった。式の直後にダレンを訪ねたウィリアムは、最初の子の誕生の瞬間を見逃した。

　ふたりはカセットデッキでジョン・リー・フッカーのアルバムの片面を聴き、ウィリアムは町に着いたら店でキンキンに冷えたコーラを買ってやると約束した。ダレンは得意に思いながら、通りすがりの人々、レンジャーの伯父を持たない子供たちに手を振った。しかし、〝シェファード：人口千六百七十四〟と書かれたハイウェイの看板を過ぎると、ダレンは目に見えて緊張した。生まれてからずっと、この場所を避けるようにいわれつづけてきたからだ。伯父ふたりが覚えているかぎりの昔から、ここは郡内のクランの拠点だった。シェファードへつながる道は絶対に自転車で走るなと、ダレンはきつくいいわたされていた。

　しかし、バッジが物事を変えた。

町の白人の保安官助手たちは、ウィリアムが事務所に入っていくと驚いて二回見た。そしてある程度の敬意を示した。白人からの敬意など、ダレンはいままで見たことがなかった。保安官助手たちに選択の余地はなかったのだ——彼らのうちの誰よりも、ウィリアムのほうが地位が上だったのだから。伯父があんなふうに自分をドライブに連れだしたのは、レンジャーのバッジの力を見せるためだったのだと、ダレンはこんにちにいたるまで信じていた。ウィリアムは当時でさえ、ダレンの進路をめぐるクレイトンとの闘いに勝てると思いこんでいた。ナオミをめぐる闘いに勝ったのとおなじように。

　ティムがこういうのがダレンの耳に入った。「連中がこの件をおれたちになすりつけるのを、黙って許すことはないよ」

「そのおれたちってのは誰のことだね？」ウォリーがいった。「あんたはヒューストン・ボーイじゃないか」

「そのボーイってのはやめてくれ」（白人が黒人に対していうboyは蔑称）

「みんなピリピリしすぎだよ」ウォリーはそういい、カフェのなかにいる六人の黒人を見まわした。「ヴァン・ホーンが心配しているのもまさにそれだ。ここにいる誰かがもうひとりの男について、あの溺《おぼ》れた男について何か疑わしいことがあると思いはじめたら――

――」

「それはつまり、あの殺された男のことかね」ジェニーヴァがいった。

「それについちゃ証拠はひとつもない。あんたも知ってるはずだ」

「あたしたちは何ひとつ知らないよ。連中がなんにも教えてくれないからね」

　ダレンはキース・ディルの住所を見つけたが、令状がなければ、合法的にディルの家に入る手段はなかった。黒人の男がバッジなしで嗅ぎまわれば、即座に不法侵入で捕まるだろう。ダレンはまたもや、ここへ来たことについて刺すような疑念を感じた。自分は何かを成し遂げられるつもりだったのだろうか？　まったく、停職処分中だというのに。バッジがなければ、自分など何者でもない。**家に帰れ**。

　しかし例の渇きも囁きかけてきた。もうすぐ五時になろうとするところで、何か緊張をやわらげるような小さなご褒美がなければ、ヒューストンまで帰りつける気がしなかった。一杯でいい。多くても二杯だ。

「ジョーが死んでからずっと、ここいらでこんなことはなかった」ハクスリーがいった。

「どっちのジョー？」

「もうたくさんだよ、ティム」ジェニーヴァが即座にいった。

「この手の犯罪が起こると」ウォリーはいった。「なんとかしてあんたたちを追いだそうとする人間も大勢出てくる。話し合いの準備ができたら知らせてくれ。こっちの申し出はまだ生きてる。あんたが商売の一部をつづけられる道も確保するつもりだ」

「ここをあんたに売るつもりがあるなら、とっくの昔に売ってるよ」

ダレンは会話に割りこもうとした。ハクスリーとウォリーのあいだのスペースに身を乗りだして、フォーマイカのカウンターに肘《ひじ》をついた。ここを立ち去るまえにジェニーヴァと目を合わせておきたかった。こうした店で、ちょっと話をする程度の時間と食事くらいは求めていいものと知っていたし、もしジェニーヴァがここ何日かのうちに店に出入りした客のリストをつくるなら、自分のことは完全に無害な人間として記憶しておいてもらいたかった。上司に知らせないままうろうろしている人間にしては、すでに意図したよりも人の注意を引きすぎていた。

「電話をどうもありがとう」

ジェニーヴァは反応しなかった。

ウォリーがいった。「何か買って帰ると、ローラに約束したんだが」

「ピーチとアップル・バターのパイがあるよ」ジェニーヴァはフライド・パイが並んでいる場所を身振りで示した。「いくつほしい？」

「ピーチを四つに、アップル・バターをふたつ」

ジェニーヴァは陳列ケースの重たいガラスのふたを持ちあげた。「アップル・バターは試作だから。お代はいらないよ」

ジェニーヴァは、今度もウォリーが二十ドル札を出すまえに釣銭を数えて用意した。どうやら、ウォリーは支払いがいくらであろうと二十ドル札を出すらしい。あの七万ドルのトラックの運転席に——自宅の玄関先からジェニーヴァのカフェまでのたかだか二十メートルほどを運転してきた、フロントガラスにディーラーの値札がついたままの車に——使わない五ドル札や十ドル札が山と積んであるのだろうか、とダレンは思った。外に出て、ウォリーの黒いフォードF‐二五〇のそばを通りすぎると、磨きあげられた車体に映る自分の姿が目についた。あんなにも正義感に駆られて動きだした一日が終わり、いまはやつれた顔をしていた。
ダレンは九年の付き合いになるシボレーのピックアップトラックに乗りこみ、エンジンをうならせてハイウェイ五九号に入るとアイスハウスへ向かった。そこは被害者のミシー・デイルが働いていた場所だったので、おれはまだなんとか事件に貢献しようとしているのだ、まだあたりを探っているのだと、自分を納得させることができた。

7

最初の一杯を飲むまえに必ずリサに電話しよう。

ダレンはトラックのなかにいた。車はアイスハウスの駐車場に停まっており、運転席のうしろの窓を夕陽が温めていた。あしたになったらまた一からやり直すよ。妻にそういおうと思っていた。耳のなかに響く呼びだし音を数えながら、頭のなかで練習した。妻が電話に出るかどうかはわからなかった。まだ職場にいるなら、電話を無視するのに充分な言い訳になった。だが、クレイトンが午前中のダレンとの電話を切った直後にリサに連絡を入れたであろうことはわかっていた。伯父はダレンとした話をそのままリサにしただろう。**あいつの準備はできている。**あとはダレンが自分でそれを口に出していえばいいだけだった。彼らの関係は最初からこんなふうだった。ふたりのあいだの直線が、クレイトン伯父が関わるとたびたび三角形に変わった。クレイトンは、ダレンが最初に家に連れていった瞬間にリサを気に入った。ダレンは中古のトヨタ・ターセルで、ギアを五速に入れたあとはリサの手を握りながら、はるばるカミラの家まで夕食に連れていったのだった。ダレンはリサに、自分の根っこにあるものを見てもらいたかった。マツの木陰で育ち、自分の馬を持ったことはなくとも、目のまえに連れてこられればどんな馬でも乗りこなせるカントリー・ボーイ。クリスマスのたびに家の裏のポーチで従妹《いとこ》のレベッカと一緒に赤土の泥だんごをつくった少年。声変わりする何年もまえに十二ゲージのショットガンを撃っていた少年。リサの両親はサンタフェに別荘を持っていた。ダレンの一族はカミラに昔からの拠点を持っていた。ダレンはそれを恋人に見せることができて、地所を端から端まで悠々《ゆうゆう》と歩く野生のクジャクのように誇らしい気分だった。リサは終始笑みを浮かべながら、それまで食べたことのなかった野豚を食べ、戸外で食事をするために腰をおろすまえには緑色の鉄の椅子から自分で土を払った。そうしたリサの努力を目にして、ダレンはますますリサを愛した。その努力を〝種〟であると、自分が世話をすれば芽を出すはずの田舎暮らしへの憧れであると勘ちがいした。何年もあとになって、いつかカミラに住もうとダレンがいうと、リサは笑いとばした。クレイトンは、秋と春の学期のあいだはオースティンにいるのだが、やはり車でカミラに来ており、リサはダレンにぴったりの相手だと思った。そしてリサとダレンがべつべつの大学で過ごしながら結婚へのでこぼこ道を歩んでいたあいだ、疑念が生じるようなことがあれば、クレイトンはつねにダレンのそばで困難な時期を乗りこえるようにと励ました。**あの娘のような相手はもう二度と見つからないぞ。**ダレンはそれをリサへの褒《ほ》め言葉と受けとったが、自分は結婚相手を見つけるようなことがあまり得意でないと思われているのだな、とも思った。しかしダレンは自分でも、リサのように愛してくれるべつの誰かを見つけるのはもう無理だと信じていた。

「ダレン」リサが電話に出ていった。

リサはため息をつくかのようにダレンの名前を口にした。けれどもそれは、憤慨ではなく安堵から漏れた音のようだった。何かがカチリと電話にあたるのが聞こえ、次いでつかのま無音になったので、リサがイヤリングをはずしたのがわかった。リサはおちついて話をしようとしている。その事実がダレンを無防備にした。「きみに会いたい」言葉が勝手に転がり落ちた。あたかも不器用な指からこぼれていたるところに散ったビーズのように。つづく沈黙のなかで、ふたりはともに息を詰めていた。

「帰ってきて」リサがいった。

その言葉があまりにもやすやすと口にされたので、ダレンはなんといっていいかわからず、真《ま》に受けていいのかどうかも判断がつかなかった。

「あれは出すぎた真似だった、あなたが必要とされれば誰にでもすると誓ったことを、マックのためにはしないでほしいっていうなんて。そういう仕事なのに」リサはいった。譲歩するというよりは、非難しているように聞こえた。「怖かったの。今でも怖い。あなたを失いたくない」それはちがうだろう。離れていたここ何週間かのあいだに、ダレンはそう結論していた。リサがいやなのは、ダレンを共有することだった――職務に、夜中の電話に、テキサスに、忠誠を誓った見知らぬ人々に、ダレンを連れていかれるのがいやなのだ。

それがあるせいで――妻の心の狭量《きょうりょう》に凝り固まったところ、夫を自分だけのものにしておきたいと思う気持ちがあるせいで――ダレンはかえってリサを愛した。そうすべきでないとわかってはいたのだが。「もしあなたに何かあったら」最後までいうことに耐えられず、リサはここで言葉を切った。

「そういう仕事だ」ダレンはさっきのリサの言葉をくり返した。

「わたしはひどく頑なだった。それはわかってる」

　リサがこんなことをいうのは、夫がレンジャーを辞めるつもりだと思っているからだ。そんな気がしなくもなかったが、ダレンはそれでもかまわなかった。この言葉を聞くのを何週間も待っていたのだから。そのためならバッジと交換してもいいくらいだった。「愛してるよ、リサ」

　つきあった女はリサだけではなかった。何年ものあいだ、恋人が千五百キロも離れたところにいる、セックスに飢えた学生だったのだから。お互い、あえて話しあわないことにしているようなこともときどきは起こった。しかし愛したのはリサだけだった。クレイトンがリサを気に入ったのも、マイナスにはならなかった。

　それどころか、伯父がリサをどう思うかは、恥ずかしいほど気になった。

「でもお酒は飲まないで」条件を提示するかのように、リサはいった。

「ちゃんとコントロールしてる」酒場の駐車場で車内に座ったまま、ダレンはいった。

　ダレンはこの小さな町を去るまえに、みずからの心の平穏のために、すべての場所を見ておくつもりだった。まあ、酒場に入ったら何か飲まずにはすまないだろう。いずれにせよ、小道具は必要になる。目のまえに置くバーボンは、ジェニーヴァの店の裏で手にしていた煙草のようなものだ。ただ、今回はふりでなく飲むつもりだった。

「ここで終わらせなきゃならないことがある」

「どこにいるの？」

「グレッグのためにちょっとした仕事をしている」

「グレッグね」リサはいった。石のように硬いひとことだった。

ダレンはその冷淡な口調の裏にあるものをわざわざ探ったりはしなかった。もう家に帰ったも同然だと思っていた。ダレンは先の計画を説明した。ウィルソン副官の思惑どおりにあしたバッジを返し、関係者全員で次に何が起こるか見守る。マックは起訴されるのか、されないのか。そしてその結果がダレンにとってどういう意味を持つのか。リサはロー・スクールについてはひとこともいわなかった。あしたより先のことには触れなかった。ダレンにとってはそれもリサを愛《いと》しく思う理由になった。

「わたしも愛してる」リサはいった。

ダレンは晴れ晴れとした気分になった。酒場に行くのはやめて、いますぐこのまま帰ろうかと考えたほどだった。ハイウェイ五九号をまっすぐ南下すればヒューストンだ。リサの好きなテレビ番組に間に合うように着くこともできる。ドラマ〈スキャンダル〉か、リアリティ番組〈素顔の主婦たち《ザ・リアル・ハウスワイヴズ》〉シリーズのどれか。あるいは何かほかのもの。だが駄目だった——酒が待っていた。

ダンスのできる安酒場《ホンキートンク》には何度も出入りしてきたし、高校二年のときにはチアリーダーに熱を上げたりもした。リサと真剣につきあいはじめるまえのことだ。その年の秋学期には週末のたびにガソリンを盛大に使ってビクトリアのダンスハウスまで車で通った。ヒューストンの街からほぼ二時間の場所で、高校生でも誰からも何も訊かれずに酒が飲めた。ダレンはダンスのツーステップを覚えず、例のチアリーダーからは頬に軽くキスされた程度だった。あなたってキュートね、だけど黒人の彼を家に連れていったらパパに殺されちゃう、といわれた。しかしおなじ高校の白人の生徒たちはダレンともふつうにつきあった。自分たちの席にダレンを座らせ、ビールを一、二杯おごったりもした。問題はそのほかの全員だった。ダンスフロアでダレンが近づきすぎると、あきれたようにぐるりと目をまわす女たち。そばを通りすぎるときには毎回必ずぶつかってきて、聞こえよがしにニガーや黒んぼ《クーン》といった蔑称をつぶやく男たち。野球帽やカウボーイハットのつばの下から向けられる悪意のこもったまなざし。それとおなじ視線を、〈ジェフの酒場《ジュースハウス》〉に足を踏み入れたいまも感じていた。

ビリヤードのゲームが進行中だった。

すくなくとも、ダレンが店に入るまでは進行中だった。

フェルトの台のまわりにいたプレーヤーたちは――みな草染みのついたラングラーのジーンズを穿いており、そのなかのひとりはテッド・クルーズが二〇一六年に大統領選の共和党指名争いをしたときのキャンペーンTシャツを着ていた――ひとり残らず石のように固まり、キューを手にして立ったまま、酒場の戸口をまたいだばかりの黒人を凝視した。アイスハウスの室内は、特大サイズの遊戯室のようだった。ビリヤードのための場所があり、ピンボールマシンが二台と、ダーツボードと、ジュークボックスがあった。ジェニーヴァの店の古いジュークボックスとちがい、CDがかかっている。もちろんカントリー・ミュージックだった。ジョージ・ストレイトが歌っていた。南部連合旗《ディキシー・フラッグ》がそこらじゅうに展示されていた。ハイウェイの看板が飾られている横にも、ルーク・ブライアンとレディ・アンテベラムのダラス公演のポスターが貼られた脇にも旗がピンで留めてあった。客はほとんどが男で、働いているのは豊満な胸のバーテンダーだった。四十の坂を越えた女で、チョコレート色の髪は薄くなり、顔立ちは悪くないのに、年齢のせいか、あるいは覚醒剤をやっているしるしなのか、吹き出物ができて台無しになっていた。東テキサスにはこの手の白人女をいい表わす言葉があった――乗り捨てられた馬、だ。

ダレンはカウンターに近づき、バーボンをストレートで注文した。アイスハウスじゅうからダレンに寄せられている敵意を、女はわざわざ言葉にしたりはしなかった。

「道に迷ったの？」女はいった。

「いや、ぜんぜん」ダレンはそういって、左の腰を引きあげるようにしてスツールに座り、わざと四五口径の収まった革のホルスターが見えるようにした。バーテンダーはちょっと顔をしかめてからおとなしくなった。ダレンは女が酒を注ぐのを見守った。余計なものがグラスの縁を越えてなかに入ることのないように。女が飲み物を寄こすと、ダレンはグラスを持ちあげていった。「堂々と銃を持ち歩けるテキサスに乾杯」まだしばらくいるという意思表示としてカウンターに二十ドル札を置くと、ダレンはうしろを向いて、部屋の奥に席を見つけた。

働いている女がもうひとりいた。カットオフジーンズを穿いて〈ジェフの酒場〉のタイトなTシャツを着たウェイトレス。ミシーも、昨夜働いていたときにはおなじものを着ていたにちがいない。ダレンはカウンターのまわりの男たちをちらっと眺めた。年齢はだいたい十九から五十までだった。室内の男たちの雄牛のようなエネルギーを感じ、煙草と汗のにおいを嗅いだ。あらゆる場所に乳房や尻の絵があった。バイクやコルベットのボンネットにおっぱいが描かれていた。ほぼ全裸の女の写真がいたるところにあった。たぶん、この店に女がひとりで置いていかれたら安全ではないだろう。そういうことも考慮に入れなければと、ダレンはグレッグに伝えるつもりだった。グレッグなら、検死報告書のコピーを手に入れられれば、ダレンがこの町で砂埃をまきあげながらやっているよりも、マイケル・ライトとミシー・デイルのためにもっと多くのことができるだろう。ダレンは椅子の背にもたれて座り、温かいバターが血管を巡るようにバーボンが体に染みわたるのを感じた。すべてが弛緩《しかん》しはじめた。そのとき、背後でトイレのドアがあき、背中をさらしたくなかったのでふり向くと、驚いたことに、このアイスハウスにも女性用トイレがあり、さらに、そこから出てきた女は黒人だった。

女は顔から落ちる水滴を拭《ふ》いていた。女が着ている雪のように真っ白なコートに水の粒が落ちると、そこがキャラメル色になった。もうすこし気がまわれば、こういう場所には着てこないようなコートだった。顔色は灰色に近く、フルラの黒いハンドバッグを脇にしっかり抱えたまま、べたつくテーブルのあいだを縫うようにして歩き、誰とも目を合わせなかった。女はダレンとも目を合わせなかったが、ダレンのほうは一瞬たりとも女から目を離さなかった。いまこの瞬間にダレンを圧倒した確信は、警官としてのこれまでのキャリアのなかでもめったに感じたことのないものだった。

配偶者には通告済み。

部屋の向こうのテーブル席に、女はひとりで腰をおろし、誰にも話しかけず、ただ周囲を凝視していた。南部連合の旗や、女の目のまえで互いにつつきあっている白人の男たち、ポークビーンズが山盛りにされた皿、教科書ほどの大きさのトーストを見つめていた——外国で道路標識を読もうとするかのように。自分がどこにいるのか、どうやってここに来たのかわからないとでもいうように。ダレンはほとんど何も考えず、すぐに立ちあがった。女のいるテーブルまで行き、顔をあげた女が安堵でなく当惑の表情を浮かべているのを見るまで、ダレンは自分がバッジをつけていないこと、ここでの自分の役割が限られていることを忘れていた。「大丈夫か?」ダレンは尋ねた。女の返事は、音楽と、ゲーム機の電子音と、二台のテレビが流す〈マンデー・ナイト・フットボール〉に掻き消された。

ダレンが向かいに腰をおろすと、女がひるんだのがわかった。ダレンは自分の名前を告げた——肩書きなしの、ただの名前を。女はうなずいて何かいったが、また聞こえなかったので、相手の目の下の皮膚のたるみが見えるほどぐっと身を乗りだした。その目はまわりが赤くなり、うるんでいた。女は首を横に振っていった。「どうしてここに来たのか自分でもわからない」そして急いで立ちあがり、水の入ったグラスをハンドバッグの端で倒した。水が小さな波になってテーブルの上でダレンのほうへ押しよせ、膝にかかった。「来るべきじゃなかった」そういって、女はポーチと駐車場へ通じるドアに向かった。ダレンは女の手をつかみ、あとを追おうと立ちあがった。「触らないで」女はいい、手をぐいと引き抜いてダレンから離れた。

ふたりはすでにちょっとした騒ぎを演じていた。

バーテンダーはカウンターの端に顔を向け、黒いシャツを着てピッツバーグ・スティーラーズの帽子をかぶった男にうなずいてみせた。男は肉づきのよい、タトゥーの入った腕を組んでいた状態からほどいて、ふたりをじっと見た。マイケル・ライトの妻はダレンを押しのけて正面のドアへ向かった。ダレンは数歩遅れてついていった。ふたりを凝視している男たちでいっぱいの部屋を横切って女を追いかけた。外に出ると音楽は消え、南へ向かうトレーラーが轟音とともにアイスハウスを通りすぎ、駐車場を排気ガスの雲が覆った。日はすでに沈み、酒場のネオンサインが地面を琥珀色と青みがかった白に染めていた。アイスハウスの名前が、駐車場に停められたピックアップトラックのフロントガラスに反射している。

ポーチのステップを一番下まで降りたところで、背後にブーツの足音が聞こえた。ダレンがふり返ると、スティーラーズの帽子をかぶった大男が正面入口をガードしているのが見えた。「そのまま行け《ゴー・オン・アンド・ゲット》」男はゲットをギットと発音してそういい、野良犬か何かのようにふたりを追いはらった。「ふたりとも、そのままここから出ていくんだ」

ダレンは女を探して、駐車場をざっと見渡した。

「面倒を起こそうとしてるわけじゃない」ダレンは黒いシャツの男にいった。

「ああ、だったらおまえはまちがった場所にいる」

男はちょうどネオンサインの明かりが当たる場所まで進みでた。ダレンに両腕のタトゥーが見えるように。ダレンは厄介なマークをすくなくとも三つ見分けた。両方の上腕二頭筋の上のそろいの羽根飾り。輪郭《りんかく》は黒で、てっぺんにAとBの文字があり、それをつなぐようにT字形の柄のついた短剣が描かれ、短剣からは血が滴《したた》っている。左手首には、稲妻形のSをふたつ並べたレイシストのシンボルが彫ってあった。

大男の背後のドアがあき、四人の男がポーチに出てきた。すくなくともひとりはダレンにも見覚えがあった。さっきビリヤードの手を止めた男だ。拳銃を持っている男がふたりいた。もちろんダレンも持っていたが、数で大幅に負けている。ホルスターのあるほうへちょっと手を動かしただけで、ダレンも、たぶんマイケル・ライトの妻も、ほんの何秒かのうちに殺されてしまうだろう。そのとき、ライトの妻がダレンのうしろから近づいてきた。「何があったか知りたいの」声がさっきよりもざらついていた。女はアイスハウスのまえに番兵のように並んだ男たちに向かってしゃべっていた。どこか非難するようなところのある声だった。ダレンにはそれが聞き取れたし、ポーチにいる一団にもわかっただろうと思った。ダレンは一方の腕を伸ばして、女がこれ以上男たちに——目が合ったらすぐにもふたつに引き裂いてやろうと待ちかまえている集団に——近づかないよう、止めようとした。

「ここにいる誰かが、何か知ってるはず」女はいった。

シカゴか。ダレンは唐突に思いだした。

この女は自分がどこにいるかわかっていないのだ。

リサと暮らしてダレンにもわかるようになったのだが、この女が着ている服は、あの白いカシミアのコートも含め、とても高価だった。十月で、テキサスにしてはひんやりしていたが、コートは余計だった。女は汗をかきはじめており、髪の生え際から下の顔色はさらに灰色がかってきていた。髪はほどいてあった。湿った風に吹かれてふくらんだ髪が波打っていた。ダレンは女の目をまっすぐ覗《のぞ》きこんだ。大きくて丸く、ダレンがほぼ毎晩グラスのなかに見るのとおなじ琥珀色をしていた。

「やめるんだ」ダレンは小声でいった。

「誰かが何か見ているはずよ」いまや女は涙を流していた。二本の筋が顔の側面を流れていた。「あなたたち、あの人に何をしたの？」女は勢いよくダレンを通りすぎて階段の下まで進み、先ほどビリヤードをやっていた男たちのうちのひとりと向きあった。男は三十代前半、淡い青色の目は縁が赤く、自暴自棄な印象を与えた。野球帽のひさしの下に、涙の筋のある怒ったような顔が覗いた。黙れ、と思っているようだった。殴ってでも黙らせるつもりのようだった。男は手を伸ばして、女につかみかかろうとした。

「キース！」

黒いシャツを着た肉づきのいい男が足を踏みならしながらステップを降りてきて彼のうしろに近づき、自分より小柄なその男の肩に、抑えるように手を置いた。キース。その名前を聞いて、ダレンのうなじの毛が逆立った。この男がキース・ディルなのか？

「奥さん、そんなふうにわめくのはやめて、ここにいるあんたの旦那のいうことを聞くんだ」黒いシャツを着たタトゥーの男がいった。目のまえの黒人ふたりに関する安易な思いこみから出た言葉だった。黒いシャツの男のうしろへと、銃を持った男のうちのひとりがホルスターのふたをあけながら、やはりステップを降りてきた。ダレンの計算では、今夜の状況がひどく暗転するまであと六十秒ほどだった。この女は目のまえのタトゥーがどういう意味かすこしもわかっていないらしかった。だが、銃が見えるとそちらの意味はわかったようで、ようやくダレンのうしろへさがった。いますぐ彼女をここから連れださなければならなかった。憎悪を募らせて興奮し、自分たちの激情を向けるのにうってつけの生きた標的、つまりしゃべりすぎる黒人の女を突然プレゼントされたように感じているこの男たちから離れる必要があった。ダレンのピックアップトラックは充分近くにあった。「乗るんだ」

ダレンは女の肘をつかみ、シボレーのトラックのほうへ誘導した。

「レンタルした車があるの」

「どこに？」

「このへんに停めたはず……」

どのアメリカ製のセダンが自分の車かぜんぜん思いだせないとでもいうように、女は駐車場を見渡した。フォード、シボレー、クライスラー——彼女にとってはどれもおなじように見えるらしい。うろたえ、頭がまわらなくなって、どちらへ行ったらいいかもわからず、涙ですべてがかすんでいるのだろう。

「置いておけ」

ダレンがトラックの助手席側のドアをあけると、女はいった。「あなたと一緒に車に乗るつもりはない」女は震える手で、レンタカーのキーを引っぱりだそうとしていた。

ダレンはトラックの前部座席に身を乗りだし、グローブボックスをあけて、アイスハウスからの明かりがバッジにあたるようにした。いい慣れた言葉が口をついて出ると、初めてそれをいったときとおなじように断固たる決意で胸がいっぱいになった。「ダレン・マシューズ。自分はテキサス・レンジャーです、マーム」

8

彼女の名前はランディ・ウィンストン。三日まえに知らせの電話を受けていた。実際に連絡をつけたのは代理人で、ロンドン郊外のセント・オールバンズにいたところを捕まえたのだ。ランディは仕事でそこにいて、《ヴォーグ》のイギリス版のために特集記事の写真を撮っていた。そこからノンストップで移動してきた。列車でロンドンまで出て、ニューヨークまでの八時間のフライトののちにダラス行きの便に乗り換えなければならなかった。シェルビー郡の保安官事務所へ行くにはそのほうが近いといわれていたからだ。パーカー・ヴァン・ホーン保安官に会う予定だった。だが、テキサス州センターの小さな駅でランディを出迎えたのは保安官本人ではなく――十二時間移動してきたうえに、さらに三時間のドライブが待っていた――十九になるかならないかの保安官助手で、右手にはめた高校の記念指輪が、卒業後についた余分な肉のせいで指に食いこんでいた。ランディが歩いてきたとき、彼はガソリンスタンドのチリドッグを貪《むさぼ》るように食べていて、ランディが名乗ると喉を詰まらせそうになった。

「マイケル・ライトの妻です」ランディはそういったが、最後の一語は込みあげてきた嗚咽《おえつ》にほとんど飲みこまれてしまった。

　ランディとマイケルは一年以上別居していたが、ランディは最後までマイケルの妻であり、すべてをなげうって着の身着のままでやってきた。ランディは世界中で引く手あまたのファッション写真家で、そういう彼女の世界に見合ったカシミアや最高級ジュエリーは、ここではよそ者であることを際立たせた。ランディのカメラ一式はまだレンタカーのなかにあり、ダレンは自分が取りにいくから、もし必要ならアイスハウスまでの十キロほどを歩いて戻るからと、くり返しいって聞かせた。ダレンはラークからすこしハイウェイを北上したところにあったモーテルにその晩の部屋を取った。トラックがハイウェイに乗り、アイスハウスがルームミラーに映ったときには、ランディは震えていた。ピックアップトラックの前部座席に座りこみ、疲労と悲嘆で手足から力が抜けてしまったようだった。モーテルに着くころには消え入りそうになっていた。

モーテルは蹄鉄《ていてつ》形の建物で十部屋あり、古タイヤでつくった六メートルの塔のてっぺんにネオンサインがあった。〈ザ・ラッキー・テン〉という名前だった。ロビーにいたフロント係の女は、ダレンが頼まなくても部屋をふたつ用意した。ダレンの左手の結婚指輪と、ランディの左手から明らかに指輪がはずされていることを見て取ったのだ。女は自分でパーマをかけたとしか思えない頭をしていた。褪せた銀色の髪はパサパサで、カールがきつくかかっていた。見たところ六十代、染みだらけの首もとに金の十字架をさげている。係の女はダレンとランディがそれぞれひとつしかキーを持っていないのを確認した。ダレンはベッドが大きいほうの部屋をランディに譲った。いま、ランディは厚い黄色のカーテンのほうを向いて、そのベッドの端に腰かけていた。

ダレンは、クッション部分がダークグリーンのビニールで覆われた、高い背もたれのある椅子に座っていた。ブーツを履いたままの両足をパイル織りの厚い敷物にしっかりとおろし、両手をランディに見えるところに置いて、メモは取らなかった。危険はないと、ランディに知ってもらいたかった。

「じゃあ、保安官とはまだ話をしていない？」

「事務所にいなかったから」ランディはいった。

すでにコートを脱いでおり、ジーンズにグレーのTシャツという姿で座っていた。ずいぶん細いな、とダレンは思った。ランディは背を丸めて座り、髪をうしろで結んでいたので、いまはダレンにも彼女の顔がよく見えた。ダレンはヴァン・ホーンがきょうの午後はラークにいたことを知っていたが、何もいわなかった。もうひとつの死についても、ミシー・デイルという名前もまだ明かしておらず、さしあたっていうつもりもなかった――すくなくとも、いまはまだ。

　セミトレーラーが五九号を通りすぎるのが数分おきに聞こえてきた。ハイウェイからの深夜の騒音につづくのはつかのまの静寂で、外では動くものもなく、周辺の森にアマガエルの鳴き声だけが響いた。

「わたしが会ったのは保安官助手のひとり」ランディはいった。「その人は、夫の所持品の入ったビニール袋を置いて、〝お気の毒です〟とか〝遺体はダラスにあります〟とか、ほかにもいろいろいっていたけどよく覚えてない。そのあと、写真で身元の確認をしてくださいっていわれたの」

「所持品というのは？」

　ランディは向きを変え、ベッドカバーの上を手探りしてバッグを取った。そしてなかから小さなビニール袋を引きだした。水分が凝結して袋は曇っており、証拠品になる可能性のある品どころか、弁当だってもっと丁寧に包むだろうに、というだらしなさだった。溺死、と公式の検死報告に書いてあった。しかしグレッグの話では、検死医はどうやって溺死にいたったかという点でつまずいており、マイケル・ライトの身に起こったのが殺人だったか否かはわかっていなかった。ダレンはその疑問が宙に漂うのを感じた。ビニール袋から漏れでた不快な臭気のなか、この事件を覆うバイユーの悪臭のなかに混じってその疑問はあった。トラックにゴム手袋を箱ごと積んであったが、いまランディを置いて出ていく気にはなれなかった。代わりに、ビニールの上からできるかぎり調べた。なかには財布があった。黒い革製で、水浸しになり膨張している。

そしてゴールドの結婚指輪。これはダレンが指につけているもの――けさの法廷で、希望を示すジェスチャーとしてつけていたもの――と似ていなくもなかった。それからBMWのキーチェーン。破れた黒い葉が銀のリングの溝にはさまっており、リングにはキーが六個ついていた。マイケル・ライトが残したものは、全部で五百グラムにも満たなかった。「これが、夫が身につけていて見つかったもの」ランディはいった。「発見されるまで数日バイユーのなかにいたから、見分けがつかないほど膨張しているって」ランディは声を詰まらせ、唾を呑みこんで先をつづけようとした。「財布が決め手だった――それでマイケルだってわかったの。一緒に過ごした最後のクリスマスに、わたしが買ってあげたものだったから」ランディはまた泣きだした。静かに、空気が抜けるように泣いた。ランディが自分のなかに沈みこんでいくにつれて酸素が漏れ、塩気を含む涙が落ちた。

ダレンはバスルームへ行き、固いティッシュペーパーの詰まった箱を見つけた。プラスティックのホルダーに収まり、ピンクと赤のバラの柄が並ぶカバーがかけてあった。ダレンはそれを丸ごと持って戻り、ベッドの上のランディの横に置いてから、一メートルほど離れた自分の椅子にまた腰をおろした。ブーツの足をしっかり床につけ、両手を見えるように置き、額に入った牧場の風景画の下に座った。絵には黒と茶色の牛が描かれてあった。

ランディは鼻をかんだ。「ただ、意味がわからないことをいわれて」

「保安官助手は、溺死だったという以外にも何かいっていた？」

「保安官は、マイケルが強盗にあったと思ってるんですって」

これはダレンも初耳だった。「強盗？」

「あの晩、アイスハウスから出てきたときに。保安官助手がいうには、マイケルは酔っていたのかもしれないって」

根拠はなんだ？　とダレンは思った。グレッグの話を思い返すに、検死報告に異常な数値の血中アルコール濃度のことなど書かれていないはずだった。ダレンは俄然《がぜん》、検死報告書を手に入れたくなった。

ランディはまたティッシュペーパーをつかんだ。

「でもクレジットカードはちゃんと財布のなかにある」

「触ったのか？」ダレンはそういったが、ビニール袋をひと目見ればそれが問題にならないのは明らかだった。何か証拠が付着していたとしても、とっくに使い物にならなくなっていた。

「保安官助手の目のまえでひらいたわ。クレジットカードと、現金が百ドルちょっと入ってた。もしかしたら時計は盗まれたのかもしれない。あるいは水中ではずれたか。だけど、財布が手つかずなら、どうして強盗にあったなんていえるの？」

「車だ」ダレンはいった。必ずしもそう信じているわけではなかったが、警官なら誰でも考えることだった。ランディはダレンを見た。ダレンがいい当てたのを驚いているようだった。

それからうなずいていった。「マイケルは〝すごくいい車〟に乗っていたから。保安官助手がそういったんだけど。まるでそれが犯罪みたいに。だから誰かが車を狙ってマイケルを襲ったのかもしれないっていってた」

「しかし車のキーはここにある」

「あの人はスペアキーをグローブボックスに入れていたの。誰でも見つけられたはず」ランディは説明した。

「マイケルはこのあたりの出身じゃないから、警察はマイケルが道に迷ったと思ってる——おそらく、徒歩で。森のなかを歩いているときに。それでバイユーに落ちたんじゃないかって。車もそのうち出てくるだろうって話だった」ランディは首を横に振った。「でも、あの店を見たでしょう。マイケルがあそこみたいな店に入ろうとするとは思えない」

　ミシー・デイルが働いていたのもそのおなじ店だった、とダレンは思った。

「結婚生活はどんなふうだった？」ダレンはなんの気なしに尋ねた。

「あなたの結婚生活はどうなの？」ランディはいった。

　涙の向こうのランディ本人が見えたのは初めてだった。大きな目ではあっても、怒りをこめてふたつの点になるほど細めることもできるのだ。やわらかな明かりのなかで、顎に力が入っているのも見えた。ランディはその質問に腹を立てていた。ダレンのほうも、問い返されてとくにいい気持ちはしなかった。「〝別居していた〟と聞いたから。他意はない」

「マイケルは浮気してたの」

　ランディは感情を交えずにそういい、ダレンは気まずい沈黙を埋めなければならなくなった。

「残念《アイム・ソーリー》だ」ダレンは慌てていった。初めて口にする、遅すぎたお悔《く》やみの言葉であり、彼女の夫がべつの女と寝ていた事実についていった言葉でもあった。

「すまない《アイム・ソーリー》」ダレンはもう一度いった。今度は失言についての謝罪だった。だがランディは無造作に手を振り、何もつけていない薬指が目につくと、静かになった。「それで、別れた？」

「いいえ」ランディはいった。もう泣いていなかったが、後悔のためか、声は詰まり気味だった。「何もしなかった。離婚はしなかった、だけど許しもしなかった。出ていきはしなかった、でもそばにいたわけでもなかった。たてつづけに何カ月も家を空けたまま、入ってきた仕事をすべて引き受けて、できるかぎり距離を置いた」

「彼を愛していた？」

「それで何か変わるの？」

ランディは美しい女だった。いまやそれがさらにはっきりと見て取れた。こんな女の愛情を勝ち得ていながら遊びまわる男がいるなど、ダレンには理解できないことだった。しかし質問をつづけなければならなかった。なぜマイケルがひとりでテキサスに来たのか、まだわかっていなかった。「マイケルはまたほかの女と会っていたのかな?」

「夫とはもう何カ月も口をきいていなかったから」ランディの言葉にはいままでなかった堅苦しいところが、ダレンへのよそよそしさがあった。

「マイケルはなぜここに来たんだろう? シカゴから千五百キロ以上運転して」

ランディはベッドの端をちらりと見やった。そこには夫の所持品の入ったビニール袋がまだ置いてあった。だが答えはそこにはなかった。

「ラークに何があったんだろう?」

「わからない」ランディがいうには、一緒に暮らした七年のあいだ、マイケルは一度もランディを伴って故郷に戻ったことがなかったらしい。ランディはティンプソンとタイラーを混同しており、マイケルの生まれた場所も誤ってべつの町だと思いこんでいた。

ダレンはランディに礼をいい、トラックに鹿肉のジャーキーとクラッカーがあるので食べたかったらどうぞ、フロント係の説明によれば、夜中の十二時を過ぎるとモーテルの自動販売機はロックされるそうだから、と話した。ランディは、ものすごくおなかが空いているのでえり好みはしない、といった。「ありがとう」そして弱々しく微笑んだ。苦しんでいるときでも女たちが反射的に浮かべられる感謝の表情だった。しかしダレンが椅子から立ちあがってドアに向かいはじめると、ランディはベッドから飛びおりてダレンの腕をつかんだ。ダレンがもう戻ってこないとでも思っているような、ひどくうろたえた顔をしていた。指がダレンの肘の上の筋肉に食いこんだ。「夫に何があったか調べてくれるんでしょう？　わたし、マイケルを愛していた――だから」ランディは信じてくれと懇願していた。愛していなかったなら助けてもらえないと思っているかのように。「こんなことをした人間を見つけてくれるんでしょう？　だって、そのためにあなたはここへ送られてきたんでしょう？」

　じつは誰に送られてきたわけでもなかったし、頼まれたわけでもないとは、ダレンはとてもいう気になれなかった。おれがここにいることを望んでいるのは世界中できみだけだ、ともいえなかった。

　しかしこのときは、その事実だけで充分だった。

「すこし休むといい」ダレンはランディの腕をぽんぽんとたたいた。「きみを置いていったりはしない」

　リサにメッセージを送ったのは、もう眠っているだろうと思える時間になってからだった。帰宅しなかったことについて話すのは、あしたまで待っても遅くはない。ランディは塩味のクラッカーをすごい勢いで一パック食べたあと、すぐに眠りこんだ。ダレンはランディのレンタカーのキーを持って、部屋のドアをそっとしめた。それから待った。九号室の外で、ふたりの部屋のあいだの薄い化粧漆喰《しっくい》の壁にもたれ、立ったまま見張った。ダレンのトラックだけが停まった駐車場と、その向こうの四車線のハイウェイに交互に視線を向けた。やがて、誰も――酒場にいた悪党も、死んだ男の妻が町にいることを知っているべつの人間も――追ってきていないとわかって満足した。日が昇るまでは安全だろう。そうは思ったが、ダレンは確実を期してもう一時間待った。東テキサスでは悪魔の時間の午前二時を過ぎればひらいている酒場などないだろう、と思ったからでもあった。そしてそれは正しかった。

　その後、ダレンはハイウェイに向けて出発した。

　ダレンはマグライトを手に持ち、四五口径を腰につけ、半分入ったワイルドターキーの五百ミリリットル壜をうしろのポケットに押しこんで、徒歩で出かけた。この程度の量のバーボンではもっと飲みたいと思うだけだったが、何もないよりましだった。この時間には空が低く感じられ、星がマツの木のてっぺんに雪のように降り積もっている。いまや空気も冷たく、ダレンはジャケットを着てこなかったのを後悔した。だが、生き延びるために白いシャツが必要だった。時速百二十キロで通りすぎるヘッドライトに対する上半身の大きさの反射板のようなものだった。だいたいは路肩を歩いた。砂利と土をザクザクと踏み、森にいる無謀な野生動物が横からハイウェイに飛びださないかと耳を澄ました。夜のこの時間には、セミトレーラーはすくなく、通りすぎる間隔もまばらで、静けさのなかでダレンの頭も冴《さ》えた。ダレンは体を温めるために——そして正直に認めれば、勇気を出すために——バーボンを大きくひと口、ふた口と飲んだ。ラークにとどまれば何かが犠牲になるはずだった。それはよくわかっていた。わからないのは何が犠牲になるかだった。それに、この二件の殺人の何がそんなに引っかかるのかもわからなかった。警察の出そうとしている単純な結論が——何百年もの歴史の流れに則って、苦もなく導きだされた事件の見解が——ダレンに疑念を抱かせた。

まず、殺しの順番がおかしかった。黒人の男が死に、そのあとで白人の女が死んでいる。これはアメリカのおきまりの筋書きに合わなかった。ダレンは伯父たちから、白人の女と遊びまわると——いや、こちらからきわどい言葉をかけただけで——どうなるかについてさんざん警告されてきたが、それとも矛盾した。それに、よそ者のマイケルが殺されたからといって、ラークの町の黒人たちが仕返しをしたとも思えなかった。ジェニーヴァの店では、カフェの裏で動きまわっている法執行機関の人間を除けば、常連客たちが辛辣《しんらつ》な言葉を向けるような相手はいないようだったし、ミシー・ディルの悪口もまったく聞かれなかった。それどころか、ジェニーヴァは若い女の子供のことを思いやっていた。トラック運転手のティムもおなじく心配しているようだった。じつのところ、ミシーが死んだのはラークの黒人たちから何かしら悪い感情を持たれた結果ではないか、マイケル・ライト殺害とそれにつづくミシーの殺人には因果関係があり、ただの偶然ではないのではないかと推測したのはウォリーだった。いや、ウォリーと、ヴァン・ホーン保安官もその線に沿って考えていた。だからジェニーヴァに、昨夜カフェにいた男たち、女たちのリストをつくってくれと頼んだのだ。頭のなかにグレッグの声が聞こえ、ダレンはグレッグの〝同族〟が偶然という怠惰な考えに屈したがらないことを思いだした。〝同族〟とは、法執行機関の人間たち、という意味だ。だが、何も埋まっていないところを掘り返そうとする警官はまたべつの問題を引き起こす可能性もあった。そして考えれば考えるほど、最新モデルのＢＭＷに目がくらんだ誰かがマイケルを襲い、きょうのような夜の闇のなかで呆然《ぼうぜん》としたままのマイケルを放置したのではないかと思えてくるのだった。マイケルがほんとうに道に迷っていた可能性はあった。すくなくとも、その可能性を考慮に入れる必要はあった。そしてミシー・ディルについては――発見されたときのあのひどい状態を考えれば――マイケル・ライトとは無関係で、まさにあのアイスハウスの常連たち、ミシーがそばで働いていた荒っぽい人間たちと関係があるのかもしれなかった。あのなかに、強姦の告発状が上着のポケットにたくさん詰まっている者がいたとしてもおかしくなかった。**それも考慮するべきだ**、とダレンはいま一度自分にいい聞かせた。疑念がしつこく残りはしたが。

　アイスハウスまでは十キロ近くあり、ブーツの靴底にあたる足が痛んだ。履いていたのはピーカンナッツの色をした牛革のウエスタンブーツで、もう一度こんなに歩くのに使ったら裂けてしまいそうだった。レンタカーが見えたときにはうれしかった。ツードアの青いフォードが、暗くなった駐車場にぽつんと停まっていた。ネオンサインは眠りにつき、店内の明かりもおなじように、今夜はもう消えていた。車が壊されているかもしれないと心の準備をしてきたが、どこにも異状はないようだった。窓越しに懐中電灯で照らすと、後部座席にランディのバッグや黒いカメラケースが見えた。ダレンは歩いて汗をかいていたので、車のエンジンをかけるとすぐに窓をあけ、運転中に風が顔にあたるようにした。

だが、モーテルには戻らなかった。まだ。

駐車場を出ると反対方向へ車を走らせた。膝が胸につきそうだと思いながら小型車を運転して五九号を進み、郡道一九号への出口を見つけた。この一九号は森を貫く農道で、ハイウェイからアトヤック・バイユーへとつながっている。バイユーはジェニーヴァのカフェの裏とウォリーのアイスハウスの裏をつないでおり、ふたつの建物、ふたつの異なる世界のあいだの距離は五百メートルもなかった。農道をたどり、ダレンは細い車道をがたがた揺れながら進んだ。中央線もないような道だった。小さな町の住人たちは、譲り合いに慣れているのだ。車の床を通して道のでこぼこやアスファルトのひび割れがいちいちわかり、数秒おきに頭が天井につきそうになった。五十メートルほど道を進んだところで、徐々に速度を落として車を停めた。運転席側のドアをあけるとギシギシと軋《きし》んだ。この闇のなかの音といえば、あとはコオロギとアマガエルの合唱くらいのものだった。天を衝《つ》くばかりのマツに両側をとざされ、自分も小型のフォードも縮んだように感じられた。ブヨと夜行性の甲虫が上向きにしたライトの明かりのなかで踊っている。試しに窓から手を差しいれてヘッドライトを切ってみると、途方もない闇が降りた。触れられそうなほど濃く、黒いベルベットのキルトのようだった。星明かりの縫いめがあるのだが、そんな小さな明かりでは顔のまえの手さえ見えない。マイケルがアイスハウスからすぐ近くのこの場所で発見されたのはわかっていたが、そもそもマイケルはこんな農道で何をしていたのだろう？

もし保安官の説が正しいとすれば、マイケルの車が盗まれた場所はアイスハウスの駐車場ではありえない。マイケルは頭のいい男だった。なんといっても、ロー・スクールを卒業しているのだ。歩いてジェニーヴァの店に戻るなら、比較的明るいハイウェイを通っただろう。ちがう、何かがマイケルをこの農道に引き寄せ、マイケルはここで車を奪われたのだ。まちがいない。この時間、ハイウェイを通りすぎる車がなければ、つまりこの森を抜ける道を示すヘッドライトがなければ、闇のなかで方向感覚を失う可能性はあった。とくに何杯か飲んだあとで、酔っているところを小突《こづ》きまわされたりすれば。ダレンは、いまの自分の血中アルコール濃度は〇・〇九パーセントくらいだと思っていた。飲酒の習慣のある人間として、このへんでやめておいたほうがいいと思う程度にはぼんやりしているが、自分の基準に照らしたときに保安官の説の問題点を見逃すほど酔っぱらってはいない。立ったまま身動きせずにいれば、水音を聞きわけることだってできた。

バイユーは目のまえに、たぶんいま立っている場所から五十メートルも離れていない場所にある、とダレンは気がついた。もしマイケルが車のない状態で放置されて、ここでひとりで立ち往生していたなら、なぜ見えもしない水に向かって歩こうとしたのだろう？　いまダレンがやっていることは、正気の人間なら絶対しそうにないことだった。ダレンは道もろくに知らない森の濃密な闇のなかで歩を進めていた。しかし未知のものへ向かって歩くのはレンジャーの仕事であり、ダレンはまだバッジを返したわけではなかった。

ダレンはまっすぐまえへと歩いた。農道が南に曲がる場所を通りすぎ、人の手の入っていない森林へまっすぐに進みつづけた。バイユーの水音を追って歩いた。低く垂れた枝の下では身を屈め、大きな枝が進路にあれば押しのけた。一方の手にはいまもポケットサイズの懐中電灯を持っていたが、そんな弱々しい光線では深い森にはとうてい歯が立たなかった。引き返してフォードのヘッドライトをつけ、道しるべにすることも考えた。血中アルコール濃度が〇・〇五パーセントくらいだったら、暗闇のなかをろくにまわりも見えないまま歩きまわるよりそのほうがはるかにましだととっくにわかっていたはずだった。だが、車に引き返そうとして無造作に左足で方向転換したところで、すべった。そう長い距離を落ちたわけではなかったが、一瞬のことに驚いて、転落を止めることができなかった。ダレンは身をよじり、水へと落ちるのを防ごうと、つかまる場所を求めて体の向きを変えたが、充分な手がかりは得られず、途中で懐中電灯もなくしてしまった。ダレンはブーツから先に、うつぶせに水に落ちた。体の前面に水が染みてくるのがわかった。

顔がつく直前に目をとじたが、それでも水が触れると目が痛んだ。

口をしっかりとじて、ひどく息苦しさを感じ、意志の力を総動員してパニックを食い止めなければならなかった。**おれは今夜ここでは死なない。**平泳ぎに似たようなかたちで腕を動かし、体を浮いたままの状態に保とうとした。ところが脚でひと掻きしただけで、右足がバイユーの川床にあたった。足の爪がブーツの先端にあたるのがわかった。痛みが走ると同時に、雷《かみなり》に打たれたように気がついた。**立つんだ。ただ立てばいい。**ほんの何秒かのうちにダレンは立っており、バイユーの水は脚のつけ根までしか届いていなかった。すぐにわかった。マイケル・ライトが自発的にバイユーのなかへ歩いて入り溺れたなどということは、ありえない。

第三部

9

目が覚めると、口は渇き、目もまだ痛かった。携帯電話がベッド脇のテーブルでかん高い音をたてていた。その横には銃もあった。昨夜分解してモーテルのタオルの上に並べ、乾かしておいたものだ。リサ、とダレンは思った。

しかしもっと悪い相手だった。はるかに悪かった。

副官のウィルソンが、ヒューストン本部のA隊からかけてきていた。ダレンが咳ばらいをして〝おはようございます、サー〟というより早く、もう耳に声が届いていた。「一体全体なんなんだ? ラークの二件の殺人がどうとかいう話を耳にしたんだが?」ダレンは姿勢を正し、「サー」とつぶやくようにいいかけたが、即座に遮《さえぎ》られた。「第一に、シェルビー郡からは支援の要請を受けていない。第二に、そこはトム・ランドールの持ち場だ。そして——これが最も重要なところだが——第三に、きみは停職処分中だ、レンジャー・マシューズ」

ダレンはちらりと時計を見やった。七時過ぎ。もっとずっと早く起きるつもりだったのに。ダレンはべつの部屋にいる被害者の妻のことを思い——名前を思いだそうと、一分ほど記憶をあさり——彼女は大丈夫だろうか、ひとりで目を覚まして怯えていないだろうか、と思った。ランディ。その名を小声で口にしそうになった。

「いまシェルビー郡にいるわけではないといってくれ」ウィルソンはいった。「長官に電話して、あいつの今後にわざわざ頭を悩ませる必要はありません、不服従を理由にさっさと解雇すればいいだけです、などと進言する必要はないといってくれ」

　八年前にダレンの採用を決めたのはウィルソンだった。州警察官からテキサス・レンジャーへの昇格を後押しし、上層部を向こうにまわしてダレンの味方になることさえした。幹部連中はこう思っていた――ダレンにはレンジャー魂《だましい》がない、プリンストン大学やロー・スクールで負わされた知力や自意識といった重荷は現場では役に立たない、現場では直感がものをいうことがたびたびあり、最も単純な結論がたいてい正しいのだ、とくにテキサスの田舎で起きた殺人ともなれば、だいたいは事件に先立って地元の酒場あたりで誰かが〝殺すしかないこともあるんだよ〟などと口走っているものなのだから。

　ウィルソンはダレンの伯父とともにA隊で働いていた。ウィリアムがその部署で初めての黒人レンジャーになったころだった。ウィルソンはウィリアムのキャリアとマシューズの名前を考慮し、ダレンをある程度上の地位につけようとして、ヒューストンの本部に置くよう提案した。そこにいれば、ダレンは汚職調査部門で働けた。そこでの犯罪捜査は書類仕事がすべてだった。ダレンは飽き飽きして、じっとしていられなくなり、〈ア《A》ーリアン・ブ《B》ラザーフッド・オブ・テ《T》キサス〉の特別捜査チームに志願したのだが、その後、ウィルソンの態度が変わったと感じるようになった。黒人の暮らしに大いに関心を持っていることや、ある種の犯罪はほかの犯罪よりも重要だと思っていることで、最大の支援者を失望させたらしかった。覚醒剤と違法銃器の取り締まりはひとつの重要な案件だったが、ダレンがABTを壊滅させたい理由はまたべつにあった。ダレンはそれを内心で自覚していたし、ウィルソンもそれを知っていた。

「われわれは取り決めをしたな、マシューズ」ウィルソンの声は張りつめ、かすれそうになっていた。ダレンはふと思った。ウィルソンはオフィスにいて小声を保とうとしているのではないだろうか。ニュースはまだ広まっておらず、窮地を抜けだす道もあるのではないか。「きょうの午前中のうちに、私のオフィスに顔を出してもらえると思っていたんだが」

「どこから聞いたんですか?」ダレンはいった。

突然、グレッグが何かいったのではないかと思いつき、うろたえた。被害妄想であり、不実な考えであり、二日酔いの戯言《たわごと》だった。ダレンは立ちあがり、室内の洗面台に向かって歩いた。洗面台はバスルームの外にあった。右手をカップのかたちにして水を受け、それを飲んだ。こぼれた滴が肌着のまえを濡らした。

「被害者の妻だ」ウィルソンはいった。「メディアに知り合いがいる」

「彼女は写真家なんです」

「そうだな。それで、彼女は≪シカゴ・トリビューン≫の人間に連絡し、私のところにけさ電話がかかってきた。それからまだ十分も経っていない。記者が不審死について尋ねてきたんだが、私には彼がいったい何をいっているのかまったくわからなかった。記者はきみの名前を出して、レンジャーがヘイトクライムの捜査をしているのか、地元の保安官が何かを隠蔽《いんぺい》しようとしているのかと訊いてきた。一体全体、そこで何をはじめたんだ、マシューズ?」

「溺死だが、溺れたわけではないんです。それだけはいえます」

「そっちの保安官のことは知っている。パーカーはいい警官だ」

「だったら保安官と話をさせてください」ダレンはいった。「おれに自分の仕事をさせてください」ダレンが頼んでいるのは、ヴァン・ホーンと十分程度話すだけのことではなかった。それはふたりともわかっていた。きのう、妻との電話では話しあわなかったことだった。良心に照らしたら辞めることなどできないかもしれないという事実も、バッジこそまさにいまのダレンそのものであり、バッジをつけることがテキサス人として人生を渡っていくためにダレンが知っている唯一の方法であることも話さなかった。「ひとりだけじゃないんです」ダレンはいった。「黒人の男だけじゃない。べつの遺体があるんです、女で、地元の白人です。ほんの数日あとに、おなじバイユーからあがりました。そしてマイケル・ライトは姿を消した夜、その女が働いているアイスハウスにいたんです」

電話のウィルソン側が静かになった。ウィルソンは状況を把握しようとしているのだ——法執行機関の人間でこうした詳細を聞いている者はいないだろうし、この話にまだ先があるのも誰も知らないだろう。ダレンはホームランを打って、ベースにすべりこんだも同然だった。「聞いてください、もし《シカゴ・トリビューン》がすでにこう思っているなら——黒人のレンジャーがこっちにいるのは、黒人男性の不審死の捜査をするためだと思っているなら——おれがいますぐ荷物をまとめて立ち去ったら、ひどくおかしく見えるのは確実だし、連中の想像力を余計に掻きたてることになる。おれに調べさせてください、ふたつの殺人を関連づけることができるかどうか、確認させてください。毎日報告します、約束しますよ」

「毎日？」ウィルソンはためらった。「どれくらいそっちにいるつもりだ？」

「調べがつくまで」

「一週間のうちにはそこを出てもらいたい。それから、必ず毎日私に連絡を入れるんだ、マシューズ。報告がなければ、今回のことを丸ごと長官に話して、きみの進退は長官に任せる」

「大陪審はどうなりました？　何か耳に入っていますか？」

ダレンが不適切なほどラザフォード・マクミランの件に関心を持ちすぎていると思い、ウィルソンはため息をついた。そもそものせいでダレンはトラブルに巻きこまれたのだと、ウィルソンは信じていた。きみはあそこに出かけていくべきじゃなかった。ウィルソンは一度ならずそういっていた。ほかの人間とはちがい、ウィルソンはダレンがマックを守るために実際に証拠を隠したとは思っていなかったし、もし思っていたとしても、そうはいわなかった。ダレンはウィリアム・マシューズの甥っ子なのだから、いつでも疑わしきは罰せずの原則に値するとウィルソンは思っていた。

「正式起訴状案は提出されていない……まだ」ウィルソンはいった。「どちらかに決まったという話も聞かない」

ダレンは安堵とおなじくらい不安も感じた。マックとブリアナはうまく持ちこたえているだろうか。ダレンが証言するまえからすでに、マックは家を売るかもしれないと話していた。そしてもし自分がどこかに送られることになったら孫を頼むと、ダレンにいっていた。あの娘《こ》が必ず学校を終えられるようにしてくれ。家とトラックを売った金があれば、最終学年まで終えられるだろう、とマックはいった。約束してくれ、ダレン。

「シェルビー郡のヴァン・ホーン保安官に電話をかける」ウィルソンはいった。「手助けするだけだと、相手によくわからせてくれ」

「検死結果のコピーが必要です」

「保安官を通して申請するんだ」ウィルソンはいった。「向こうの手順に従い、保安官のガードを下げさせておけ。確かなことがわかるまでは、拳を振りまわしながら入っていって、ヘイトクライムだなんだと大騒ぎしないように。真面目な話だぞ、ダレン」ウィルソンはそういってからつけ加えた。「それから、あの妻をきちんと抑えておくように」

まず、彼女を見つけなければならなかった。

レンタカーは駐車場からなくなっており、部屋のドアをノックしても完全に無音だった。フロント係はダレンの質問にはひとつも答えようとしなかった。必要最小限の事柄も含めて。いったいランディはどうやってダレンの部屋からレンタカーのキーを持ちだしたのか？　本人以外に部屋に入れる唯一の人間はフロント係しかありえない。「人さまのごたごたに手を出すつもりはありませんけどね、男が車のキーを持っているから出かけられないってレディにいわれたら、何もせずにただ突っ立っているのがいいとは思わない。あたしだって〈デイトライン〉でニュースくらい見てるんだからね」どうやらフロント係はダレンの部屋に入り、ランディをすぐ外で待たせたまま、ダレンが眠りこんでいるあいだにズボンをあさったらしかった。「いますぐ部屋から持ち物を出してちょうだい。あんたみたいな人たちにはここにいてほしくないんでね」フロント係はいった。彼女の首にかかったゴールドの十字架が、正面の窓から射しこむ朝日を捉えた。ダレンはバッジをちらつかせてひと騒ぎすることも考えたが、騒ぎは起こさないと上司に約束したばかりだった。一泊の料金を払い、ランディの部屋の分も出そうとしたが、フロント係は頑として受けとらなかった。

「彼女はもうチェックアウトしたのか？」ランディがひとりで町をうろついていることを不安に思いながら、ダレンは尋ねた。

「もしそうだとしても教えませんよ」フロント係はいった。「さあ、あと十分で出て」

ダレンは熱いシャワーをすばやく浴びて体に残っていたバイユーの悪臭を落とすと、服を着て四五口径のコルトを組みたて、トラックに乗りこんでランディを探しにいった。

朝の八時半だというのにアイスハウスの駐車場はすでに半分ほど埋まっていた。だが、その駐車場に青のフォードはなかったし、ジェニーヴァのカフェ正面の駐車スペースにも見あたらなかった。給油ポンプのそばに車を寄せて向きを変えようとしていると、カフェの正面の窓から覚えのある光景が見えた――ジェニーヴァがカウンターの向こうにいて、色とりどりの服を着たウェンディが赤いビニールのスツールのひとつに腰かけ、ハクスリーが新聞を読んでいる。ダレンのピックアップについたクロームの装飾がきらめき、ジェニーヴァの注意を捉えた。ジェニーヴァは顔をあげ、トラックのハンドルのうしろにダレンがいるのを見ると顔をしかめた。ダレンはギアをバックに入れ、ハイウェイへと戻りはじめた。もともとすこししか見るところのないラークのメインストリートは探し終わっていた。残ったのは裏道だけだった。そう思ったとたん、被害者の妻がどこへ行ったのかわかった。墓標のない夫の墓だ。

　ダレンはハイウェイ五九号を下りて郡道一九号に入った。水辺へつながる農道だ。思ったより早くフォードに出くわし、ハッチバックの後部にぶつかりそうになって急ブレーキを踏んだ。ギアをパーキングに入れて車から飛びだした。昨夜すべって水に落ちたせいで、ブーツの靴底がまだ湿っていた。フォードの運転席に誰もいなかったので、舗装された農道を離れ、昨夜嗅ぎまわった木立のなかまで歩いていくと、やっと彼女が見つかった。日中の明かりのもとでは、土手が急勾配になる場所と、バイユーの水がなめてやわらかくなった一メートルほど下の水際がはっきり見えた。ランディは、ダレンがやきもきするほど端に立っていた。レンズを取りつけた黒いカメラを手に、水を狙っていた――文字どおりにも、比喩的な意味合いでも。まるで目に映るものを理解するにはカメラを通すしかないとでもいうように。

　ダレンは、自分が近づいていくのがランディに聞こえるように、わざと踵《かかと》の下の小枝を強く踏みながら歩いた。「驚いたよ」ダレンはいった。「あんなふうにいなくなるなんて」

ランディはふり返って、怒りのこもった赤い目でダレンと向きあった。きのうとおなじ馬鹿げた白いコートを着こんでいる。藪《やぶ》を縫ってのトレッキングのせいで、コートには葉や泥が点々とついていた。黒のジーンズも、グレーのTシャツも、ハイヒールのアンクルブーツもきのうと同じだったが、ブーツはいまや泥だらけで湿っていた。「わたしに嘘をついたでしょう」ランディはいった。

「聞いてくれ、ランディ――」

「あなたは警官でさえない」

「それはちがう」

「トリビューンに知り合いがいるんだけど、マイケルに何があったかを捜査するために派遣されたレンジャーはいないといっていた。自分でもレンジャーの幹部に電話してみたら、ダレン・マシューズは〝現在停職処分中〟だといわれたわ」

「いまはもうちがう」ダレンは目のまえの女に対し、罪悪感とともに感謝の念を覚えていた。彼女の喪失が、自分の生活をもとどおりにしたのだから。「けさ副官と話をして、この捜査に加わったんだ。おれはきみの夫の死を調べている」

ランディは押しのけるようにしてダレンのそばを通りすぎ、ヒールをやわらかい地面に取られながらレンタカーに向かって歩いた。「それに、わたしの車に何をしたの？　けさ、シートが濡れてたんだけど。床にはボトルが落ちていて、ひどいにおいだった」ダレンは腕を伸ばしてランディの手をつかみ、でこぼこの地面を歩く彼女を支えようとした。「近寄らないで」ランディはいった。

「マイケルは溺れたわけじゃなかったんだ、ランディ」

ランディは立ち止まってダレンのほうをふり返った。ふたりのあいだの距離は三十センチもなく、足もとの泥のなかにはところどころに松ぼっくりが埋まっていた。まわりで風が吹きあがったが、ランディは立ったまま微動だにしなかった。昨夜傷ついて弱くなった場所が硬化したかのようだった。ランディには怒りをぶつける場所が必要なのだろう、とダレンは思った。ダレン自身がうってつけの標的だった。ダレンの言葉が聞こえなかったかのように、ランディはまた車へと歩きはじめた。ダレンはすぐうしろをついていった。自分を信じて、頼りにしてもらいたかった。いま目のまえに見えている以上の男だと――皺《しわ》と染みだらけのズボンや、車に残された酒の空き壜よりずっとましな存在だと――知ってほしかった。「マイケルは溺れたわけじゃなかった」

「殺されたっていうわけ？」

ランディにも薄々わかっていたが、改めて口にすることで新たな傷がひらいたようだった。

ダレンは険しい顔でうなずいた。「女もいたんだ」

「なんの話？」

「もうひとつの殺人だ」ダレンはいった。

ランディは驚いた顔をしたが、怯えてもいるようだった。身を震わせ、コートの脇を引っぱって、さらにきつく体に巻きつけた。空気はまだひんやりと冷たく、空は青みがかった灰色で、朝の微光でまわりじゅうが白黒に見えた。

「彼女がバイユーから引きあげられたのはきのう、ジェニーヴァの店の裏で――」

「どこのこと？」ランディは戸惑っていった。

「その白人女性も殺されたんだ」ダレンはその部分をはっきりさせておきたかった。

「それを知っていて、わたしに話さなかったの？」

「おれだってここに来たばかりで、何を追っているかもはっきりしなかったんだよ」

「マイケルは……」ランディはつかのま言葉を失い、それからつづけた。「夫は彼女を知っていたの？」

「わからない」ダレンはいった。「だが被害者の女性はアイスハウスで働いていた。保安官がいうには、きみの夫が水曜日の夜に酒を飲んでいた場所だ。そのふたつが結びついているかどうか、はっきりわかっているわけじゃないが、おれの経験からすると答えはイエスだ」

ランディは黙りこんだ。風がバイユーを渡り、かすかにさざ波の立つ音がした。水に落ちた木の葉が川面《かわも》にキスをするように水面をかすめていく。

「あなたがほんとうのことをいっていると、どうやって確認したらいいの？」ランディはいった。「レンジャーとしてこの事件の捜査を任されているってことを？」

「お望みなら、電話をかければいい。ヒューストンのA隊、フレッド・ウィルソン副官だ。すでにおれとこの保安官とのミーティングを手配してくれている」

ランディはすぐに背筋を伸ばした。「わたしも行きたい」

ダレンは反対しかけたが、ランディは断固として主張を曲げなかった。「絶対に行く」

妻をきちんと抑えておくように。

しかしダレンはちがうことを考えていた。**妻にある程度の保護を与えること。妻にいくらか助力を与えること。受けとってしかるべき答えを、妻が得られるようにすること。**もし自分がマイケル・ライトだったら、やはり誰かが自分の妻のためにおなじようにしてくれることを望むだろう。「おれが運転する」ダレンはいった。

10

パーカー・ヴァン・ホーン保安官はウォリー・ジェファソンの家の居間に一時的な出張所を構えており、そこで待っているとダレンにいった。けれども広大な家に車をつけたとき、環状の私道に並べて停められた豪華な車——リンカーン二台のほか、キャデラック、クライスラー——のなかにパトロールカーは見あたらなかった。ウォリーの家が建っている土地は何千平方メートルもの広さで、地面はきちんと手入れされていた。ぱりっと刈りこまれた青い芝生が生え、家の正面に沿って赤いアジサイが植えられていた。だが、地所の裏側は手つかずの丘と隣接していた。

　ダレンがウォリーのトラックの横に車を停めると、隣でランディが吹きだすのが聞こえた。笑っているわけではなかったが、それに近かった。「冗談でしょ」ランディはウォリーの家を凝視していた。ダレンももう一度よく見ようと、つぶれたブヨの飛び散ったフロントガラス越しに首を伸ばして目を凝らした。赤煉瓦の手前に白い柱が並んでいる。ようやくダレンにもわかった。家はトマス・ジェファソンの邸宅〈モンティチェロ〉のほぼ完全なレプリカだった。ランディは助手席側のドアをあけ、本能のままにカメラをつかんだ。ダレンは平然とトラックを降りた。テキサスの路上から、もっと風変わりな建物を見たこともあった。トウモロコシ畑のなかの灯台。実物大のお菓子の家。ドナルド・トランプの顔が描かれた納屋。長いハイウェイをたどる車のために田舎の人々が提供するショウだった。何キロにもわたってつづくマツとスギばかりの僻《へき》地《ち》における息抜きだった。

　ダレンは家よりも、そこからの眺めに興味があった。

ウォリーの家の正面――フェンスとの距離はほんの数メートル程度――からはジェニーヴァのカフェが、窓越しにメニューの内容が読めるほど間近に見えた。ダレンにはこれが奇妙に思えた。どちらもかなりの土地を持ちながら、結局は最悪のかたちで向かい合わせになっている。お互い、好きでもないものを毎日見ながら過ごさなければならない。たぶん、ウォリーがジェニーヴァの土地を買おうとしている理由もこれで説明がつく。すくなくとも家からの眺めが改善されるというわけだ。どちらが先に建ったのだろう、とダレンは思った。ウォリーの家か、ジェニーヴァのカフェか。

「ちょっと、これ見た？」ランディがいった。

ダレンがふり返ると、ランディは家の裏の小さな建物を凝視していた。モンティチェロの後方に六メートルほどの高さの犬小屋があり、これが完璧なホワイトハウスのミニチュアだった。黒いラブラドールレトリバーの雄が戸口に寝そべっていたのだが、ランディとカメラに気がつくと、うなりながら四本の脚で立ちあがった。犬が突進してくると同時に、ダレンはランディのまえへ割りこんだ。犬はダレンの足を狙い、ダレンはブーツの先で地面をちょっと蹴ってみせ、犬を怖がらせようとした。犬はすばやく数歩下がったが、ほんとうに蹴られたわけではないとわかると、さっきよりも真剣に飛びかかってきた。ちょうど犬がダレンのズボンの右に嚙みついたとき、家のドアがひらいた。

「ブッチ！」ウォリーが大声で呼びながら、正面のステップをずんずんと降りてきた。犬はダレンのズボンを放し、愛想よく飼い主の横に駆けていくと、ウォリーの太い指の先をなめた。

「遅かったな」

きのうジェニーヴァのところでダレンと会ったことを覚えていたとしても、ウォリーはそれをおくびにも出さなかったし、ダレンがまた胸につけるようになったバッジにも、あからさまな反応は示さなかった。ウォリーはポロシャツを着ており、くっきりと折り目のついたラングラーのスラックスにシャツの裾をたくしこんでいた。首まわりの皮膚はたるんでいたが、血色はよく、強健そうだった。ダレンには、ウォリーの年齢の見当がつかなかった――それをいうなら、どんな仕事をしているかもわからなかった。見えるかぎりの地所内には乳牛もいなければロール牧草も見あたらなかったし、小麦畑も綿花畑もなく、何かを生産している様子はすこしもなかった。ダレンのなかの警官が、莫大な富の影にそれを生みだすための懸命な労働の痕跡がないことを嗅ぎ取った。

「ダレン・マシューズです」

「ああ、知っている」ウォリーはいった。自分が二歩ほど先を行っていることを楽しんでいるようだった。ウォリーはランディのほうを向いてつけ加えた。

「旦那さんのことはお気の毒でした、マーム。しかしこのへんの人間は誰もその件に関わっていない。それは知っておいてもらいたい」

「それはまだこれから調べます」ダレンはいった。

ウォリーはかすかに面白そうな顔をしながら、ブッチをホワイトハウスに追い返した。そして向きを変え、玄関のドアをあけた。「保安官もすぐに戻る」

屋内の壁は真っ白で、分厚い絨毯はバター色だった。ウォリーは、そこのダベンポートへどうぞといって大型ソファのほうを顎で示し、ランディとダレンに座るよう勧めた。「ローラ」ウォリーは家の奥へ呼びかけた。ランディはバラ模様のプリント生地のカバーがかかったソファに腰をおろしたが、ダレンはレンジャーとして、男としての訓練に従い、立ったままでいた。ランディはリビングにざっと視線を走らせ、真鍮の小物や、磁器の天使とクォーターホース、それに肖像写真が飾ってあるのを見て取った。写真にはウォリーと、五十何歳かの白人の女が写っている。女は赤みがかった茶色の髪をしており、トルコ石とセーターの組み合わせが好きなようだった。数秒後にはその本人が、もぞもぞ動く歩きはじめの幼児を腰の横に抱えて現われた。ローラはダレンを見て驚いたようだったが、ダレンも子供を見ておなじくらい驚いた。リビングには子供の写真も孫の写真もまったくなかった。ローラは、幼児の重みでずり上がったシャツを引っぱって直した。亜麻色の髪の幼児はおそらく、歩くようになってからまだ一年も経っていないだろう。「レンジャーさん、こんにちは」ローラは礼儀正しくいった。それからランディのほうをちらりと見たが、すぐに視線を逸らした。まるで、夫に突然死なれることを感染する病気とでも思っているかのように。ローラはじりじりとリビングから後退しはじめたが、ウォリーに止められた。

「ローラ、この善良な人たちに水とか、コーラとか、何か出してくれ」

「何か飲みますか、レンジャーさん？」ローラはいった。「お嬢さん《ミス》も？」

「けっこうです」ランディはいった。

マームとつけるか、ありがとうございますといい添えるかしてくれ、とダレンは思った。この地で物事をうまく運ぼうと思ったら、初対面の白人には、何かあったとき善意に解釈してもらえるような印象を与えておくことがものすごく重要なのだと、ランディも理解しているとよかったのだが。どうせすぐに相手の本性はわかるのだから、最上の礼儀で接しておくにこしたことはない。味方だったはずの人々を怒らせたときの保険として。

「けっこうです、ありがとうございます、マーム」ダレンはウォリーの妻にいった。

ローラがリビングを出ていくと、子供の金切り声も遠ざかっていった。

「あなたのお子さんですか？」ダレンはウォリーに尋ねた。

「あれはミシーの息子、キース・ジュニアだ」ウォリーはいった。「ローラは、ミシーの家族が葬儀の手配をしているあいだ、あの子の面倒を見ているんだよ。ミシーの埋葬はここになるか、ティンプソンになるかわからないが、キースがいまはなんにも手につかない状態でね。子供の世話などとてもじゃないが無理だ。あいつは完全にボロボロだって、みんないってる」

「保安官はどこですか？」ランディは待ちきれずに尋ねた。

ダレンはランディを鋭く一瞥してから口をはさんだ。ウォリーに向かって、ダレンはいった。「ハイウェイをすこし行ったところにあるアイスハウスはあなたの所有ですか？」

「マイケルはそこにいたんです」ランディがいった。質問が非難でコーティングされているように聞こえた。おれに任せてほしいんだが、とダレンは思った。

「何か見ませんでしたか？」ダレンはいった。

「水曜は酒場にいなかったんだ」

「なぜ水曜日だと知っているんですか？」

「パーカーが情報を知らせてくれるからね」ウォリーはいった。「おれは地元の名士なんだ。資産家であり、ビジネスマンでもあり、四世代にわたりこの地にいる。ラークには警察組織がないからね、自分の町で起こっていることには目を光らせておきたいんだよ。外部の人間に気をつけておくとか、そういったことだ。だからパーカーは絶えず情報を伝えてくれる」

ちょうどそのとき、ヴァン・ホーン本人が玄関を入ってきた。ドアのすぐ内側にある泥落としのマットでたっぷり時間をかけてブーツをぬぐってから、筋肉質の脚を重そうに動かして絨毯の上を歩いてきた。「レンジャー・マシューズ」保安官はそういってダレンに近づいたが、握手をするのは寸前で思いとどまった。「最初にこれだけははっきりさせておきたい。おれはきみがここにいることを望んでいないし、来てくれと頼んだ覚えもない。だが被害者の妻と、実際以上に何かあるように騒ぎたてる輩《やから》のせいで、この事件に引き戻されて――」

「パーカー」ウォリーがいった。

ヴァン・ホーンはソファの上のランディを見るあいだだけ長ったらしい非難を中断して、自分が失態を演じたことを理解したが、それを無視してしゃべりつづけた。おなじ制服を二日着ており、腋の下に染みができていた。いまの状況に苛立っているようにも、困惑しているようにも見えた。「まあ、角を立てずに感じよくやるつもりだよ。きみの存在は真心をこめておれの郡に受けいれる。だが、はっきりさせておこうじゃないか。ここの事件はおれの仕事だ。ウィルソン副官もだいたいおなじことをいったはずだ。きみがここにいるのは、シカゴだかニューヨークだかの人間が、檻《おり》から出た白人労働者の視察をしにやってきたとき、きみの顔を見ればこの郡ではアフリカ系アメリカ人の死亡事件の捜査もちゃんと全部公正にやっているとわかるからだ」保安官は、差別のない表現のための余分な音節のところでつかえながらいった。「きみはここではただのお飾りだ、それ以上のものではない」

「では、そのお飾りの希望として――もちろんその権限もあるわけですが――マイケル・ライトの死亡事件に関連するすべての報告書のコピーを請求します。まずは検死報告書から」

ヴァン・ホーンはため息をつき、ウォリーにちらりと視線を送った。そのウォリーはといえば、〝この事態を招いたのはあんただろう〟といわんばかりに、非難がましく肩をすくめただけだった。これはヴァン・ホーンが片づけるべき面倒事だった。

「わたしも見たい」ランディがいった。

ランディは自己紹介をしていなかったし、ヴァン・ホーンも尋ねなかったが、その必要はなかった。保安官は先ほどの発言を謝り、ランディが夫を亡くしたことへのお悔やみを述べた。それからダレンにいった。

「何ができるか確認してみる。遺体を保管しているのはダラスの連中だから」――そういってから、言葉をやわらげた――「遺体というのは、あー……あなたの旦那さんです、マーム。向こうの監察医はまだ検死を終えていないと思う」

ダレンはヴァン・ホーンが行き詰まっていることも、検死解剖はグレッグがきのう電話してきた時点でとっくに終わっているのも知っていたが、ウィルソンの命令が頭にあった。**ルールに従って行動しろ。**だからできるかぎり感じよくこういった。「もうひとつ、ミシー・デイルの検死報告も正式に請求します。報告書があがってきたら」

「どうやらきちんと伝わっていなかったようだな。ウィルソンがきみを送ってきたのは、ライトの件を監視させるためだ。ミシーは地元の女で、生まれもシェルビー郡だ」保安官のうしろで、ウォリーも同意してうなずいていた。「地元の問題にどう対処すべきかは、われわれにもわかっている」

「そのふたつの殺人事件にはつながりがあることは、あなたにもわかっているはずです」ダレンはいった。

「ああ、わかってる。どうつながっているかもわかってるよ」ウォリーがむっとしていった。「ジェニーヴァのところの常連のひとりは、リンチ殺人みたいなことが起こってると思っているんだよ。そんな証拠はひとつもないのに。で、あの店の連中は、われわれの仲間ひとりと、彼らの仲間ひとりの交換だと思っている。パーカー、ジェニーヴァがあそこにあらゆる種類のトラブルを引きつけているのは知っているだろう。前回この町で殺されたふたりは、ジェニーヴァの家の人間だった」

保安官は唇をすぼめたが、そうだともちがうともいわなかった。

「マイケルは〝彼らの仲間〟ではなかった」ダレンはいった。「このあたりの出身ですらなかった」

「もう何年もテキサスに来たことはなかったの」ランディがいった。なぜマイケルは千五百キロ以上運転してラークに来たのか、その答えはランディにもわからなかった。疑問は鍵のかかったドアで、自分はそれをあけるキーを持っているべきだったとランディは思っていた。そしていまも、昨夜ダレンがなぜと尋ねたときとおなじように、気まずそうに顔を歪めていた。なぜわたしは、ここに来た理由がわかるくらいちゃんと夫のことを知らないのだろう？

ダレンは視線をヴァン・ホーンからウォリーへと移した。

「ミシー・ディルは、水曜の晩は働いていたんですか？」ダレンは〈ジェフの酒場〉のオーナーに尋ねた。

「従業員の記録をいま見直しているところだ」ヴァン・ホーンが答えた。人口二百人に満たない町の酒場で誰が働いていたか調べるのに何週間もかかるかのような口ぶりだった。ダレンは体のなかから熱がこみあげ、首もとが赤らむのを感じた。

「聞いてください」しかるべき敬意と憤りのあいだの細い綱をたどるような声で、怒りを抑えようと努めながらダレンはいった。「姿を消した夜、マイケルはミシー・ディルの働くアイスハウスにいた。そしていま、そのふたりが死んでいる。そこに意味があるとは思わないっていうんですか」

「では」ヴァン・ホーンはいった。「きみの考えでは、どこかの貧乏白人《クラッカー》のクソ馬鹿が、その晩マイケルとミシーが話しているのを見てアイスハウスからつけていった、と。そういうことかね？」

「マイケルとミシーが話をしたなんておれはひとこともいっていませんが、あなたがそういうとは興味深いですね」ダレンはいった。「それに、おれがいおうとしていたのは、ある特定のクラッカーのクソ馬鹿のことです」

「マイケルはそのもうひとりの被害女性と一緒だった

の？」ランディがいった。

ランディは傷ついたような顔でダレンにちらりと目を向けた。マイケルのことか、ダレンがまたもや隠しごとをしていたとわかったからか。傷ついた顔をしたのはそのどちらかのせいだった。

ランディの次の言葉は、怒っているというよりも、悲嘆にくれているように聞こえた。「そうなの？　ダレン？」

ランディにファーストネームで呼ばれたことが神経に障った。テキサスの人間なら決してそんなことはしないはずだった――とくにバッジをつけているときには。著《いちじる》しく敬意を欠いた態度だからだ。しかしランディの口から出ると、自分の内面までいい当てられたような、個人的な呼びかけに聞こえた。

「もしそうであっても、なんのちがいもない」ヴァン・ホーンがいった。「われわれの手もとにあるすべての情報から判断するに、彼は強盗にあった。きみがいうように、もし森のなかで誰かがあの男《ボーイ》を殴ったなら、車が郡道十九号のどこかで見つかったはずだ。日が高くなったころ、誰かが見つけたことだろう。だが、たぶん車はもうダラスかどこかで分解されているかもしれない」保安官は顔を紅潮させていた。

「キース・ディルは」ダレンはいった。「水曜の晩、どこにいたんですか？」

ヴァン・ホーンは腕を組んだ。「キースとはミシーのことで話をしようとは思っているが、それはきみには関係ない。一方は、もう一方とは関係がないんだよ、お若いの《サン》」

「レンジャーだ」ダレンはヴァン・ホーンの言葉を訂正した。

ヴァン・ホーンの顎がこわばった。「レンジャー」張りつめた顔のまま、保安官はそう口にした。

「キースはABTの一員なんですか？」ダレンは尋ねた。「ハンツビルにいたのは知っています」

ランディはダレンと保安官の顔を交互に見ながらいった。「ＡＢＴって？」

「アーリアン・ブラザーフッド・オブ・テキサス」

「この郡はその手のクズとは無縁だ」ウォリーがいった。ヴァン・ホーンは青ざめたが、何もいわなかった。ＡＢＴの名前を出したことで空気が変わった。その名前が保安官を黙らせた。

「アーリアン・ブラザーフッド？」ランディがいった。顔から力が抜け、驚いて目を見ひらいている。突然、ランディが若く見えた。ある種の怪物はほんとうに存在するのだと気がついた子供のような顔だった。「クランのこと？」

「もっと悪い。金とセミオートの銃器をたっぷり持ったクランだ」ダレンは説明した。

「おれの郡では制圧している」保安官がいった。「それに、ウィルソンにも話したが、ＡＢＴを追うＦＢＩが大勢流れこんでくる入口をひらいたのはおれじゃない。いま、われわれはミシーの捜査に集中している。おれの最優先事項はそっちだ」

ランディと目が合っても、保安官はその意見を取り消さなかった。

「ジェニーヴァと話をさせてくれ」ウォリーがヴァン・ホーンにいった。「うちの家族とは長いつきあいなんだ、知っているだろう。おれにできることをなんなりとやって、助けになるつもりだ。ジェニーヴァはおれを信頼している」

「あの女のことは放っておいて」

ダレンがふり返ると、ローラがまた部屋に戻っていた。子供はカーペットの上、ローラの足首のそばにいて、分厚いおむつをつけた尻で這いずっている。

「真面目な話をしているんだ、ローラ」ウォリーはいった。「向こうへ行っててくれ」

子供がつかまり立ちをして、ランディのいるソファのほうへよちよちと歩いた。ローラは身を屈めて子供を腕に抱きとった。ウォリーは保安官にいった。「店に出入りする荒っぽい客の何人かについて、ジェニーヴァから打ち明け話が聞けるかどうか、確かめてみるよ。そのなかのひとりが、日曜の夜にクスリで興奮してトラブルを求めていたのかもしれない」

「不自然よ、あなたがあの女をしつこく追いまわすのは」ローラがいった。

男の子はローラのイヤリングをたたき、それから手を口に入れて乳歯の生えかけた歯茎をこすった。よだれがローラのチェックのスカートに垂れた。ローラがウォリーに向けたまなざしは、非難とも懇願ともつかないものだった。ダレンはそれに気づいたし、もうひとつ、ウォリーが視線を逸らしてすばやく保安官に目を戻したことにも気がついた。「ジェニーヴァのカフェは、あなたのアイスハウスの下流にありますね、ウォリー」ダレンはそういって、自分の捜査がとっくにはじまっていることをそれとなく保安官に知らせた。

ダレンはきのうのウェンディの言葉を覚えていた。**ミシーがウォリーのアイスハウスから出てきたのは誰だって知ってるよ。**「ミシー・デイルがそちらで殺され、バイユーに捨てられて流れついたというのも充分に考えられる」ダレンがそういうと、ウォリーはヴァン・ホーンを凝視した。たぶん、保安官がべつの理屈を吐きだすのを待っているのだろう。ダレンは財布から名刺を引きだして保安官に渡した。「検死報告書を待っています」ダレンはいった。

11

ピックアップトラックに乗りこんだときには、電話の向こうにグレッグを呼びだしてあった。「例の検死報告書がほしい。ミシーのもだ。もし手に入れば」ランディが助手席側のドアをしめると、ダレンは車のエンジンをかけた。「副官からは、すでに仕事を任せてもらってる。だが、保安官が好きなだけ時間をかけているあいだに、こっちも外部の助力を利用してもいいんじゃないかと思ってね」

「ウィルソンはなんで態度を変えたんだ？」グレッグはいった。

「被害者の妻が――」ダレンはそういいかけて、ランディが隣の席にいるのを感じ、最初からいい直した。「記者がなんだかんだと質問をしはじめた。それで充分だろう」

「おれもそっちへ行ったほうがいいか？」グレッグは尋ねた。「上司の許可を取って、ざっと見てまわるべきかな？　もしおまえが地元の法執行機関の抵抗にあっているなら――」

「いまはおれが地元の法執行機関だ」ダレンは助手席のランディをちらりと見やった。グレッグにいうのと同時に、ランディにもいって聞かせていた。ダレンはランディに約束をしているのだ。「これはもうおれの事件だ、ヴァン・ホーンが気づいていようと、いまいと」

「こっちでも、うちの局が興味を持つかも」グレッグはいった。

　ダレンはこの捜査がどうはじまったかを思いだした。もともとはグレッグが昇進の道を探っていたのだ。グレッグがあの机の向こうから出たがっているのはダレンにもわかっていたが、それを優先するつもりはなかった。この状況には正しい扱いが必要で、そこに連邦捜査官を呼ぶことは含まれていなかった。

ダレンはいった。「それはいい考えではないと思う、いますぐまたべつのよそ者が、しかも連邦の人間が来るというのは。ここみたいな郡の人間がどんなふうかは知っているだろう。だが、ぜひやってほしいことがある。キース・デイルがハンツビルにいた刑期中のことを調べてもらいたい。どの棟にいたか、よく知られた仲間は誰か、何か記録がないか、そしてＡＢＴとつながりがないか」

グレッグはぼそぼそと何かいった。イエスだったのか、ノーだったのかは、エンジン音に掻き消されて聞こえなかった。はっきりしていたのは、グレッグが失望していることだった。いや、怒ってさえいるかもしれない。自分がはじめた捜査からのけ者にされ、いまやダレンのほうがその捜査のためにグレッグを使いだてしているのだから。大嫌いな机のうしろに座らせたまま。腹を立てたグレッグは、次の言葉を楽しそうに口にした。「リサが電話してきたよ」

「で、妻になんていったんだ？」

「おまえがどこにいるかは知らないって」

「くそ」リサにはもうグレッグのためにひと仕事しているといってあったのに。

いま、リサはダレンが嘘をついたと思っているだろう。

グレッグとの電話を切ってすぐに、リサに電話をするつもりだった。

だが、番号を打つまえにランディが攻撃をしかけてきた。「マイケルの検死報告書を入手する方法が最初からほかにあったの？　だったらなぜわざわざあんな田舎の保安官と話をしにいったの？　どうして帽子を脱いであの部屋に入っていって、情報を乞うような真似を？」

「物事には運び方があるんだ。東テキサスのこういう保安官連中を相手にするときには、従っておいたほうが賢明な手順ってものがある」ダレンはいった。

ランディはくってかかるように苦い笑いをもらした。

「マイケルみたいなことをいうのね」ランディはいい、ダレンはハイウェイに乗りいれるために、安全に横断できるのを待った。ランディは横の窓から田舎の景色を眺めた。マツの木々と赤土、ハイウェイを走るピックアップトラック、その後方の窓に掛けられたライフル。ランディが獰猛《どうもう》な熱を発しているのを、ダレンは感じとった。「夫はいつも、テキサスはこうだから、テキサスはああだからっていっていた。そんなに悪くないよって。マイケルは昔から、ここにいるような人種差別主義者のために弁解してた。田舎で育ったことについて、こじらせたノスタルジアみたいなものがあって、そのせいでほかのいやなものが全部見えなくなっていた」

「それは弁解じゃない」ダレンはいった。「自分もここにいると、自分もテキサスの一部だとわかっているってことなんだ。この場所のありようを、あいつらだけに決めさせはしないという意思表示なんだよ」ダレンはうしろにあるウォリーの邸宅に顔を向けてうなずきながらいった。「ここはおれの故郷でもある」ダレンはもう口のきけない男の代弁をするつもりでしゃべっていたが、自分のために話してもいた。「ヴァン・ホーンについていえば、おれたちがルールに従っていると思わせておくことは害にはならない」

けれどもランディは心動かされた様子もなく、静かな怒りを発していた。

「マイケルはここに来るべきじゃなかった」ランディの手は丸められて拳になり、ジーンズの腿《もも》に押しつけられていた。見えないブイにしっかりつかまっているかのようでもあり、マイケルのことを怒っていれば、爪先をなめはじめたばかりの悲嘆が大波になることもなく、そこに沈むこともないと信じているかのようでもあった。「一体全体、ここみたいな場所で何が起こると思っていたのかしら」

「何かを求めて帰郷するわけじゃない」

「ここはマイケルの故郷じゃない」

いや、故郷なのだ。ダレンは、ランディがしないやり方でそれを理解した。もちろん、ラークそのものの話ではない。ダレンとマイケルのふたりに共通するのは、テキサスの薄い切片を自分の一部としている点だった。ふたりとも、東テキサスの赤土が血管のなかに流れていた。ダレンは故郷の力を知っていた。父祖が土から未来をつくりだしたまさにその土地に立つことにどういう意味があるかを知っていた。手塩にかけて育てたものが持ちうる力を、収穫が運命を変えうることを知っていた。カミラにある家族の農場で、家の裏手のポーチに立ち、木々のあいだに父祖の息づかいを感じ、そよ風が吹くたびに感謝の念を覚えるのはどんな気分かを知っていた。ダレンはこうしたことを全部――それにもっとほかのことも――ランディにいいたかった。しかしランディはこのときにはもう外の世界を遮断し、身を固くして座っていた。不当に扱われたことへの怒りで、顎をまえに突きだしている。決して長つづきしないはずの怒りだった。その壁が崩れ落ちて傷があらわになったとき、神の助けがありますように、とダレンは思った。

すべてがジェニーヴァの店へと戻っていく。ミシー・ディルの殺人者を見つけるための人種差別にもとづいた魔女狩りのような真似を止めたいと思うなら、あの店からはじめるしかなかったし、また、マイケル・ライトのために正義を求めるにしても、マイケルがこの世での最後の数時間に何をしていたのか知ろうとするにしても、最もチャンスがありそうなのはジェニーヴァの店だった。

マイケルはカフェにいたと、ウェンディはいっていた。

ダレンはその手がかりを追って、ウォリーの家からまっすぐに、ハイウェイの反対側にあるカフェの駐車場へ向かった。給油ポンプの反対側のスペースに車を入れたちょうどそのとき、ダレンの電話が鳴った。リサの写真が画面に現われた。リサのロー・スクール卒業記念に行った、メキシコ旅行のときの写真だった。黒々としたアイライナーで縁取った目が、大きな麦わら帽子のつばの奥から覗いている。ランディもその画像を見た。すこし長すぎると思えるくらい凝視し、ダレンが一分もらえないかというとうなずいた。ダレンは電話に出るために車を降り、トラックの荷台にもたれると、ブーツの右の踵をうしろのタイヤにつけた。

「何をしているの、ダレン？」リサが疲れた声でいった。これは先が思いやられるな、とダレンにもわかるような声だった。リサの忍耐は尽きかけていた。なけなしの好意も、昨夜ヒューストンに帰らなかったことで溶けてなくなってしまったのだ。

「ウィルソンから電話があった」

「バッジは返したんでしょう、ダレン」

「いや、返していない」曖昧《あいまい》なまだという言葉を添えるのはやめにした。

「クレイトン伯父さんと話をしたんじゃなかったの」リサはいった。「学校のことで」

「何か訊きたいことがあるなら直接おれに訊いてくれ、リサ。伯父を使って訊く必要はない」

リサはため息をついていった。「またこれをくり返したいわけじゃないの」

「おれもおなじだ」また口論をしたくはないという意味だろうと思って、ダレンはいった。「こっちに死体がふたつあるんだよ、リサ。ここにはおれが物事を正すのを期待している人たちがいる」ダレンはランディに視線を向け、前部座席のうしろの窓を透かして見た。

ランディはまっすぐまえを見つめていた。カフェの正面、カーテンの寄せられた窓と、フライド・パイを宣伝する看板のある場所だ。

「そしてこっちには生きている妻がいる」

「その妻がおれを追いだしたんだろう。おれはどうすればよかったんだ？」

「だから、いまは帰ってきてと頼んでいるんじゃない」

「駄目だ」

返事は即座に口をついて出た。ダレンは本気だった。けれども、ある一線を越えてしまった感覚は否めなかった。その線を越えるとうまく息ができなかった。空気が薄くて役に立たず、充分な量の酸素を肺に取りこむことができなかった。「リサ――」リサは電話を切り、ちょうどそのとき、ランディがドアをあけてトラックを降りた。


ウェンディがローンチェアに座っていた。座面の黄と青の糸がほつれ、秋風に揺れていた。ウェンディは紙袋の上でピーカンナッツの殻を割っていた。足もとにはブランケットが広げられ、小物がいくつか並べてあった。ミシン一台。埃まみれのコーラの壜。古いギター――〝弦はついていません〟と書かれた看板がそばにある。ブリキ缶が数個。真珠貝のピルケースがいくつか。そばに停められたマーキュリーの上にはべつの看板があった。〝テキサスのかけらをお土産《みやげ》にどうぞ〟。ランディが間に合わせのバザールをまじまじと見ているところへ、ダレンがトラックの横をまわってやってきた。ウェンディは見覚えのある顔に向かってうなずき、次いで胸についたバッジに目を向けた。

「それ、本物？」ウェンディはいった。「ちがうなら、三十ドルで売ってよ」

「本物です」ダレンはいった。「レンジャー・ダレン・マシューズです、マーム」

「ちょっと、嘘じゃないだろうね」

ウェンディがふり返ると、ランディは平たくて丸いブリキの缶を見ていた。緑色のラベルのところどころに錆が浮いていた。ウェンディはそれを指差していった。「あたしの母親のものだったんだよ」

「で、あなたはそれを売っているの？」ランディがいった。

「一九四九年のヘア・グリースなんてあたしには必要ないからね」ピーカンナッツを口に放りこみながらウェンディはいった。きょうは上から下まで赤の装いだった。真っ赤な口紅が前歯にまでついていた。「一週間くらいまえに来たレディは、これみたいな缶を十ドルで買っていった。あたしの母親が十セントで買った品物をね」ウェンディは新しいナッツに取りかかり、銀のくるみ割り器で殻を砕いた。「何か気に入ったものがあったらいって」

「マイケル・ライトのことで来たんです」ダレンがいった。

「誰？」

「殺された黒人男性です」

「あら、まあ」ウェンディはランディをじっと見ていった。「まさかあの人の家族じゃないよね？」

「あの人はわたしの――」

　ダレンはランディを止めた。情報を広めるなら、ふさわしいと思える時と方法を選びたかった。「ここに来たとき、彼を見ましたか？　何か話をしましたか？」ダレンはウェンディに尋ねた。

「いいや。話をしたのはジェニーヴァだ」ちょうどそのとき、ハイウェイ上の何かがウェンディの注意を捉えた。ウェンディの表情が沈み、顔の皮膚がたるんだ。彼女の年齢は思ったより上かもしれないとダレンは気がついた。そしてむき出しの恐怖から激しい怒りに変わる内心が顔に映しだされるのを見て取った。ダレンはウェンディの視線を追ってふり返った。「ほら、見てごらんよ」ウェンディはいった。青いダッジのトラックが五九号を這うように進んでいた。時速六十キロ程度というストーカーのような速度でカフェのそばを通りすぎた。運転手は白人だったが、横顔しか見えなかったのでダレンには見覚えがあるかどうかわからなかった。「これで三回めだよ」ウェンディはいった。

「あのトラック？」

ウェンディはうなずいた。「キース・デイル」

「あれがキース・デイルなの？」ランディがそういってふり返ると、ちょうどトラックの後部が道の先に消えていくところだった。トラックはスピードを上げ、エンジンをふかしながらジェニーヴァの店を通りすぎた。「あの男は、きのうの夜アイスハウスにいたんだよ」ウェンディはダレンのほうを向いていった。ダレンはここにキースが姿を見せることの意味を考えようとしたが、あまりいいことじゃない、という程度のことしかわからなかった。

「あの男だけじゃないんだ」ウェンディはいった。「ウォリーの店のほうから来る連中はたくさんいる。アイスハウスから車に乗ってやってきて、ここをじろじろ見て、自分たちが見張ってることをジェニーヴァに知らせてるんだ。ジェニーヴァには、この嫌がらせが終わるまであたしのピストルを持っててていいよっていったんだけど、レジの下に弾丸を込めた十二ゲージのショットガンがあるからいいってさ」

ダレンは、また戻ってくるだろうかと思いながらトラックが消えたほうを見つめた。

なぜキース・デイルはいま事情聴取を受けていないんだ？

ダレンはランディの腕をつかんだ。「なかに入ったほうがいい」

ダレンはランディのためにドアをあけ、次いでウェンディをふり返った。さっきの言葉はウェンディにも向けたつもりだった。しかしダレンの懸念に対し、ウエンディはスカートのひだをちょっと持ちあげて答えた。膝の上に二二口径が見えた。蚊を殺すことさえできそうにない銃だったが、ウェンディのいいたいことはよくわかった。**商売の場所からあたしを追いだすことはできないよ。**ジェニーヴァの駐車場の一角を占めるウェンディの店は、闘うことなく閉店したりはしないということだ。ラークでべつの殺人が起きるまえに事件を解決しなければと、ダレンは身に染みて思った。

ジェニーヴァはカウンターのうしろで皿にホイルをかぶせていた。そしてその皿をカウンターの上の〈ハインツ・ケチャップ〉の文字が印刷された段ボール箱のなかに入れた。ジェニーヴァは両手をエプロンで拭いた。きょうのエプロンは黄色とオレンジの星の模様だった。それからショウケースのふたを持ちあげた。カフェのなかは暖かく、バターと、砂糖と、缶詰の桃と洋梨のにおいがした。ハクスリーはいつもの席に座って新聞を広げていた。ハクスリーの隣には二十代前半の若い黒人の女がいた。肌は白っぽく、明るい黄色の一歩手前の色合いだった。夢中でブライダル雑誌を読んでいた。ジェニーヴァがフライド・パイを二つ三つホイルで包み終えたころ、若い女は雑誌のなかの高級ドレスを指差していった。「おばあちゃん、これ、どう思う?」ジェニーヴァはこれ以上ないほどぞんざいな一瞥をくれ、肩をすくめた。

「白いサンドイッチマンみたいじゃないか」

若い女は舌打ちをして、ページをめくった。

ランディの姿が目に入ると、ジェニーヴァはいった。

「いらっしゃい」

若い女がふり返り、初めて見る相手に即座に興味を示した。ランディを頭のてっぺんから爪先まで——黒いジーンズ、袖を肘までまくりあげた繊細な麻のTシャツ、耳についたゴールドの小さなフープ——まじまじと観察した。「すてきな髪ですね」女はいった。

ランディはかすかに会釈《えしゃく》をしたが、若い女がなんといったか聞いていなかったのではないかとダレンは思った。ランディはカフェの店内を凝視していた。クリスマスのカレンダーや、錆びたナンバープレート。ジュークボックスには青い明かりがついていた。ライトニン・ホプキンスのギターがむせび、カフェのリノリウムの床の向こうでは肌の色の薄い中年の黒人男の床屋が十代の少年の頭にハサミを走らせていた。ヘア・グリースのにおいがキッチンから流れてくるベーコンの脂のにおいと混じりあって、ダレンは舌が肥大したような、口のなかに豚の脂の味が感じられるような気がした。ダレンにはよくわからない理由から、ランディはカメラを手放さず、いまも肩からさげていた。ランディの手がカメラに向かってぴくぴくと動くのがダレンにもわかり、ランディが本能的に目のまえにあるものと自分とのあいだにフィルターを設けようとしていること、東テキサスの小さな田舎町の住人と自分自身とのあいだに距離を置きたいと思っていることが感じ取れた。ランディは観光客のように見えたが、ジェニーヴァにはもっとよくわかっていた。

「ダラスから来たんですか?」若い女が熱心に尋ねた。

「いいや、フェイス、ダラスからじゃないよ」ジェニーヴァは、ランディのことも、そのうしろから入ってきた男のこともあまり見ないようにしながらいった。「そうだろ、レンジャー?」

ダレンはジェニーヴァのほうへ向かって会釈をしながらいった。「マーム」

「あんたがどんなゲームをしているのか知らないけど、面と向かって嘘をつくような人間と親しくする気はないんだよ、とくにあたしが商売をしてる場所では」

「おれは自分の仕事をしているだけです、自分の知っている方法で」

「きのうここへ来たときに何かいうことだってできただろうに、あんたはバッジをつけずにここに入ってきて、レンジャーだとかなんとかについてはひとこともいわなかった、あたしがあんたをただのお客だと思うと知りながら。あんたは自分から申し出てここへ送られてきたんだろ、あたしたちのなかに溶けこもうとして。みんながヴァン・ホーンのまえではいわないようなことを、あんたのまえではいうだろうと思って」

「誰かに送られてきたわけではありません、マーム」ダレンはいった。「それに、もし二、三の質問に進んで答えてもらえるなら、保安官のことはおれがなんとかできるかもしれない。寄せつけずにおくことができるかもしれない」

「日曜の晩、ミシー・デイルはこのへんにはいなかったし、ヴァン・ホーンもそれを知っている。あたしにいえるのはこれで全部だ」

「あなたは保安官に話すこともできるし、おれに話すこともできる」

「いちかばちかやってみるなら、知ってる悪魔を相手にするよ」ジェニーヴァはいった。


　正直なところ、ダレンにはこれがちくりと刺さった。役に立とうとしているだけなのに、当の相手からここまで悪く思われているとは。エプロンや、ジェニーヴァを包む食べ物のにおいや、物事を見る目があるところは、いかにも黒人の母親らしい温かみを絵にしたようで、ダレンの飢えを——ときにその存在さえ忘れている飢えを——くすぐった。ダレン自身の母親がキッチンから出してくれたなかで一番ましなものは、缶のパールラガービールだった。実際のところ、最初に酒を飲んだ場所は母親の足もと、トレーラーの踏み段の上だった。ダレンは十三歳で、そのときにはクレイトンはすでにテキサス大学のオースティン校で憲法学を教えており、勤務日のほとんどをそちらで過ごしていた。つづけて何日もひとりになるようなときには、ダレンは自転車をこいで母親のところへ行った。クレイトンが知ったらいやな顔をしたはずだった。ベルは自分が四、五缶飲むあいだにひと缶をダレンに与え、ふたりで話をした。学校のことを話してもベルは聞いているふりをするだけだったが、女の子についての話にははるかに強く興味を示した。ベルはロマンティストで、息子には紳士でいてもらいたいらしかった。**大事なことのまえには必ず夕食をご馳走するんだよ。**当時のダレンには想像すらつかなかった未来の恋人について気をまわし、ベルはくり返しそういった。クレイトンがダレンをヒューストンの高校に送ったのは、質の高い教育を与えたかったのはもちろんだが、母親の影響から遠ざけようとする気持ちもあったからだ。だが、おなじことだった。初めてセックスをした夜――相手は当時恋人だったリサである――ダレンは〈ウエスト・オークス・モール〉内のチェーンレストランでいままでの貯金をすべてはたいた。**なんでも好きなものを食べてくれ。**

背後から、大声でこういうのが聞こえた。「あれはわたしのものよ」

それはランディの口から出た大声で、ダレンもジェニーヴァもふり返った。ダレンには何が起こったのかまったく理解できず、なぜランディが幽霊を見たような顔をしているのかも、なぜランディの息づかいが変わったのかもわからなかった。

「あれはわたしのもの」ランディはまたいった。ドアから一番遠いボックス席を凝視している。そこには独自のちょっとした装飾が施してあった。席の上方の壁にはコンサートのビラが貼られていた。五十年まえのブルースのショウの宣伝だった。ライトニン・ホプキンス、ヒューストンの〈エルドラド・ボールルーム〉にて。アルバート・コリンズ、第三地区《サード・ウォード》のショウのトップを飾る。ボビー・〝ブルー〟・ブランド、ダラスにて新バンドとステージへ。〈クラブ・パウ・パウ〉のショウにジョー・〝ピーティ・パイ〟・スイート登場。そしてボックス席のすぐ上に低い棚があり、ギブソン・レスポールの一九五五年のモデルが置いてあった。ブロンドウッドに傷がつき、脇は色褪せている。このエレキギターを見てランディは動揺したらしい。ダレンにもランディの手が震えているのが見えた。

「なんだって？」ジェニーヴァがいった。

「あれはうちにあったはず。わたしのもの――正確にはマイケルのものだけど」ランディはボックス席へと歩き、手を伸ばして棚の上のギターをつかもうとした。

「触らないで」

ジェニーヴァの声には、ランディを凍りつかせる何かがあった。

「それはあたしの夫のものだ」ジェニーヴァはいった。「そこから動かすつもりはない」

ジェニーヴァは食べ物の箱のなかに香辛料のパックを入れると、箱ごと持ちあげ、店内を横切るように歩きはじめた。ハクスリーに発送したい手紙があるかどうか尋ね、ドアに向かいながらフェイスに向かって大声で尋ねた。「一緒に来るの？」

フェイスはうんざりしたようにぐるりと目をまわし、小声でいった。「食べ物の無駄」

「あれでもあんたのママでしょうに」ジェニーヴァはそういい、フェイスは返事をしなかった。

ドアについたベルがチリンと鳴り、ジェニーヴァは外へ出ようとした。ダレンはジェニーヴァの腕へと手を伸ばし、手首をつかんだ。紙のように薄い皮膚を通して、骨の感触があった。

「ひとつだけ、マイケル・ライトがここに来たかどうかだけ教えてください」

ジェニーヴァはダレンを見ていった。「あんたもあのギターを見たんだろう？」

そういうと、ジェニーヴァはダレンを押しのけるようにして通りすぎ、ドアを出ていった。それを追いかけるようにまたベルが鳴った。ポンティアックのエンジンがかかるのが外から聞こえてきた。ジェニーヴァが大きな車をハイウェイのほうへ転回させ、本線に合流して五九号を飛ばしていくのを、ダレンはすこしのあいだ眺めた。「彼女はどこへ行くんですか？」ダレンは尋ねた。ハクスリーは一方の眉を上げたが、何もいわなかった。フェイスがため息をついてブライダル雑誌をとじた。

「ゲイツビル」フェイスはいった。

「ゲイツビル？」

誰かがゲイツビルに行くといえば、その理由としては、テキサス州刑事司法省の世話になっている人間に面会するくらいしか思いつかなかった。ゲイツビルには刑務所が八つあり、そのうちの五つが女子刑務所だった。

「塀のなかにいる誰かに会いに？」

フェイスは立ちあがっていった。「わたしのママがヒルトップ刑務所に二年入ってる」

フェイスは大きな鏡があるほうへとカフェの反対側まで歩き、途中で床屋の椅子をかすめるように通りすぎた。髪を切っていた男は鏡に映ったフェイスを見た。フェイスはウェーブした髪を持ちあげ、頭のてっぺんでまとめてから、ランディのほうを――町の外から来たおしゃれな女性のほうを――向いた。「どう？　てっぺんにカスミソウをつけるとか？　ロドニーがお金を出してくれるっていうから、結婚式のまえにティンプソンでプロに髪をセットしてもらおうと思って」

ジェニーヴァがいなくなったので、ランディはギターのほうへ向かった。店内を横切って奥のボックス席まで行き、席にすべりこむと、棚の上のレスポールに手が届くようにとクッションに膝をついた。「おれがあんたなら、それに手は出さない」ハクスリーがそういうと、ランディはまた凍りついた。それからダレンを見たが、ダレンも首をそっと横に振った。ふたりにはジェニーヴァが必要だった。ダレンが見ていると、ハクスリーは新聞をたたんで腋に押しこんだ。「今週、すくなくとも一日は昼飯を食いに家へ帰らないと、べティに追いかけまわされちまう」ハクスリーはいった。

ダレンは老人に尋ねた。「あなたは水曜日にここにいましたか、サー？」

「おれはいつだってここにいる」

「わたしの夫を見ましたか？」ランディがいった。

ハクスリーは立ちあがってランディを見た。「お悔やみを申しあげますよ、マーム。だが、あんたの旦那に何が起こったかの答えは、ここにはない。おれが知っているのは、旦那が夕方の五時か六時ごろやってきて、ちょっと何か食べたってことだけだ。水曜日はナマズでね。ジェニーヴァと話をしていたが、おれはティムとカードゲームをしていたから、あんまり聞いていなかった。裏のトレーラーの部屋を借りるとかなんとか聞こえたけど、あんたの旦那は出ていったきり、もう戻ってはこなかった。で、いまはアイスハウスにいたっていわれてる。あんたがたがいろいろと見なきゃならないのは、あのアイスハウスだ」

「しかし、なぜ？」ダレンはいった。老人に尋ねると同時に、ランディに向かっても疑問をぶつけていた。「なぜマイケルはここを出て、アイスハウスに向かったんでしょう？」もちろん、きのうダレンもおなじことをしたわけだが。酒を求めて。

「わからん」ハクスリーはいった。「だが、リトル《リル》・ジョーもあの酒場に入り浸っていたもんだよ。それでどうなったか見るがいい」

「わたしのママのことはいわないで」フェイスがぴしりといった。

「リル・ジョーというのは？」ダレンは尋ねた。

鏡に映ったフェイスが答えた。「わたしのパパ」

フェイスの父親に何が起こったのか、それに母親がどう関係しているのか、尋ねようとしたところでズボンのポケットに入れてあったダレンの携帯電話が鳴った。グレッグからのメッセージだった。〈**検死報告書を送った**〉

12

ダレンは電話をかけなければならないとランディに伝え、副官がどうのこうのと不明瞭につぶやいた。検死医の報告書を読むために数分ひとりになれればなんでもよかった。情報を吸収しながら、同時にその情報からランディを守るのは無理だった。ランディにはどうしてもいわなければならないことだけを伝え、ほかはいわないつもりだった。ダレンが店を出ようとすると、ジョン・リー・フッカーのレコードがジュークボックスでかかった。ランディはギターの下のボックス席に沈みこみ、レスポールを凝視している。〝ブルーバード、ブルーバード、この手紙を南へ届けてくれ〟とフッカーが歌うなか、ダレンはカフェの正面ドアをあけた。ベルがあとを追ってチリンと鳴った。戸外の空気に当たると、汗で濡れた額がちくちくした。ダレンはトラックの運転席に乗りこんだ。座席が真昼の日射しで温まっている。ファイルはメールに添付されて届き、メールには、ミシー・デイルの最終的な検死解剖はダラス郡検死局でいまも進行中であると書かれていた。

ダレンはマイケル・ライトのファイルをひらいた。まず写真に衝撃を受けた。皮膚は蝋《ろう》のような紫がかった灰色で、遺体はひどく膨張しており、ヒトという種であることすらわからないほどだった。水中で過ごした二日間によって——その後、アイスハウスからバイユーをはさんだ向かいに住む白人農夫に発見されたわけだが——遺体そのものだけでなく、物的証拠も多くが損なわれており、報告書の最初のページにもそう書いてあった。しかし司法解剖の時点でまだ、マイケルの左側頭部に見てわかる傷があった。目の近くに打撲傷があり、付近の皮膚が裂け、耳の上には長く深い切傷がある。ひどく殴打されており、頭蓋骨が二ヵ所で砕けているのだが、野球のバット程度の幅で皮膚が切れるくらい鋭利な角のある鈍器を使い、骨が折れるほどの力で殴られたらしかった。検死医はエイミー・クウォンという名で、彼女の記したところによれば、傷の周辺の組織に木質繊維が非常に深く食いこんでおり、遺体は何日も水中にあったのに、その繊維を取り除くのにピンセットが必要だったらしい。繊維は未塗装のマツ材のパルプと似ているが、確定するにはまだ検査が必要とある。頭蓋腔内の腐敗が進んでいたため、マイケルが頭部に殴打を受けてすぐに動けなくなったのか、あるいはバイユーのそばまで自分の意志で歩くことができたのかどうかは、検死医にも確定できなかった。マイケルの血中アルコール濃度は〇・〇二パーセントで、これは一杯飲んだか、もしくはその一杯も最後まで飲んでいないかといった程度の数字だった。ダレンはアルコールが原因だとは思わなかったし、検死医も同意見で、その可能性を除外していた。マイケルの肺には、溺死と結論づけるに充分な量のバイユーの水が入っていた。しかし自分でバイユーに落ちたのか、意識を失っているあいだに水のなかへ引きずられていったのかは、この報告書からはわからなかった。シェルビー郡での捜査にもとづく情報がないので、死の原因は不確定と記載されていた。公式には、事故でもなく殺人でもない。ダレンは自分で浅い泥水のなかに立ったので、誰かがマイケルの力の抜けた体を引きずってバイユーに投げこんだものと信じていた。そしていま、その誰かとは誰なのか自分にはわかっている、という思いがこれまで以上に強くなっていた。

　ダレンはできるかぎり穏やかにランディにすべてを伝えた。写真や報告書の記述はほとんど見せなかった。驚いたことに、ランディはダレンを信頼して、しつこく追及してくることはなかった。出会ってからいままでで一番静かだった。ランディはダレンの言葉を、ダレンが検死での発見を暗唱するのを聞いた。うなずきはしたが、ほとんど質問をしなかった。途中で助手席側の窓に頭をもたせかけ、泣いた。ランディはただひとこと、吐きそう、とだけいったが、ドアをあけて顔を灰色の車道の上に出しても、何も出てこなかった。まったく楽にならないまま座席に戻り、下唇から細い唾液の筋をぬぐった。感情の乱れが引き起こした吐き気はランディの体のなかにとじこめられ、暴れつづけた。ランディは黒いアンクルブーツをシートの上にあげ、膝を持ちあげてぎゅっと抱えるようにした。文字どおり彼女を揺るがしている痛みに対し、体が錨《いかり》の役割を果たすように。ダレンはそっと彼女の名前を口にした。「ランディ」そして肩に触れようとしたが、思いなおしてやめた。「ここから先は任せてくれ。きみがこれを自分でやり通さなきゃならない理由はない。旦那さんを連れ帰って、安らかに眠らせるんだ。約束するよ、マイケルをこんな目にあわせた人間はおれが見つける」

　ランディは膝を放してまっすぐに座りなおした。

「わたしはどこにも行かない」

「ランディ、おれに仕事をさせてくれ」

「犯人逮捕まで、わたしはここを離れない。マイケルを置いて帰ったりしない」自分が最後までやり抜かなければ、マイケルの魂は永遠にラークを離れられないとでも思っているような口ぶりだった。ランディはまた頑固になっていた。怒りがランディをおちつかせ、集中させた。怒りが震えを止めた。

「わかった。だが、おれがひとりでやるべきことがいくつかある」ランディはダレンに目を向けた。一方の眉をあげた様子に、暗に質問が示されていた。「もう一度アイスハウスに行く」ダレンはいった。「きみは店内に入るわけにはいかない」

「あなただってそうじゃない」

「おれは入るわけじゃない」

ランディのレンタカーをモーテルに残してきたので――ダレンはもう歓迎されることのない場所だ――ダレンは自分のトラックをランディに運転させ、厳重な指示を与えた。ダレンからのメッセージを受けとるか、あるいは一時間が経過するか、どちらか早いほうのタイミングでダレンを拾いに戻ってくること。ランディは郡道一九号でダレンを降ろした。農道とアイスハウスのあいだの狭い森のそばだった。ダレンはシボレーから飛びおりて、ブラックジャックオークとポストオークの繁るなかを、大枝のあいだを縫うようにしてすこしずつ進んだ。枝に触れると葉が落ちた。歩いていくと、やがてアイスハウス裏手の広場に出た。カントリー・ミュージックが酒場の壁から外に流れ出ていた。ウェイロン・ジェニングスがテキサス州ルッケンバックで一からやり直そうと歌っている。ダレンはシボレーのエンジン音が遠ざかるのを聞き取ろうとしたが、ラブソングに合わせてかき鳴らされるギターのほかは何も聞こえなかった。ランディがとっくにいなくなっただろうと思えるまで、ダレンは待った。

アイスハウスの裏にはプロパンガスのボンベと発電機があった。さらに、燻製箱もあったが、てっぺんに松葉が載せてあり、底は何年もまえから完全に錆びついているようだった。プラスティックのローンチェアの横にはひっくり返したペンキ缶があり、その上に縁の欠けたガラスの灰皿が置いてあった。縁は皮膚が切れそうなほど鋭い。これだけ森に近いので、マツのいい香りが漂ってくるが、その香りもごみや壜に残った饐《す》えたビールのにおいとの闘いに負けそうになっていた。ビール壜は巨大な黒いごみ缶のなかに積んであり、缶のふたには死んだ蠅《はえ》がこびりついていた。ダレンはパックから出した煙草をシャツのポケットに押しこんで待った。午後三時になろうとするころで、陽光がハイウェイの向こうで踊っていた。〈ジェフの酒場〉の裏ではそよ風が吹き、わざわざ拾おうなどと思う者もない紙のレシートを、もつれた草のあいだからまきあげていた。地面には小さなジップロックのビニール袋も落ちていた。古く、土に埋まりそうになっているものもある。どれも小さく、ボタンや、小銭や、クリスタル・メスの固まりを入れておけるサイズだった。ABTのいるところには、たいてい麻薬もついてきた。ダレンは身を屈め、ハンカチを使ってひとつを拾うと、証拠になるかもしれない品としてポケットに入れた。そして酒場の裏口に目を向けたまま待った。

　時間をつぶすために、電話を出してジョー・スイートを検索した。ダレンが町に来てから三回ほど名前を聞いている。ジョー・〝ピーティ・パイ〟・スイートは、ウィキペディアのページによれば、一九三九年にミシシッピ州ファイエットのはずれの農場に十一人きょうだいのひとりとして生まれ、ジョゼフ・スイートと名づけられた。兄のネイサンにギターを教わり、十二歳になるころには、まだ酒も飲めない年齢なのに酒場でギターを弾いていた。五〇年代の後半に兄弟ふたりと一緒にミシシッピをあとにし、最初はインディアナ州ゲイリーにおちつき、のちにデルタ・ブルースの聖地であるシカゴに移った。深南部のブルース仲間が自分たちの音楽を北部に持ちこんだ場所である。ジョーはまもなくマディ・ウォーターズや若きバディ・ガイと知りあい、リトル・ウォルターと一緒にバンドで演奏し、〈チェス・レコード〉のために定期的にスタジオ・セッションの仕事をした。ボビー・〝ブルー〟・ブランドのグループに加わってツアーに出かけることもあったが、ソロで売りだすことはなかった。六〇年代後半にツアーへの同行もレコーディングもやめ、二〇一〇年にテキサス州ラークで強盗にあって殺された。享年七十一歳。一九六八年から死亡するまで、ジェニーヴァ・スイートと結婚していた。ふたりのあいだには息子がひとりだけいた。しかしそのジョー・スイート・ジュニアも二〇一三年に死亡していた。

ダレンは好奇心からほかにもいくらかページをひらき、写真を引きだした。ジョー・スイートは肌の色の濃い黒人で、細いネクタイを好み、髪は短く刈ったアフロだった。ダレンの思考はたびたびひとつのことへと戻った。**ジョーが死んでからずっと、ここいらでこんなことはなかった。**これにつづけて、ティムが挑発するように尋ねたのだ。**どっちのジョー？** ふたりは死んだ――ジェニーヴァの夫のジョーと、ジェニーヴァの息子でフェイスの父親のジョー。

ジェニーヴァのふたりのジョーは、ともにこの世にいない。

突然、アイスハウスの裏のドアがひらき、ダレンが顔をあげると、昨夜のバーテンダーが外に出てきたところだった。彼女は煙草に火をつけてから、顔をあげてダレンを見た。だが、ダレンに出くわしても歩を乱すでもなく、鼻から煙の筋を吐いていった。「あんたはここに戻ってきちゃいけないのよ。こそこそ嗅ぎまわってるのをブレイディに見つかったら、あんたもあたしもケツを蹴飛ばされる」

「それがボスの名前？」

「ウォリーがボスで」バーテンダーはいった。「ブレイディはただの店長」

「ブレイディはこの酒場にどんなたぐいの人間が来るか知っているのかな？」

「あんたに来てほしくないと思ってるのは確かね」

「おれはABTのことをいってるんですよ、マーム」

こういう女は――きょうは薄汚れた白のタンクトップのうえにメッシュのTシャツを着ていて、首筋に流れるようにできた傷や吹き出物がなおのこと目についた――マームなどとはいわれ慣れていないだろうから、多少の敬意を示しておいても害にはならないだろうとダレンは思った。「ABTのタトゥーを入れた連中のことをいっているんだ。きのうの晩、おれたちを店から追いだした大男みたいな」

「あれがブレイディ」バーテンダーはいった。

そして肩越しにちらりと店をふり返った。アイスハウスの裏口は、石をはさんで細くひらいたままにしてあった。

皿がかちゃかちゃぶつかりあう音がキッチンから聞こえてきた。

「それはウォリーも知っているのか？」そういう声が、ダレン自身の耳にも初心《うぶ》なように聞こえた。

「ウォリーはワシントンで行進するようなタイプってわけじゃないから」バーテンダーはいった。この女は何歳なのだろう、とダレンは思った。顔の皺がメタンフェタミンのせいなら、見分ける方法はなかった。ドラッグを使っているとどんどん老《ふ》けてしまうからだ。

ダレンが見ていると、バーテンダーは煙草を吸いながら長々とダレンのバッジを見つめていた。バッジが彼女を怖がらせたようだった——たぶんブレイディよりも。

「あたしに訊きたいことがあるなら、休憩が終わるまえにさっさと訊いたほうがいいよ」バーテンダーはドアをもう二回見やり、二秒ごとに一方の足から他方の足へ重心を移し、どちらかの手を髪や口に持っていき、親指の爪を噛んだ。汚れて灰色がかった茶色になったケッズのスリップオンを履き、その上に見えている肌は青白く、乾燥していた。

「キース・デイルだが」ダレンはいった。「彼もABTに入っている？」

「あたしはクラブの秘書じゃないんだよ」

ダレンはわかったような顔をして、ブーツの踵を土にぐっと埋めこんだ。どこにも行くつもりはないという意思表示だった。「キースはここに入り浸ってるけど」バーテンダーはそう認めると、深く煙を吸いこんでむせてから煙草の火を揉み消し、次いで肩をすくめた。「この酒場には客が大勢来る。いい店だからね。何もキースが特別ってわけじゃない」

「キースは水曜の夜もここにいた？」

「あたしは見なかった」バーテンダーはあからさまにダレンの目を避け、ダレンの頭上、マツのてっぺんを見やった。まだ何かある、表面のすぐ下に何かあるとダレンは感じた。しかしそれ以上吸うものがなかったので、バーテンダーは向きを変えて店内に戻りはじめた。

ダレンはポケットのなかの煙草を差しだした。アメでもあり、ムチでもあった。「ブレイディはここでクリスタル・メスをさばいているのか？」ダレンはいった。「ヴァン・ホーンなら見て見ぬふりをするかもしれないが、レンジャーとしてはそれはできない。情報を寄こせとつねにＦＢＩからせっつかれているとなればなおさらだ。ひょっとすると、いまあんたも持っているんじゃないかな」ダレンはそういって、彼女のぴっちりしたジーンズのどこかに膨らみがないかどうか、わざと全身を眺めまわしてみせた。バーテンダーはすぐに青ざめ、首を横に振りながら、ダレンのキャメルを指にはさんだまま、弁解するように両手を差しだした。ダレンは身を寄せてその煙草に火をつけ、相手のハシバミ色の目を覗きこんだ。彼女の吐きだした煙が目のまわりを漂っている。バーテンダーはダレンに苛立ちはじめていた。ダレンは、彼女が自分の選択肢を秤にかけているように感じた。バイユーの向こう岸で、誰かが鹿肉を燻製にしていた。狩猟シーズンまであと二週間あるというのに。ピーカンの木を燃やす甘い香りがダレンにも嗅ぎ取れた。「もし連中が店にドラッグを隠すのを助けるなら、あんた自身が起訴される危険もあるわけだ」

「それについてはなんにも知らない」バーテンダーは

きっぱりといった。それから細く脂ぎった髪を手で梳き、あきらめてため息をついた。「ふだんのキースはね、ミシーの勤務が終わって車に乗せて帰るまえに、ビールを一杯飲めるように製材工場から引きあげてくるんだよ。だけどキースがティンプソンで身動きが取れないときには、ミシーは歩いて帰る。ふたりの家は郡道一九号のはずれにある。木立の反対側を走ってるあの農道だよ」そういって、バーテンダーはダレンが通り抜けてきたばかりの背の低い木立を指差した。

「神かけて、あたしの子供たちにもかけて誓うけど、あの夜はキース・ディルを見なかった」

「それで、誰がよそ者に給仕していた？」

「誰がって？」

だがダレンが何をいっているかは、彼女にもわかっているはずだった。

「お名前を訊いてもいいかな、マーム？」ダレンはいった。質問は直球だったが、無礼ではなかった。しかし、自分が法執行機関の一員であることを忘れさせることもしなかった。いくつかの質問には、答えない自由はなかった。バーテンダーがためらうと、ダレンはもうひと押しした。「名前を尋ねたんだが」

「リン」

「ではリン、あの黒人男性に給仕をしていたのは誰だった？」

　リンはため息をつき、それからようやく吐きだすようにいった。「ミシー」

　リンはじっと煙草を見つめた。ニコチンで時間がわかるとでもいうように。煙草を一本半も吸えば、休憩時間はとっくに終わっているはずだった。「ねえ、もうここにはいられない。気を悪くしないでほしいんだけど、お巡りとしゃべったなんて知られたらものすごく怒られるから」

「しかし保安官にはもうしゃべったんじゃないのか？」

「保安官があの黒人について何か訊いてきたのは、ミシーが死んだあとだよ」リンはそういって、二本めの煙草を揉み消した。「ちょうどけさ、ここに来た」

だからウォリーの家に遅れて着いたのか、とダレンは思った。保安官は遅れを取り戻そうとしていたのだろう。マイケル・ライトの殺人事件に最初から取り組んでいたふりをしたかったのだ。「それで、保安官には何を話した？」ダレンはリンに尋ねた。

「あんたに話したのとおなじこと――ミシーが彼の給仕をしたって」

「彼というのは黒人の男、マイケルのことか？」ダレンははっきりさせようとしていった。

リンはうなずいた。「みんな、ふたりがしゃべってるのが気に入らなかった」

「しゃべっていた？」ヴァン・ホーンもおなじことをいっていた。

「すくなくとも一時間くらいね。それどころか、ミシーはちょっとのあいだ彼のテーブルに一緒に座ったりもした。もう帰りなってあたしがいわなきゃならなかった。勤務時間が終わって二十分経っても、まだタイムカードを押してなかったから」

「ミシーはひとりで店を出たのか？」ダレンはいった。

マイケルはジェニーヴァのトレーラーの予備のひと部屋を借りておきながら戻らなかった。

「それはあたしには関係ないことだから」リンは明言を避けた。

「リン、それをはっきりいってもらう必要がある」

リンは顎の下の傷をいじった。「うん、彼と一緒に出ていくのを見た」

「確かに？」

リンはうなずいた。

ダレンは思わず首を振った。嘘であってほしかった。ランディと一緒にいる男が、テキサスのちっぽけな田舎町出身のカレッジ中退者とじゃれあうような世界など想像もできなかった。それに、事件のこの部分についてランディに伝える役など絶対にごめんだった。

「それで、キースは？」ダレンはいった。「キースは酒場に来なかったといっていたけど」

「ちがう、あたしは見なかったっていっただけ。だけどちょっと顔を出すくらいはしたかもしれない。ミシーがいなければ、家に向かって歩いてるところを追いかけて、農道の途中で拾うこともあったから。キースがミシーを探してた可能性はある」そういったあと、醜悪な辛辣さが顔を出し、リンは吐き捨てるように最後の言葉を口にした。「おなじあやまちをくり返すだけの人間ってのもいるんだから」

それがどういう意味なのか、ダレンにはすぐにはわからなかった。しかしいまや頭のなかに絵が、ひとつの仮説ができあがった。キースは妻と見知らぬ黒人が一緒に農道を歩いているところに追いついたのかもしれない。キースがマイケル・ライトに近づく理由など、ダレンにはそれくらいしか思いつかなかった。だが、ここを去るまでに、何かもっと具体的なもの——手に入るなら、報告書のたぐい——が必要だった。キース・デイルを第一の容疑者と見なすようにと、ウィルソンがプレッシャーをかけつづけるよう仕向けるつもりならば。

「ブレイディは勤務表をつくっている？　印刷したものがどこかにあるだろうか？」ダレンは尋ねた。「とりあえず、事務所のなかにほかに何があろうと、知る必要はない」ダレンはそういって、ドラッグの件に関する不安をさりげなく打ち消した。油を差した車輪のように、話がなめらかに進むように。「だが勤務表だけは必要なんだ、リン。とくに水曜の夜のものが。これはとても重要なんだ」ダレンはあえていわなかったが、リンはいまいったことを保証する宣誓供述書を出さなければならなかった。そうしないと、どの証言も証拠としてカウントされないからだ。けれどもリンがうなずいてなかへ戻っていったので、それ以上は無理強いしなかった。ダレンは迎えにきてくれとランディにメッセージを打った。ダレンがいったとおりにジェニーヴァの店の駐車場に停まっているなら、数分でここに来られるだろう。

アイスハウスの裏口のドアがまたあいた。

早すぎる、とダレンは思った。**思ったよりずっと早い。**

顔を上げるまえからトラブルだとわかった。次に見えたのは、ニコチンの染みのできたリンの指がダレンの小さな要求に応えて証拠を差しだしているところではなく、剛速球のように飛んでくるブレイディの拳だった。**そう簡単にいくはずがないとわかっているべきだった。**その思いが頭のなかで爆竹のように弾けたのは、一発めが顎の下にあたったときだった。

ダレンはうしろに吹っ飛び、ごみ箱をひっくり返して地面に倒れた。すぐにホルスターの留め金を弾き、コルトを手にしてすばやく立ちあがった。だが、ダレンが狙いを定めたときには、ブレイディはすでに三五七口径をダレンに向けていた。しかも、ブレイディはひとりではなかった。隣にいる白人の男が誰なのか、ダレンには一瞬わからなかった。男は汗染みのできた野球帽をかぶってブレイディのすぐ横に立っている。キース・デイルだった。ブレイディはとどめの一撃をキース・デイルに譲ったが、その無関心ともいえるほどおちつきはらった態度を見て、ダレンの血管をアドレナリンが熱い酸のように駆けめぐった。「お望みなら、これはおまえの獲物だ、キース」ブレイディはそういって口の一方の端を上げ、不気味なほど自信に満ちた笑みを浮かべた。「このあと、おまえに撃たせてやれる」

これがABTの仲間内の会話なのだとわかると、ダレンは息が詰まるほどの恐怖を覚えた。ブレイディはキースのいる方向へかすかに視線を動かし、この瞬間の重大さを、自分が贈り物を差しだしていることを、弟分に理解させたがっていた。キースはざらついた大声で笑った。ブレイディは真剣な口調になっていった。

「ロニー・マルヴォのためにやるんだ」

その名前がダレンの頭のなかに響きわたった。

ロニー・〝レドラム〟・マルヴォ、先月マックの土地に不法侵入し、その二日後に死体となって見つかった男。フェイスブックであれ、レディットのスレッドであれなんであれ、ABTのソーシャルメディアのページを通して、ダレンがマルヴォの死とわずかながらつながりがあるというニュースがシェルビー郡まで届いたにちがいない。ダレンは正式にマークされた男であり、いますぐ行動しなければ命を失うことになるのだ。

ダレンは三五七口径をブレイディの手から蹴り飛ばした。銃はブレイディから六十センチ左に落ちた。ブレイディはそれを拾おうとしたが、ダレンが一瞬にしてコルトでブレイディの頭に狙いを定めた。バッジによって撃つ権限が与えられる。だが、マックを助けたことで停職処分になるのなら、事実上武器を取りあげられた男を撃てば職を失うだろう。ダレンは自分との対決で膠着状態に陥った。自分のためらいを恥ずかしく思い、激しい怒りが湧きあがった。

ブレイディはキースを叱った。「だからチャンスがあるうちにこいつ《ボーイ》を撃つべきだったんだ」だが、いまやダレンのほうが優位に立っており、コルトで両方の男を支配していた。ダレンはキースを、帽子からワークブーツまで眺めた。指の関節に擦り傷があり、右手の甲にはあざができていた。あざはもうひとつ、頬にもあった。左目のすぐ下にキンポウゲのような黄色の花が咲き、中心にかすかに紫色が残っていた。**数日まえにできたものだ。**「そのあざはどうしてついたんだ、キース?」

キースは蔑みのこもった目を向け、ダレンの足もとに唾を吐いた。「てめえに関係ねえ」

「それ以上、ひとことも口をきくな」ブレイディがいった。「ヴァン・ホーンがこいつを捕まえる」

そのとき、ダレンの耳にもサイレンの音が届いた。たぶん数百メートル先からだろう、それがだんだんと近づいてくる。

表を下にして地面に落ちたダレンの電話が、くり返し音を立てていた。ランディが待っているのを思いだした。すくなくとも、そのまま待っていてくれとダレンは思った。

しかしそのとおりにはならなかった――ランディはもうここに来ていた。ダレンのトラックのハンドルの向こうにいた。

ジェニーヴァの店には戻らずに、アイスハウスの駐車場周辺をうろうろしながらダレンを待っていたのだ。そしていま、ランディはトラックの鼻先をずんぐりした酒場の建物の横に向けていた。でこぼこの泥道で、車幅の広いトラックを持て余しているようだった。ランディが強くブレーキを踏みこむと、赤い土煙がずいぶん上までまきあがった。ダレンのところから、ハンドルの上のランディの顔が見えなくなるほどだった。

銃が目に入ると、ランディは悲鳴をあげた。

ランディのパニックがブレイディをおちつかなくさせた。ブレイディは足もとの拳銃を見ている。こいつは厄介なことになるかもしれない、とダレンにはすぐにわかった。そしていっせいに撃ち合いがはじまるとしたら、ランディを巻きこみたくなかった。すぐにランディをここから送りだす必要がある。ダレンは四五口径をブレイディとキースに向けたまま、電話をひっつかんでトラックに駆け寄った。サイレンが近づいてくるのを聞きながら、ダレンはランディの隣に乗りこんだ。ブレイディが銃を拾った。ダレンはランディに向かって叫んだ。「車を出せ！」ランディがひどく取り乱していたため、車は最大出力でまえに飛びだした。

あと数メートルでまっすぐバイユーに突っこむところだった。トラックを転回させるために、一度アイスハウスの方向へバックさせなければならなかった。恐怖の一瞬、トラックの正面に立つブレイディとまっこうから向きあう瞬間があった。銃口がまっすぐふたりに向けられている。ランディはフロントガラス越しにブレイディを見て完全に凍りつき、切り返しの動作の途中でハンドルを握りしめたまま身動きできなくなった。「ブレーキから足を離すんだ、ランディ」ランディの恐怖を押しのけるように指示を出しながら、ダレンはハンドルを強く切って前輪をまっすぐハイウェイに向けた。「いまだ」ダレンはいった。「出せ」ランディがアクセルを踏みこみ、車がまえに飛びだした。ダレンはダッシュボードに手をついて体を支えた。ランディはハンドルに覆いかぶさるようにして車幅の広いトラックを運転し、森とアイスハウスのあいだの狭い道をなんとかすり抜けた。

背後から、まぎれのない発砲音が二度聞こえた。

一発はダレン側のサイドミラーを壊した。

もう一発は後輪のひとつに当たった。

駐車場を抜けようとしたところで、ハイウェイから来たヴァン・ホーンとすれちがった。パトロールカーが砂利の上を動くあいだに、ヴァン・ホーンはダレンと目を合わせた。保安官が視野に入るとランディはためらったが、ダレンは運転をつづけるようにいった。ブレイディの弾丸が致命的な場所に当たるまえに、ふたりまとめてブレイディに殺されるまえに、遠ざかる必要があった。

13

　ふたりは州境を越えるまで止まらなかった。ギャリソンに入るとボウリング場が見えたので、駐車場に車を入れるようにと、ダレンはランディにいった。ダレンは警官でありながら警官から逃げてきたわけで、それを馬鹿馬鹿しく思いながら、苛立ってもいた。厳密にいえば自分よりも地位の低い保安官に対し、自分のしていたことを説明するためにわざわざ止まるつもりはなかった。序列をめぐって地元の法執行機関と口論になったなどと知ったら、ウィルソン副官は激怒するだろう。そんなことでマイナスのポイントを稼《かせ》いでいる余裕はダレンにはなかった。とくにバッジを取り戻したばかりのいまは。ウォリーの店の外で起こった見境のない銃撃については、ヴァン・ホーンに後始末をさせておけばいい。自分が捜査を進める方法について質問を受けるなどまっぴらだった。保安官自身はその事件を足もとに捨てたも同然なのだから。

　ダレンはランディに車から降りるようにいった。ランディの顔は恐怖でぎらつき、四肢は震えを止めることのできない送電線のようだった。タイヤを交換するあいだトラックから離れて立っていてくれと、ダレンは二回もいわなければならなかった。弾丸がきれいに貫通したうしろのタイヤをつけ替えたかった。地べたに寝そべって、スペアタイヤを所定の位置にはめているとき、右肩をアスファルトで擦り、シャツの布地にごく小さな穴があいた。作業しているうちに汗をかき、汗が幾筋も背中を流れ落ちた。宵闇《よいやみ》が忍び寄ってくると、ランディは身を震わせた。白いコートは置いてきており、Tシャツとジーンズだけの格好だった。ダレンは十五分もかからずにスペアタイヤを取りつけ、その後すぐに副官と電話で話をした。ダレンとしては、売買目的の麻薬を所持している可能性ありという理由で令状がほしかった。ABTとのつながりも相応の根拠として使える。ウォリーのアイスハウスを捜索しているあいだに、ミシーの勤務スケジュールも手に入るだろう。警官がよくやる駆け引きだった。だが、ウィルソンは激怒していた。

「レンジャー・マシューズ、あと十二時間もしないうちに、シカゴから記者だか特派員だかがテキサスの地に到着して嗅ぎまわりはじめるぞ。それなのに覚醒剤の売買なんかをつつきまわっているのか？　きみはこの事件の捜査をやらせてくれと泣きつかんばかりだったわけだが、それは覚えているかね？　マイケル・ライト殺人事件の証拠を集めるためにそこにいるんだろう。やっていいのはそれだけだ」

「だから、それがミシー・ディルの殺人とつながっているんですよ」

「そんなことはわからないだろう」

ダレンは自分の戦略を説明した。麻薬の件はなかに入るための口実で、令状のなかに従業員の勤務表の請求も紛れこませればいい。勤務表は、被害者ふたりがあの夜、まさにマイケル・ライトが姿を消した夜に一緒にいたことを示す証拠になるかもしれない。しかしウィルソンはそれを受けいれなかった。

「これは麻薬とは関係ない」

「待ってください」ダレンはいった。「おれが特別捜査チームで働いていたときには、人種がらみの犯罪を持ちだすことは許されず、人種がらみの犯罪のまっただなかにいるいまになって突然、今度は麻薬を持ちだすなっていうんですか？」ランディはトラック前部の反対側で、ドアにもたれて立っていた。そしてすべてを聞いていた。

「まだ人種がらみの事件かどうかもわからないだろう」ウィルソンはいった。

「クソみたいな戯言はやめてください」

「言葉に気をつけるんだ、ダレン」

「なぜ顔のまんまえにある事実を認めるのがそんなにむずかしいんですか？　おれはＡＢＴの連中がうようよしてる町にいて、今夜はそのうちのふたりがおれのケツを戦利品にしようとしたんですよ」

「なんだって？」

　ダレンはここで口をつぐんだ。副官に銃撃のことはまだ話していなかった。この状況で、所属する部署が自分のうしろ盾となってくれるかどうかは信じきれない部分があった。もしロニー・マルヴォについてひとことでも漏らせば、大陪審の結果が未決の現状では、ウィルソンはすぐに自分をここから引き戻すだろう。そうなればランディがひとりで残される。電話の向こうは静かだった。うしろのほうでべつの電話がやわらかな音で鳴っているのを除けば、何も聞こえてこなかった。趣味のよいカーペットの敷きつめられたヒューストン本部の静けさや、汚職調査部門がいかに品のいい場所だったか、知能犯罪の世界での補助の仕事がどう思えたかをダレンは思いだした。いまはシェルビー郡のはずれの下卑《げび》た町でひび割れたアスファルトに立ち、ＡＢＴのメンバーに撃たれたばかりという状況だった。ダレンはもう二、三、手がかりを追ってみるとウィルソン副官に話し、小声で悪態をつきながら、できるかぎりすばやく電話を切った。ランディは胸のまえで腕を組んだ。

「次はどうするの？」

　ダレンはそのときわかっていた唯一の真実を口にした。「酒がほしい」

　せまい後部座席に道具類を放りこみ、ダレンはボウリング場に向かいはじめた。ランディは最初はまごついていたが、ともかくダレンのあとを追った。ボウリング場内のバーにはビールとワインしかなかったので——勘弁してくれ、とダレンは思った——トラックをすばやくUターンさせ、ハイウェイの先にあったブリキ屋根の酒場におちついた。郡境のこちら側では、やや深く息が吸えた。ダレンがランディのために酒場のドアを押さえているあいだ、店ではブルースが流れていた。バーとダンスホールがひと部屋になった酒場のなかを、ココ・テイラーの曲が満たしていた。ほとんどの客が黒人で、明るい時間から飲むことで午後を締めくくっている。Tシャツ姿の男たちが何人か、今夜のショウか何かの準備だろうか、ドラムセットやポータブルスピーカーを運びこんでいた。

ダレンはきょうが何曜日か思いだそうとした。グレッグからの電話でラークの二件の殺人について知らされてから、どれくらい経っただろう。この酒場に座って自分がじりじりとまちがいをおかしつつあること、ブレイディやキース・デイルとやりあって生じた熱で判断力が鈍っていることを、頭の片隅で自覚していた。まだ六時にもなっていなかった。ふたりが駐車場から屋内に入ったとき、日はまだ沈んでいなかった。もしランディが何も飲まなかったら、自分も一杯だけですまそうとダレンは思っていた。しかしランディはダレンのバーボンに合わせてウォッカ・マティーニを頼んだ。そしてそれはツーショット分のウォッカとスプライトを混ぜたものにマラスキーノ・チェリーを入れたかたちで出てきた。ランディはひと口飲み、顔をしかめてから、半量をあおった。しばらくのあいだ、ふたりは黙って座っていた。店内には音楽が流れ、隣のテーブルでは似たようなチェックのシャツを着た六十代とおぼしき男ふたりがドミノゲームをしていた。牌《はい》が木のテーブルの表面に当たるカチカチという音が音楽のようで、スピーカーから流れるブルースの音階ともタイミングが合っていた。アイスハウスに入るべつの方法、水曜の夜にミシーがどこにいたかを明らかにし、リンの話を確認するためのべつの方法をダレンが考えようとしていると、ランディが自分の飲み物を数センチ押しやり、腕を組んだ。ランディが消え入りそうな声で話すので、ダレンは身を乗りださなければならず、べたつくテーブルに両肘をついた。するとテーブルそのものが傾き、驚いたダレンはランディの飲み物をひっくり返しそうになった。それでもランディはひるまなかった。

「別れようとしていたの」ランディはいった。「はっきりとはいわなかった。でもマイケルにはわかってた。わたしはマイケルを自由にさせておいた」ランディは飲み物を持ちあげ、大きくひと口飲んだ。告白することが重荷になって肩が沈み、熱い慚愧《ざんき》の念に胸がつぶれる思いをしているようだった。「結婚するべきじゃなかった。そんなつもりもなかった。愛は……あった。でも生活は……無理だった」

「ランディ、きみのせいじゃない」ダレンはいった。「きみがやったことじゃない」

ダレンは警察の仕事につきもののこうしたむずかしい分野について訓練を受けており、突然の死に向きあう人々が、程度の差こそあれたいてい自分を責めるのを知っていた。たとえまったく理にかなっていなくとも、そういうものなのだ。ダレン自身も、ウィリアム伯父が亡くなったあとに、刺すような罪悪感を覚えたものだった。車輛《しゃりょう》停止がウィリアムの命を奪うことになったとき、そばにいたわけでもないのに。おなじ州内にすらいなかった。それでも罪悪感はあまりにも強く、大好きな伯父を——自分にとって北極星であり、自分を導いてくれる光だと思っていた人物を——失った絶望で、ほとんど何も目に入らない鬱状態で数週間が過ぎた。睡眠も食事も乱れ、成績は下がり、ロー・スクールをやめる決断をするのもずっと容易になった。ウィリアムは、ナンバープレートの失効した車に停止を命じ、運転手に殺された。運転席側の窓に近づくなり顔を二発撃たれたのだ。あまりにも不当だったし、ダレンのせいでもなかった。それに、自分がレンジャーになったからといって、ウィリアムが戻ってくるわけでもなかった。そんなことは全部わかっていた。しかしその後何年も経ったいまも、ダレンはまだバッジをつけていた。

「マイケルがここに来た理由はわたしにある」ランディはとうとういった。

「どういう意味で？」ダレンは突然、ジェニーヴァの店での出来事を思いだした。張りつめた一瞬があって、その後検死医の報告書が届いたのだ。「ギターか」話の筋道をたどろうとしながら、ダレンはいった。「マイケルがあれをラークに持ってきた？」

「夫はラブストーリーを追いかけていたの」

「意味がわからない」

「十回以上聞かされたと思う」ほろ苦い笑みがランディの口もとに浮かんだ。「あのギターの背後にある物語。マイケルはその物語を聞かされて育ったの。わたしたちのあいだにあったのもそれだと、マイケルは信じたがった。一日のうちに人生の向きをぐるりと変えてしまうような愛。すべてを変える愛」ランディはテーブルに手を伸ばして自分の飲み物を取り、残りを飲んだ。「マイケルのおじのブッカーが、いつもその話をしていた」

「ブッカー・ライト？」ダレンはその名前を、ジョー・スイートのウィキペディアのページで見かけていた。

ランディはうなずき、指でグラスの縁をたどりながら、その名前をくり返した。「ブッカー」

ブッカーはジョー・スイートと組んだバンドでベースを演奏していた。話はいつもそんなふうにはじまったものよ、とランディはいった。一九六七年ごろのことで、ブッカーとジョーはボビー・ブランドと一緒に演奏してまわった。デトロイトからはじまって、ゲイリー、コロンバス、北部各地、それからミズーリまで下ってカンザス・シティ、ジョプリン、そしてアーカンソーのリトルロック。あの夏、一行はヒューストンに向かっていた。〈エルドラド・ルーム〉や〈ピンナップ・クラブ〉のような店で数日演奏する予定があった。彼らは――ジョーとブッカーは――五〇年代後半にシカゴで出会い、キャリアの大半を一緒に演奏して過ごした。リズム・アンド・ブルース《R&B》というジャンルを生みだした地元のレーベルのためにスタジオ仕事をすることもあったし、黒人街のクラブ《チトリンサーキット》をまわるツアーに加わったり、エッタ・ジェイムズやウィルソン・ピケット、ジョニー・テイラー、O・V・ライトといったシンガーたちのバックで演奏することもあった。一度など、アトランタとサウスカロライナ、ノースカロライナをまわるオーティス・レディングの一連のショウに押しかけたこともあった。放浪の男たちだった。つねにひとつのハイウェイからべつのハイウェイへ、次の町へ、次のギグへと渡りつづけ、有色人種に部屋を貸すモーテルや自分たちの車で眠った。車はふたりで買った五九年式のインパラだった。どちらも結婚していなかったし、しているようにも見えなかったが、ブッカーにはいくつかの街に女がいた。ふたりにとっては音楽が第一で、金を稼げる場所が二番めに大事だった。テキサカーナのはずれでハイウェイ五九号に飛び乗り、南へ下ってヒューストンへと向かい、ブッカーが育った東テキサスの森を猛スピードで駆け抜けた。ブッカーとジョーの車が先頭で、ボビー・ブランドのバンドの演奏者たちがそのあとを追った。みんなで夢を追っていた。何通かの電報のおかげで黒人専門レーベルのオーナーだったドン・ロビーとつながりができ、ロビーが仕切っているショウに、ヒューストンあたりで、何か定期的に出番をつくってもらえるといった話もあった。〈ジョー・スイートと真夜中の呑んべえたち《ミッドナイト・レヴェラーズ》〉という自分たちのバンド名で、ロビーにレコードを出してもらえる可能性すらあった。

　どう見ても大きなチャンスだった。ロビーの会社、〈ピーコック・レコード〉との契約も狙えた。シャークスキンスーツを一、二着新調し、ステイシー・アダムズの靴をインパラの前部座席で磨いた。ブッカーが靴磨きセットを足もとに置き、ブラシとつや出し材を手にしているあいだ、ジョーはハイウェイ五九号を運転した。

そしてここでいつも物語が方向転換するのだ。ブッカーの語りによればこうだった。**ジョーがヒューストンにたどり着くことはなかったんだ。**彼はマイケルにそう話し、マイケルはランディに話し、そしていまランディはダレンに話していた。ふたりはジュークボックスのあるひと部屋の酒場で向かい合わせに座っていた。ジョーとブッカーが四十何年かまえのある七月の晩に車で立ち寄った店からそう遠くない場所で。

そこはジェニーヴァの店と呼ばれており、上手《じょうず》につくった掘っ立て小屋といった風情《ふぜい》だった。やすりをかけた細長い薄板が使われ、ホタテの貝殻のように波打つ屋根板からは色つきの小さな電球がさがっていた。自分で建てた家庭的な雰囲気の店で、南北を結ぶメインの国道をたどって東テキサスを出入りする黒人たちに食事を出しているようだった。当時は給油ポンプがなかった。かろうじてキッチンと呼べる穴蔵のような場所が奥にあり、コンロの四つついたミントグリーンの琺瑯のガスレンジが据えられていた。もちろんスタッフなどいなかった。そこにいたのはジェニーヴァという名の女だけで、彼女が夜中の十一時十五分過ぎに彼らのためにドアをあけた。とっくに閉店したあとだったのだが。一行は全部で六人で、全員が腹を空かせており、このままではクランの領域を抜ける旅をつづけるのは無理だった。なにしろ街の法律が、小さな町の警官や田舎町の保安官の顔をした醜悪なレイシスト集団に運用されているような場所なのだ。すくなくとも、空きっ腹を抱えたままではもう進めなかった。ジェニーヴァはポークチョップをいくつかと、タマネギと、薄くスライスしたジャガイモを焼き、裏に置いているクーラーボックスも開放した。四十五分間、一行はそれぞれに何本かのビールと一口か二口のジン――ジェニーヴァが販売許可を取っていない酒類――を楽しんだ。

ちょっとした即興演奏がはじまるまでに、そう長くはかからなかった。すこし音楽があっても悪くないね、とジェニーヴァがいってからすぐだった。ジェニーヴァはほんの数カ月まえに二十一歳になったばかりで、パーティーになるのも気分がよかった。ジェニーヴァ自身もブルースのレコードは何枚か持っていたが、ティンプソンより向こうまで行ったことはなく、生演奏を見たこともなかったので、彼らの演奏には目をみはった。ジョーがまずギターを取りだした。たくさんの人々の――ジョーの、次いでマイケルの、そしていまやランディとダレンの――運命を変えたギブソン・レスポール。ジェニーヴァはジョーが演奏するのを耳にしたとたん、その場でぴたりと動きを止めた。

ジョーは三十間近だった。肌の色の濃い黒人で、淡いブルーのコットンシャツの袖を肘までまくっており、一音つまびくたびにロープのような前腕の筋肉が躍動した。ライトニン・ホプキンスの曲を弾いていた。

〝心を決めたほうがいいよ、ベイビー……わかっているかい、きみの歩みはちょっと遅すぎる〟。ジョーはジェニーヴァから目を離さず、ジェニーヴァがジョーのまえに湯気の立つ皿を出すと、黒に近い目でジェニーヴァの大きな、切れ長の目を――頭上からさがったガスランプに照らされて金色に輝く目を――覗きこんだ。ジョーがジェニーヴァに向けて歌っているあいだ、ブッカーは一部始終を目撃した。ふたりのまわりの空気が電流にくすぐられるのを感じ、夏の夜にちっぽけな掘っ立て小屋に押しこめられた七人の呼気でひと部屋のカフェの温度が上がり、空気が湿っぽくなるのを感じた――ジョーとジェニーヴァの表情からすれば、ほかの五人は余計だった。ブッカーはそれまでの人生のなかで、こんなにもお互いしか目に入らない様子のふたりを見たことがなかった。ジョーが入ってきたときからジェニーヴァは目を離さず、ジョーもジェニーヴァが料理するところを見つめた。ジェニーヴァは肉をひっくり返し、豚の脂でタマネギを炒めながら、ビートに合わせてひょいと頭を動かした。ジョーは例のギターを手に取り、湿ったシャンブレー生地のワンピースのなかでジェニーヴァの腰が揺れるのを凝視した。次に演奏したのはボビー・ブランドのバンドから抜けだしてきたトミーとボーンズで、そのあいだにブッカーはしたたかに酔った。ジョーの手つかずのビールを両手に持って飲み、インパラのグローブボックスに入れてあったフラスクを空けながら、ヒューストンが徐々に遠ざかるのを感じていた。

ブッカーは、いつジョーを見失ったのか覚えていなかった。ただ、ある時点で食事があらかた平らげられ、皿だけがまだテーブルにあったのは記憶していた。ボーンズとトミーと、ボビーのバンドのもうひとりの男のアモン・リッチモンドが、そろそろハイウェイに戻ろうか、日が昇るまでにはヒューストンに着けるだろう、あの女主人が泊まれる場所を用意してくれるならべつだが、と話していた。酔っていたせいでよく覚えていないのだが、ブッカーは外に送りだされ、床に雑《ざ》魚寝《こね》していいかどうかジェニーヴァに尋ねるか、もう出発する時間だとジョーに告げるか、どちらかをするはずだった。しかしそもそもどうしてふたりが外にいるとわかったのかもよく思いだせなかった。まあ、ほかに行く場所もないわけだが。いずれにせよ、ブッカーは大自然を背景に自分を解き放つ必要があった。そしてチャックをおろそうとした瞬間に、オークの木に体を押しつけるようにして立っているふたりが目に入った。ジョーのシャツは背中に貼りつき、ジェニーヴァの首には汗が流れている。ジョーは薄手の綿のワンピースのなかに入れた手を上へと這わせていた。ブッカーは、そんな事態が進行しているそばで自分の一物を握っていることに居心地の悪さを覚え、そそくさと店内に戻った。ジョーは数分後にカフェに入ってきて、おれはヒューストンには行かない、といった。みんなが今夜ここで過ごすのは歓迎する——ここでジェニーヴァもうなずいた、ジョーの決断であると同時に自分の決断でもあるかのようにふるまっていた——が、おれはラークに残る、というのだ。

ブッカーは心が砕かれたような思いだったが、それがどういうことだったのかはその後何年もわからなかった。まず何よりも、裏切りだった。〈ジョー・スイートとミッドナイト・レヴェラーズ〉はもう結成できなくなった。そしてこの一件は、ブッカー自身の人生に欠落しているものを照らしだしもした。ブッカーには、いままでベッドをともにしてきた女たち、夜中に体を押しつけあった女たちのなかで、日が昇ってからも顔を合わせたいと思う女はひとりもいなかった。目を覚ましたときにジョーが後悔しないといいがと思いながらも、いずれにせよブッカーにはそのときまでここにいるつもりはなかった。日中の光のなかでジョーと目を合わせることを避けたかった。大の男が傷ついた心について愚痴をたれて沈黙を埋めてしまわないように、沈黙そのものを避けたかった。車に乗っていっていいとジョーがいうので、大わらわで荷物をインパラに詰めこんでいるうちに、ジョーのレスポールも車に積まれてしまったのだった。ブッカーはスペース・シティと異名をとる目的地ヒューストンまであと十五、六キロというところでようやくそのギターが後部座席にあることに気がついた。

長年にわたり、善意はあった。返そうとする計画もあった。だが、その後につづいたキャリアのなかで、意識的にせよ無意識だったにせよ、ブッカーがハイウェイ五九号に乗ることは二度となかった——すくなくとも五九号で東テキサスを通り抜けることはなかった。

それどころか、ライト家の人間は誰もテキサスに戻らなかった。ブッカーの第二の故郷となったシカゴで暮らしているぶんには、いつだってべつの道があった。心がつねに回避の方法を探した。ジョー・スイートはブッカーにとって兄弟のようなもので、ジョーを失ったことは長年のあいだブッカーを蝕《むしば》みつづけ、和解するチャンスを得るより先にジョーが亡くなったと聞いたときには傷が大きく悪化した。やがてステージ4の肺がんの診断を受けると、ブッカーはギターを甥に遺《のこ》した。東テキサスのべっぴんの黒人のレディが正当な持ち主であるとのメモを添えて。

「すばらしい話じゃないか」ダレンはいった。

ランディは肩をすくめた。このときにはもう二杯めを飲んでいた。ダレンのほうは三杯めと懇《ねんご》ろになりつつあり、楽しい時間とあやまちとのあいだの線上にいた。「ほんとうにしてはできすぎた話」ランディはそういい切った。しかしダレンはランディの皮肉な言葉を真に受けはしなかった。ジョーとジェニーヴァ。ふたりが四十年以上連れ添ったのは事実であり、それはランディにもダレンにもわかっていた。たとえ自分の人生ではそうした献身的な愛情に出会ったことがないとしても。

「ロマンティストってわけじゃないんだね」ダレンはランディの疑念の下にあるものをつついてみた。女がこういう話を聞いて、それに背を向ける理由はなんだろうと思いながら。

「すごく腹が立つの。それだけ」

「なぜ？」

「マイケルがその話をするのは、わたしがすべてを捨てるほど彼を愛してないっていいたいからでしょう」ランディはいった。「そうやって人の気持ちを操ろうとしてる。フェアじゃない」

ダレンは思わずマイケルの味方をしそうになった。そして言葉が口をついて出てから、いかにもリサがいいそうなことだと気がついた。「たぶん、ただ愛の話がしたかっただけじゃないかな。できるかぎり一緒に、家にいてほしかっただけだと思う」

すくなくとも、リサの望みはそれだと信じたかった。リサはダレンが机についているかぎりレンジャーであることを受けいれていたが、ダレンが特別捜査チームに加わり、外での仕事が増えると、ふたりのあいだで何かが変わった。ブーツやピックアップトラックや輝く星のバッジのようなものはすべて、いかにもテキサスらしい空《から》威張りの一部であり、リサが結婚したロー・スクールの若き学生と、人生の求めに応じてできあがった現実のダレンとは、リサにとっては正反対の存在なのだ。もしかしたらふたりの結婚生活は、わざわざ読む気にもならないような細則のなかの条件——妻がキスをしてくるたび、愛してるといってくるたびにひそかに必要条件としていたもの——の上に成り立っていたのかもしれないと思うと、ダレンは怖くなった。


「べつに、きみに選択を迫っていたわけではないかもしれない」ダレンは希望を捨てきれずにそういったが、結婚生活にまつわる自身の不安がむき出しのまま顔に表われていた。ダレンはテーブルの向かいに座ったランディを見て硬い笑みを浮かべ、その場の空気を軽くしようとして、失敗した。いつのまにか、バンドがサム・クックの歌を流していた。この一瞬をとどめたいと願う、スローテンポの曲だった。〝もう行かなければと告げると、彼女はいうんだ、ええ、わかってる、だけどもう一分だけいて〟。

ダレンは身の内に苦痛を感じた。以前は向きあうことのできなかったものが、はっきりと見えた。まるで真実がこのテーブルに椅子を持ってきて座り、次の飲み物をおごると申し出たかのように。ダレンの目にかすかに涙が浮かび、壁にかかったビールのネオンサインがぼやけて液体万華鏡を覗いたように見えた。海で満ち潮をまえに立っているような気分になり、ダレンは手のなかの半分空いたバーボンのグラスをきつく握りしめた。

ランディはダレンの左手の指輪に向かってうなずいてみせた。「あなたはどうなの？」

ランディがドアをあけようとしているのが、ダレンにもわかった。話したいなら話せばいい、という誘いだった。ランディの手がほんのすこしテーブルの上を動き、ダレンはうろたえてこう思った――ランディは手を伸ばしておれに触れるつもりかもしれない、そうやってほんのささやかな優しさを示されただけで、おれは堰《せき》を切ったように自分でもまだ信じたくないことを口に出していってしまうかもしれない。自分とリサ。ふたりでやり直せるのか、ダレンには確信がなかった。

ダレンは椅子の背にもたれ、他人の結婚生活について聞いたことでゆるんだ石から感情が溢れそうになるのを抑えようとダムを築きなおし、事件の話に戻った。

「話さなきゃならないことがある」

ブルースだけが聞こえた一瞬の間のあと、ランディはいった。

「あの白人女性」こうなることはわかっていたといわんばかりに、ランディは肩をすくめた。

「何かあったかどうかはわからない」ダレンは慎重にいった。

「これが初めてってわけでもないし」ランディはいった。

ダレンは突然、アイスハウスの裏で聞いたリンの言葉を思いだした。**おなじあやまちをくり返すだけの人間ってのもいるんだから。**

「白人の女と？」ダレンは尋ねた。

「それが問題なの？」

「このあたりでは問題だ」

ランディはため息をついて顔をそむけた。横顔が、どういうわけか若く見えた。日中の明かりのなかでは三十六か三十七くらいだと思ったが、このバーの暗がりで、ネオンサインの琥珀色と薔薇色《ばらいろ》の混じった弱い明かりのなかで見ると、肌がとてもなめらかで、顔そのものが非常に小さく、少女のようだった。バーテンダーに向かってグラスをあげる姿はなおさら幼く見えた。ひとつの電話で会話をしながらもうひとつの電話でメッセージを打つ、ふっくらした二十代の女のようだった。ダレンはランディの腕に手をかけて止めた。四杯めを飲んだら完全に酔ってしまいそうだったが、テーブルに出てくれれば抗えるはずもなかった。ダレンがまだ腕に触れているうちに、ランディがいった。

「女は何人もいた。黒人も、白人も、たぶんね。何人いたかは知らない。マイケルはいわなかったし、わたしも訊いたことはなかった」ランディはそういうとしばらく黙り、ステージの上のギタリストを見やった。襟幅の広い灰色のスーツを着た七十代の男だった。

「わたしが家を空けることが多かったから」

「どれもきみのせいじゃないよ、ランディ」

「わたしのせいだなんていってない」

「きみを傷つけようとしていったわけじゃない」しかし自分自身の痛みから目をそらそうという気はあった。ダレンは囁くようにいった。「ただ、きみの夫とべつの女性のあいだに何かしらのつながりがあったかもしれないと知らせておきたかっただけだ」

「そういう可能性があるってことは、飛行機に乗ったときからわかってた」ランディはいった。「で、わたしはまだここにいる」

結局、ランディはもう一杯注文し、ダレンもそうした。そして自分の疑念をランディに明かした。マイケルはミシーと一緒に酒場を出たのではないか。キースがふたりを農道で見つけ、そこで最初の対立が起こったのではないか。

しかしその話のなかには、まだ何かしっくりこないところがあった。

ダレンはそれを幻《まぼろし》の四肢のように、自分の体から失われた部分のように感じた。痒《かゆ》いのに掻けない場所のように感じた。バーボンと音楽、バンド演奏のジャッキー・ウィルソンの曲に合わせて踊る室内の人々から立ちのぼる熱気――すべてが渦巻き、ダレンは考えをまとめることができなかった。

途中、ランディのいったことがベースの音に掻き消されて聞こえず、ダレンがそばに身を寄せると、ランディの髪がダレンの頬をこすった。ランディはふり向き、甘い飲み物でべたついた唇でダレンの耳に囁いた。

「わたしはひどい妻だった」

ダレンはランディの背中に手を置いた。ランディがもたれてきたので、ダレンはランディの耳に囁き返すことができた。「おれがひどい夫だという証拠もたっぷりあるよ」

14

バンドが最初の何曲かを演奏し終えてまもなく、ふたりは飲むのをやめた。店内がにぎやかになり、バーテンダーの注意を引くのがむずかしくなったからだった。だから道端のその酒場を出たとき、ふたりはまだまっすぐに歩くことができていた。それでも、ダレンは車のキーをランディに放り、運転を頼んだ。飲んだ量はランディのほうが一杯すくなかったので、それが正しいことに思えたのだ。ところが砂利敷きの駐車場の反対の端に停めたシボレーのトラックに戻ってみると、運転席側のドアのそばに立ったランディがとても小さく見え、彼女を一度でも運転席に座らせたことがあるというのが信じられないほどだった。ピックアップは建物の北側に停めてあった。店の建物は濃いブルーに塗られていて、夜空に溶けこみそうに見えた。外の明かりは、ブリキの覆いのあるライトが正面のドアの上にひとつ取りつけられているだけだった。弱い明かりだったので物陰には届かず、ダレンが最初は血に気づかなかったのもそのせいだった。実際、目に入るより先ににおいに気がついた。警官としての訓練というよりは、カミラで過ごした少年時代のおかげだった。伯父の一方か、あるいは両方が、狩猟シーズンに運よく大きなシカを仕留められたときには、裏のポーチで血抜きをしたものだった。芝生が鉄分の豊富な血に浸った。その血はダレンがホースを持って家の裏の丘へと流した。血の川が地面に染みこみ、次に大雨が降るまで空気のなかにかすかに銅のようなにおいが残った。

　今夜は、それがトラックの運転席側から大量に漏れていた。ダレンはランディにさがるようにいった。懐中電灯はバイユーでなくしてしまった。もうひとつの懐中電灯はもちろんトラックのなかにあったが、これがなんなのかわかるまではどこにも触りたくなかった。ダレンは携帯電話のライトを使い、あたりを照らした。トラックの左側付近の小石や砂利の上に乾きかけて黒くなった血痕がいくつかあったが、ドア自体には何もついていなかった。

「なんなの？」ランディはいった。

　ダレンはそれには答えずに、シャツの裾を引っぱりだし、布地で手を覆って車のドアをあけた。するとすぐに、アカギツネの頭が転がってトラックの脇に垂れた。喉が切り裂かれ、血が傷のまわりで凝固しはじめており、黒い固まりが毛皮にこびりついていた。誰かがキツネの喉を掻き切り、ダレンのトラックの運転席に置いたのだ。ランディはそれを見て悲鳴をあげ、ダレンは車からさがるようにともう一度ランディにいった。「どこにも触るな」ダレンはいった。頭をすばやく働かせながら、ふり返ってハイウェイ五九号の両方の車線に目をこらし、同時に酒場の駐車場を隅から隅まで見渡した。人影はなく、聞こえてくるのは酒場のなかの音楽だけ、肋骨《ろっこつ》の内側に響くベースとドラムの音だけだった。ショックだったのは生贄《いけにえ》の動物が象徴するもの――狡猾《こうかつ》なキツネが自分のものでない森へ入りこんでずる賢く動きまわればこのように罰せられる――よりも、自分とランディが跡をつけられており、いまも監視されている可能性があることだった。ダレンはホルスターの留め金をはずし、コルトがいつでも撃てる状態にあることを確認してから、素手で死骸をトラックから引きずりおろした。最後のきれいなシャツが台無しになってしまったので、駐車場の端の背の高い雑草のなかに死骸を置き、シャツを引きちぎるように脱いで下着姿で荒い息をついた。そしてトラックの荷台の鍵つきの箱に入れてあったぼろ切れを使って、できるかぎりシートの血を拭きとった。拭きながら、キツネはどこかほかの場所で殺され、その後細心の注意をはらってトラックのなかに置かれたのではないかという疑念を強めた。トラックには押し入った形跡はまるでなかったからだ。だが、今夜郡境を越えてきた誰かの手は血で汚れていることだろう。

　夜のこの時間に車内をきれいにするために行ける場所を、ダレンはひとつしか思いつかなかった。シェルビー郡のなかでも、余計なことを訊かれないはずの場所で、なおかつ自分の肌の色がいくらかものをいうであろう場所――バッジをつけていてさえ、こういう夜には黒人であることを利用するしかないように感じた。ギャリソンやティンプソンの煌々《こうこう》と明かりの灯ったトラック・ストップで係員に血のことを説明する気にはなれなかった。ダレンはランディに運転させた。ランディは震えており、ちゃんと運転できるかどうかもわからなかったが、ダレンがトラックの荷台に乗るためにはそうするしかなかった。時速百キロ以上で走る覆いのない荷台では風が目に刺さったが、ダレンは端から闇へと呑まれていくハイウェイを見張りつづけた。弾丸を込めたコルトを膝に置き、ランディが目的地まで無事に運転してくれるようにと祈りながら、うしろをついてくる者がいないことを確認した。

カフェはあいていたがほとんど人けがなく、ジェニーヴァの孫のフェイスとアイザックがいるだけだった。ダレンが下着のシャツとズボンのまえに血の跡をつけて店内に入ったとき、フェイスはボックス席のひとつに座って大型豪華本サイズのデルのノートパソコンで作業をしており、アイザックは緑色の理髪用の椅子のそばに落ちた髪を掃《は》いていた。

フェイスが顔をあげ、息を呑んだ。

ダレンはいった。「きみのおばあさんはここにいるか？」

フェイスはランディを見た。ランディはダレンのうしろから入ってきたのだが、運転のせいで巻毛がもつれて黒い綿毛のようになっていた。スプライトとウォッカと瓶詰の赤いチェリーの固まりを吐いてしまわないように、両方の窓をあけたまま走るしかなかったからだ。ランディもダレンも、ギャリソンから郡境を越えて八キロほど駆けてきたかのように荒い息をしていた。「ドアに鍵をかけるんだ」ダレンがいった。フェイスは立ちあがっていわれたとおりにした。ドアについたロックの真鍮の鍵をまわすと、小さなベルが鳴った。ダレンはもう一度いった。「ジェニーヴァはどこに？」おばあちゃんはキッチンにいる、とフェイスが答えたときには、ダレンはすでにカウンターのうしろまで歩いていた。

ダレンがキッチンへ通じるスイングドアを押しあけると、コックのデニスが黒いごみ袋の口を結んでいるところで、袋の下のほうから黒っぽい液体が漏れていた。ジェニーヴァはポークチョップをアルミホイルに包んでタッパーウェアに詰めていた。フリジデア社の業務用冷蔵庫が小さなキッチンの大部分を占めており、冷蔵庫の端がコンロの八つあるガス台とぶつかりそうだった。冷蔵庫の扉をしめると、ジェニーヴァは血をつけたダレンに気がついた。

「いったいなんだっていうの?」ジェニーヴァはそういって一歩さがり、心配そうな顔でデニスをちらりと見た。そのあいだに、ダレンはクリーニング用品を探してキッチンを見まわした。

一瞬後、ライフルの発射音が壁を震わせた。

カフェのほうからガラスの砕ける音とフェイスの悲鳴が聞こえてきた。その声に、ダレンの不安が膨らんだ。ダレンは四五口径をホルスターから抜き、キッチンのドアを通り抜けた。フェイスはカフェ入口のドアのそばに立っており、ドアのハンドルの真上には野球ボール大の穴ができていた。ハンドルについた真鍮のベルがまだ震えている。「どいて」ダレンはいい、フェイスを脇へ押しのけた。

ランディはカウンターの下の床にうずくまっていた。ダレンはランディに駆け寄りたい衝動を抑え、拳銃を構えて外に出た。ちょうどひと組のテールランプがカフェの駐車場を出て遠ざかり、ハイウェイに乗るところだった。北だ、とダレンは気づいた。武器を構えたまま、ダレンは駐車場と、カフェを囲む雑草のなかを調べた。ジェニーヴァの店の裏に誰も隠れていないことを確認した。雑草と土の区画と芝生の生えた区画がばらばらのパッチワークのように並ぶ地面を歩きながら、暗がりのなかにいるのは無防備な気がした。夜のほのかな明かりではろくにまわりが見えず、どこを見るべきかすらよくわからなかった。心臓の鼓動が激しくなった。呼吸が短く不規則な爆発のようになった。裏のトレーラーの明かりがついていたが、部屋には誰もいなかった。ダレンは部屋をひとつひとつ調べた。寝室が三つに、冷蔵庫とオリーブグリーンのガス台のあるせまいキッチンがついている。すべての部屋に、毛足の長い赤みがかったオレンジ色の絨毯が敷いてあった。ここはジェニーヴァの家だった。六十平方メートル足らずの住まいで、ジェニーヴァの香り——ビャクダンと砂糖の混じったにおい——がした。

ダレンは、ウェンディがジェニーヴァとショットガンについて何やらいっていたのを思いだした。

カフェに戻ると、弾をひとつかみエプロンのポケットに入れておくように、十二ゲージをいつでも撃てるよう準備しておくようにと、ダレンはジェニーヴァに声をかけた。そういう夜になりそうだった。ダレンは次に、ほかの人々のことも確認した。アイザックは粉をふいた手を揉みしぼりながら、何度もこうつぶやいていた。「やつらのことは見ませんでした、サー」語と語のあいだにハミングのような雑音を入れ、体重を踵から爪先へ、爪先から踵へとくり返し移動して体を前後に揺すっていた。サイズの合わないスラックスを穿き、足に履いたローファーは縫いめのところの合皮が剝がれかけていた。アイザックは知的障害を抱えているのだろうか——あるいは、東テキサス独自の用語でいう、〝気がふれた《タッチト》〟状態なのだろうか——とダレンは思った。ジェニーヴァの姿が目に入ったとたん、フェイスが駆け寄り、祖母は孫娘を両腕で包みこんだ。ジェニーヴァはちょうどキッチンから出てきたばかりで、デニスがそのすぐうしろにいた。怒りで目に火がともり、顎をこわばらせていた。「こうなるのはわかっていた」デニスはいった。ダレンは最後にランディのほうを向いた。銃をホルスターに入れ、考えるよりも先に両手をランディの肩に置いていた。ランディが怪我《けが》をしていないか確かめた。動きが予測できない散弾のペレットや、飛び散ったガラスのせいで傷ができていないか探った。ペレットかガラスが目に当たったり、動脈や静脈を切ったりしていてもおかしくなかった。だが、どうやら無傷なようだった。

ランディは腕をダレンに巻きつけ、荒れくるう水のなかで流木の切れ端につかまるように、命綱が指からすり抜けてしまうと思っているかのようにしがみついた。あまりにもきつくくっついてくるので、薄いコットンの肌着を通してランディの心臓の鼓動が速くなっているのがダレンにもわかったし、ランディの涙が自分の胸を濡らすのも、そのときランディのなかで何かが崩れ落ちたのも感じられた。今夜のことは、悲しみを堰き止めていたバルブをあけ、ふだんは肌の内側に隠れている恐怖に——南北を分けるメイソン・ディクソン線より下にいる有色人種なら誰でも感じている恐怖に——じかに触れたのだ。ランディは恐れおののいてダレンの腕のなかで震えていた。ダレンはランディに囁いて伝えた。「大丈夫、おれはここにいる」**おれもここにいる。**何代もさかのぼるマシューズ家の男たちとおなじように、ダレンも逃げるつもりはなかった。ダレンはマイケルの妻を抱えながら、マイケルを殺した犯人を必ず捕まえるという誓いを新たにした。

夜中の十二時を過ぎたばかりで、ハイウェイの向こうにあるウォリーの家の正面の部屋には、まだ明かりがついていた。ダレンはジェニーヴァとフェイスとランディを裏のトレーラーに入れ、デニスとショットガンを店のまえのローンチェアに置いてきた。デニスはダレンの代わりの護衛を喜んで引き受けた。アイザックは、ダレンがさんざん反対したにもかかわらず、徒歩で家に帰ってしまった。ジェニーヴァはアイザックの好きにさせるようにとダレンにいった。びっくりするようなことがあったときには理屈をいって聞かせても無駄だから、と。ダレンはしぶしぶアイザックを行かせ、自分は血まみれのトラックに乗りこんで、ハイウェイの向こうへと短い移動をした。モンティチェロへ通じる門はまだあいており、ヴァン・ホーンのパトロールカーが円形の私道に停まっていた。

ダレンはトラックから飛び降り、玄関のドアを強くたたいた。

すこししてウォリーがドアをあけると、ダレンは敷居をまたぎ、ウォリーを押しのけるようにしてなかに入った。ウォリーは居間のほうを覗いていった。「パーカー、生きのいいのが来たぞ。ドアにぶつかってくるまえにバーボンのにおいがぷんぷんした」

ヴァン・ホーンはダイニングテーブルの向こうで立ちあがった。テーブルには書類とファイルとコーヒーのマグカップがあり、その横にデスクトップ・コンピューターが置かれていた。明らかに、保安官の目的のために運びこまれたものだ。あらゆる方向から延びてきたコードがヴァン・ホーンの足もとでもつれて山になっていた。保安官はダレンの服の血と、ダレンがシャツも着ずバッジもつけていないことを見て取った。

ウォリーは口笛を吹いた。

「あの銃声が聞こえなかったのか?」ダレンはいった。「ハイウェイのすぐ向こうだっていうのに、ここにのうのうと座ってコーヒーを飲みながら何もしないとはいいご身分だな」

「言葉には気をつけたまえ、きみ《サン》」

「レンジャーだ」ダレンはいった。

「銃声ってのは?」ウォリーはそういったが、顔は正面の窓のほうを向いていた。その窓からはジェニーヴァのカフェが見える。本心を覗かせるしぐさだった。

「誰かがジェニーヴァの店の正面入口に向かって発砲した。まだ十分も経っていない」

ウォリーはいった。「それはひどいな」

ヴァン・ホーンはその話を思ったよりすんなり受けいれた。ズボンをぐいと引きあげ、ダイニング・テーブルの端にあったキーをつかんだ。「どれ、見てこよう」

犯人はとっくにいなくなったとダレンはいい、ピックアップトラックの後部の特徴、テールランプの大きさとかたちを伝えた。ナンバープレートは暗くて読めなかったが、2か、もしかしたら5が見えたと思う、ともいった。

「何杯飲んだんだ、レンジャー？」保安官はいった。

「自分が何を見たかはわかっている」

「いったろう、見にいくよ」

「ライフルの薬莢《やっきょう》を探すことはできるが、いま犯人を追いかければ、たぶんまだ温かい銃が見つかるはずだ。ウォリーの酒場のなかと周辺から探しはじめたらどうかな」

「あそこにトラブルを持ちこんだのはあんただろう」ウォリーはいった。

「きょう、おれに襲いかかったのはあそこのふたりだ、おれのケツを撃とうとしたのは」

「それはおれが聞いた話とちがうな」

「ウォリー、口をはさまないでくれ」ヴァン・ホーンはそう声をかけ、次いでダレンに向けていった。「証人がいるんだよ、あそこで拳銃を振りまわしてたのはきみだっていってる」

「警官に対する襲撃のあとでね」

保安官はダレンの下着のシャツと、そこについた赤褐色の血の跡を顎で示していった。「ちゃんとそういう者だと名乗ったかね？　見えるところにバッジをつけて？　すべて誤解のうえに起こったことかもしれないじゃないか。こう見るときみ自身が混乱のもとに——」

「これは」ダレンは衣服についた血に言及した。「どこかのクズがギャリソンまでおれの跡をつけてきて、動物の死骸をトラックに放りこんだからついたんだ」

「それはおれにはどうすることもできない。きみは郡境を越えたんだから」

「しかも酔っぱらってね」ウォリーがつけ加えた。

ダレンは石のように素面《しらふ》になった気がした。左手を丸めて、サクラ材のダイニングテーブルを拳で強く打った。「テロを実行に移し、マイケル・ライトの殺人事件の捜査をやめさせようとしている人間がいる」

「ジェニーヴァのところの銃撃は、あんたとはなんの関係もないよ」ウォリーはいった。「地元の女がジェニーヴァの店の裏で殺されたんだ。それがあの店を出入りしてる連中に対する長年の感情を掻き立てただけだよ。きっとみんな、ジェニーヴァを追いだすために今回のことを利用するつもりだろう。おれにあそこを売ってくれれば、死ぬまで楽をさせてやれるんだがね。そうなれば一日十二時間の立ち仕事なんて馬鹿な真似をしなくてすむ。だがジェニーヴァは退きどきを知らないんだ」

「ジェニーヴァの店に出入りする黒人について心配しているのか？　州内でも最悪のギャングのメンバーが自分の酒場から溢れでてるというのに？　そのうちのふたりが、ＡＢＴとレンジャーのいざこざについてしゃべりながら、今夜おれに対して銃を抜いたわけだが」

連中はロニー・マルヴォの名前を口にした。

「おれたちのところには、そんなことは起こらなかったといってる証人がいるんだよ」ウォリーはいった。

おれたちか、とダレンは思った。ウォリーは自分で見てもいない出来事について、すでにずいぶん多くを知っているようだった。ブレイディとキースについてウォリーはほかに何を知っているんだろう、とダレンは思った。

「連中がＡＢＴだというのは知っているのか？」ダレンはいった。

「誰が？」

「店長のブレイディとキース・ディルだ」

ヴァン・ホーンはこの会話がどこへ向かっているかを察していった。「ブレイディからはちょっと事態が過熱したと聞いているが、それはずいぶん深刻な非難だぞ」

「それに、根拠は？」ウォリーがいった。「いくつかタトゥーがあるからか？」

「おれはABTを追う連邦の特別捜査チームで働いていた。だから連中の行状についてはすくなからず知っている。銃や麻薬のことも」そのうちのどちらかがウォリーのアイスハウスを通って動いていることもありえた。その可能性のほどを確認しようと、ダレンはウォリーを見た。

「で、こっちはたまたま、あんたがその捜査チームからはずされたことを知っている」ウォリーはいった。「奇跡のようにラークに現われるまで、バッジを取りあげられていたこともだ」

そこまではわかっていたってことか。

どうやらウォリーには、ダレンの部署を詳しく調べて人事記録を見つけられるくらいの伝手《つて》があるようだった。ウォリーの仕事はなんだろう、とダレンは改めて思った。何をしたらこんな五百平方メートルもの家に住めるのだろう。法執行機関とはどのように、どちらの方向から関わっているのだろう。表からか、それとも裏からか。アイスハウスではABTの連中に酒を飲ませているだけなのだろうか、あるいはもっと何かあるのだろうか？ ウォリーはしたり顔でいった。

「で、いまここにいるあんたは酔っぱらっていて、野良猫みたいななりをしてる。バッジを取りあげられるのも無理はない」

家の反対側から子供の泣き声が聞こえてきた。キースの息子だ、とダレンは思いだした。あの赤ん坊がなぜまだここにいるのか、なぜ父親や祖父母が引き取りに来ないのか、ダレンにはよくわからなかった。

「酔ってなどいない」ダレンはいった。

しかし酔っているようなにおいだったし、ひどい見かけなのは事実だった。

ダレンはヴァン・ホーン保安官のほうを向いていった。「キース・ヴァン・ホーンを捕まえたい」

「きみの意見で誰かを逮捕するつもりはない」

「座って話がしたい、それだけだ」ダレンはいった。「事情聴取をしたいだけだ」

ヴァン・ホーンはその要請について考えるふりをしたが、事件の捜査をしているテキサス・レンジャーの要請をむげに拒否できないことはわかっているはずだった。ほんとうは頼む必要さえなかったのだが、ダレンは保安官だけが用意できる舞台を求めていた。

「ラークには事務所がない」ヴァン・ホーンはいった。「だが、ここでなら喜んであの男と話をさせよう。もちろんおれも同席する」

保安官は、これでいいかと確認するようにウォリーを見た。

ダレンは首を横に振った。「センターにある保安官事務所にしてもらいたい」

「おれが同席するかぎり、それでもかまわない」ヴァン・ホーンはいった。「だが、なんでもありというわけじゃない。おれが事情聴取を許可するのは、きみが厳格なラインに従って聴取を進める場合だけだ」

ダレンが何に関心を持とうと、ヴァン・ホーンは自分の望むものだけを許可できるつもりでいるようだった。

これでキース・デイルを取調室に引っぱりこめることになった。

15

ダレンはジェニーヴァのキッチンからプラスティックのバケツとぼろ切れの束を取ってきて、バケツを水と少量の漂白剤で満たし、ぼろ切れを脇に抱えると、外に出た。カフェの正面の窓にヘッドライトを反射させ、その明かりのなかで薬剤を加えた水を使ってトラックの前部座席をこすった。布に水を染みこませ、座席を拭いて、その布が汚れて血を広げるだけになると、歩道に落とした。ジェニーヴァの店のことはある種の聖域のように思っていたので、その駐車場に流血の跡を残したくなかったが、店のまわりにホースがあるのかどうか、あるならどこにあるのかがわからなかった。ダレンは静かに作業をし、コルトの四五口径を腰にさしたまま、耳はハイウェイを通る車に向けていた。壊れた正面のドアはつかえをしてあけたままだったので、フェイスが出てきたのが聞こえなかった。目の端で明かりを捉え、手が銃床に触れた。そのあとでフェイスの声がした。

「敷物にはアンモニアを試すといいよ」フェイスはいった。だがトラックに近づいて漂白剤のにおいがするとこういった。「でも漂白剤と混ぜたら駄目。気絶しちゃうかも。それでも、血を落とすなら、敷物にはアンモニアのほうがいい」

「きみは出てこないほうがいいと思う」ダレンはいった。「ランディは大丈夫か？」

「あの人とおばあちゃんは眠ってる」そういってから、フェイスは身を屈めてぼろ切れをふたつ拾った。すこしもひるまず、フェイスは駐車場の端まで歩いていき、生臭いピンク色の水を雑草のなかに絞った。ぼろ切れをまた使えるようにして戻ってくると、フェイスはダレンを見ていった。「あなたはあの人が好きなの？」

「ランディのことか？」フェイスが誰のことをいっているかはよくわかっていたが、ダレンはあえて尋ねた。

「あんなに若くして夫を亡くした人には初めて会った」

「ひどいことが起こったものだよ」ダレンはそれだけをいうにとどめた。フェイスがどういう意味でさっきの質問をしたのかよくわからなかったし、どう答えるべきかもわからなかった。

「テキサス・レンジャーにも初めて会った」

ダレンは運転席側のあいたドアからふり返って、フェイスを見た。フェイスは少女のようだった。小柄で、繊細な顔立ちをしていた。唇と髪に大きな特徴があり、このふたつが人形のような印象を与えていた。しかしもうすぐ結婚するというのだから、すくなくとも十八にはなっているはずだった。口紅は何時間もまえに消え、ピンク色の染みを残すだけになっており、フェイスはもっと何かいいたそうに下唇を嚙んだ。布を絞ってくれてありがとうとダレンがいうと、フェイスはこういった。「服から血を落とすには塩と重曹がいいの。もしなんならわたしが洗ってあげられるけど」

「血を落とす方法をたくさん知っているんだね、お嬢さん」ダレンはいった。

その場の雰囲気を軽くしよう、この暗闇のなかに何かしら陽気な要素を探そうと思っていったのだが、フェイスの顔に浮かんだ表情を見て、ダレンは何もいわなければよかったと後悔した。

「血を落とさなきゃならないことはそれなりにあったから」

フェイスにもっといいたいことがあるのかどうか、また、自分はそれを聞きたいのかどうか、ダレンにはよくわからなかった。

だから代わりにもっとあたりさわりのない質問をした。

「きみはおばあさんと一緒にこの裏に住んでいるの

か？」

「いまはそう。ここに住むまえはワイリーカレッジにいたの。カレッジはマーシャルにある」

ダレンもワイリーを知っていた。東テキサスの黒人ならたいてい知っているはずだった。ワイリーカレッジ、プレイリービューA&M大学、テキサスサザン大学は、何世代もまえから黒人の大学教育において定評があった。ダレンの伯父たちもそれぞれの経歴に見合った学位をプレイリービューで取得していた。ダレンの父親のデュークはヒューストンのテキサスサザン大学に合格していたのだが、兄のウィリアムの足跡をたどろうとして、ベトナムでの兵役というまわり道をすることで入学を先延ばしにした。

「何を勉強したんだい？」

「専攻したのは広報学」フェイスはいった。「この町にずっといるつもりはなかった。昔から、自分はダラスかヒューストンのどこかにおちつくだろうと思ってた」

「いまからだってそうできる、だろう？」ダレンはいった。かなりの努力と汗まみれの労働を要したが、乾いた血の大部分がシートから落ちていた。敷物が残っていたが、トラックを詳しく点検できるまでは荷台に放りこんでおけばいいと思った。いつそんな時間が取れるかはわからなかったが。「広報学の学士号なら、どこでだって使えるじゃないか」

「学位は取らなかったの」

一瞬の間ができ、ダレンはその話題をそこで終わらせることにした。

フェイスはいい子だったが、やはり田舎町特有の問題を抱えており、ダレンはそれを真夜中にトラックから血を拭きとりながら聞きたいとは思わなかった。物語を欲してはいなかった。ダレンは何か食べるものがないか尋ねた。バーボン以外のものを最後に腹に入れてから八時間ほど経とうとしていた。フェイスはキッチンへ向かった。ダレンはうしろからついていって、バケツとぼろ切れを置きながら、正面のドアを直すためのベニヤ板か何かがあるのはどこかと尋ねた。フェイスは裏を探すようにいい、ダレンはそうした。野菜の木箱や古いソーダの壜――〈ニーハイ〉のグレープとコカ・コーラ――や、湿った段ボール箱に詰めこまれた新聞紙などをざっと見てまわった。段ボール箱はもっとあった。ひらかれて、大型のごみ容器に立てかけられていた。ダレンはこれをひと束と、キッチンシンクの上の棚からダクトテープをひとつ取って、フェイスがポークチョップをいくつかガス台で温めているあいだに正面のドアに応急処置を施した。ベルはもとの場所に残し、客が来たら揺れて鳴るようにしておいた。骨の上でジュージュー音をたてる脂のにおいがして、フェイスがカウンターの上に皿をおいたとたんに、ダレンは目のまえの肉を手で引きちぎって貪りそうになった。フェイスはダレンのためにドクターペッパーを注いだ。ダレンは最低でもビールがほしかったが、いまは勤務中とみなしていたので、神経を研ぎ澄ましておきたかった。フェイスはカウンターの向こう側にもたれ、レジのそばからダレンが食べるのを見ていた。ダレンは食べ終えるともうすこしほしくなったが、これ以上フェイスに面倒をかけたくなかった。「あの女がわたしの人生を台無しにしたんだよ。わたしのママが」フェイスは突然、苦々しい恨みをこめて劇的な調子でそういった。ダレンが囚《とら》われの聴衆になっていることを喜んでいるようだった。「だからおばあちゃんと一緒にゲイツビルへ行きたくなかったの。あなたは不思議に思ったかもしれないけど」

べつに気にも留めていなかった。

ダレンは炭酸をひと口飲み、げっぷをした。

「ママがパパを撃ったって話がワイリーまで届くと、〈アルファ・カッパ・アルファ〉の優等生の女の子たちは説明するチャンスもくれずにわたしを追いだした。

そのあとはすべてが崩れるみたいな感じで、成績もほかのことも維持できなくなった。だから卒業できなかったの。退学させられたとか、そういうことじゃなかった。ただものすごく恥ずかしかっただけ。結婚式にはおばあちゃんしか出られないってロドニーに話さなきゃならないのもいやだった。ロドニーのお父さんが通路を一緒に歩くっていってくれてるけど、それもなんかちがう気がして」

ダレンはナプキンを皿の上の骨にかぶせ、紙に脂が染みるのを眺めながらいった。「ごめん、なんていった？」

「ヒューストンの新聞に記事が載ったのに」フェイスはまったくわけがわからないといった様子でつけ加えた。「あなたも知ってると思ってた」まるでヒューストンの新聞のうしろのほうに載ったほんの数センチの記事が、ダレンの関心を引いてあたりまえだと思っているかのようだった。

三年くらいまえの話なんだけど、とフェイスはいう。フェイスの母親のメアリー・スイートは、夫のジョーが風呂に浸かっているところにこっそり近づいた。フェイスが育った寝室ふたつの家には、バスルームがひとつしかなかった。ジェニーヴァのカフェから一キロ足らずのところにある三角形のログキャビンだった。バスルームは家の奥にあり、メアリーはなんの物音もたてずにリル・ジョーに忍び寄ることができた。バスタブの横の椅子に置かれたラジオの音が、多少の物音は掻き消してくれた。メアリーは恨みと拳銃を携《たずさ》え、夫に報いを受けさせようとしていた。リル・ジョーは全裸で、メアリーはジョーのヒューストン・ロケッツのTシャツをワンピースのようにして着ていた。これにつづく話の信憑性《しんぴょうせい》は、既決重罪犯のいうことをどれくらい信じる気になるかによって決まる。

メアリーは拳銃を夫の額に向けながら、ラジオの取っ手をつかんだ。そしてラジオを湯の上に掲げながら、プラグがまだ壁に刺さっていることを確認した。一方の手で銃を握り、もう一方の手で湯の上にラジオを持ちあげた状態で、メアリーはいった。「どっちがいい？　どっちにしたってやり遂げるけど」

リル・ジョーはフェイスとおなじように肌の色が薄く、前歯の並びに小さな隙間があった。湿ったダークブラウンの巻毛が、湯につくあたりで首に張りついていた。彼は二十年連れ添った妻に微笑みかけた。妻が感情的になったこの瞬間を、ただの見せ物のようにみくびっていた。リル・ジョーはもう一年以上べつの女と寝ており、それについてメアリーはいままで何もしてこなかった。せいぜい、陰で舌打ちするくらいのものだった。リル・ジョーは細い葉巻を奥歯にはさんでいたのだが、それをはずそうともせず、メアリーに向かってはっきりといった。「まあ、だったらそのまま銃で撃ったほうがいいんじゃないか」強気の発言だったが、メアリーがラジオをピンク色のバスマットの上に落とし、二二口径の撃鉄を起こした瞬間、リル・ジョーは湯から飛びだしてメアリーを突きとばし、玄関へ向かって走った。そして玄関のドアに手が届きそうになったところで、メアリーに背中から三発撃たれたのだった。

母親が逮捕されたあと、フェイスは手や膝に涙をこぼしながら自分で現場を片づけた。ほかにやってくれる人がいなかったから。ジェニーヴァは、夫のジョーをカフェへの強盗による銃撃で亡くしてまもなく息子まで失ったことがひどくこたえ、店を一週間しめた。いずれにせよ、リル・ジョーもメアリーもいなくなったので、その家は売らなければならなかった。そして大学をやめて以来、フェイスは祖母と一緒にトレーラーに住んでいた。「ロドニーは、式がすんだらふたりだけで住む小さな家を探そうっていってる」

「きみの母親はなぜそんな真似を？」

「パパが白人の女とつきあっていたから」フェイスはいった。「ウォリーの店に入り浸って。ちょっと先のあのアイスハウスね。あそこがあんなヘイトまみれの場所になるまえだけど。郡道一九号に車を停めて、遊びまわってたんだって」

ダレンはハクスリーの厳粛な言葉を思いだした。**リル・ジョーもあの酒場に入り浸っていたもんだよ。それでどうなったか見るがいい。**そのすぐあとに、ミシーがマイケルと話していたことを、リンがしゃがれ声で非難するのも聞いていた。**おなじあやまちをくり返すだけの人間ってのもいるんだから。**

ふたりの声が、頭のなかで和音を奏《かな》でながらおちついた。

「その白人の女っていうのは？」もう想像はついていたが、ダレンは尋ねた。

「ミシー・デイル」

フェイスはダレンの皿を手に取り、キッチンのドアの向こうへ運んだ。ダレンもビニールの座面のスツールから立ちあがり、カウンターをまわってフェイスのあとにつづいた。シンクに水が流れており、フェイスはぼろぼろのスポンジを使ってダレンの皿を手洗いしていた。ダレンは一瞬言葉に詰まった。「自分はうまくやってるって思ってたんでしょ。パパのことだけど」フェイスはいった。「男ってときどき、誰が自分の服を洗ってくれてるかわかってないみたいなふるまいをするんだから」フェイスは皿とフォークを乾燥棚に置いていった。「服っていえば、そのズボンとシャツ、脱げば洗うけど」

「彼女を知っていた？」ダレンは尋ねた。「ミシーを？」

「ぜんぜん。年はおなじだし、ティンプソンのおなじ高校に通ってたけど、話したことは一度もなかった。向こうも話しかけてこなかった。わたしたちの世界が交わることはなかった」自分がいっていることの皮肉に気づかずに、あるいはわかったうえで無視して、フェイスはそう話した。それから手を布巾《ふきん》で拭いて、おばあちゃんのドアを直してくれてありがとうといった。

ダレンは、自分がミシー・デイルの写真を見たことがないと気がついた。この町に転がりこんできた日の朝、遺体を覆う白いシートの下から覗いていたブロンドの房を見かけただけだった。「美人だった？」ダレンは尋ねた。

フェイスは肩をすくめていった。「あの人たちって、必ずしもきれいじゃなくてもいいわけでしょ」

ダレンは二時間以上の睡眠は取れなかった。日が昇るまで、デニスと交替で見張りをしていたからだ。最後に起きだしたとき、自分の服がジェニーヴァの居間にあるふたり掛けのコーデュロイのソファのアームに置かれているのを見つけた。アイロンがかかっており、その熱でまだ温かかった。トレーラーのなかには動きも音もなく、ジェニーヴァもランディもいないようだった。外を見ても、ナイロンで編まれたローンチェアは空《から》っぽだった。ダレンは目覚めたとき、子供のことを考えていた。その後もウォレス・ジェファソンの家で暮らしているらしいキース・ジュニアのことだ。ジェニーヴァの息子とミシー・デイルの関係を知ったいま、ダレンにはジェニーヴァに尋ねたいことがいくつかあった。しかし頭上を見あげると、東から雲が流れこんでいた。分厚く、いまにも雨の降りそうな濃灰色の雲だった。指紋を取るためにシボレーに粉をはたきたいなら、いましかなかった。ほんとうは昨夜のうちにやっておくべきだった。昨夜については、ちがう行動を取るべきだった場面がいくつもあった。夜中過ぎに食べた脂っこいポークチョップのおかげで二日酔いにはならなかったが、記憶の隅にかすんでいる部分があった。実際に起こったこと——血と、銃撃と、ウォリーの家での対決——に関する記憶ではなく、選ばなかった道、もっとうまく対処できたはずの事柄のなかに、霞《かすみ》のかかった場所があった。

ダレンはトラックに積んであったキットで作業をした。黙ってシボレーのまわりを動きながら粉をはたいた。運転席側のドアハンドルのあたり、とりわけ巧妙にはずされたロックの周辺を念入りに調べた。助手席側のドアに移り、ランディか、あるいは未知の人物のものらしき潜在指紋をいくつか取ったところで、ちょうど雨の最初のひと粒が落ちてきた。ダレンはキットといままでに集めた証拠品記録カードをトラックに入れて鍵をかけると、カフェの正面ドアを目指し、走って駐車場を横切った。カフェの屋根がかろうじてかかっていたので、段ボールの継ぎ当ては湿ってはいたが持ちこたえていた。店内は混雑していた。ダレンがいままでに見たなかで一番客の入った状態だった。ハクスリーと、シカゴから戻ってきたティムはもちろんのこと、初めて見る顔もあった。ボックス席はすべて埋まっており、ランディが見つけられた唯一の空席は、カフェの向こう端にある理髪用の椅子だけのようだった。アイザックはいつもの場所にいなかった。それにフェイスの姿もなかった。ダレンはカウンター越しにジェニーヴァに話しかけ、フェイスのことを尋ねながら、なんとか昨夜の話を持ちだそうとした。ジェニーヴァのいまは亡き息子や、彼とミシーのロマンスについてきのう知ったニュースを確かめようとした。

「フェイスなら寝てるよ」ジェニーヴァはそう答えた。次から次へと注文品がキッチンから出てくるために手一杯で、修理されたドアのほうを向いて一度だけうなずき、「ありがとう」といったあとは、ジェニーヴァは完全にダレンを無視した。こみいった話をしたくとも、ジェニーヴァを独占する方法はなさそうだった——バッジを使って強制するのでなければ。ダレンとしては友人のようなアプローチを望んでいた。自分から息子の情事について打ち明けたいと思ってもらいたかった。いずれにせよ、ランディがダレンの姿を見つけて理髪用の椅子から降り、すばやくそばにやってきて、ここを出ようといいだした。シャワーを浴びて着替えたいから、モーテルまで乗せてほしいという。リル・ジョーとミシーについてジェニーヴァと話をするのは、あとにするしかなさそうだった。

ふたりで外に出て、まだ漂白剤のにおいのするトラックの前部座席に収まると、ランディはシートベルトを締めていった。「あれはほんとうにあったことなの？」ランディの目の下には半月形の隈がふたつできていた。「きのうの夜のあれは、ほんとうに起こったこと？」

「全部ほんとうだ」ダレンはいった。

ダレンはシャワーを先にランディに譲った。もし仕方なければ、自分なら冷たい水でバシャバシャ顔を洗い、歯磨き粉を指につけて歯をこするだけで間に合わせることもできた。封をしたビニール袋に入った歯ブラシが部屋についていたが、それはランディのために取っておきたかった。ダレンは手を洗い、小さなピンク色の石鹼《せっけん》で顔を洗いながら、シンクとバスルームのあいだのドアを意識した。ドアは細くあいていた。カーテンの向こうから水音が聞こえ、自分とシャワーを浴びている女とのあいだの二メートル足らずの距離を湯気が漂ってくるのを感じた。自慢できない感情を覚えてもいた。浅ましいというよりは扱いづらい気持ちがわいて胸がざわつき、胸骨の内側が熱を持っていた。正しいことであれ、まちがったことであれ、ダレンはランディに対する自分の好意を持て余していた。ランディを悪意から守らなければという強烈な義務感があり、それはすなわち、彼女の夫の復讐を約束するのとおなじことだった。ランディにテキサスをよく思ってほしかった。人を殺しても咎められもしないような場所だと思ってもらいたくなかった。ダレンはざらつくタオルで顔を拭き、ランディもそれを使えるようにもとどおりきちんとたたんだ。

　クイーンサイズのベッドの端で、ダレンの電話が鳴っていた。

　ウィルソンだった。

　ウィルソンはデイルの事情聴取の時間と場所――二時、ダレンの要請に応じ、場所はセンターの保安官事務所――を、ほかの明確な指示とともに伝えてきた。ダレンは仕事を全《まっと》うすることができるが、それは地元の法執行機関に対して常時しかるべき敬意をはらうかぎりにおいてだった。つまり、ヴァン・ホーン保安官が不可とするような質問は控えろという意味だった。ミシー・デイルの殺人事件については、マイケル・ライトの死亡事件とつながる明確な証拠が出てこないかぎり、捜査権限を有するのは依然として保安官のみだった。「あの男と話ができなければ、そんな証拠など手に入りません」ダレンはいった。

「あの男と話ができないとはいっていない。今回きみの介入を阻《はば》まなかったことについて、私はヴァン・ホーンに敬意を表するよ。きみも借りができたと思っておくように。とにかく、これが片づいたあとも、ここのような地元機関とのつきあいはずっとつづくということを忘れないでくれ。レンジャーは地域の権限を尊重しないなどという悪評をたてるわけにはいかない。それに、もし私がオースティンの本部にいる幹部連中のまえできみの味方をするとすれば、きみは規則に従っている、何をしでかすかわからない危険人物などではない、といえるようにしておく必要がある」

「おれのことは充分知っているでしょう」

「きみのことは知っている、そのとおりだ。だからそちらでの自分の身のほどをわきまえてくれと頼んでいる。地元の女の件には細心の注意を要する。けさ早く、検死医のオフィスから予備段階の結果が入ってきたんだが、これでいくつかの物事が変わる」

「たとえば？」

「私はそれを明かせる立場にない」

「でも知っているんですね？」

「適切なタイミングでわかったことを共有すると、ヴァン・ホーンは約束した」

「あなたは見たんですか？」ダレンは尋ねた。「検死解剖を？」

　電話の向こうでウィルソンが沈黙した。バスルームからは水を止めようとしているのが聞こえてきた。ランディがシャワーを浴び終えたのだろう、固いハンドルをひねるかん高い音がした。

「そちらで黒人のためのカフェを経営している女性ときみとのつながりが懸念されている。ジニーだか、ジェネヴィーヴだったか？　年配の黒人女性だ」

「ジェニーヴァです。ミシーの解剖がジェニーヴァとどう関係があるんですか？」

「適切なタイミングで」ウィルソンはいった。「ヴァン・ホーンはそう約束した」

　ダレンが電話を切ると、ちょうどランディがバスルームから出てくるところだった。できるかぎりすばやく手を伸ばしてシンクの端に置いてあるタオルを取り、体に巻きつけてからバスルームを出た。ダレンは顔をそむけ、「失礼」と小声でつぶやいた。ランディはバスルームで着替えるからいいといったが、その必要はないとダレンは答え、外に出て雨を眺めた。いまや雨は灰色の大粒になって降りしきり、水の流れがロープのようによじれながら軒先《のきさき》をすべって、ダレンのトラックの正面のアスファルトに飛び散っていた。ダレンのブーツの爪先に水が跳ねて点々と跡を残した。ダレンはグレッグのオフィスの直通番号に電話をかけ、呼びだし音を聞きながら待った。

　そのときだった。駐車場にべつの車が停まっているのが目に入った。灰色のビュイックのセダンで、短く刈ったダークブラウンの髪をした三十代の白人の男がハンドルの向こうにいた。セダンはモーテルのロビー近くに停まっていたが、車の鼻先はダレンの正面のドアに向けられていた。男はダレンがランディの部屋から出てくるのを見ていたようで、いま運転席側のドアをあけようとしていた。ダレンは手をコルトの銃床に置き、止まれと男に命じた。その若い男は聞こえなかったのか、あるいは気にも留めていないのか、歩きつづけた。チェックのボタンダウンシャツの上に茶色のスポーツコートをはおっている。足にはロックポートの靴を履いていた。眼鏡をかけていたが、おそらくそろそろ視力を確認すべき時期なのだろう。男がようやく銃とダレンの胸のバッジに気づいたそぶりを見せたのは、二メートル足らずまで近づいてからだった。男はぴたりと止まり、すりへった革のメッセンジャーバッグを濡れた道路に落とした。ダレンが最初に思ったより若そうだった。三十にはなっていないだろう。

男はなにかを取ろうと背後に手を伸ばし、ダレンは体じゅうの血液がトリガーにかけた指に流れこむような気がした。銃撃者の高揚と、くらくらするような万能感のせいで、目と耳の感覚が研ぎ澄まされ、理性が遠い灰色の霞のなかへと引っこんだ。ダレンはすばやく男に視線を走らせた。メッセンジャーバッグに、サイズの合っていないカーキ色のズボン。男がうしろのポケットから革の札入れを引きだしたまさにその瞬間に、ダレンは銃をおろした。そして止めていたことに気づいてすらいなかった息を吐きだし、安堵で心臓が爆発するのではないかと思った。男はダレンが求めるまえに身分証を提示した。数分後にランディが部屋から出てくると、《シカゴ・トリビューン》のクリス・ウォズニアックだ、といって引きあわせた。外の世界が、いくつかの疑問を携えてラークに到着したのだ。

16

ランディの夫の死について捜査しているテキサス・レンジャーがなぜ朝の九時に彼女のモーテルの部屋から出てきたのか、仮に興味を持ったとしても、クリス・ウォズニアックはそれを自分の胸に収めたままにした。ウォズニアックは、確認しなければわからないとでもいうように、ランディを二回見てから尋ねた。

「では、あなたが被害者の奥さんなんですね？」それからお悔やみの言葉を述べ、インタビューの機会をもらえないかともいった。「あなたはテレサ・マーティンと知りあいだって、うちの編集者がいってました」

ランディはうなずいたが、相手と目を合わせはしなかった。

「SAICで一緒だったの。シカゴ美術館附属美術大学ね」ランディはダレンのためにいい添えた。きょうは黒のジーンズと、クレープ紙のような薄さの深紅色のTシャツを着ていた。ランディは震えており、胸のまえで腕をきつく組んでいた。ダレンは思わず部屋のなかに行って白いコートを探そうかと思ったが、ここはテキサスでいまは十月なので、正午にならないうちに気温は二十六、七度まであがるはずだった。

「その学校なら知っている」ダレンはいった。「何年かシカゴに住んでいたことがあるから」

ランディは、その情報が目のまえの男のブーツとバッジにそぐわないと思っているかのような、奇妙な目でダレンを見た。「そうなの？」

ダレンはうなずいた。「シカゴ大学のロー・スクールに行っていた」

ロー・スクールというのも不似合いな印象を与えたようだったが、学校の名前を出したことで、ランディの顔に笑みが浮かんだ。

「マイケルもシカゴ大学に行ってた」

「そうそう」ウォズニアックが口をはさんだ。「そういうことを全部取りあげたいんですよ。被害者の経歴……あなたたちにそういう共通点があるとは面白いですね」ウォズニアックはダレンに向かってそういいながら、メッセンジャーバッグに手を伸ばしてペンとメモ用紙を取りだした。そしてすばやく何かを書きつけ、またダレンのほうを向いた。ダレンはといえば、死んだ男の妻がいるまえであまりに無神経なのではないかと思い、驚いていた。「それで」記者はいった。「カメラマンがこちらへ向かっています。きょうのうちに到着するといいんですが。僕はいまの段階でわかっている基本的な事実をざっと知っておきたいんです。現在どういう状況かということももちろんですが。町にある偏屈な白人労働者《レッドネック》の酒場のことが何かいわれてましたよね」ウォズニアックはランディをちらりと見た。酒場のことをもうすこしつつきたいと思いつつ、ランディのまえではやめたようだった。「自分で運転して行けますので」

　ウォズニアックはレンタカーにデジタルビデオカメラを積んでおり、できるかぎり早く犯罪現場の映像がほしい、できればダレンに代わりに運転してもらいたいと思っているようだった。しかしダレンはジェニーヴァの店に戻りたかった。新たにわかったジェニーヴァのカフェ周辺の世界とミシー・デイルとの深いつながりについてもっと掘りさげたかった。マイケルが人生最後の数時間をウォリーのアイスハウスで過ごした可能性が高いという事実とおなじくらい、天啓めいて感じられた。ハイウェイ五百メートルほどをはさんで町の両端にあるこのふたつの建物は、ふたつの殺人の背景のなかで一対のポールのようだった。一方抜きで、もう一方を理解することはできなかった。そしていま、ヴァン・ホーンはジェニーヴァを巻きこむ新しい情報を握っている。それがなんなのか、ダレンにはまったくわからなかった。

ダレンはランディを記者とふたりきりで残していきたくなかった。しかしこれまで以上に、ライフルによるカフェへの昨夜の襲撃は自分を狙ったものであると感じていた。シェルビー郡にやってきたABTの敵として、一緒に過ごす時間が長引くほど、ランディを危険にさらしてしまうかもしれない。ダレンのトラックと、ランディとウォズニアックのレンタカーしか停まっていない駐車場を眺めながら、モーテルのまえをなめらかに流れるハイウェイを見渡した。雨水が雑草で詰まった側溝に流れこむのを見つめるあいだに、これからの計画を考えた。ダレンには、パズルのピースを記者と共有するつもりはなかった――それが大きな絵のどこにはまるかわかるまでは。いまはまだ、その大きな絵がつかめていなかった。ダレンはミシーとジェニーヴァの息子リル・ジョーについてもっと知りたかった。昨夜以来、ひとつの考えが頭のなかでかたちを取りつつあった。もしキース・デイルが自分の妻とリル・ジョーのことを知っていたなら、リル・ジョーにぶつける機会のなかった怒りをマイケル・ライトにぶつけた可能性も完全には否定できないのではないか？それなら一連の殺人の説明にもなるように思われた。キースはアイスハウスを出て農道でマイケルと妻に出くわし、妻にちょっかいを出したとおぼしき黒人の男を殺す。二日後、怒りが発作的に高まって妻のことも殺す。そしてどちらの遺体もおなじ泥水のなかで見つかった。キースがなぜ二日待ってから妻を殺したかは説明がつかないのだが。しかし時系列については、あとで保安官事務所の取調室にキースを迎えたときに踏みこんで訊けるだろう。

ダレンは先にジェニーヴァと話がしたかった。

ランディに懇願するような視線を向けてから、ダレンはウォズニアックにレンジャーとしての手順を告げた。被害者の家族には、レンジャーの関連部門が公式な声明を出すまえに、報道機関と話をする機会が与えられると伝えた。筋の通らない嘘だった。しかし百九十センチ近い身長でバッジと銃を身につけていれば、それが説得力を増す役に立った。ウォズニアックは疑問を口にしなかった。ランディは記者と一緒に残され、マイケルについて、そしてマイケルのテキサス旅行について知っていることを、あるいは、もっとはっきりいえば、何を知らないかを話すことになる。ダレンはとくに制限を設けなかった。語られるのはランディの物語だ。それに、おかげですこし時間が稼げる。ランディはいつ戻るのかとダレンに尋ね、ほんの一瞬、ダレンなしで残されることに呆然としたような表情を見せた。記者のまえだったのでキース・デイルの事情聴取については口にしなかったが、ダレンはランディを見て、すぐに戻ると約束した。

ダレンがカフェの駐車場にシボレーを乗り入れると、ウェンディが店の正面にいた。駐車場はまだ混んでいた。けさランディと一緒にカフェをあとにしたときより忙しいということはないにせよ、ジェニーヴァの手は朝と同程度にはふさがっているだろう。ジェニーヴァを容易に独占できることはなさそうだった。聞きたいのは個人的でデリケートな話だった。**いや、そうでもないのかな、**とダレンは思った。ラークは小さな点のような町だった。リル・ジョーがアイスハウスに入り浸っていたことは常連客全員が知っているようだったし、バーテンダーのリンも、ミシーが黒人の男を好んだことをほのめかしていた。もしかしたら、ミシーとリル・ジョーの関係はほとんど人の口にのぼることのない公然の秘密だったのかもしれない。

「まだこのへんをぶらついてるのかい?」ウェンディがいった。

ウェンディは膝の上に缶ビールと錆びついた二二口

径を置き、きょうの商品を見張っていた。ジャムの瓶に鉄鍋、木のウィッグ・スタンド、コカ・コーラが入っていた黄と赤の木箱。木箱はおそらく三十年ものだろう。明らかに自宅やその周辺に転がっていたものらしいが、派手な色の服を着た老婦人がキルトの上に並べていると歴史的な意味のある小物のように見え、ポケットのなかの小銭を出すくらいはかまわないと思わせるのだった。ダレンは詐欺《さぎ》に近いその手口に感心した。「あの連中は、今回の殺しについて、あんたに誰のことも逮捕なんかさせやしないよ。あそこの常連は誰ひとりね」ウェンディはいった。雨は一時的に上がっており、雲が割れて離れ、日光のこぼれる道ができていた。

ウェンディは目の上に手でひさしをつくった。

ダレンは笑みを浮かべていった。「だったらなおさら、あなたも気兼ねせずにほんとうのことを話してくれるべきじゃないかな」それから前置きもなしにこうつづけた。「あの子はリル・ジョーの子供だ、そうでしょう？」

「あれあれ、けさは寝覚めがよかったようだね」

「ジェニーヴァも知っている？」

あんた頭が鈍いんじゃないの、とでもいいたげな顔でウェンディはダレンを見た。

「キースも？」ダレンは尋ねた。

「キースはあの子に自分の名前をやったけど、そんなことじゃ誰も騙《だま》されない」

「だったらいったいなぜヴァン・ホーンは、ジェニーヴァに客のリストなんか……町を通っただけの人間のリストなんか出せといっているんだ？　死んだ女の夫が育ててるのがよその男の子供だっていうのに？」ダレンは尋ねた。キースとその家族は血のつながらない子供の認知をさかのぼって取り消し、ウォリーとローラのジェファソン夫妻に子どもを任せているのだろうか？　ウェンディはダレンのうしろから射す日光を見ずにすむように、手を振って自分の右側にダレンを呼び寄せた。ダレンは張り出した屋根の下、小さな日陰ができた場所に立った。そこから見ると、ウェンディの目は思ったより色が薄く、濃厚な蜂蜜のような茶色だった。ウェンディはいった。「あんたはテキサス育ちだから、これがどういう話かはわかるね」

秘密を漏らしたのはウォリーなんだよ、とウェンディはダレンにいった。

「ウォリーはひどいわだかまりを持っていてね」

ウェンディは、ウォリーが保安官を自分に仕えるよう仕向けているのは確実だという。

「まあ、この町はウォレス・ジェファソンの一族がつくったわけだから」

ラークは百七十年以上まえにプランテーションとして生まれた。それがあの古い家だよ、とウェンディはいい、ハイウェイの向こうのウォリーの家、モンティチェロの丸屋根のほうを顎で示した。ウォリーの一族は、自分たちのことを第三代大統領の遠い親戚か何かだと思い、アメリカの歴史をまっすぐに継ぐ者だと自認していた。そしてトマス・ジェファソンとおなじく奴隷の所有者として栄えた。良心は皆無で、現金はたんまり持っていた。テキサスの奴隷解放宣言《ジューンティーンス》で一族の周辺もすこしは変わったが、たいした変化ではなかった。金儲《かねもう》けのための新しい方法はいつだってあった。ラークに暮らす黒人の大半は小作農で、奴隷の身分が小作にともなう多額の借金に変わっただけだった。フライパンから火のなかへ飛びこんだだけ。確実な地獄から、希望という名のついたゆっくり炙《あぶ》られるような拷問《ごうもん》に飛びこんだだけ。

ジェファソンの一族は、国が新しいハイウェイを町のまんなかに通したときにかなりの財産をつくった。なかなかのビジネス・センスだったと思うね、とウェンディはいう。一世代下のウォリーも高級車を乗りまわしてダイヤモンドの指輪をじゃらじゃらつけてるわけだから。道路と、ウォリーがいまでも郡の片隅のこのちっぽけな町の九十パーセントの土地――ジェニーヴァの土地を除くすべて――を所有しているおかげでね。一九六〇年代に、若い独身の黒人の女がどうやってハイウェイ脇の土地を買えたのか、ダレンは疑問に思った。「それだよ」ウェンディはいった。「あたしがいま話そうとしてるのは」

ジェニーヴァ・マリー・ミークスは、高校二年より先の学年に進むことができなかった。その年に父親が病気になり、五ヘクタール足らずの綿花畑の世話がつづけられなくなったからだった。母親と兄たちが必死で働いたのだが、それでもずいぶん遅れを取ってしまっており、一番年下のジェニーヴァも働くことになった。以前から料理はしていた。食器棚の最上段に手が届くか届かないかのころから六人家族の食事をつくってきたので、ジェニーヴァはジェファソン家のキッチンで働くことにした。朝食、昼食、夕食を週に六日つくり、若きウォレス・ジェファソン三世の弁当もつくった。当時のウォリーは父親に買ってもらったフォード・フェアレーンでティンプソンの高校に通っており、一日に二回、ハイウェイを颯爽《さっそう》と走った。つねにすこしばかり世話を焼かれすぎていたせいで、自分のことを実際よりも特別な存在だと思っていた。しかし父親と、父親に関するすべてを崇拝していた。ズボンのウエストを純銀のバックルのついたベルトでぎゅっと絞るやり方から、町なかでの紳士的なふるまい――ご婦人方のためにドアを押さえるところや、一同に黒人が交じっているときには決してニガーという言葉を使わないこと――まで、すべてに心酔していた。ジェフと呼ばれたウォレス・ジェファソン二世は、そのころには二番めの妻を迎えていた。ウォリーの母親である最初の妻が突然亡くなったあと、ジェフはマーシャルやダラスまで足を延ばし、結婚相手として妥当な女、家を再びまともな家庭にしてくれる女を探して教会の会合に頻繁《ひんぱん》に通った。しかし二番めのミセス・ウォレス・ジェファソン二世、ロングビューのフィリス・スラタリーは、長くはもたなかった。二十世紀のプランテーションの暮らしがもたらす喜びを、はなはだしく過大評価していたせいだった。フィリスは人口たった数百人の町に、すぐにうんざりしてしまった。人口の大半が黒人で貧しかったため、自分がミセス・ウォレス・ジェファソン二世として受けて当然の敬意を充分に受けられないと感じていた。それに、ダラスまで三百キロ以上運転しないと、ジェフの金を満足に使うこともできなかった。フィリスはほんの一年半で逃げだし、自分の町の郡庁舎で婚姻を破棄した。ジェフはフィリスを追わず、息子たち、ウォリーと弟のトレントをひとりで育てた。トレントはテキサスA&M大学の一年生のときに自動車事故で亡くなった。ジェフは独身者として心安らかに暮らすことに決め、愛をあきらめた。だからジェニーヴァを家に迎えいれる心の準備がまったくできていなかった。

ジェニーヴァはジェフには若すぎた。それはジェフにもわかっていた。

それどころか、息子のウォリーがジェニーヴァを見るときの目つき、自分のいる部屋を通りすぎるジェニーヴァに息子がどんな目を向けるかにも気づいていたし、はるばるティンプソンから冷たいコーラを買ってきては裏階段での休憩にジェニーヴァを誘うのも知っていた。ウォリーとジェニーヴァは似たような年齢だった。だが気性はちがっていた。十八ですでにウォリーは自慢屋で、自分で稼いだわけでもない金を誇示するような、跡取りとしてはすこしばかり心配な息子だった。ジェニーヴァは物静かな少女だった。賢く、機嫌さえ悪くなければユーモアもあった。それに勤勉とはどういうことかを知っていた。週に二晩か三晩は遅くまで残って食べ物の用意をしておき、翌日すこし遅く出てきてもいいようにした。そうすれば、自分の家族のために料理をするための余分な時間ができるからだった。

年上のジェファソンとジェニーヴァはそんなふうにして言葉を交わすようになった。夜遅く、ジェフはキッチンテーブルに一杯のウイスキーを置き、ジェニーヴァがダンプリングの生地を練ったり、カラードグリーンの葉を一枚一枚洗いながら青虫が全部取れたか確認する様子を眺めた。ジェフは何回か手伝いを申し出たが、ジェニーヴァが座っていてくださいというので、そうした。

ふたりは学校のことを話した。学校に行きたいかい？　**はい。**

ジェニーヴァの父親のことを話した。体はよくなっているのかな？　**いいえ。**

ジェフの最初の妻のこと、ジェフがいまもときどき妻を思って泣くことについても話した。

物語を、一族の言い伝えを聞かせあう夜もあった。ジェフの祖先対ジェニーヴァの祖先。

ジェフには何をどうするつもりもなかったが、それにしてもジェニーヴァはきれいだった。

「ジェニーヴァもこういうだろうね」ウェンディはいった。「自分もジェフを好きになってたって」

ジェフは、ジェニーヴァが遅くまで居残った夜には車で送るようになった。家まで二キロと離れているわけではなかったが、真夜中を過ぎているのに歩いて帰らせるのはおかしいと感じはじめていた。ほかにもおかしいと感じはじめていることがあった。ジェニーヴァに目を向けられると、熱の波が首に押しよせたり引いたりした。ジェニーヴァの立つ位置が近すぎると、ウエストより下がひどくうずいた。ジェニーヴァの全身に触れたいと思い、あの巻毛が指に絡みつくのはどんな気分か知りたいと思った。

ある夜、ジェファソン家で夜通し働くようにいわれたとジェニーヴァは母親にいい、いつものようにジェフが彼女を家まで送ろうとピックアップトラックに乗りこむと、ジェニーヴァはどこかべつの場所に停めてといった。ジェフは隣に座ったジェニーヴァを見て、血が全身を勢いよく駆けめぐるのを感じた。何が起ころうとしているかわかったので、ジェフは爪を嚙みながら、豪邸のある敷地内の一番端まで運転した。ジェフは黒人の女とつきあったことがなかったので、一時間ほどもつづいたキスで初めてジェニーヴァを味わったとき、こんなに甘いのは黒人だからなのか、ジェニーヴァだからなのかわからなかった。

ジェニーヴァは初めてだったので、ジェフは慎重に進めるようにと自分にいい聞かせた。

しかしどうしようもなかった。まもなくトラックは野原のまんなかで揺れはじめ、ジェフは一方の手を助手席側の湿った窓に押しつけ、もう一方の手でジェニーヴァの左の尻を押さえた。ふたりは互いに相手を揺り動かし、ジェニーヴァは叫び声をあげてジェフの耳たぶを嚙み、感謝の祈りを捧げた。ことは十分とかからずに終わり、ふたりは日が昇るまでトラックの前部で一緒に横たわって過ごした。

翌日ウォリーが朝食に降りてきて、ジェニーヴァがまえの日に着ていたのとおなじ服で仕事に〝やってきた〟とき、ウォリーは何があったか気づかなかった可能性もある。しかしウォリーにもはっきりわかったのは、その運命の夜のあとまもなく、父親がひとことの説明もなく、自分たちの家からハイウェイをはさんだ真向かいに小さな掘っ立て小屋を建てはじめたことだった。ジェフは手ずからそれを建てた。ジェファソン家のために庭仕事をしていたアイザックに毎週五ドル余分に払い、のこぎりで木材を切らせた。当時アイザックは十二歳になるかならないかで、頭はいまとおなじくらい鈍かったよ、とウェンディはいった。ウォリーは最初、それをジェニーヴァのための家だと思った。それでも充分腹立たしかったが、自分の家族の土地にカフェが建つとわかると苛立ちはいっそう募った。父親が、愛した娘のために商売のお膳《ぜん》立てをしてやったのだ。ジェフは建物にジェニーヴァの名前を手描きした。建物にライトを飾ろうというのはジェニーヴァの考えだった。店をカラフルに、魅力的に見せるためだった。当時このあたりで黒人が入れる店はここだけで、ジェニーヴァとジェフが充分な利益を上げたので、ジェニーヴァの家族はようやく小作をやめることができた。父親がとうとうがんで亡くなると、ジェニーヴァは遺体をサテン張りの棺《ひつぎ》に収めた。そのころには、大理石でできた墓石とたくさんの花——母親の大好きなユリ——を買えるだけの金があった。彼らは一風変わった家族のようだった。ジェフは食事のたびにレストランにいて、以前は彼のために働いていた黒人の一家とおなじテーブルを囲んだ。ウォリーは同席を拒否した。

その光景を見た誰もが、ジェニーヴァとジェフは幸せだったというだろう。

そこにジョーが現われた。

このミュージシャンのことをジェニーヴァがジェフに話した夜、ジョーはすでに二日間、カフェの奥の部屋に滞在していた。ジェニーヴァとジョーは激しく恋に落ち、互いに忠実でいることを出会った瞬間に固く誓いあっていた。そしてジョーは隠れるのをやめた。ジェニーヴァは一番いいテーブルにジェフを座らせ、レモンメレンゲパイをひと切れとウイスキーを一杯出したが、ジェフはどちらにも手をつけなかった。ジェフは自分よりずっと若い黒人の男とジェニーヴァが一緒にいるのを見て、ひとつだけ質問をした。「それがきみの望みなのか、ニーヴァ?」ジェニーヴァがそうだというと、ジェフはテーブルを押してさがった。

「ならば、それでいい」

それが、ジェフがジェニーヴァにかけた最後の言葉になった。

ジョーは音楽で稼いだ金で店を買い取り、ジェフは——ああ、彼に神のお恵みを——それから一年と経たないうちに亡くなった。それでもジェニーヴァはここにいて、ウォリーの土地からかなりの利益を上げている。すくなくともウォリーはそう思っていた。自分のものをジェニーヴァに盗まれたと思っていた。それで、もう何十年も、建物を取り壊す以外のすべての手を尽くして、ここを売るようにとジェニーヴァに迫っていた。「まあ、ウォリーなりの規範はあるんだろうね」

「ジョーが現われてからリル・ジョーが生まれるまでにはどれくらいかかった？」

ダレンは精一杯表現をやわらげてそう尋ねた。

「子供については、日にちの計算が合うとか合わないとかはぜんぜん知らないよ」ウェンディはいった。「ただ、リル・ジョーがジョーの血縁かって訊かれたら、答えはノーだ。たいした問題じゃなかった。ジョーはあの子を自分の子供同然に愛した。ジョーはこれ以上ないってくらいジェニーヴァとリル・ジョーを好きだった」

「じゃあ、ウォリーとリル・ジョーは兄弟だったんだね？」

「頭の回転が速いね」ウェンディはウィンクしながらいった。

「あの赤ん坊は——驚いたな、ミシーの子供はウォリーの甥か。ウォリーは知っているのか？」ウォリーは殺人事件以来ずっと、キース・ジュニアを自分の家に置いていた。

「あの男が何を知ってるかは、あたしにはわからない」

かなり体格のいい黒人の女が、赤いつまようじで歯をつつきながらジェニーヴァの店から出てきた。女はドアの横に並べられたウェンディの商品を目にすると、さらによく見ようと身を屈めたが、思い直したのか、ワインレッドのホンダ・シビックへよたよたと向かった。女が運転席に乗りこむと、車は左にぐっと傾いだ。それを見てウェンディはいった。「あたしの車にガードルがある。並べといたら絶対売れたね」

　ホンダが一度バックして駐車場を出ていくと同時に、ダレンは気になる光景を目にした。シェルビー郡のパトロールカーが青と白の回転灯を光らせながらハイウェイを降りてきたのだ。サイレンは鳴らしていなかった。音と速度が接続を断たれたかのようで、まわりの世界がスローモーションで動いているように感じられた。二台めのパトロールカーが一台めのうしろから入ってきて、二台ともジェニーヴァの駐車場の端に停まった。最初の車からヴァン・ホーンが降りてくると、ウェンディは低く口笛を吹いた。ダレンは胸のなかで何かが沈むように感じた。希望の石が井戸に沈んでなくなってしまったような、重力がおきまりのゲームをしているかのような感覚。いつだってこうなるんだ、そうだろう？　ジェニーヴァの店にいる誰かがミシーを殺した罪で捕まるのか？　ダレンはヴァン・ホーンがドアに到達するまえに手を差しだした。「何があった？」二台めの車から保安官助手がふたり降りてくるのを見ながら、ダレンは尋ねた。なんのためにこんなに人手が必要なんだ？　ヴァン・ホーンはダレンに、下がってくれ、きみには関係のないことだといって店に入った。あとにつづいた助手ふたりは、ジュークボックスのそばの壁にもたれて立った。ダレンが入ったときには、助手たちはいつでも銃を撃てる状態で立っていた。カウンターの向こうでジェニーヴァが顔を上げ、ダレンと郡の保安官たちを同時に目にして戸惑ったような顔をした。一緒に来るなんて、共同で捜査に取り組んでいるなんておかしいといわんばかりに。

「ジェニーヴァ」ヴァン・ホーンがいった。「おとなしくいうことを聞いてくれ。わかったか？」

　ヴァン・ホーンは、両手をまえに出してカウンターから出てくるようにとジェニーヴァにいった。次いで助手のひとりに向かってうなずいた。ヴァン・ホーンよりも若くて太った男だった。助手はベルトから手錠をはずして持ち、ジェニーヴァがまえに出てくるのを辛抱強く待った。ジェニーヴァは目のまえの光景を、自分のためのショウであるかのように——すばらしいできとはいいがたい脚本に沿って動く下手な俳優たちの芝居であるかのように——凝視した。

「パーカー、この騒ぎはいったい何？」

「ジェニーヴァ、しゃべるな」ダレンはいった。「何もいっちゃいけない」

「われわれはあんたをミシー殺人の容疑で連行する」保安官がいった。

ハクスリーは席についたまま勢いよくふり向き、ティムは立ちあがった。「あんたたちみんな、頭がおかしいんじゃないのか？」ティムはいった。「どうしてジェニーヴァがミシーを殺したなんて思うんだよ？」

「ミセス・スイートが生きているミシーを見た最後の人間であることを示す証拠がある」

「何を——あたしがレイプもしたっていうつもり？」ジェニーヴァはいった。

手錠を持っていた助手がいった。「われわれはもう、ミシーがレイプされたとは思っていない」

「そこまでだ」ヴァン・ホーンは軽率に口をきいた助手に嚙みつくようにいい、いますぐジェニーヴァに手錠をかけろと命じた。ハクスリーとティムはふたりとも、保安官助手がジェニーヴァに向かって進んでくるのを遮ろうとした。「三人まとめて車に乗せてもいいんだぞ」保安官がそういうと、ハクスリーとティムはうしろへ下がった。助手はカウンターのなかに入り、かなり気を遣いながら——ダレンにはそんなふうに見えた——ジェニーヴァの細い手首に金属製の手錠をかけた。キッチンのドアがひらき、フェイスが出てきて悲鳴を上げた。

「ちょっとみんな、おばあちゃんに何するのよ？」

ダレンはフェイスからハクスリーとティムへ視線を移し、最後にジェニーヴァを見た。手を背中にまわした状態で手錠をかけられたジェニーヴァがちょうど通りかかるところだった。助手がジェニーヴァの肩をしっかりつかんでいた。ダレンはあとにつづいて外に出ると、ジェニーヴァが車のドアフレームにぶつからないように助手が頭を下げさせるところを見守った。ジェニーヴァは足を止めてちらりとうしろをふり返り、自分の商売を、自分の全人生の舞台を見やった。

「ハクスリー」ジェニーヴァはいった。ハクスリーはティムとほかの何人かの客と一緒に外に出てきており、いま起こりつつあることをじっと見ていた。「店をしめて、ティンプソンの弁護士に電話して。ジョーが撃たれたときに来てくれた、あの弁護士に」それからジェニーヴァはダレンを見た。下唇が震えていた。鋼鉄のようなうわべに、ダレンが初めて見たひびだった。ジェニーヴァも怖いのだと、初めてわかった。「何があっても、とにかくしゃべるな」ダレンは司法修習時代の記憶を呼びさましていった。それから、守れるかどうか確信の持てない約束をした。「きっと助けだしてみせる」檻になった後部座席へとすべりこみながら、ジェニーヴァはうなずいた。

第四部

17

ミシー・デイルの検死解剖は、逮捕を成し遂げたいまとなっては、ヴァン・ホーン保安官にとって自慢の種だった。喜びのあまり、判明したことをダレンに明かすこともすぐにはできないほどで、可能ならギフト用の包装をして丸ごと渡したかもしれない。事態がこのように変化したことで保安官はひとり悦に入り、すくなくとも一件の殺人事件に決着をつけたことをおおいに誇っていた。たとえそれが、ダレンにはほんのすこしもわからない理由で六十代後半の女性を逮捕しただけだとしても。

保安官事務所は木の壁でできていて、ひどく寒かった。あるいは、ダレンがヴァン・ホーンに通された部屋だけがそうだったのかもしれないが。鼠《ねずみ》色のカーペットは薄っぺらく、ブーツの踵で踏まれるせいか、ところどころ破れていた。壁にはジュニア・フットボール・リーグの写真と――シェルビー郡保安官事務所がスポンサーのチームで、ちびっこから十代までの少年たちが写っている――州の野草を大写しにしたカレンダーがかかっていた。カレンダーの十月の写真は、赤と黄のテンニンギクだった。ダレンはカレンダーの下に座った。目のまえのテーブルにはコーヒーメイカーの〈ミスター・コーヒー〉が置いてあり、その横に秘書が飾ったらしきレースの敷物があって、発泡スチロールのカップと角砂糖の置き場になっていた。ダレンはそれを全部脇へ押しやり、自分のまえにファイルをひろげた。

写真はマイケル・ライトのものほどひどくなかった

——すくなくとも血なまぐさくはなかった。マイケルとちがって、ミシーの顔は生きていたときとおなじように見えた。丸い顎にはニキビの跡がひとつあったが、全体的に見ればきれいな女だった。テキサスの田舎町なら美女で通りそうだった。このあたりでは髪がブロンドというだけでもてはやされるが、ミシーの髪は濃い金色で、根もとの色がちがったりもしていなかった。首から上にはなんのしるしもなかった。眠っているかのように、ちょうど悪夢に変わったばかりの夢を見ているかのように、目をとじている。実際にあったことを語っているのは、顎の線より下の部分だった。首の両側に爪で引っ掻いた跡があった。襲撃者に抵抗したしるしだ。ミシーを絞め殺した指の跡も見えた。あざはワインレッドと深い藍色《あいいろ》になっており、その周辺の皮膚には——毛細血管が切れたせいだろう——星座のように点が散っていた。検死医によれば、ミシーがアトヤック・バイユーの酸性の水のなかで過ごした時間は、マイケル・ライトより短かった。肺のなかにバイユーの痕跡がなかった。水も、川底の泥もなかった。つまりバイユーに入ったときにはすでに死亡していたのだ。死因は、手で首を絞められたことによる窒息と記載されている。舌骨《ぜっこつ》が二ヵ所折れていた。死の様態については殺人と記入されていた。

バイユーは演出だったのだと、いまやダレンにもわかっていた。ミシーの殺人とマイケル・ライトの殺人のつながりを暗に示してありもしない因果関係を主張するための舞台づくりだったのだ。なかなか狡猾な策略だった。ヴァン・ホーンはまさにそういう思い込みのもと、一方の殺人がもう一方の殺人との関連で起こったという仮定のもとに捜査をしていたのではないか? しかしそこにジェニーヴァがどう関わってくるのかは、ダレンにはわからなかった——最後から二番めのページにたどりつくまでは。一番下に埋もれるように、血中アルコール濃度ゼロパーセントという記載の下に、ミシーの胃の内容物が書いてあり、ミシーが人生最後の数時間をどうやって過ごしたかという秘密がそこで明かされていた。

「ヴァン・ホーンもいい度胸してるよ」ダレンがようやく面会できたとき、ジェニーヴァはいった。すでに郡庁舎内の拘置所に入る手続きが取られており、エプロンと結婚指輪が取りあげられていた。ジェニーヴァは薄い金めっきの腕時計を、小麦粉や脂が金色のバンドについてべたべたにならないようにポケットに入れていたのだが、それも持っていかれた。弁護士は恰幅《かっぷく》のよい白人の男で、もじゃもじゃの白髪の生え際は後退し、毛先は天井を目指して伸びていた。あらゆる面でいかにも被告弁護人といった外見だった。権威への抵抗を服装でも主張しているかのようだった。オースティン周辺では、ダレンの伯父のクレイトンもひどいソックスのコレクションで有名だった。チェックや水玉やストライプのソックスを混ぜて独自に合わせたものを誇らしげに履いていた。ミセス・スイートの代理人、フレデリック・ホッジは、スーツの上着の下にパールボタンのウエスタンシャツを着て、とうてい仕事向きとはいえないような爪先の四角いブーツを履いていた。弁護士は依頼人が余分な法執行機関の人間と話をしなくてすむよう最大限の努力をしたのだが、ヴァン・ホーンはダレンの自由にさせるという考えを好んだ。男であれ女であれ、弁護士の身分証を持たない人間の面会室への訪問は、とくに入念に監視できるからだった。

「話してくれ」ダレンはそういった。

面会室はせまく、空気がこもって、かすかに甘い白カビのにおいでむっとした。天井についた水汚れが茶色い染みになっていて、気味の悪い雲のように見えた。

「まったく、いい度胸だよ」ジェニーヴァは手を揉みしぼりながらそうくり返した。

「度胸なのか？　それとも逮捕相当の理由があるのか？」

　ジェニーヴァは目を細くして、ダレンの肩の向こうを睨んだ。保安官助手がふたりいて、ダレンとジェニーヴァのやりとりを漆喰の壁にはめこまれた曇りガラスの向こうから監視していた。ダレンは慎重に言葉を選んで話したが、ろくに知らない女に対して示せる誠実さには限界があり、自分はその境界線を爪先で踏んでいるのではないかと感じてもいた。ジェニーヴァには故郷を、カミラで育ったころまわりにいた女たちを――ダレンの人生に欠けている〝母親〟を体現したような女たちを――感じさせるところがあった。そのせいで自分の目は曇っているのではないかと、ダレンは心配だった。母親らしい見かけと、穏やかな愛情に満ちた心を、自分は無意識のうちに混同しているのではないか。

「事態はかなり悪いよ、ジェニーヴァ」

「弁護士は、そんなに長くあたしを勾留《こうりゅう》しておくことはできないっていってる。すべて単なる状況証拠だから。三日も経つのに、誰がやったのか、あるいは何があったのかぜんぜんわからないもんだから、保安官たちは焦ったんだろうって。弁護士の話だと――」

「あの弁護士はまだ検死解剖の報告書を見ていない」

　ダレンはテーブルにつけて置かれたもうひとつの椅子に腰をおろし、ジェニーヴァの真向かいに身をおちつけた。ミシー・デイルの胃と小腸から出てきた部分的に未消化の食べ物を羅列《られつ》したときに、ジェニーヴァがどんな顔をするか見たいからだった。出てきたのは牛肉と牛脂――後者の分量は、それが日常的にはオックステールと呼ばれるものであることを示していた――に、ムラサキエンドウ、生のグリーントマトとビネガー、揚げたパイ生地と粉砂糖、缶詰の桃と糖蜜。パイを除けば、ダレンがジェニーヴァの店で食べたものとまったくおなじだった。しかもダレンがそれを食べたまさにその日に、ミシーの遺体がカフェから百メートルと離れていない場所で発見されていた。

「それだって状況証拠でしょうに」ジェニーヴァはむっとしていった。

　ふたつの殺人を乗りこえてきたせいか、自分だって刑事責任についてひとつやふたつ知っていることはあると、ジェニーヴァは思いこんでいるようだった。警察車輌の後部に押しこまれたあと、ジェニーヴァがより冷静になり、いままで以上に気をしっかり持っていることがダレンにも見て取れた。目のまわりの羽毛のような皺のなかに、乾燥してひび割れた唇をぎゅっと結んだ口もとに、何か新しいものが定着しはじめていた。それは混じりけのない憤りだった。ジェニーヴァがここでの彼女自身の立場をひどく誤解していることに、ダレンは腹が立った。「おれに嘘をついたでしょう」ダレンはいった。

「ちがう。あんたが知っていてもしょうがないと思うことを、ただいわなかっただけ」

「だけどミシーが亡くなった夜、あなたは彼女に会った」

「だったら何？」

「それを誰かにいおうとは思わなかったのか？」

「あんただってろくでもない隠しごとをしてたじゃない」ジェニーヴァは腕を組み、尖った肘をテーブルにつけた。「うちに来て気取って歩きまわっていたときにレンジャーだっていわなかったし、停職処分中だなんてひとこともいわなかった」

　ということは、ジェニーヴァはウォリーと話をしたのだ。ダレンにはどうしてもこのふたりの関係が理解できなかった。露骨に敵対しているようでいて、お互いの存在を我慢する、いや、受けいれてさえいる様子が妙に家族のようでもある。好むと好まざるとにかかわらず、完全に避けることはできないのだろう。彼らは実際に家族なのだ。

「おれはあなたを助けようとしているんだ」ダレンはいった。

「バッジをつけていなかったら無理でしょう」

「おれはヴァン・ホーンとはちがう」

ジェニーヴァはこれについて考えたようだったが、感心した様子はすこしもなかった。

「あなたの孫のことは知っている」ダレンはとうとうそういった。

「だったらミシーが殺されたのはそのせいだって、わかってもよさそうなものなのに」

「犯人はキース？」

「ほかに誰がいる？」

「連中は、ミシーに最後に会ったのはあなただっていいうつもりだ」

「あたしにはその権利があった」ジェニーヴァはそういいながら、テーブルに拳をたたきつけた。おれはまちがっていた、とダレンは思った。ジェニーヴァがほっそりした体から発しているのは、憤りではなかった。憤怒だった。ジェニーヴァは、ところどころニスが剥げてまだらになったテーブルをぐっと押してうしろへ下がり、椅子をひっくり返しそうになりながら立ちあがった。「あたしには孫に会う権利があった。それについては、これからもずっとミシーに敬意をはらうよ。ミシーはあたしが孫に会えるように、できるかぎりのことをしてくれた。キースを怒らせないやり方でね。ときどきトレーラーにやってきた。だいたいは、キースがティンプソンの工場に遅くまで残るとわかっていたときに。キースは月に何回か残業したから」

「何を話したんだ？」ダレンは尋ねた。「あなたとミシーは」

頭のなかで、伯父のクレイトンの声がした——**時系列の隙間を見つけるんだよ。**ダレンはロー・スクールの一年めが終わったあとの夏に、クック郡の無料法律相談所で働いたことがあった。よく夜中にクレイトンに電話をして、ダレンが出くわしたむずかしい事件のいくつかをふたりで分析したものだった。ふたりの距離が最も近かったのはこのころ、つまりダレンがロー・スクールにいたときだったが、まさにいまも、ウィリアムよりクレイトンの影響を必要としていた。検死解剖では、ミシーの胃の内容物の消化は〝かなり進んでいた〟と報告されている。食べ物の一部は小腸まで達していた。ミシーが食事をしたのは、死亡の四時間ほどまえと推定された。だから、トレーラーで何時間も話をしたあとにジェニーヴァがミシーを絞め殺したのでないとすれば、ミシーはジェニーヴァのところを出たあと、どこかに行った可能性があった――いや、それが最もありそうなことだった。

　ジェニーヴァはため息をついていった。「もう時間がないっていうのは、ミシーにもわかってた」

　ジェニーヴァはまだ立ったままだったが、ミシーと子供のことを話しだすと、膝のあたりがすこし沈んだように見えた。「あの子の髪はブロンドではあったけど、ほんとうの肌の色がだんだん出てきていた。ミシーはそれでしばらくのあいだパニックを起こしてた。この夏、ミシーは息子に長袖ばっかり着せていたけど、暑かったもんだから子供が熱中症気味になってね。ティンプソンの小児科に何回か駆けこまなきゃならなかった。もうそんなことはやめなさいって、あたしはいったんだけど。ミシーが子供を窒息死させるんじゃないかと思ったよ。脚と腕が出るようなちっちゃな子供服を何枚か買ってやった。ミシーには、日焼けしたせいだっていえばいいじゃないかといったんだよ。長年のあいだ、みんなそうやってきたんだから。そんなことで騒ぐ者なんかいなかった、キース以外は。で、キースはすでに自分の名前を子供につけていたわけだから、ミシーはなんにも心配することはなかった。子供を連れてくるたびにミシーにそう話した。ときどき口論になることもあった、それは認める。だけどたいてい、ミシーはあたしたちを放っておいてくれた。ミシーがテレビを見ているあいだに、あたしとチビは一緒に遊んだ」ここでジェニーヴァの顔が明るくなった。「膝の上に乗せて弾ませたりもした。リル・ジョーにしたのとおなじようにね。孫はそれが好きなんだ。あたしのシュガークッキーも好きなんだよ」ジェニーヴァはため息をついて、また椅子に腰をおろした。「ミシーがいなくなったら、また孫に会わせてもらえるかどうかはわからない」

「あの子はウォリーの家にいる」

「知ってる」

ジェニーヴァにとってこれは、自分がまったく孫に会えなくなるのとおなじくらいいやなのだ。ウォリーがなんの制限もなくあの子と一緒にいるという事実がジェニーヴァを苦しめていた。「あたしがここで朽ち果てそうになってるのを見たら、ウォリーはたぶん喜ぶだろうね」

「おれが連中に挑めるように、教えてもらいたい」ダレンは保安官助手たちがいるほうを肩越しにふり返って顎で示した。ヴァン・ホーンの助手たちが隣の部屋から見張っている。「ミシーは何時にトレーラーを出た？　次にどこへ向かうかわかるようなことを何かいっていなかったか？」

「どこへ行ったかは知ってる」ジェニーヴァがあっさりそういったので、ダレンは不安になった。おれは何か聞きまちがえていないだろうか。ジェニーヴァは自分が何をいっているかわかっているのだろうか。「あたしが車で家に送ったんだから」

「家に？」

「家に」

「それで、キースは家にいたのか？」ダレンは尋ねた。自分の最初の疑いと、ミシーが殺された理由についてのジェニーヴァの持論が、ぴったり一致することを思いだした。

「キースのトラックはあった」

「だったら、最後にミシーに会ったのはキースなんだな？」

「あたしにはそれを証明する手立てがない。ミシーをドアまで送って呼び鈴を鳴らして、お茶でも飲んでいってと招待されたわけじゃないからね。家のなかに入ったことは一度もない。ただ、ミシーとチビが無事に家に着いたのを確認したいだけだから。ふたりを家まで乗せていけるように、トランクにチャイルドシートを積むようにしたんだよ。いまも後部座席に取りつけてある」

「いったいどうして何もいわなかったんだ？」

「キースはあたしと会わなかった。結局、キースの言葉を否定するのはあたしの言葉だけってことになる」

「だがもしヴァン・ホーンが知っていたら、まずキースを尋問したかもしれない」

「必ずしもそうはならない。あんたもそれがわかる程度にはここに長くいるでしょうに」

　ジェニーヴァは自分の両手を見おろした。手は膝の上に載っている。ジェニーヴァは大きすぎるセーターの下のほうにできた毛玉をつまみながらつづけた。

「それに、あの子がキースの子供じゃないってことは誰も知らないと、ミシーは本気で信じてた。彼女にとっては大事な秘密だった。だから、ミシーが亡くなって間もないのに、その秘密を町じゅうに広めるような真似はしたくなかった」

　ジェニーヴァにとっては、若いミシーの死の直後にあえて乱したくはない不文律がそこにあった。自分にはミシーの秘密を暴露することはできない、ミシーはもう自分で弁解することもできないのに、とジェニーヴァは思っているのだ。ミシーが生きていたときに秘密を守ると約束し、ミシーがジェニーヴァに示した親切に——孫に会わせてくれたことに——報いるために、誰にも何もいわなかった。それが結果としてキースを守ることになり、いま、ジェニーヴァはその代償を払っている。しかしダレンはラークで育ったわけではなく、ここの人々のことも知らなかった。不文律なんかくだらない、とダレンは思った。ヴァン・ホーンはまちがった人間を逮捕したのだ。ダレンにはそれを放置するつもりはなかった。

18

キース・デイルが働いている製材工場はティンプソンの町の北側、カーセッジやマーシャルへ向かう途中にあった。敷地はハイウェイ五九号沿いの五ヘクタール足らず。先に電話をかけて勤務中の現場主任から聞いたところ、キース・デイルはきょうは職場にいるとのことだった。実際、仕上げプラントでの勤務時間の真っ最中だった。プラントは工場の一番奥にあり、キースのチームはそこで積み重ねられた木材の束を監督していた。加工の工程を終えた木材はベルトコンベアで運ばれてきたあと、〈ティンプソン材木会社《ティンバー・ホールディングス》〉と印刷された白いビニールのスリーブで束ねられる。現場主任は、レンジャー・マシューズ、キースがいる場所まで案内しますよ、と申し出たついでにこういった。「で、あいつの女房を殺した人間は見つかったんですか？」しかしダレンは、その必要はないと案内を断り、**ああ、そいつを見つけたよ**、と思った。銀色のシボレーを六メートルほどの正面ゲートの裏に停めると、ＴＴＨの文字がフロントガラスに影を落とした。向かった先の倉庫のそばには、アイドリング中のセミトレーラーの列ができていた。特大のトラックが何台も、完成した木材の束がフォークリフトで平台トレーラーに積みこまれるのを待っている。どの方角を見ても、敷地内に空きスペースはなかった。日光にさらされた未加工のマツ材の山でどこも埋まっており、雨のあとのまだ湿った空気に、切りだされたばかりの木材のやわらかく甘い香りがした。ダレンは、どこへ行くかをヴァン・ホーンに告げずに保安官事務所を出てきていた。キースとはちょっと話をするだけだ、とダレンは自分にいい聞かせた。ジェニーヴァの逮捕直後だったので、事情聴取が実現しないのではないかと心配になり、それを確認しにきただけのつもりだった。

倉庫はフットボール競技場の三分の一ほどの大きさで、出入口は二カ所あった。ダレンは停止中のフォークリフトのそばを通りかかった。運転手は同僚からの合図を待っていた。その同僚は、ダレンが――プレスのきいたシャツとスラックスが、そしていうまでもなく胸についた星形のバッジが――蛍光の黄色い安全ベストを着て安全帽をかぶり、土や泥が固まってこびりついたワークブーツを履いた十人以上の男たちのあいだを歩いていくのを凝視した。ダレンはキースを見つけた。倉庫の反対側の空きスペースで、ティンプソン材木会社のビニールシートを広げ、およそ百二十センチの厚みの束にしたマツ材を梱包《こんぽう》していた。ひとつひとつはツーバイフォーだった。**鈍器による外傷。頭蓋の骨折。皮膚に食いこんだ木質繊維。**キースのまえに立つと、ダレンの腕の毛が逆立った。この男がマイケル・ライトを殺したのだと――命を奪う寸前まで殴り、浅い水の墓に投げこんだのだと――いまや確信していた。これほど確かだと思ったのは初めてで、いまこの瞬間にはウィルソンのルールから自由になる必要があるとわかった。

「キース・デイル」ダレンは呼びかけた。

本人がふり返るまえに、数人がダレンを凝視した。実際のところ、キースは自分たちのまんなかに黒人のレンジャーがいることに最後まで気づかなかった者のひとりだった。そして気がつくと、大きな笑みをゆっくりと浮かべた。黄色い安全帽の下では、キースの皮膚は血色が悪く、より陰険な印象を与えた。笑みには純然たる悪意が表われていた。ほかの労働者たちは、ダレンの倉庫への到着を困惑まじりの畏怖の念をこめて見ていた。ひと目で状況が呑みこめず、〝え、黒人のレンジャー? なんでここに?〟といった反応を示す者が大半だった。キース・デイルは同僚たちとはちがい、馬鹿げたことが起こりつつあると見なし、それを面白がっているようにさえ見えた。

「ミシー殺しであのばあさんが捕まったって話なら、もうとっくに知ってるよ」

そばにいた男ふたりがちらりと目を見交わし、ひとりが死者を悼《いた》む気持ちを込めてキースの背中を軽くたたこうとした。男同士の気遣いのしぐさだったが、キースはそれを無視した。

「あんたがおれに罪をなすりつけようとしてたのも知ってる」

「一緒に外に出てもらいたい」ダレンはいった。観衆が白人ばかりで、人数が増えれば、キースはより気むずかしくなるだろう。隅のほうに黒人がひとりいたが、目のまえで繰り広げられているドラマには関わらずに仕事をつづけることにしたようだった。

「それはどうかな」キースはそういって梱包していた木材の束から下がると、右の軍手をはずし、次いで左もはずした。そしてその両方を、色褪せ、油染みで縞になったジーンズのうしろのポケットに突っこんだ。その動作のなかには、機敏に体を動かすことを必要とする何かに備えているのだ、という脅しがあった。ダレンはまえに出て、一歩も退《ひ》かないつもりであることをはっきりさせた。

「いくつか質問をしたいんだ、キース」

「答えなきゃならない義理はないね」

「残念ながら、それはちがう」

キースは数人の同僚を見て、笑みを大きくした。ダレンにも歯が見えた。白く尖っていて、歯茎に煙草の染みがある。キースは楽しんでおり、次の言葉は隅の黒人にも聞こえるように、すこし声を大きくしていった。

「そのニガーのケツの向きを変えて、おれの仕事場から出ていけ」

ダレンはそれを聞き流した。一回のニガー呼ばわりなら騒ぎたてる価値はないからだ。

それで優位な立場を保持できるなら、一回のニガーなら我慢できた。

毅然《きぜん》として、ダレンはいった。「そういうことにはならない。センターの保安官事務所まで一緒に来てもらう必要がある。きちんとした事情聴取をすべきときだ」

「あんたと一緒にはどこへも行かない」

「できればおとなしく来てもらいたいんだがね、同僚たちのまえで騒ぎを起こしたりせずに」ダレンはいった。「でなければ、こちらももっと厳しいやり方をせざるをえない」

「そんなことさせるか」

厳しいやり方とは手錠をかけることだった。手錠をベルトにつけてきたことは確認してあった。しかし厳しいやり方にはもうひとつあった。キースが仲間のまえでショウをしたいというなら、ダレンもそれに乗るまでだった。「あんたの息子のことは知っている」ダレンはいった。

キースは全身を固くした。視線をさっと左右に走らせ、まわりにいる男たちのなかにダレンが何をいっているかわかった者がいるかどうか、判断しようとした。このゴシップを知っていることが顔に出ている者はいないだろうか。そもそもゴシップはここまで広まっているのだろうか。

「キース・ジュニアはあんたのジュニアじゃないんだってな」

「黙れ」

「さあ、行こう。事務所に行けばきちんと話ができる」

ダレンはキースに逃げ道を与えたのだが、キースは乗ってこなかった。キースはダレンのほうへ踏みだし、仲間のひとりが彼の名を小声で呼びながら腕をつかんで止めようとすると、邪魔すんな、といった。仲間の男は――三十代前半、赤い顎ひげを生やし、棘《とげ》のついたバラの模様という少女のようなタトゥーを前腕に入れていた――くそったれ、とキースにいって立ち去った。

「何があったんだ？」ダレンはいった。「ミシーに密告されるのが怖かったのか？　あんたがマイケル・ライトに何をしたかいいふらすっていわれたのか？」

「おれはその男には一度も会ったことがない」

「当然会っているだろう、キース。あの男と妻が農道にいるところを見たはずだ。あんたは妻がそこで黒人の男と一緒にいるところを捕まえて、黒人なら誰でもいいから、あんたを笑いものにした代償を払わせてやろうとしたんだろう」

「ちょっと待てよ。おれはその事件とはなんの関係もない」

ライトの殺人――シェルビー郡でまだ誰も逮捕されていない事件――への言及と、倉庫内の数人がじりじり離れていこうとしている事実が合わさって、キースのなかで何かがゆるんだ。倉庫内はしんとしており、ベルトコンベアのカタカタいう音だけがたえまなく聞こえていた。コンベアは四十五秒ごとに木材を落としていく。室内のすべての活動が止まってしまったので、木材がベルトの下に積みあがりはじめていた。誰も働いていなかった。隅にいた黒人の男さえ、とうとうあきらめて目のまえの光景に見入っていた。キースが一番近くにあったツーバイフォーの木材をつかんだのを見て、ダレンは手錠に手を伸ばした。キースは木材を勢いよく振りまわし、誰かが叫んだ。「キース！」

　ダレンはひょいとかわしたが、肩に角材が当たった。

　ダレンは痛みで膝をついた。キースはまたツーバイフォーを振りあげたが、もう一度振りまわすまえにダレンが銃を構え、キースの肩の向こうを撃った。頭上のライトが砕けた。ガラスが倉庫の床に雨のように降り注いだ。キースはひるみ、ようやく角材を落とした。そして室内を見まわし、ここでの自分の立場を再び判断しようとした。大半の者がキースと目を合わせなかった。キースは自分のふるまいよりも、倉庫にこぼれた秘密のほうを恥ずかしく思い、頭を垂れた。

　ダレンは手錠を引っぱりだし、キースの手首を適切な場所でロックした。

「警官に対する暴行だ」ダレンはいった。「さて、あんたを連行しなきゃならない」

「座れ」

　ダレンはまだ手錠をはめたままのキースに、ドアの向かいの椅子を示した。ちっぽけな取調室は四面とも漆喰の壁でできており、カードゲームもまともにできないほど小さな丸テーブルが置かれていた。天井も低く、キースは――たぶんダレンより二、三センチ背が高いのだが――手錠がなければ、手を上げたら天井に触れそうだった。ヴァン・ホーンがふたりのうしろから入ってきた。さっそくベルトに手を伸ばして手錠の鍵を取ろうとしていた。

「一体全体、何をしてくれたんだ?」保安官は吠えるようにいった。

キースは手錠のはまった手首をヴァン・ホーンに差しだした。保安官ならこの事態に待ったをかけることができると信じ、この郡で彼の許可なく逮捕をしたことでヴァン・ホーンがダレンに激怒するものと見こんでいた。ダレンが事務所に戻ってきて、ひとことの説明もなく建物のなかにキースを引っぱりこんでからずっと、保安官はダレンのすぐあとをついてまわっていた。いまや爆発寸前だった。キースの手首に手を伸ばし、レンジャーに支給される手錠に合う鍵を見つけようとした。

「この男を逮捕した」ダレンはいった。

「誰の権限で?」

「自分の権限で」

「このニガーがおれの職場まで来やがったんだよ」キースはいった。髪が固い帽子のかたちに押しつぶされて、湿った頭皮にぴったりくっついていた。安全帽は、キースをトラックに押しこんだときに、ダレンが剝《は》ぎとっていた。「こいつにはなんの関係もない、おれのプライバシーをぺらぺらしゃべりやがった——こいつが自分で招いたことだ、おれがやったことについていえば」

ヴァン・ホーンの顔が赤くなった。「何をしたんだ、キース?」

「おれの頭めがけて材木を振りまわした。マイケル・ライトを殴って半殺しにした凶器とそっくりのツーバイフォーだった。その手錠をはずしたら、州の捜査の妨害ってことであんたも逮捕しますよ、保安官」

ヴァン・ホーンは雄牛のようなため息をつき——弱々しい抗議だった——最後には折れた。

憤慨して、あるいはアドレナリンの高波が押しよせたせいで疲れきって、保安官はふたつめの椅子をつかむと、ひどく大仰な動作でその椅子をテーブルから一メートルほど離れたところに据え、この場をダレンに任せたことを誇示してみせた。そしてズボンのポケットからハンカチを出し、額をぬぐった。

「おれはあの黒人の男を殺してない」キースはヴァン・ホーンを見ながらいった。「誰がなんといおうと、それは変わらない」

「だからって、テキサス・レンジャーに飛びかかることが自分の弁護になると思っているのか」

ダレンはヴァン・ホーンに黙っていてくれといった。「ここはおれが進める」

それからまたキースに向きなおっていった。「座れ」

「われわれがはじめたところから比べたら、ずいぶん騒ぎを大きくしてくれたもんだな」キースとダレンのどちらへともなくヴァン・ホーンはつぶやいた。この保安官の忠誠心がどこに向けられているのかは、判断がむずかしかった。「これをさっさと終わらせたいなら、その男の質問に答えるんだ」

「簡単な話だよ、キース」ダレンはいった。「ミシーがジェニーヴァのところを出てから翌朝発見されるまでどこにいたのか、誰も説明できない。で、あんたはなぜ誰にも電話しなかった？　あんたと小さな子供を家に置いたまま、妻が十二時間近くも姿を消していたのに、あんたはふだんとおなじように起きて仕事に出かけた。まえの晩に妻が帰ってこなかったのに、だ」

ヴァン・ホーンは背筋を伸ばした。背骨から力が抜けないよう、誰かがひもを引っぱったみたいに。「ちょっと待て」保安官はいった。「シカゴの男についてキースに質問したいというから同意したが、べつの一件についてはもう逮捕まですんでいる。ジェニーヴァ・スイートが逮捕されて、それで全部進んでいる。古い水に分け入るようなことをするつもりはない」

しかしダレンはやめなかった。

「ミシーがほんとうは家に帰っていたのなら、話はちがう」ダレンはいった。

そしてキースの無表情な顔を探った。顔が赤くなってはいたが、表情にはほかに何も表われていなかった。キースは味方であるはずのヴァン・ホーンに目を向けた。「もうたくさんだ、レンジャー」ヴァン・ホーンはいった。「ここはいまもおれの管轄だ」

「ジェニーヴァ・スイートは、ミシーが死亡した夜、ミシーをあんたの家で車から降ろしたと断言している」ダレンはいった。「私道にあんたのトラックが停まっていたそうだ。つまり、ミシーが生前最後に会った相手はあんただ」

「トラックなんかにはなんの意味もない」

「しゃべるな、キース」ヴァン・ホーンがいった。取調べのさいちゅうに警官がこの言葉を口にするのを聞いたのは、ダレンにとっては初めてのことだった。保安官がたびたび衝動的にこの若者をかばおうとするのをまのあたりにして、ダレンはただただ驚くばかりだった。

「ジェニーヴァはあんたを見たんだよ、キース」ダレンはいった。

「嘘だね」

そう、嘘だった。

ダレンは、キースがボロを出さないかどうか確かめようとしていた。

「それに、あんたが彼女を見たともいってる」

「きみはマイケル・ライトの殺人犯を見つけようとしてここに来たものと思っていたんだが」ヴァン・ホーンは手をキースのほうに向けてテーブルの上に置いた。ダレンには意味のわからない合図だった。その動作には共謀の気配を感じさせるものがあった。ヴァン・ホーンは、この保安官事務所内での自分の絶対的な権限をキースに対し保証していた。

「実際、マイケル・ライトの殺人犯を探している」ダレンはいった。「ただ、ジェニーヴァがやってもいないことのために刑務所に入ることがないように、確認しようともしている」

「わかってたよ、黒人の戯言だろ」キースはいった。

「そうやってお互いにかばいあうんだろ」

「キース、ジェニーヴァはミシーのことが好きだったんだ」ダレンはいった。「それに、あんたの息子を愛していた。あの子から母親を取りあげるような真似をジェニーヴァがするとは思えない」ダレンはそこで口をつぐみ、最後の言葉を宙に浮いたままにした。部屋の空気はキースの体から発せられる汗で粘りけを帯びていた。キースが着ているデニムのワークシャツにも、腋の下に汗染みの輪ができていた。息子のことをいわれると、キースの顎に力が入った。額に膨らんだ川のように浮きでた静脈が、数えられそうなほどはっきり見えた。ダレンのいうことなどちっとも気にしていないようなそぶりを見せつけようと、キースは笑みを浮かべた。

「われわれもミシーとジョー・ジュニアの関係は把握している」ヴァン・ホーンがいった。「おれの事務所の結論としては、ミシーとジェニーヴァの息子の関係と、その結果生まれた子供――これらがすべて、ミセス・スイートの犯罪の動機となっている可能性がある。ミセス・スイートは息子の死をめぐって恨みを抱いていた」

ヴァン・ホーンがそう述べる様子は、古い木の固まりからどんな物語でも彫りだすことのできる、才能ある検察官を思わせた。ダレンは即座に相手に思いださせた。「ミシーがリル・ジョーを撃ったわけじゃない」

「そうだ、だがあの女が脚をとじたままにしておけば、やつはいまでも生きていた」キースがいった。

笑みは消えており、代わりに純然たる軽蔑《けいべつ》が顔に出ていた。錆びた囲いに入れられた雄牛にも似た、不完全にとじこめられた強い怒りと結びついた軽蔑の念だった。キースの体が室内の温度を何度か上げていた。ヴァン・ホーンはいままた顔を紅潮させていた。

「おなじことがマイケル・ライトにもいえるんじゃないか？」ダレンはいった。「もしミシーが関わったりしなければ、マイケルはいまでも――」

「おれはあの男を殺していない」

「だが、殴りはした」

野原に向けて銃を撃ったも同然だった。ダレンはそれがどこかに着弾するのを待った。

キースはしばらく何もいわなかった。そのあいだ、室内で聞こえていたのは頭上の蛍光灯のジジッという音と、ヴァン・ホーンの呼吸音だけだった。中年の体において優勢を主張する腹からの圧力のせいで、呼吸をするのも苦しそうだった。喘《あえ》いでいるといってもよかった。ダレンは率直にキースに尋ねた。「水曜日の夜、農道で妻とマイケルに出くわしたのか？」

キースはひるまなかった。ダレンがダラスへ行く最善のルートを尋ねてでもいるかのように、いや、それ以上に気にも留めなかった。「だったらどうだっていうんだ？」

「キース」ヴァン・ホーンが穏やかに名前を呼んだ。警告するように、あるいは懇願するように。

「あんたはまた黒人の男が妻と一緒にいるのを見て、男をたたきのめした」

「おれはあいつを殺してない」

「つまり、殴ることはしたんだな？」

「そうはいってない」

「まだ否定の言葉を聞いていないぞ」ヴァン・ホーンがいった。それはヒントだった。短気を起こしていまにも身を滅ぼしかねない若者のための見えない命綱だった。キースは突然テーブルを押してうしろへ下がった。椅子の前脚が一瞬リノリウムの床から浮くほどの勢いだった。前脚が再び床に着いたときに、キースの歯が石でも嚙んでいるかのようにカチリと鳴るほどの力だった。キースの視線はダレンを通り越して、室内のもうひとりの白人に向けられた。「あんたならどうしたっていうんだ、保安官?」キースは腕を組んだ。筋肉が張りつめてロープのようになった。ダレンはタトゥーを探した。ナチス親衛隊か、ABTのイニシャルの入ったテキサス州の模様がないかどうか。そしてキースの皮膚がそばかすやいくつかのほくろを除けばまっさらなのを見て驚いた。

ヴァン・ホーンは、助言を受けいれることを拒否されて苛立ち、キースを突き放した。

「さあな」ヴァン・ホーンはいった。「おれの妻は家で寝るからな」

室内の力のバランスが変わった。

キースはダレンよりも先にそれを感じとった。

「保安官、おれがこれにまったく関係してないことは知ってるだろ」

「この件が裁判になれば、地区検事はおまえを証言台に立たせ、被告人側が訊いてくるぞ。妻がいなくなった夜、おまえがどこにいたのか。なぜおれに、あるいはミシーの両親にさえ、電話をかけなかったのか。なんと答えるつもりだ?」ヴァン・ホーンはキースに尋ねた。

「あんたはこのゴキブリ野郎にいわれるままに、おれについての意見を変えるのか?」

「ほんとうのことをいえば」ヴァン・ホーンはいった。「いまここに二件の殺人があって、おまえの名前はその両方と近すぎる場所に出てきている」

「面目《めんぼく》丸つぶれだろうからな」ダレンがいった。「自分の子供じゃないのに息子だといい張り、その子供は成長するにつれてどんどんおれみたいな見かけになる。あんたには耐えられないほどに」

「それは全部まちがってる。キース・ジュニアはおれの息子だ。おれはあの子を愛してる。以上」

「アイスハウスに入り浸ってるあの仲間たちはそうは見ないだろうな。ハーフの子供を育てていてもABTを名乗れるのか？　それとも、ミシーはそれもあんたから奪ったってわけか？」

　ABTに言及したのはこれが初めてで、ヴァン・ホーンは自分が座っている椅子の下にヒアリの巣を発見したかのような反応を見せた。飛ぶように立ちあがって、こういった。「ちょっと待て。話はついているはずだ。これは地元の犯罪だ。シェルビー郡の。われわれは全州的な捜査にドアをひらくつもりはないし、ましてや連邦の捜査チームが裏口で待ってるような真似を許すわけにはいかない」保安官はキースを見た――かなり厳格な目だ、とダレンは思った。まっすぐ走れないランニングバックを指導するコーチのような目だった。「それについては何もいう必要はないぞ、キース」

　しかしキースは聞いていなかった。ほんのすこしうなだれ、頭を前後に揺すっていた。「それはジュニアとは関係ない」キースは乱暴にいい放った。

「何が？」ダレンはいった。「何がジュニアと関係ないんだ？」

　キースはダレンを無視して、ヴァン・ホーンにタバコとコーラがほしいといった。しばらくのあいだここにいることになりそうだと、ようやくわかったかのように。ヴァン・ホーンにはキースとダレンをふたりきりにするつもりはなかったので、コーラは論外だった。ダレンはポケットに入れてあったパックの煙草をキースに差しだした。ブックマッチもテーブルに放った。アイスハウスから持ってきたものだった。キースは乾いた唇のあいだに煙草をはさみ、火をつけた。

「あんたがあの子をウォレス・ジェファソンの家に預けてるのは知っている」

「ほかにどうしたらいいんだよ？」キースはいった。

「ミシーの家族は引き取らないし、おれの家族はモンゴメリーだ、かなり遠い。ローラが――ミセス・ジェファソンが、しばらくのあいだ預かってくれるっていうから。ミシーがいないとなると、ほかに助けてもらうあてがない。だからおれは――」

「子供の祖母はどうなんだ？　ジェニーヴァは？」

「そっちを頼ってたのはミシーだけだ。おれはあの子に、ああいう人たちのそばにいてもらいたくなかった」

「ああいう人たちっていうのは家族のことか？」

「ニガーのことだよ」キースはいった。それから、自分がいまニコチンの一服を楽しめているのは、ニガーと呼ばれる人間のひとりが気前よく煙草をくれたおかげだと気がついて、小声でぶつぶつといった。「悪気はなかった」

「何があったんだ、キース？」ヴァン・ホーンはいった。「ミシーがジェニーヴァの店から戻ったとき、おまえは家にいたのか？　喧嘩が手に負えなくなったってことなら、一緒になんとかしようじゃないか。おまえがミシーを殺すつもりはなかったと、みんなを納得させることはできるはずだ」ヴァン・ホーンはすばやくダレンに視線を送った。警官同士の合図で、バトンをよこせといっているのだ。**キースは決してきみには話さないだろう**、と顔に書いてあった。

「おれはミシーをたたいたことすらない、出会ってから一度もだ。高二のときからつきあってた。ミシーは、ただやめようとしなかったんだ、やめようとしないで、それについてずっといいつづけた」

「何についていいつづけたんだね、キース？」ヴァン・ホーンは尋ねた。

「おれは戻る気はなかった。これっぽっちも戻る気なんかなかった」

「どこに戻るんだ？」

「塀のなかだよ」キースはいった。ハンツビルの刑務所のことだった。

「だったら、われわれが協力できるようなことを何か話してくれ、キース。刑務所に入らなくてすむような何か、死刑になったりしなくてすむような何かを」ヴァン・ホーンはいった。「もし事故だったなら、キース、ふたりとも……黒人の男も、それからミシーも、それならたぶん――」

「おれはあの男を殺してない！」キースは木のテーブルにじかに煙草を押しつけて火を揉み消した。煙がキースの頭のまわりに丸く立ちのぼって消えた。キースは脂ぎった髪を指で梳いた。「だからミシーを黙らせておかなきゃならなかったんだ」ふたりはキースをもうすこしのところまで追い詰めていた。どちらも口をひらかなかった。魔法が解けてしまうのではないかと思うと、唐突な動きはできなかった。

　キースは両手をテーブルの上に置いた。作業用の手袋をしていないと、皮膚が乾いて硬化しているのが見えた。手の甲に引っ掻き傷があった――細く赤い線が何本か。ミシーがつけたものだ、とダレンは思った。あれはミシーが生き延びようと戦ったしるしだ。キースはうわの空でそこをこすった。「おれはあいつを愛してた」キースはいった。「ミシーはとにかくやめようとしなかった。それで、自分たちはふたりとも刑務所行きだ、おれがまちがったニガーをたたきのめしたからっていうんだ。そう、あんたのいうとおりだよ」キースはヴァン・ホーンを見ながらいった。「実際、ちょっと手に負えなくなっていた。それだけだ。おれは誰のことも殺すつもりなんかなかった。ただ、そのことについてミシーに黙っていてもらいたかっただけだ」

　それからキースは黒人のレンジャーのほうを見ていった。「だけど誓っていうが、おれはあの男を生きたまま農道に置き去りにしたんだ。車から引きずりだしたり何かして、何回か殴った。悪い考えがいくつか浮かんだのは認める。トラックからツーバイフォーを引っぱりだした。だけどミシーが、このままイカレちまうんじゃないかってほど叫びだして、そのときおれのなかでも何かが変わったんだよ。頭のなかでやめろって声がしたみたいだった。それで、おれはほんとにそこでやめた。木材を捨てて、ふたりでトラックに乗りこんで、おれたちは立ち去った」

ヴァン・ホーンはため息をついた。利きの悪いブレーキがたてるような音だった。乗った車が予想外の場所で曲がったかのようだった。ヴァン・ホーンは、裏切られたといわんばかりにキースを睨みつけた。

「わからないな」ダレンはいった。「マイケル・ライトを殺していないなら、なぜそんなに捕まることを心配したんだ？」

「あの車のせいだよ」

ダレンはめまいを覚えた。

「車か」ダレンはいった。ずっとダレンを悩ませつづけてきたものだった。その部分がほかと合わなかった。強盗でなかったなら、車はどこへいった？

「ミシーはあの夜おれにしつこくいってたんだ、戻って、あの男が大丈夫か確かめろって。家に着いても、ミシーはそのまま放っておこうとはしなかった。それでとうとう、ミシーを黙らせるためだけに、ふたりでまた車に乗って、キース・ジュニアもおれたちのあいだに座らせて、郡道一九号に戻ったんだ」キースはいった。「いまおれがここに座っているのとおなじくらい確かに、あの男はいなくなっていた。ほんとうに。つまり、そこに放りだして三十分もしないうちに、男も車も消えたんだ」

19

キースは農道でふたりに追いついた。ニガーと妻は、キースが毎月の家賃を払っている家から一ヘクタールほどの林をはさんだところにいた。あとになって、ミシーは何度も何度も、彼は車で家に送ってくれただけだ、あなたは完全に誤解している、わたしたちはただ話をしていただけだ、といっていた。しかしそのときのキースにはどうでもよかった。赤土のなか、タイヤを高速で回転させ、黒い車のまえに飛びだした。マイケル・ライトはキースのトラックの前部にぶつからないように、急ブレーキを踏まなければならなかった。そのときにはキースのトラックはすでに黒い車のほうを向いていた。ニガーは手を上げて、前部座席に射し

こんでくる白い光の奔流《ほんりゅう》から目をかばった。男はほんとうに何が起こっているかわからないらしく、それもキースの怒りを煽っただけだった。このへんの人間じゃないせいか、自分が悪いことをしているという自覚さえないことに、ここではそんなナンセンスは許されないのを知らないことに、余計に腹が立った。キースのダッジの明かりがイリノイ州のナンバープレートと、ボンネットの洒落《しゃれ》た青と白の飾りと、自分がヒトラーの大好きな車に乗っていることも知らない馬鹿なニガーを照らした。**リムもさぞかし気に入ってるんだろうな。**キース自身はオクラホマより北には行ったことがなかった。テキサスの外の世界は人種の混じりあった汚水槽だと思っていた。誰がこの国をつくったかを取り違えているやつらがいっぱいいて、スペイン野郎《スピック》やらニガーやらが手を差しだしてこれをくれ、あれをくれ、ほかのものもくれといい、日々きちんと働きもせずに、それでいておれたちの仕事を、妻や娘を、盗み

にくる世界。いまやそれがテキサスの小さな田舎町ラークのなかでも起こっていた。それがまたキースの身に起こっていた。

まずミシーがよろよろと出てきた。白いTシャツを着て、両脇に花模様のついたスカートを穿いていた。手を太腿にすべらせるのも簡単だな、とキースは思わずにいられなかった。ふと息子の顔が思い浮かぶと、アクセルをぐっと踏みこんだり、ふたりとも引きずりだしてボウリングのピンのように転がしたりしないために、自分を抑えなければならなかった。ここでミシーを捕まえたことはまえにも何回かあった。そのうちの一回は、ジュニアが生まれるほんの数カ月まえだった。赤ん坊が自分の子でない可能性があることは、紫色をして湿った子供が産声をあげながらこの世に生まれるまえからわかっていた。もしリル・ジョー・スイートの妻が——痩せっぽちで小柄なニガーのあばずれが——先にやっていなかったら、キースが自分で撃っていたところだった。黒人であろうとなかろうと、あの女が問題に対処したときの効率のよさには感心せざるをえなかった。キースなど、最初から妻や息子への愛に囲いこまれてしまっていた。ミシーとは高校生のときから恋人同士だった。キースは最終学年のプロムにミシーを連れていき、ミシーが最終学年のときにはアンジェリーナ・カレッジの一年だったが、地元に戻ってきて参加した。ふたりはおなじ音楽が好きで、狩りと釣りが好きだった。ミシーは田舎娘で、優しかったが強くもあった。つきあいだして初めての鹿狩りのシーズンには、ミシーとミシーの父親と一緒に狩猟解禁日に狩りに出て圧倒された。ミシーは木立のなかでの最初の一時間で雄鹿を仕留めたのだ。それになんといっても美人だった。緑の目にあのブロンド。尻は丸々としているのにウエストは片腕で抱えられた。キースがつきあった女は、ミシーでまだふたりめだった。一回のキスですべてが決まった。キースはできるかぎり早くミシーと結婚し、自分たちにも借りられそうな小さなキャビンを見つけた。ふたりは子供がほしかった。たくさんほしかった。その後、キースが麻薬がらみの罪で二十六カ月ものあいだ家を離れた。そして帰宅して一時間でミシーを失ったことを知ったのだった。キスをしようとしたときに、ミシーが口を横によけた様子でわかった。キースの唇はミシーの頬につき、もう終わったのだとわかった。

ミシーは両手をまえに上げた。ヘッドライトのせいで目の下に黒い影ができ、足もとでは赤い土埃が渦巻いていた。「キース、駄目」ミシーはいった。三日月からの明かりはマツやハコヤナギが絡まりあった木立を貫けるほど強くなく、二台の車のまわりを照らすライトの輪の外は、完全な闇だった。「これはあんたが思ってるようなこととはちがうの」ミシーはいった。

次にニガーが車から出てきた。

そしていった。「ご婦人を家まで送ろうとしているだけだ」

男はまだ怖がっていなかった。それがますますキースを焚《た》きつけた。

キースはトラックの前部座席から飛びおりてニガーに向かっていき、襟首をつかんでぴかぴかの黒い車にたたきつけた。ここ二年のあいだにキースがしてきたこと全部と比べても、それより価値ある行動だった。男の頭が車のルーフラインにぶつかり、男がほんとうに怯えた顔をしたのはそのときだった。暗い農道で、自分のほかには白人ふたりしかおらず、そのうちの一方に喉もとをつかまれているのだ。男の顔にパニックが浮かび、それが苦痛を与えたいというキースの欲求を刺激した。キースは男の顔をまともに殴りつけた。うしろでミシーがやめてと叫んでいた。ミシーは車の反対側から駆けてきて、ふたつの拳でキースの背中をたたいた。キースは殺さんばかりの力でまた男を殴った。しかしニガーはくたばらなかった。それどころか、地面に倒れる直前に、体のなかで何かが弾けたかのような姿勢を取った。ストレス物質の大波が、闘争・逃走反応の秤を闘争のほうへ傾けたようだった。男が腕を振りまわしながら向かってきて、キースの頭にいくつかいいパンチをあてたことは否定できない。引っ掻き傷すらつかなかったが、キースが男の服やなめらかな革のローファーに騙されないよう気持ちを引き締めるには充分だった。このニガーは戦える。このままやらせておけば、キースを負かすことだってあるかもしれない。キースは下に手を伸ばして土をひと握りつかみ、相手の目に向かって投げつけた。汚いやり方だったが、ミシーのほかに見ている者もいないのでかまわなかった。

優位に立つにはそれで充分だった。キースは両手を握りしめて男に向かっていき、あらゆる方向から拳で殴り、皮膚が切れるまで、骨を感じるまで、トラックのヘッドライトで血のついた自分の拳が見えるまで、パンチを繰りだしつづけた。

「やめて、キース」ミシーが金切り声をあげた。ニガーはもう自分ではしゃべれなかった。キースは妻に、そのニガー好きのケツをいますぐトラックに乗せろ、といった。キースが一メートルほど下がると、ミシーもニガーも誤解して、もう引きあげるつもりだろうと思ったらしい。ミシーは男のほうへまわって助け起こそうとした。ミシーはキースがダッジのうしろへ向かったのを見なかったし、トラックの荷台からツーバイフォーを引っぱりだしたことにも気づかなかった——キースが地面に倒れた男とミシーのまえにそびえるように立ち、ミシーにこういうまで。「そこをどけ」

キースは堅い材木を振りあげ、目をあけろ、とニガーにいった。次の言葉を吐いたときに、自分の姿を相手に見せたかったからだった。「おれの妻に近づくんじゃねえ」

「馬鹿、キース、やめて」

ニガーは土のなかに血を吐いた。そして身を守ろうと手をあげた。「彼女を家に送ろうとしただけだよ」ひどいしわがれ声だった。「それだけだ」

キースはすぐにも男の頭に材木をたたきつけようとしたが、ミシーがふたりのあいだに飛びだした。「やんなさいよ。そうしたらわたしのことも殺さなきゃならなくなるんだからね。死体ひとつなら説明できるかもしれないけど、ふたつになったらうまく逃げられるほどあんたは頭がよくない。それに、わたしがみんなに話してやる——わたしの口をとじておけるなんて思わないことね」ヘッドライトはキースのうしろにあり、頭部が光の輪で囲まれていたので、ミシーにはキースの目が影になって見えなかった。「ジュニアのことじゃない」ミシーはいった。「これはそれとはまったく関係がないの。彼はただ車で家まで送ってくれようとしただけ」それでもまだキースが武器を離さないので、ミシーはつづけた。「出てきたばっかりでしょ、キース」

塀のなかのことをいわれると、キースの頭がはっきりした。

キースはツーバイフォーを放り、最後に一回ニガーの腹を蹴って、顔に唾を吐きかけた。それからミシーをつかんでトラックまでぐいぐい引っぱっていった。BMWのヘッドライトはまだついていた。キースがトラックをバックさせて泥道でUターンし、道の先にある自宅へのカーブを曲がるまでの一部始終を、そのヘッドライトが目撃していた。ニガーはまだ息をしていた。「誓っていえるよ」そういって、キースは話を締めくくった。

「嘘をついているな」ヴァン・ホーンはいった。「ミシーについて最初から嘘をついていたし、いまもそうだ。あれは自供したも同然だ」保安官がシャツの一番上のボタンをはずしたので、彼の皮膚がどんなに赤くなっているか、体がどれだけ内側から熱くなっているかがダレンにも見えた。ヴァン・ホーンはスラックスからハンカチを引っぱりだして額をぬぐった。

「キースはミシーの殺人を認めただけだ」ダレンはいった。

　ふたりは取調室の外に立っていた。廊下はせまく、欠けたリノリウムのタイルと、明るすぎる蛍光灯が並んでいるところは取調室とおなじだった。ヴァン・ホーンは気まずさと安堵の両方を顔に出しつつ、地区検事にいってキース・ディルに対する告訴の手続きを取らせるつもりだとダレンに話した。

「もう一方の殺人を隠蔽するためにミシーを殺したんだろう」ヴァン・ホーンはいった。「そしてミシーの遺体をジェニーヴァの店の裏に運んだ。あそこに出入りしてる者のうちの誰かが、先の殺人について激怒してやった——おれがそう思うと踏んでいたんだな。キースのなかにそんな悪魔がいるとは思わなかった」

　ダレンは次に自分の口から出ようとしている言葉が自分でも信じられなかった。

「キースはやっていないと思う」ダレンはいった。

「すくなくとも、ひとりでやったわけじゃない」

　ヴァン・ホーンはその考えを払いのけるようなしぐさをした。「キースは冷酷にもあの娘を殺したんだよ」

「ミシーについてはそうだ。しかしマイケルはちがう」

「きみはあの悪党のいうことをほんとうに信じるのかね？」

「ほかに誰かいる」**いるはずだ。**ブレイディが頭に浮かんだ。アイスハウスの裏での揉め事には、何か腑《ふ》に落ちないものがあった。

「おいおい、ちょっと待ってくれ」ヴァン・ホーンはいった。「きみは州境をまたいで入ってきたときからずっと、この事件にはキース・ディルがぴったり当てはまるとわめいていたじゃないか」

「しかし、車はどこだ？」

「知るもんか。たぶん、トリニティ川にでも落としたんだろう。だが、あの晩キースが相手の男の息の根を止めなかったなんてことは、あるはずがない」

「キースのほかにも誰かいたなら、話は変わってくる」

ヴァン・ホーンは首を横に振り、廊下を進みはじめた。黒のウエスタンブーツの踵がタイルの上でカチカチと音をたて、オフィスまでついてくるようにとダレンを促した。保安官のオフィスは事務所の正面に近い場所にあった。ダレンが先ほどミシー・デイルの検死解剖の陰惨な詳細を読んだときに座っていた部屋とおなじく、ヴァン・ホーンのオフィスも薄い木の壁でできていた。しかしこちらにはかなり濃い灰色のカーペットが敷いてあり、それが安っぽい木製パネルの壁と合っていなかった。色の薄いオーク材でできた机は大きかったが、その上に載っているものといえば電話と、真鍮のペーパーウェイトと、食べかけのサンドイッチくらいのものだった。ダレンが手錠をはめたキース・デイルと事務所に入ってきたときに食べていたらしきそのサンドイッチは手づくりだった——食パンの分厚いスライスにハムのペーストが塗りつけてあり、トマトとレッドオニオンのごく薄いスライスが覗いていた。サンドイッチと並んでダイエットソーダが机上にあった。ダレンは思わず、家族の写真を探して室内をざっと見まわし、指輪がないかとヴァン・ホーンの左手を見た。どちらも見つからなかったので、保安官が夜明けに短パン姿でキッチンのカウンターまえに立ってランチをつくっているところがパッと頭に浮かび、なんともいえないおちつかなさを覚えた。この部屋のなかで〝人間〟を見たくはなかった。保安官のバッジの向こうの生身の人間を見ている余裕はなかった。ヴァン・ホーンは、ダレンのうしろのドアをしめた。

ふたりだけになると、保安官はいった。「さあ、きみの勝ちだ。キースを連れてきたのはきみだし、人はそういうことを忘れない」

「ブレイディ」ダレンは切りだした。

「誰だって？」

「アイスハウスのマネージャーだ。やつはキースに殺人を持ちかけた。おれを殺すことを。あいつはおれを差しだしたんだ」その出来事について話すことで、自分の顔が赤くなるのを感じた。あれはレンジャーとしてのどん底、一歩も退かないことをたたきこまれて育った男としてどん底の経験だった。「ＡＢＴに入るための通過儀礼として」

「きみがＡＢＴを忌み嫌っているのは知ってる」ヴァン・ホーンはダレンの言葉を遮っていった。「例の捜査チームからはずされたのも――」

「それはちがう」

「しかしいまここで起きているのは家庭内の揉め事だ、それだけだよ。キース・デイルは妻がほかの男といるところを見つけて腹を立て、その相手の男というのが」――ある特定の蔑称が隠していた姿を見せそうになったので、ヴァン・ホーンはそこで一度口をつぐみ、それからつづけた――「黒人だった。それでカッとなって相手をたたきのめして殺してしまい、ミシーが誰かに何かしゃべるんじゃないかと怖くなったから、黙らせておくために彼女も殺した。これは自分でコントロールできない妻を持った男が、最後の最後にその妻にいってやったという、ただそれだけの事件だ」

「だが、もしキースがすでにマイケル・ライトを殺していたなら、ブレイディはなぜＡＢＴに入るチャンスとしてキースにおれを差しだした？　もうとっくに条件は満たしていたのに」

「人の話を聞いていないな」ヴァン・ホーンはいった。そして机の向こうで立ちあがり、半分食べかけのランチを目にすると、丸ごとごみ箱に投げこんだ。急に動かしたためにタマネギのにおいがたち、室内の空気が酸味を帯びた。「キース・デイルはＡＢＴのメンバーになるには小心にすぎる」保安官は、まるでキースが海兵隊の現役軍務に就く資格を取り損ねたかのように、まるでＡＢＴのメンバーになることが一種の名誉のしるしであるかのようにそういった。

「おれはいまもこの事件の先頭に立っている」ダレンはいった。

「きみが先頭だったことは一度もない」

「テキサス・レンジャーは、マイケル・ライトの殺人を捜査するためにおれをここに配置した。おれは彼らに対し、また自分の州に対して、ほんとうの殺人者を見つける義務を負っている」

「おれはキースをライトとミシー両方の殺人で逮捕するつもりだ」

「あんたがキースを逮捕するなら、おれは地区検事にその件は戯言だということにする。これを裁判にかけて負ければ、あんたが無能に見えるだけならまだいいほうで、悪くすれば、ＡＢＴにつながることを避けるために慌ててキースに罪をかぶせたように見える。そうなれば確実に、まばたきするより早くＦＢＩがこの郡にやってくる」

ダレンには、これでヴァン・ホーンが折れるだろうとわかっていた。ＡＢＴがシェルビー郡内で活動しているという話にすこしでも触れると、ヴァン・ホーンはひどく動揺するようだった。

「きみはあの若造をここから出したいのか？」

「いや、材木置き場での馬鹿げた行為に対して、暴行罪で捕まえておく。もっと確かな証拠を集めるために、すこし時間がほしい。それでやっぱりキースなら、キースがやったんだろう。だがもし誰かほかの人間がこの事件に手を突っこんでいるなら、その人間を見つける時間をもらいたい」

「暴行罪で捕まえておくなら、ミシーの殺人に関して捕まっているのはジェニーヴァ・スイートだけということになる」ヴァン・ホーンはいった。「つまり、彼女は留置場から出せない」

ダレンはジェニーヴァのことを考えた。あちこちに錆の浮いた監房で、ひとりで——それも運がよければだ——夜を過ごすことになる。監房にあるのはコンクリートの壁に鎖で取りつけられた折りたたみ式の寝台だけで、床にはひび割れや正体不明の染みがあり、檻の棒の間隔は拳も通らないくらいせまい。収監されてすでに数時間は経っているが、日没を過ぎれば物事がちがって感じられるはずだった。夜の物音はどれも反響して不吉に聞こえる。そんな場所でジェニーヴァが夜を過ごすことになると考えると、ダレンはかすかに気分が悪くなった。ジェニーヴァが何を着ていたか思いだそうとした。夜になって気温が落ちても、充分に暖かさを保つことのできる服装だっただろうか？

「いや、ミシーの件ではキースを逮捕していい」ダレンはいった。「おれはそれでかまわない」

「駄目だね。きみのおかげで、すべてが心もとなくなってしまったからな」ヴァン・ホーンは狡猾そうな笑みを浮かべていった。これがヴァン・ホーンに切れる唯一のカードで、彼はそれを手厳しく使ってきた。

「ジェニーヴァ・スイートは留置場に残る。彼女を判事のまえに連れていくまでに、四十八時間ある」保安官はダイエットソーダの缶を持ちあげ、底に残っていたものを飲みくだした。それから粗野なげっぷをして、きっぱりといった。「きみの持ち時間は二日間だ、レンジャー」

20

郡庁舎のステップは雨が残ってすべりやすくなっており、頭上の雲は共謀して太陽を締めだし、空を灰色一色に覆っていた。この日の午後、東テキサスは秋にチャンスを与えることにしたようで、大気がかなり冷えこんでいた。ダレンはシェルビー郡に来て初めてスポーツコートを着るべきだ、いや、トラックにしまいっぱなしのウィンドブレイカーを着てもいい、と思った。薄いコットンのシャツの下に冷たい風が忍びこんでくるのを感じた。

ダレンはもう一度ジェニーヴァに面会しようとした。彼女をそこから出す約束を新たにし、もうすこし時間が必要なだけだと伝えようとした。だが、面会の特権をヴァン・ホーンに取りあげられてしまい、三階の保安官助手たちのいる場所を通り抜けられなかった。急いでピックアップトラックに乗ってラークに戻ろうとしたときに、《シカゴ・トリビューン》の記者クリス・ウォズニアックとランディが、郡庁舎の駐車場に停めたダレンのピックアップから数台分離れた場所にある記者のレンタカーを降りてくるのを見かけた。ダレンの姿を見つけると、ランディは記者のそばを離れ、ビュイックの助手席から飛んできた。「ダレン、何が起こっているの？」ランディはウォズニアックのほうを顎で示した。「あの人はジェニーヴァが逮捕されたっていうの。ミシーの件で。でも、その後キース・デイルも連れてこられたって。つまり、保安官事務所はキース・ディルをマイケルの件で逮捕したってこと？」ランディは震えていた。気温が下がったせいか、それとも、喜ばしいと同時に混乱をも招く事態の展開のせいだろうか。ランディはまたカシミアのコートを着ていた。肩のあたりに泥がつき、東テキサスで数日を過ごしたせいで汚れていた。

「キースを連れてきたのはおれだ」ダレンはいった。「しかし、まだ流動的な部分がある。現時点では、すべての事実をつかんでいない」慎重なプレスリリースのような言葉でしかランディに話せないのが、ダレンには気まずかった。もうあとほんのすこしで、約束の結果として、彼女の夫に何が起こったかという疑問の答えとしてキース・デイルを差しだしてしまうところだった。キースこそ、ダレンが裁きを受けさせようとしている人間であり、この悪夢を終わらせるべき人間でもあったので、代わりに差しだせるものもないいま、それをランディから隠しておくのは残酷なことのように思われた。ウォズニアックはダレンに気づいた様子も見せずに、ダレンとランディのそばを足早に通りすぎて、裁判所の正面入口へ向かった。ダレンはウォズニアックを呼び止めた。「待ってくれ」ダレンはいった。「そこに入るまえに、いま起こっていることに関して、いくつか理解しておいてもらいたいことがあるんだ、クリス。おれはこの事件についてコメントをするまえに、もうすこし情報を集めたい」

ランディが耳にしたよりも多くの言葉が出てきたので、さっきは控えめに話していたのだと悟り、ランディはダレンの腕を乱暴につかんだ。「ちょっと」ランディはいった。しかしダレンはウォズニアックを追って歩きつづけた。ウォズニアックのズボンは皺ができたまま乾いていた。そしてダレンにひったくられると頭から信じこんでいるかのように、メッセンジャーバッグを脇にしっかり抱えていた。ウォズニアックとのあいだで何かが変わったとダレンが気づいたのはそのときだった。郡庁舎のドアを目前にしたウォズニアックが、勢いよくダレンのほうへふり向いた。

「僕はこの件についてはもうレンジャーとは話をしないつもりだ」

「なんだって？」

「はっきりさせておこうか……深刻な人種差別的含みのある殺人が二件あり、保安官事務所は当初、黒人男性の殺人をぞんざいに扱い、テキサス・レンジャーが送りこんだ捜査官は停職処分中の――」

「おれは停職処分中ではない」だが、ダレンはそう主張しながらも、それがほんとうかどうか確信が持てなかった。現在バッジをつけていられるのは許可を得たうえでのことであって、当然の権利としてつけているわけではなかった。レンジャーの一員としてのダレンの将来は、サン・ジャシント郡の大陪審にかかっていた。

「僕がそこからどういう判断をするかわかるかな？」ウォズニアックはいった。「レンジャーには、ほんとうは真剣に真相を探るつもりはないということだ。あんたはここにいる古き良き時代のままの保安官たちと変わらない。それどころか、もっと悪いかもしれない。利用されていることに気がついてすらいないんだから」

ウォズニアックの言葉はダレンの腹にこたえた。そのいきなりのパンチが、気分の悪くなるような自己不信を誘発した。ダレンには、それは絶対にちがうとはいえなかった。

「おれを送りこんだのはレンジャーじゃない」ダレンはいった。「司法省にいる友人が、ラークの殺人事件のことをこっそり知らせてきたんだ」

「グレッグ・ヘグランドだね。知ってる」ウォズニアックはいった。「彼から電話がかかってきた」

「グレッグが電話を？」

「今後、情報はＦＢＩからもらうつもりだ」

ウォズニアックは郡庁舎のドアに手をかけたまま立ち止まり、出てきた女のためにドアを押さえた。スーツのスカートの下にストッキングとケッズのスニーカーを履いたその女は外に出ると、煙草に火をつけた。

ウォズニアックは、ダレンのうしろに立っていたランディを見ていった。「一緒に来る?」そしてランディがすぐに反応せずにいると、ウォズニアックは建物のなかにずんずん入っていき、ガラスのドアが背後で自然にしまるに任せた。

「一体全体何が起こっているの、ダレン?」

ランディがろくにシートベルトも締めずにいるうちに、ダレンは数ブロック先の酒屋の駐車場に勢いよく入り、ギアをパーキングに入れた。《シカゴ・トリビューン》の記者に電話をかけるなんて、グレッグは何をしているんだ? おれがここでやろうとしていることを邪魔してまで出世したいのか? ダレンが車を降りかけたところで、ランディがいった。「こんなところで何をしているの?」

ダレンはその質問を無視して、トラックを降りた。午後三時で、ダレンはまだ規定の服装をしていた——ボタンダウンのシャツを着てブーツを履き、バッジをつけていた——が、カウンターの向こうの黒人女は、ダレンがジムビームを買うために二十ドル札一枚と五ドル札一枚を置いても動じなかった。ジムビームはこんな僻地で手に入るなかでは最善の選択だった。シボレーの前部座席に戻るまでに、ダレンはキャップのところについたビニールを剝がしていた。ランディは初めてダレンを見るかのように、まるで見知らぬ人間がまちがってトラックに乗りこんできたかのようにダレンを見た。ダレンが壜のキャップをはずしてツーフィンガーほどの分量をがぶりと飲み、酒がおりていくときの焼けつくような感覚や、顎と首もとに赤みが広がっていくのを楽しんでいると、ランディがいった。

「あなたがお酒を飲みながら運転するのを見てると、気が休まらないんだけど」

ダレンはキーをあっさりランディに渡し、トラックを降りて助手席側にまわった。そのあいだにランディは、前部座席を横にずれて運転席に座った。

ハイウェイ五九号に戻るまでには、ダレンはこれみよがしにボトルのふたをしめ、ほんのすこし飲めればよかったこと、ちょっと引っ掻けばすむ痒み程度の問題でしかないことを強調した。

ランディは十時と二時の位置でハンドルを握っていた。自分の身長に合わせてシートを調整しなかったので、アクセルとブレーキに足が届くように、座席の端に腰かけていた。ラークのはずれから二キロ足らずのところを過ぎてから、ランディはようやく口をひらいた。「彼らはキースを勾留してる。それで？　あなたは突然、キースがやったとは思わなくなったの？」バーボンのせいで顔が赤くなったので、ダレンは窓をすこしあけた。隙間から騒々しく風が入ってくる。風はダレンの耳のそばをかすめ、トラックの前部座席じゅうに吹きこんだ。ダレンはしばらくのあいだそのまま座っていた。酒で舌の動きがのろくなり、ランディを失望させるのではないかという不安で気が弱くなった。

町の北端に入り、最初にアイスハウスが見えてきた。ダレンは車を停めるようにと二回頼み、それでもランディが停めなかったので、自分でハンドルに手を伸ばした。ランディはダレンを押し返したが、結局はトラックをアイスハウスの砂利敷きの駐車場に入れてエンジンを切った。エンジンは冷えるにしたがってカチカチと音をたて、すこしのあいだ、車内で聞こえるのはその音と、遠くから伝わってくるドラムやギターの音と、酒場で演奏されているカントリー・ミュージックのぬるい南部訛《なま》りだけになった。

とうとうランディがいった。「いまいったい何が起きているのか、話してくれなきゃ駄目」ランディはそういいながら、ふたりのあいだにあったバーボンの壜に手を伸ばし、ピックアップのせまい後部座席に放りこんだ。「支離滅裂なことをわたしにいわないで」

「誰かべつの人間が関わっていたかもしれないんだ」

その言葉は懺悔《ざんげ》するかのように出てきた――あるいは、すくなくとも理解を求める懇願のようだった。キースの逮捕に待ったをかけたことについて、ダレンはひどく不安を覚えていた。**自分がまちがっていたらどうする？**

「どんなふうに？」しかしランディがほんとうに訊きたかったのは、なぜ、だろう。なぜ、ダレンはほかに誰かいると思ったのか？　ダレンは車のこと、なくなったBMWのことをランディに話した。キースの話によれば、現場に戻ったときには車もマイケルも、まるでただ消失したかのように、夜の闇に丸ごと呑みこまれてしまったかのように消えていたのだと伝えた。しかしランディはこれにはすこしも反応を示さなかった。ランディが気に留めたのは、ABTに共犯の可能性がおおいにあることと、連中のうちのひと握りがウォリーのアイスハウスで自宅の居間にいるのとおなじくらいくつろいでいるという事実だった。これがランディの注意を引き、ランディを何度もうなずかせ、あなたの直感を信じるとランディにいわせた。この事件にはまだ先があると、ダレンにはわかっていた。「息がお酒くさい」ランディはいった。自分の息がどんなにおいかわかるほどランディがそばにいると思うと、ダレンの脈拍が速くなった。この動揺がなんなのかはっきりさせたくはなかったので、ダレンはそれをバーボンのせいにした。グローブボックスの水のボトルに手を伸ばし、半分ほど飲んだところで、ランディがいった。

「あなたはあそこに行くべきじゃないと思う」

「信用してくれ。キース・デイルが留置場に入れられたという噂はすでに広まっている。ABTの連中は仕返ししたくてうずうずしているはずだ。おれはまた撃ち合いが起こるまで座って待っているつもりはない。自分からあそこに入っていって、いますぐメッセージを伝えればいいだけだ。まずいことになったりはしない。用心しているから」

酒のせいでダレンは大胆に——あるいは無謀に——なっていた。

どうなるかはすぐにわかるはずだった。

ランディはピックアップトラックで待った。

ダレンはランディに車の向きを変えさせ、ランディが酒場に背を向けるようにした。そうすれば、駐車場にべつの車が入ってきたときに見逃さずにすむ。トラブルの最初のしるしがあれば、ランディはクラクションを鳴らすことになっていた。サイレンのように鳴らしつづけるのだ。ランディはルームミラーを見つめ、ダレンがポーチへとステップを昇って酒場のドアをあけるのを目で追った。

なかに入ると、まずジュークボックスに向かった。ダレンは身を屈めて太い黒のコードを壁から引っこ抜いた。音楽が消え、ビリヤード台の上をさまようボールのカチリとぶつかりあう音だけが室内に響いた。テレビは日中はFOXニュースとフード・ネットワークに合わせてあったが、このテレビのなかの顔だけが、ダレン・マシューズがウエストからコルト四五口径を取りだした場面のものいわぬ目撃者だった。ダレンは銃を手にしたまま、部屋じゅうの人間に一カ所に集まるよう指図した。一日のうちのこの時間帯に店内にいたのはほんの五人ほどだった。リンがカウンターの向こうにいた。ビリヤード台のそばに男がふたり、こちらは両方とも引退する年齢をとっくに過ぎた男たちで、時の経過とともに尻のところが色褪せたラングラーのバギージーンズを穿いていた。カウンター席にひとりで座っている男がいた。チリの皿に覆いかぶさるようにして座っており、腹のまわりについたスペアタイヤのせいでTシャツのウエスト部分が伸びていた。そしてブレイディがいた。ブレイディは頼れそうな援護がないことを即座に確認し、ウエストに留めた携帯電話に手を伸ばした。

ダレンはいった。「それを下に置け」

ダレンはまえに出るようにとブレイディに身振りで示し、要求をくり返すなかで句読点を打つかのようにコルトを振った。「一カ所に集まってくれ」ダレンはまたいった。ダレンはブレイディとリンに、カウンターの向こうから出てくるよう命じた。リンはブレイディが動きだすまで動かなかった。ブレイディはカウンター席にいた白人の男の後頭部をたたき、押しやるようにして男をスツールから立たせてから、ようやくまえに出た。ブレイディ以外ではこの男がアイスハウスのなかで唯一、七十歳より下の白人の男だった。ブレイディは男にいった。「目を覚ましやがれ」ブレイディとその太った男は、じりじりとまえへ進んだ。ダレンは正面のドアにもキッチンにも背を向けずにすむ位置に立った。裏には誰もいないとリンがいい、ダレンはそれを信用するしかなかった。部屋を出れば、ブレイディになんでもやりたいことのできる時間を与えてしまう。ダレンがドアを入った瞬間にブレイディがカウンターのうしろのショットガンをつかまなかったということは、ここにいるほかの男たちはブレイディの一派ではないということだった。でなければ、ブレイディはとっくに動いていただろう。何をやろうと、どんなに暴力的な事態になろうと、ＡＢＴの仲間なら支援してくれると信じているのだから。つまり、ダレンには生きてここを出るチャンスがあるということだった。ブレイディは肉づきのよい腕を組んだ。タトゥーが、風のなかで交差する旗のように見えた。リンは下唇の端を噛んでいた。口のまわりの皮膚がピンクや赤になり、切れたところはかさぶたになっていた。もう何日も、傷が治らず悪化しているようだった。年配の男たちはビリヤードのキューを置いた。太った若い男は未練がましくチリの皿を見ていた。

年配の男たちのうちひとりが両手を上げた。これを強盗か何かだと思っているかのように。ダレンのシャツについた星形のバッジが見えないか、あるいはその意味がわからないかのように。「ここで騒ぎを起こされるのはごめんだ」男はいった。彼のビリヤードの相棒もうなずいた。

ダレンはブレイディに、つまり同胞に話を広めるであろう人物に、いいたかったことをすべていった。ジェニーヴァのカフェに手出しをするな。ランディやダレンにいやな顔つきで近寄ってくる男を見たら、その場ですぐに撃つ。「この町のどこかで黒人がトラブルに巻きこまれたと聞いたら、おれはここに戻ってきて、最初に目についたクラッカーを撃ち、相手が銃を持っていたからといってやる。なんなら、あんたの手にひとつ握らせてやってもいいな。それから、あんたがあの奥のオフィスに隠してるはずのものも数袋握らせてやる」

こんなふうにしゃべるだけで、ダレンは三つの異なった法律に違反していた。

しかしそんなことはどうでもよかった。

ブレイディにアイスハウスの裏で追いつめられ、自分は死ぬかもしれないと思ったときに感じた腹にくらったパンチのような恐怖を、いまここにいる連中にも味わわせてやりたかった。

「そんなものはとっくにひとつもないね」ブレイディはいった。

「もう、ブレイディ、キースのことだけいっちゃえばいいじゃない」リンがいった。「この人はほかのことなんてどうでもいいんだから」

「口をとじてろ」ブレイディはいった。

「ちょっと、あたしには子供がいるのよ。刑務所に入るわけにはいかないの」

「キースのことなら知ってる」ダレンはいった。「ほかに誰がいた？」

ブレイディはすばやくリンに視線を送り、リンは何を考えていたにせよ、それを全部呑みこんだ。「水曜の夜だ」ダレンはつづけた。「ミシーとマイケルがしゃべっているのを見て、気に入らないと思った人間がいっぱいいたそうじゃないか。ふたりが一緒にいるのが気に入らなかったのは、具体的には誰だ？」

「とくにこれといって誰とは」リンはいった。「ただ、ここはそういうことに向いた店じゃないっていいたかっただけ」リンはそういって、これでよかったかどうか確かめようとブレイディを見た。ブレイディは小さくうなずいてみせ、リンは微笑んだ。リンの髪は三つ編みにして、顔の両側に垂らされていた。爪は青く塗ってあり、小さな色の固まりが、破れたり剝がれかけたりしている甘皮の際にくっついていた。リンはグレープ味のガムのにおいがした。それに、決していいにおいとはいえないが、ダレンにとっては悪いとはいい切れないような体臭もした。

「キースはミシーを拾いにきた」ダレンはいった。「ミシーがどこにいるか、誰かがキースにいったはずだ。誰と店を出ていったかも。あの晩、キースは誰と話した？」

リンは何かいおうと口をひらいたが、ブレイディが手をリンの腕に置いた。

リンは一瞬考えてからいった。「じつをいうと、あたしはあの晩、キースをぜんぜん見てないの」あやういところで思いだした台本の台詞《せりふ》のように口にされた言葉だった。リンの顔に浮かんだ安堵がダレンにも見て取れた。リンが芝居をして見せている相手、喜ばせたいと思っている相手はブレイディだった。リンの態度は天気のように変わりやすく、いまはブレイディのいるほうから来る嵐に合わせていた。麻薬がらみの罪で刑務所に入ることになるかもしれないという現実味の薄い考えよりも——ダレンがそれをどうでもいいと思っているというリンの予想は正しかった——ブレイディのほうが怖いのだ。これでは埒《らち》があかなかった。

ダレンとランディは、その後一時間以上車で走りまわった。農地や藪で、車が通れる幅のある場所は隅から隅まで探った。ダレンはラークの農道という農道を――雑草だらけの野原を貫くただの泥道を――シボレーで突き進んだ。二回ほどトラックを降り、放棄された建物を覗いたりもした。灰色に変色しつつある木でできた馬小屋。責任を果たすことをやめた腐った壁板がすべて、牧草の伸び放題になった地面に落ちていた。それから、空《から》っぽの納屋。台風か何か、ヒューストンから猛威を保ったままやってきた強力で意地の悪い嵐のせいで、屋根が剥がれていた。曇り空の下で、ダレンは土にタイヤの跡がないか探した。結局のところ、時間の経過によってすべて駄目になっていた。

ダレンは何もいわずにピックアップに戻り、運転した。

ナコドーチェス郡への境を越えると、きのうの夜を過ごした小さなギャリソンの町を探った。ダレンはここでもBMWを探しながら、裏道や、雑草の高く生い茂った野中の道を走った。それから引き返して、おなじ道をもう一度最初から調べた。ハイウェイ五九号に戻り、国道沿いの酒場を通りすぎたころ、気持ち悪い、とランディがいいだした。動物の死骸と血を思いだし、自分の服にそのにおいがついているような気がするという。トラックの前部座席の隅にもにおいがこびりついてる、ともいった。ランディはコートを掻きあわせ、シートベルトをはずしてぐいと遠ざけた。それから助手席側の窓をおろし、夜のとばりがおりつつあるなかに顔を突きだして、空気が足りないかのように必死で息を吸った。灰色になった顔は湿っており、汗が額をまんなかから分けるように流れ落ちた。

「あの車は見つからないと思う」

「それでも探さなきゃならない」ダレンはいった。

「見つからないってば。なくなっちゃったんだから。

それに、車なんか問題じゃないんだから」ランディの言葉は窓を抜けて入ってくる風にほとんど掻き消され、ダレンはランディがほんとうに具合が悪いのではないかと心配になった。ランディのいっていることは滅茶苦茶だった。

「すくなくとも見てみないことには――」

「キースが留置場にいるでしょう、ダレン。どうしてあなたにはそれで充分じゃないの?」

ランディが窓をしめると、前部座席から外へ空気が吸いだされ、車内が真空状態になったような気がした。するとダレンにも動物の腐敗臭のかすかな痕跡が嗅ぎとれた。

ランディはシートのなかでできるかぎり体をひねり、ダレンと正面から向きあった。

「ダレン、わたしはもう疲れた」ランディはかすれかけた声でいった。「家に帰りたい。ダラスでマイケルを返してもらって、家に連れて帰りたい」

「キースだったとは思えない」

「どうだっていい」

「無実の男に罪を着せたいのか?」

「あいつは無実なんかじゃない」

喉の内側に這いあがってきた怒りで、ランディの言葉の端々がかすれた。「あいつはマイケルを殴って、その場に置き去りにした。わたしたちにわかっているかぎりでは、マイケルはそこに置き去りにされたまま死んだ。わたしにはそれで充分。こんな僻地のレッドネックの司法から、それ以上のものなんか引きだせるわけがない。だから手に入るものを手に入れて、マイケルを家に連れて帰りたい。いま、収監されてる男がいる。わたしにはキース・デイルで充分なの。逮捕されたのを確認して、家に帰りたい」深い悲しみがランディの裏口で網戸を引っ掻いていた。悲しみはもうそこまで迫っていて、ランディはすぐにもひとりになって泣き崩れてしまいたいのだ。この町を、郡を、州を抜けだし、今回のことすべてから離れるために、真実に一歩足りない結果に甘んじようとしているのだ。自分勝手で短絡的な考え方だ。レンジャーとしては、真実に届かなければ決して充分とはいえない。ダレンはランディにそういった。

「これはあなたの問題じゃない」ランディはダレンに向けて吐きだすようにいった。

「いや、おれの問題だ」ダレンはいった。「おれはきみに約束した。そして、本人が知っていようといなかろうと、マイケルにも約束したんだ、このバッジを胸につけたときに」

「ジェニーヴァ・スイートにも約束したでしょう」ランディはいった。「なのにあなたは車でおなじところをまわってばかりで、あの店の人たちと向きあおうとしない。彼女が今夜家に帰れないのは自分のせいだっていおうとしない」そういうと、ランディは体の向きを変え、もうダレンを見ようとしなかった。そして何もいわずに後部座席からジムビームの壜を取りあげ、大きくひと口飲んだ。飲みこむときに喉が焼けるようだったのだろう。ランディは目に涙を浮かべた。それからあっというまにほんとうに泣きだした。体内から傷ついた動物が這いだそうとしているかのような音をたて、涙の雨と鼻水の川が顔を流れ落ちた。ランディが何回か苦しそうにしゃくりあげるにいたって、ダレンはようやくハイウェイの路肩に車を寄せて停めた。ダレンがシートベルトをはずしもしないうちに、ランディがシートの向こうから腕のなかに身を投げだしてきた。ランディはダレンの胸に頭をもたせかけ、泣いて、泣いて、泣きつづけた。

21

ランディは丸一日近く食事をしていなかった。それに、ランディのいうことは正しかった。

ダレンにはフェイスに説明する責任があった。最低でも、祖母が見捨てられたわけではないとわからせる責任があった。ダレンとしては、自分がしようとしていることを、自分が歩こうとしている荊《いばら》の道を、フェイスが理解してくれるよう望むしかなかった。ダレンには法の執行者として、事件の両面に踏みこもうとしている緊張感があった。ジェニーヴァを不法逮捕から守ろうとしながら、もう一方ではマイケル・ライトの身に起こったことについて本物の犯人にきっちり代償を払わせようとしていた。一方をやり遂げようとしているあいだに、他方で失敗してしまうことのないように祈っていた。伯父さん、とダレンは頭のなかで共通の呼び名を使って伯父ふたりに呼びかけた。力を貸してくれ。声に出していいそうになった。いまの自分が伯父ふたりと夕食のテーブルを囲めるなら――三人だけで暮らしていたころ、ウィリアムがナオミと結婚して家庭を持つまえ、兄弟が互いに口をきかなくなるまえに戻れるなら――何を差しだしたっていい。時間をさかのぼって、クレイトンの得意料理、インゲンマメのシチューの鍋を囲みながら話ができるなら。法律家と法執行者であるふたりに自分がどうすべきか尋ねることができるなら、そうやって話をするあいだにもふたりがおなじ壜からテネシーウイスキーを飲み、議論する姿を見られるなら、何を差しだしてもいい。子供のころのダレンはリンゴジュースをちびちび飲みながら、これもあれとおなじ、伯父たちの顔を赤くさせ、黒人が安全に暮らせる世界の夢を見せてくれるような、燻《いぶ》された香りのする酒なのだと思いこもうとした。

もちろん、ミシー・デイルについても心を痛めていた。しかしミシーには、味方してくれる人が大勢いる。世界中がミシー・デイルを気にかけてくれる。ヴァン・ホーンはミシー・デイルの殺人の証拠を集めるために、ただ頼むだけであしたにも二十人のレンジャーをこの地へ呼び寄せることができるだろう。ミシー・デイルの殺人者を告訴するのに二の足を踏むような地区検事はいない。〈デイトライン〉がすぐにミシー・デイルを取りあげた番組を流すだろう——〈48アワーズ〉も〈20／20〉もそうだ。だが、ウォズニアックのいったことは正しかった。テキサスの田舎で起きた黒人男性の不審死を調べるためにウィルソンが送りこんだのは、汚れたバッジをつけた男たったひとりだった。マイケルにはダレンしかいなかった。じつのところ、ウィルソンは厳密にいえばダレンを送りこんでさえいない。自分の部署のイメージの問題になりかねなかったため、ダレンの捜査を黙諾しただけだ。それはウィルソンにできる文字どおり最低限のことだった。ラークでの殺人事件について最初にいいだしたのはグレッグだ。グレッグがマイケル・ライトの名前をダレンに教えたのだ。グレッグに電話をかけるべきだった。キース・デイルに関するテキサス州刑事司法局の記録を頼んだのに、まだ送られてきていなかった。ダレンがジェニーヴァの店の駐車場に車を入れたころには、すでに日が沈みかけていた。ランディが先にトラックを降り、後部座席からバーボンの壜を取りあげ、それを持ってカフェへと歩いていった。

ランディはよく冷えたドクターペッパーをチェイサーにして飲んだ。汗をかいたドクターペッパーの壜をそばに置いたまま、ふたりは料理ができるのを待った。まわりに脂のついた豚肉の切り身を、フライパンにしみ出したその豚の脂でカリカリに焼いたものとスパイシーなダーティーライス、焼いたタマネギ、つけあわせにキャベツの酢漬けとトマトのスライス。最初の二杯が空きっ腹に収まったせいか、ランディは妙に静かになり、ジュークボックスから聞こえてくるスライドギターに合わせてテーブルを指で引っ掻いた。ボックス席の向こうの壁に取りつけられたギターから目が離せないようだった。彼女の夫が南部にやってくるきっかけとなったレスポールだ。ダレンはカウンターの正面に立ってフェイスに話しかけた。フェイスは祖母のいいつけに逆らって店をあけつづけていた。

「ジェニーヴァはそんなに長く入っていることにはならない」ダレンはフェイスとハクスリーにいった。

ウェンディはハクスリーの隣のスツールにいて、焼いた鶏肉とスイートコーンの皿に覆いかぶさるようにして座り、皿の上の食べ物を、まるでそれがウェンディから金を借りているかのように、あるいはウェンディを個人的に侮辱したかのように、つつきまわしていた。ウェンディはフェイスに塩をちょうだいと二回頼んだ。「ローリーのシーズンド・ソルトとか何かないの」

ダレンは彼らにいった。「ジェニーヴァを家に帰すために、できることはなんでもすると約束する」彼らはまだ、キース・デイルも――おそらくはジェニーヴァとおなじ容疑で――留置場で夜を過ごすことを聞いておらず、おかげでダレンもいくらかの好意を向けてもらうことができた。たとえダレン自身が、すべてを話したわけではないと自覚しているせいで顔が赤らむほど恥ずかしい思いをしていたとしても。ダレンとランディが出されたものをおおいに食べ、食事の大半をジムビームで流しこんでいたとき、店内の常連客はいつもより少なかった。ウェンディが誰にいうともなく、ジュークボックスのフレディ・キングだけに答えるようにいった。キングのギターは失恋か何かを嘆いている。「ひどいことになったもんだよ」

ハクスリーは、フェイスがコーヒーのおかわりを注ぐとうなずいた。「ジェニーヴァは、ジョーが殺されたときでさえ店をしめなかった」

「強盗だったって？」ダレンは軽い調子で尋ねた。

「ジェニーヴァがジョーをひとりにしたのは、あれが初めてじゃなかったか」ハクスリーがいった。

「おばあちゃんはわたしをティンプソンに連れていってくれたの。ジュニア・プロムのドレスを見に、両親も一緒にね。おじいちゃんがひとりで店を見てた」フェイスは祖母のエプロン——ブルーハイビスカスの色をした綿のエプロン——のポケットから白い端切れを取りだし、カウンターを拭きはじめた。

「何があった？」ダレンは尋ねた。

ランディが、アルコールでむくんだ顔をして、ゆっくりとしか動かない舌をもつれさせながらいった。

「あいつがわたしの夫を殴った。キースがやったの」

ウェンディがそれを聞きつけ、ランディはいまこの瞬間よりもっと大きなどこかに迷いこんでいるのだと理解した。ウェンディはひょろりとした脚で立ちあがり、ボックス席まで店を横切って、何もいわずにビニールのシートにすべりこんでランディの隣に座った。ウェンディはランディの手をぽんぽんとたたき、次いでその手を自分の手で包んだ。

「入ってきたのは三人だった、おれたちが聞いてる話ではね」ハクスリーがいった。

「あたしもそう聞いてる」ウェンディはいった。

「アイザックの話だと、連中は夜中の十二時を過ぎてから来たそうだ」

ダレンは、フェイスを通りこしたカフェの向こう端にある小さな床屋に目を向けた。この時間、そこには誰もいなかった。回転椅子に客も座っておらず、〈バービサイド〉と書かれたエレクトリック・ブルーの消毒液の瓶のなかに浸かっている櫛もなかった。アイザックの姿もなかった。

フェイスがいった。「アイザックは店内にいなかったの。でも、あいつらが窓を撃ったからびっくりしてしまった」

「あの子はもともと変に神経質だし。アイザックはね」ウェンディがいった。「ほら、頭がちょっと」

「とにかく」ハクスリーがいった。「アイザックがいうには、裏にごみを出しにいって戻ろうとしたときに銃声が聞こえた。二発、連続して、こんなふうに」ハクスリーは指の関節でフォーマイカのカウンターをすばやくつづけざまにコツコツとたたいた。ワンツーパンチのように。「アイザックがキッチンを抜けたときには、車が急いで逃げるところしか見えなかったそうだ」ハクスリーはカフェの窓を顎で示した。給油ポンプとダレンのピックアップの向こうを見やると、空が青く染まりはじめていた。夜がゆっくりと這い寄るにつれ、蜂蜜色の夕焼けが深い藍色に空を譲りつつあった。「白人の男が三人。アイザックはそういっていた」

ダレンはハクスリーの視線を追って、暗くなりかけた空を見つめた。

「殺人犯たちが白人だって、アイザックにはどうしてわかったんだ?」ダレンはいった。

ハクスリーは一方の眉をあげ、ウェンディを見た。

ウェンディはダレンにいった。「あのドアを撃ったのが白人だって、あんたにわかったのとおなじことだよ」ウェンディは、**ほかの誰だっていうのさ?** といわんばかりに肩をすくめた。「いまにはじまったことじゃない」ダレンの場合は、銃撃の直後に外に走りでていた。しかしそれでも犯人のトラックのナンバープレートにあったほんの何桁かの数字も読み取れなかったし、ましてや前部座席の顔など見えはしなかった。残りの空白を埋めたのは、これまでの歴史と状況だった。

「みんなあの男を愛してたよ」ウェンディはいった。

ジョーのことだった。「町から町へと渡り歩いて人生を送る大勢の人たちのために、ジョーとジェニーヴァはここを家《ホーム》にしたんだ」

「ジョーはジェニーヴァのためにすべてを捨てた」ハクスリーはいった。「音楽も、大都会も」

フェイスが笑みを浮かべていった。「おじいちゃんは愛を育てるために、ここに根をおろしたの」

「あの男はジェニーヴァの人生のすべてだった」ウェンディはいった。

「あれがあって、ジェニーヴァは粉々に砕けちまった」ハクスリーはいった。「おれたちじゃもとに戻せないほどに」ハクスリーはコーヒーカップから顔をあげ、ランディを見た。「あんたの旦那が現われるまで、ジョーについては長いこと誰も尋ねなかった」

ランディはボックス席で背筋を伸ばした。だが先に口をひらいたのは、ランディの向かいに座っていたダレンだった。「マイケル・ライトがその強盗について尋ねたのか？」

「ジェニーヴァはそういってる」

「あの人はいつもそうだった」ランディは囁くようにいった。次いで手をウェンディの手から引き抜き、酒をもう一杯注いだ。ふたりは陶器のショットグラスで飲んでいた。その器には、ダラスの〈ビッグ・テックス〉（テキサスのステートフェア会場にある高さ約十六メートルのカウボーイ像）の絵がついていた。キッチンのめったに使わない飾り戸棚から、フェイスが引っぱりだしてきたものだった。ランディはドクターペッパーをはさまずにそのショットを飲みくだした。このときにはすでに呂律《ろれつ》がまわらなくなっていた。

「マイケルは刑法の道に進むべきだったのに。たぶん、わたしがいなければ、お金が必要だったりしなければ、そうしてたと思う。あの人はわたしのために才能を捨てたの」ランディはまた目に涙をためており、おなじ話をくり返していた。ダレンはランディの名を呼んだが、彼女の言葉は止まらなかった。「あの人はいつだってそういうことをするの。そんなふうにして自分の主張を通すの。マイケルは刑法に惹《ひ》かれてた。もっと背中を押してあげるべきだった。もっと愛してるっていうべきだった。自分の夢を追いかけてって――」

ランディは唐突に口をつぐんだ。

「ちょっと、気分がよくないみたい」ランディはそういって、ボックス席のビニールシートから勢いよく立った。年配のウェンディが驚くほど機敏に立ちあがり、道をあけた。ランディはどうにか段ボールで覆われた正面ドアを抜け、ひとつしかない給油ポンプを通りすぎてから、膝をついてすべてを吐いた。バーボンも、豚肉も、ライスも、べったりと甘い炭酸も、すっぱいトマトも、ビネガーと赤唐辛子に漬けこまれたキャベツも。すべてが白っぽいピンク色の波になって押しよせ、吐き気が次から次へとランディの細身の体を震わせた。ダレンがカフェの正面ドアから急いで出てきた。ドアについたベルが背後でチリンと鳴るのを聞きながら、ダレンはランディの肩をつかんで助け起こした。

ふたりはどちらも運転できる状態になかった。

フェイスが裏のトレーラーの部屋を貸してくれた。今夜本人が使うことは絶対にないってわかっていても、おばあちゃんの部屋に誰かが泊まるのって変な感じ、とフェイスはいい、ダレンはわかるよと答えた。それからランディに、予備の寝室はきみが使ってくれ、おれはソファで眠るから、といった。けれどもフェイスがタオルやきれいなシーツを準備し終え、カフェをしめにいってしまうと、ランディは部屋に一緒にいてくれないかとダレンに頼み、ダレンは承諾した。ランディは服を着たままベッドに横になった。ダレンは人形サイズといってもいいような真鍮のスツールに腰をおろした。スツールは化粧用だったが、それに見合う大きさのテーブルも鏡もなかった――すくなくとも、化粧板の壁に囲まれ、濃いオレンジ色をした毛足の長い絨毯が敷かれたこのちっぽけな寝室には。ほかに置く場所もなかったので、ダレンはバーボンの罎を足もとに置いた。ランディにもう勧めないだけの分別はあるつもりだったが、ダレンのなかのテキサス紳士が反射的に勧めてしまった。ランディは首を横に振って、ダレンが罎から直接ひと口飲むのをただ見守った。ランディの髪が枕の上で顔のまわりに広がっていた。黒く太い巻毛が、堰を切って流れだした水のようにこぼれていた。ダレンは、ランディが目をとじたのが見えたように思った。だが、その後ランディはしゃべりだした。「停職処分を受けたのは、それが理由？」

ランディがいっているのは酒のことだった。

ダレンは罎を足もとに置き、首を横に振った。

「これがほんとうにはじまったのは」ダレンはいった。

「ほんとうに何かに、問題に——なんと呼んだっていいが——なったのは、マックのことがあってからだ」飲酒のことについていうときにダレンが問題という言葉を使ったのはこれが初めてだった。頭がくらくらして、視界の端がぼやけ、バーボンの影響がぶり返したが、それが完全に不快というわけでもなかった。「こんなふうに飲みはじめたのは、マックのことがあってトラブルに巻きこまれて、リサとのあいだにもいろいろあったあとだ」

「どういうことかわからない」

「妻が口実を手に入れたんだよ、停職処分のおかげで。おれがずっと無謀だった、そもそもレンジャーになるという選択からして無謀だったといいだす口実を」ダレンはマックの家での夜について説明した。サン・ジャシント郡で起こった、ダレンが非難されるにいたった出来事について、一時的にバッジを取りあげられたことについて、家族を守ろうとしただけの男が告訴される可能性があることについて、説明した。ダレンがまた顔を向けると、ランディは今度こそほんとうに目をとじていた。ダレンは身を乗りだして上掛けの角を引っぱり、ランディの脚にかけた。ランディは横を向いて体を丸め、ダレンは真鍮のスツールに戻った。また壜に手を伸ばしかけたところで、ランディが肘をついて身を起こし、突然しゃべりはじめた。

「なぜそうしたの？」

その質問はダレンを動揺させた。ダレンは急激に不安が高まるのを感じた。ランディがサン・ジャシント郡でのあの夜のことをいっているのだと思い、自分について余計なことまでさらしてしまったかと慌てた。だが、ランディはすぐに質問の意味をはっきりさせた。

「どうしてここに戻ったの？　出口があったのに。マイケルにだって出口があった。インディアナのノートルダム大学のロー・スクールがあったし、そのあとはシカゴ大学のロー・スクールだってあった。マイケルはテキサスを出た」ランディは部屋の向こうからダレンを見た。部屋の隅に置かれたフロアランプ――色ガラスを使ったティファニーの類似品――からのほの暗い明かりで、ランディの目の下に黒い影が見え、ダレンは突然のように信じがたいほどの疲労を覚えた。静脈を流れる血がドロドロになるような感覚や、四肢が重くなっていく実感に抗えるかどうかわからなかった。いますぐどこかに横になりたいと思った。それ以上の望みはなかった。ダレンはドアへと移動し、もうひとつの部屋のソファに向かった。待って、とランディが声をかけた。「一緒に横になって」ランディはいった。

ダレンはドア口でためらった。手をドアの側柱に置いていると、湿った腋の下から苦いにおいが立ちのぼってきた。もう酒の壜などどうでもよかった。頭を、どこでもいい、どこかに横たえたかった。それ以外のことは何もかもどうでもよかった。

「わたしと一緒に横になって」

ダレンはオレンジ色の絨毯の海に壜を残し、蹴るようにしてブーツを脱いだ。ソックスは履いたまま、かぎ針編みのベッドカバーの上にのぼり、体をランディの体から十センチ足らずの場所に横たえると、腕を枕にして低い天井を見つめた。ソックスを履いたままの足で天井に触《さわ》れそうだった。けれどもひどく疲れて仰向けに横たわっていると、その天井まで何キロも離れているように思えた。「あなたはどうしてここに戻ってきたの?」

「故郷だから」

故郷という言葉はランディにとってはなんの意味もなかった。ランディは人生の大半を中部大西洋岸で——ワシントンDCやボルティモア、その次にはデラウェア——町から町へ、父親のセールスの仕事についてまわるようにして過ごしてきたという。ランディが高校生のときに一家はオハイオにおちつき、その後、これを最後にとイリノイに移った。ランディが高校の最終学年に上がるまえの夏だった。ランディは生まれた家のことも、人生の最初の六年を過ごした街のこともほとんど覚えていなかった。大学院を出るとすぐにDCに戻った。最初の仕事は政治雑誌での見かけばかりのインターンだった。ランディは自分が育ったテラスハウスを探し、十六番ストリートを行ったり来たりしているうちに道に迷ってしまった。ウィンストン一家が住んでいたのがノースウエストだったかサウスウエストだったか思いだせなかった。それは午後の小旅行のようなもので、ただの楽しみだった。写真を撮り、ちっぽけで目立たないカフェに寄ってコーヒーを飲んで、日が暮れるまえには自分のアパートメントに戻った。昔住んだ家のまえを通ったかどうかはよくわからなかった。しかし本心では、その建物が見つかろうと見つかるまいとどちらでもよかった。その場所はランディに呼びかけてはこなかった。マイケルにとってテキサスがいつでも身近に感じられたのとは——テキサスの土地や記憶がマイケルを引きつけたのとは——決定的にちがった。マイケルにとって東テキサスの赤土は自分の一部なのだが、それがランディには理解できなかった。

まあ、わからないだろうな、とダレンは思った。

「だけど実際、マイケルは立ち去った。ここは自分のための場所じゃないってわかっていたから。あなただって、シカゴ大学に行ったんでしょう」ランディは薄い枕をふたつに折って、それにもたれながらいった。「どこへだって行けたのに」

「だからそうしたよ」

ランディはうなずいて、薄暗い明かりのなかでダレンを凝視した。「なのになぜ戻ってきたの?」

「ジャスパーだ」ダレンは囁くようにいった。

ダレンは天井を見つめた。ランプシェードを通して黄と青に照らされている。これから眠るつもりなら、いずれどちらかが起きあがって明かりを消さなければならない。「ジャスパーね」ランディは、その町の名前を舌で転がすようにしていった。「覚えてる。大学三年のときだった。それまでの人生で見たことがなかった、あんなふうに人間を引きずるなんて。それで思ったの……テキサスだからだって」

「あれがおれの9・11だった」

ランディはすこしのあいだ口をつぐんだ。ダレンはポケットから携帯電話を取りだし、床の上の革のホルスターとブーツのそばに置いた。家に帰るつもりはないと告げてから、妻は電話をかけてこなかった。次に話をするときには、向きあう心の準備すらできていないような物事を決めなければならないのだろうと、頭のどこかでわかっていた。ダレンは深く息を吸って勇気を奮い起こした。ロー・スクールをやめたときにも、おなじ勇気の泉から力を引きだしたのだった。こんなふうにいうために。

「使命だったんだ」ダレンはいった。「おれにとっては砂に引かれた線だった。おれが見張っているかぎり、おれたちが絶対に越えていくことのない線。バッジがあれば、この土地はおれの土地でもあるといえた。おれの州であり、おれの国であり、おれは逃げるつもりはないといえた。自分の土地に立つこともできた。ここは自分たち一族が築いた場所で、ほかに行くべきところなどない。だからおれはとくにABTに狙いを定めて、テキサス・レンジャーへ、このバッジへと、方向転換した」ダレンは胸の星を指差しながらいった。ランディが静かになり、表情を読むには蜂蜜色の明かりが暗すぎたので、ダレンはつづけた。「妻も理解しなかった」ダレンは体を持ちあげてベッドの端へ寄った。それだけで、手を伸ばせばフロアランプを消すことができた。「リサは、これがおれにとってなんであるかを理解しなかった。彼女だって、テキサスの田舎で何が起こっているかは知っている。大事な仕事だと思ってる。だけど誰かほかの人に闘ってほしいとも思ってる。おれには毎晩家にいてほしいと思ってる」

「わたしには彼女を責められない」ランディはいった。

ダレンはとうとう目をとじた。ランディがベッドの反対側の壁に向かって寝返りを打つと、マットレスのスプリングが軋んだ。「怒らせるつもりはないんだけど」ランディは暗がりに向かって囁いた。「でも、あなたがここでやろうとしていることがなんであれ、それはちっともうまくいってない。マイケルは故郷に戻るべきじゃなかった」

22

ウィルソンがまたダレンを起こした。

たっぷり三十秒ほど、ダレンはまだ自分が夢を見ているのだと思った。いまいる部屋がどこかわからなかったし、自分の隣で眠っている女が誰かもわからなかった。顔の下半分に女の息がかかるのを感じ、女がこちらを向いたまま体を丸めると、ダレンの肩からほんの数センチのところに頭が来た。リサ、とダレンは思った。しかし首にあたる髪の感触がまったくちがった。リサの細くまっすぐな髪とちがって太く、肌は妻が好んで使っている高級クリームのバニラの香りではなく、イーストに似た酸味のあるにおいがした。ランディ。

ダレンは副官が何をいっているか理解するより先に、彼女の名を囁いた。ランディは息を吐いて、ダレンから離れるように寝返りを打ち、体を反対側の壁に向けた。ダレンは身を起こし、両脚をベッドの脇から降ろした。そして出た覚えもない電話を持ちかえ、首のところではさんだ。ウィルソンは半分怒鳴るようにしゃべっていた。「すぐにセンターへ向かうんだ」ウィルソンはいった。「彼らはセンターにある郡庁舎でひらくつもりだ。オースティンの本部はきみにもカメラに映ってもらいたいといっている」

「一体全体なんの話です?」

「記者会見だ」

「なんの会見ですか?」

「レンジャー・マシューズ、ここ四時間ほど倒木の下敷きになっていたのであって、朝からずっと故意に私の電話を無視していたわけではないといってくれ」

ダレンは電話を見おろした。午前九時を過ぎたばかりだったが、着信通知が八つあり、着信は午前五時を過ぎた直後からはじまっていた。ウィルソンの番号に交じってグレッグの番号もあった。グレッグは、すくなくともこのうちの三つをＦＢＩのヒューストン支局の自席から発信していた。どうやらダレンは目を覚ますことなくすべてをやり過ごしてしまったらしい。

「待ってください」ダレンは目をこすって目やにを落とし、脚に絡んだ上掛けをはずした。「誰が記者会見をひらくんですか？」

「彼らはキース・ディルを逮捕した」

「妻殺しで？」

「両方の殺人でだ」

「いや」ダレンは立ちあがっていった。「それはないはずです。ヴァン・ホーンはマイケル・ライトの事件にもうすこし時間をくれるといっています。約束では、まだ行動を起こさずに――」

「マシューズ、きみは事件を解決した」ウィルソンは、何が問題なのかよくわかっていないようだった。熱意のこもらないダレンの声を、不当に扱われたことへの憤りの表明なのだと誤解し、若い部下が謝罪か何かを引きだそうとしていると思ったようだった。ウィルソンはうんざりしたように息を吐いていった。「確かに、私はこの一件を見落としていたよ。きみの手柄だ」

「逮捕の根拠は？」

「自白だ」

「それはちがう」ダレンはそういうと寝室のドアへ向かいはじめ、ランディを起こさないように部屋を出ようとしたのだが、ドアをしめながらうしろをふり返ると、ランディはすでに目を覚ましており、身を起こしてダレンを見ていた。「おれも取調室にいたんです」ダレンは寝室のドアをしめながらそういい、ほかのふたつの寝室へと通じるせまい廊下の壁にもたれた。「キースはあの男をたたきのめしたとはいいましたが、それだけです」

「ヴァン・ホーンは二件とも負わせたがっている」

「まだ足りないものがあるんです」ダレンはいった。

「ひとつは、車です」

「いつだって何かしら合わないものはある。それくらいわかっているだろう」

「キースがやったのだとしても、ひとりでやったかどうかはわかりません。今回の件の裏には、もっと大きな、ABTとのつながりがあるかもしれない。近くにあるアイスハウスがABTの拠点なんです。ウォレス・ジェファソンは明らかに知っていますよ——公然と認めることはないにせよ——犯罪組織のメンバーが自分の店で親交を深めていることを。もうすこし突っこんで調べれば——」

「まさにそれだよ、郡もFBIもそれを望んでいない」

「FBIも？」ダレンはグレッグからの着信を思いだしながらいった。

「これは古くさい頭のクラッカーが起こした事件なんだ、マシューズ、そうだろう」ウィルソンはいった。「きみは最初の日からそういっていた。われわれが一番避けたいのは、東テキサスでABTが制御不可能になっているかもしれないという疑念だ。あるいは、この州で黒人と白人が殺しあっているように見えることだ。国じゅうで進行中の抗議行動を考えれば——いまのテキサスにそういう問題は要らない。人々はまだ、ダラスであった警官による銃撃にひどく感情を害している。そんなときに、シェルビー郡の馬鹿なレッドネックひとりをめぐって、われわれみずからの手で人種間の戦争をはじめることはないじゃないか。いまはまだ、これにABTが関与している証拠はひとつもない。だからここはいま目のまえにある勝利を手に入れて、問題を大きくするのはやめるんだ」

それでも、何かがおかしかった。

ダレンはそう感じていた。たとえ上司と落ち合うためにシェルビー郡の郡庁所在地、テキサス州センターに向かうしか選択肢がないとしても。ウィルソンは驚くべき先見の明を発揮して、ダレンの机の一番下の引出しに入っていた清潔な白いシャツとアイロンのかかった黒いズボンをヒューストンから持ってきた。ダレンは一階の男性用トイレで着替えた。トイレは郡書記官のオフィスのすぐ外にあり、結婚許可証や出生証明書の発行を待つ人々の列がそばにできていた。

トイレに入ると、ダレンは急いで着替えた。ウィルソンに、きみが来るまではじめないといわれていたからだ。シャツをたくしこみ、ズボンのまえを撫でつける。ズボンは何度もアイロンをかけたのでひどくてかっていた。この衣類がどれくらいあの引出しに入っていたか、ダレンには思いだせなかった。そして恥ずかしながら、自分がいないあいだに机の中身が片づけられていないことがわかって感激し、今度こそほんとうにレンジャーに戻れるかもしれないと思った。そのことでマイケル・ライトに感謝しなければならないと思った。しかしひねくれた感謝の念はひどい罪悪感に汚染され、かなりの重量のおもりとなってダレンの体の下半分を定位置に押さえつけていた。ダレンはまだ、もっとあとになってステットソンを頭に載せた瞬間まで、自分がこれをやり抜けるかどうか確信がなかった。もしやり遂げれば——会見の場に出ていって、この黒い顔を彼らに利用されるのを許し、ここには見るべきものなどない、保安官は犯人を見つけた、シカゴから来た黒人男性と地元の白人女性の死はローカルな事件以上のものではなく、レンジャーと郡が黒人の捜査官を投入して人種問題への配慮を示したと大勢の記者を相手に話せば——そしてもし単純明快な答えを受けいれ、キース・デイルは自制を失った嫉妬深い夫以上のなにものでもないという結論を是認すれば、もしウィルソンがいうように目のまえの勝利を手にすることができれば、ダレンはバッジを完全に取り戻して家に帰れるかもしれない。トイレのドアがひらき、グレッグが顔をのぞかせた。「ダレン」目が合うと、グレッグは笑みを浮かべていった。

グレッグはダレンよりも背が低かった。しかしそれをいうなら、ほとんどの人間がそうだった。

グレッグはネイビーブルーのスーツを着ていた。以前ほど細くない上半身に細身のスーツを着こんでいるので、葬式のために一張羅《いっちょうら》に無理やり体を押しこんだ思春期の少年のように見えた。そのスーツは、体が大きくなったせいでとっくの昔に着られなくなった礼服のようだった。グレッグの雰囲気もこの場にそぐわなかった。慎重でいるべき場で、やたらと元気だった。グレッグはハグをしようとしたが、ダレンが身を固くして尻込みしたので、背中をぽんぽんとたたくだけにした。「やり遂げたな。大物ってわけだ」

「FBIに送りこまれてきたのか？」

グレッグはうなずいた。「二件の殺人についておまえに助言をしたのがおれだってことが耳に入るとすぐ、上司に机から引き剝がされて、ここに送られたんだ。もしここの郡の連中が深みにはまっているようなら助けてこいって」グレッグは茶色がかった砂色の髪を、会社勤めの人間のように短く刈りこんでいた。角刈りの白人少年がジェルで髪を固めようとしていた高校のころとは大ちがいだった。あのころのグレッグの髪は、濡れた指をコンセントに突っこんだ人間のように逆立っていた。目は大きく、若草色で、ダレンとはちがって、きょうはきれいにひげを剃《そ》っていた。リサが昔ダレンにいったように、グレッグはハンサムな男で、グレッグが女たちにどんな影響を与えるかはダレンもよく知っていた。十代のころはそれを羨《うらや》ましく思ったものだった。相手がほかの男だったら〝まだ心の準備ができていないの〟といわれるようなことを、グレッグはたやすく女の子たちにやらせることができたのだから。ダレンは、グレッグが記者会見の場で何をするつもりなのか完全にはわからないままトイレのドアをあけ、ふたりで外へ出た。ダレンのブーツが灰色の床の上でコツコツと音をたてた。

「キース・ディルの収監時のファイルには、塀のなかでＡＢＴとつながっていたことを示すものは何もなかった」テキサス州刑事司法省に問いあわせ、きのうようやく報告書が送られてきたのだとグレッグはいった。

ダレンはいった。「保安官がＡＢＴとのつながりはないと主張しているなら、そもそもなぜＦＢＩが出てくる必要があるんだ？」

「これがどういうことなのか、まだわからないからさ。やつはまだ起訴されていないんだよ」

「それで、おかしいとは思わないのか？　まだどちらの犯罪でも起訴されていないのに、記者会見をひらくなんて？」

「おれの理解しているところでは、聞きこみは全部終わってる」グレッグはそういいながら、シンクの上の鏡に映った自分をちらりと見た。「おまえがあの男を捕まえたんだろう、ダレン。逮捕のニュースで人々は安心するだろう。そこにおれがいれば、保安官とその助手たちが何かよからぬことを企んでいるようには見えない」

「いい換えれば、おれたちはふたりとも小道具ってことか」

「おれたちは自分の仕事をしているんだよ、ダレン」グレッグは、ダレンが膝の上に置いてもらった好機をありがたがっていないことに、ほんのすこし気分を害しているようだった。「この件では誰かが刑務所に行く。もしおまえがこの町に来ていなかったら、保安官はまだ強盗だといっていたかもしれない。もしおれがおまえに電話をかけていなかったら」グレッグはこの最後の点をはっきりさせたがっていた。

「シカゴから来たあの男、ウォズニアックと話をしたのか？」ダレンは尋ねた。

　グレッグはうなずいていった。「いまはそのときより大事《おおごと》になってる。《ニューヨーク・タイムズ》の特派員が来ているし、CNNもヒューストンから撮影班を送ってきた。きっとおまえの話も聞きたがるよ」それから、ちょうど思いだしたといわんばかりの調子でつけ加えた。グレッグの興奮した様子や、まえのめりになった姿勢から、ここ二十四時間ほど一秒たりともこれが頭から離れなかったことは明らかだったのだが。「〈ナイトライン〉がおれたちをスタジオに呼んでくれるように売りこんでおいたよ、ふたりで事件の説明を——先にそっちに電話したんだが」**またそれか**、とダレンは思った。グレッグがこの手の売名をどんなに重要視しているか、考えると悲しくなった。机に三年もかじりついていたせいで、出世しようと必死になるあまり、ふたつの殺人事件を第一にチャンスと見なし、自然に反する罪であると考えるのは二の次になっている。しかし、これについては自分だってすこしばかり罪悪感を覚えたところじゃなかったか？

　キース・ディルは妻を殺した可能性が高く、マイケル・ライトをきわめて死に近い状態になるまで打ちのめしたことを認めている。ランディは正しい——キース・ディルは無罪ではない。たぶん正義とは、ダレンが初めて胸にバッジをつけたときに思ったより取り散らかったものなのだ。ちゃちな網やざる以上のものではなく、かといってそれ以下でもない。行きあたりばったりのシステムが公正であるという幻想を与えているだけで、ほんとうはきちんとした解決が求められているところに、いつだってぞんざいに不確実なカードが切られているのだ。キース・ディルは刑務所送りになっても仕方がない。それはもちろんそうなのだが、彼らがキースにしていることは何世紀ものあいだ黒人がされてきたことと変わらないのではないかという考えを、ダレンは振り払うことができなかった。だがとにかくひとつを、どれでもいいからひとつを取り、それ以上質問はしないことだ。

「覚えているだろう、おれが事件の初期の詳細を送るまで、おまえはラークのことなど聞いたこともなかった」グレッグはいった。「そういうのも、記事にとってはいい視点になるかもしれない」

「隊の承認がなければ、おれはメディアに話をすることはできない」

「これがすめば、いくらでも望みどおりにやらせてくれるさ」

　ふたりは郡庁舎の奥にできた間に合わせの会見場の外まで来ていた。ドアのプレートには〈ラウンジ〉と書いてあったが、室内は記者会見用に模様替えされていた。ドアにはまった網入りガラスの窓を通して、すくなくとも十人以上の記者がビデオカメラの群れのうしろに立っているのが見えた。カメラのレンズやマイクは演壇に向けられており、その演壇ではウィルソンとヴァン・ホーンと保安官助手がひとり、グレッグとダレンを待っていた。

　ダレンは全体を通してまったくしゃべらなかった。マイケル・ライトとミシー・デイルのふたりの殺人についてキース・デイルを逮捕したという発表のあいだも、テキサス・レンジャーが関わったことについての説明のあいだも、名指しでレンジャー・マシューズに質問が向けられたときでさえも、ウィルソンとヴァン・ホーンに任せて黙っていた。これは彼らが売りこむべき話だった。ダレンは体のまえで両手を握りあわせて立ち、背骨をポプラの幹のように固くして、ブーツをしっかり地面に植えこんだ。

　グレッグはしゃべった。当然のごとくしゃべった。

　市民のために法と秩序を維持する連邦政府の役割について話すときには哲学的になり、慎重に扱うべき犯罪の捜査についても巧みに話した——ヘイトクライムという言葉を使うのを避け、いつ起訴するのか、あるいはそもそもマイケル・ライトの死に関連して誰かを起訴するのかどうか、するとしたら検察側はテキサス州なのか司法省なのかといったことを言明するのも避けた。ミシーのことには、談話を締めくくるために触れただけだった。グレッグは、テキサスで黒人が殺された場合の動機について、コミュニティ全体が結論を急ぎすぎないことが必要だと話した。そうした内容を全部聞いて、ダレンは奇妙な乖離《かいり》を感じた。まるで夢のなかにいて、自分のまわりの世界に、あるいは母語であるはずの言葉に、覚えがあると同時に覚えがないような感覚だった。だいたい、この記者会見こそ結論を一足飛びに出すためのものではないのか？　ヴァン・ホーンとウィルソンがぶくぶく泡立つ面倒事を飛び越えて安全に向こう側に着地できるよう、必死でつかんだロープではないのか？　すこしでも気を許せば自分たちを丸ごと呑みこんでしまう歴史の濁った水や人種問題の沼を回避するためのものではないのか？

会見は、記者たちが質問を思いつきもしないうちにすばやく終了した。大部分の人々が、四日まえのダレンがそうだったように、ラークという町の名を聞いたこともなかった。謎とその解決が、十二分という長さの記者会見のなかで一緒に提示された。要領よくまとまったその様子は人々を満足させた。パズルのまんなかの最後のピースがはまり、ぱちりという小さな音とともに全体像が現われ、封印されていた真実が見えたかのように。

その後、ウィルソンはダレンの背中をぽんぽんとたたき、これでようやく本部に持って帰れる本物の材料ができたよ、きみの停職処分を解くための材料だ、といった。大陪審がラザフォード・マクミランの件で決定を下すまでは身動きが取れないが、きみの復職について初めて希望が持てた、ともいった。

「とくに、カミラのきみの家の捜索で何も出なければね」

「その捜索ならもう何週間もまえにすんでいるはずですが」

　オリーブ色の肌と白髪交じりの黒髪のウィルソンが、声を落としても聞こえるように、ダレンのほうへ身を乗りだした。「できることなら意見したんだが、そうすると今度は私が苦境に立たされる。地区検事がもう一度調べたがったんだ。私の意向ではないよ、マシューズ。私の決定ではない」

　では、二回めの家宅捜索がおこなわれたのだ、とダレンにもようやくわかった。

「くそ、なんでまた」

「きょうの朝行ったはずだ」

「おれが郡内にいないとわかっていたからですね」ダレンはいった。サン・ジャシント郡の地区検事にその情報を提供したのはウィルソンではないのかという疑念が払拭《ふっしょく》できなかったので、声に滲む非難をわざわざ隠したりはしなかった。

「もし何もないなら、何も出ないだろう」ウィルソンはいった。「心配する理由もない」

「何もありませんよ」

　しかしなぜまたおれの家を探っているのだろう、とダレンは思った。大陪審は、マックに不利な証拠についてはもう全部耳にしていて、すでに検討しているというのに。

　新しい容疑が持ちあがっているのだろうか？

　おれに対する容疑が？

　そう考えると、パニックが全身を突き抜けた。

「私はなんの心配もしていないよ」ウィルソンはいった。「きみはきちんとした青年だ。きみの伯父さんのウィリアムのことは、私もとても尊敬していた。大陪審がもうひとつの問題にどう結論を出すのか、結果を待とうじゃないか。その後、きみを現場に、きみが属するべき場所に、戻すことができるかどうか考えさせてもらうよ、レンジャー」ダレンは自分の感情よりも事実を優先する態度をみずから進んで示したつもりだったし、それは伯父も自慢に思うだろう。だが、こんなふうにウィルソンの口から伯父のことをいわれると腹が立ち、ウィリアム・マシューズは黒人が殺された事件の捜査に関してここまで不確実で不安の残る結論を、テキサスの現状について白人を満足させるために黙って呑みこむような男ではない、といってやりたくなった。自分は真実を追求する責務を、自分を育てたマシューズ家の男たちから引き継いだ責務を、果たせずに終わりつつあるのだ——不自由で入り組んだ状況のせいで。そういいたくなった。しかしダレンは口をつぐみ、代わりに携帯電話を取りだした。最後の記者とカメラマンがつづけて出ていくと、ダレンは廊下で静かな場所を見つけ、母親のトレーラーの留守番電話にメッセージを残した。ベルにはこう伝えた——カミラのマシューズの家に行って、捜査活動の余波としてひどく散らかっているであろう部屋を片づけてくれたら二、三百ドル分の仕事と見なす、そのことを黙っていられたらもういくらか払う、と。今回のマックとのことが非常に危険なかたちでダレンのほうを向くかもしれないというニュースでクレイトンを心配させるのはとくに避けたかった。**あの家には何もない**。そのうえ、保安官事務所が家族の農場を二度も荒らしたと知ったら、法執行機関に対するクレイトンの敵意を深めるだけで、ダレンとしてもいまはそんな話を聞きたくなかった。

電話を終えると、廊下でヴァン・ホーンが近づいてきて、何事もなかったように、ほとんど気にもかけていない様子でいった。「ジェニーヴァ・スイートはもう自由に家へ帰れる」

最初にダレンが車に乗せていこうと申し出たとき、ジェニーヴァはそれを断り、孫娘が迎えにくるのを待つといい張った。けれどもラークに電話をかけたダレンがフェイスから、そうしてもらえると助かる、おばあちゃんの意に反してまたカフェをあけているからといわれると、ジェニーヴァはようやく折れた。郡庁舎の外に出ると、サン・オーガスティン・ストリート沿いにまだテレビ局のバンが並んでおり、何人かのカメラマンが郡庁舎の最後のショットにふさわしい場所、ずんぐりした箱のような煉瓦の建物がすこしでも見栄えよく映る場所を探していた。ジェニーヴァ・スイートの名前は短時間の記者会見中に誰の口からも漏れなかったので、七十歳近い黒人女性を無帽のダレンが駐車場まで静かにエスコートしていても、世間からは彼女の息子か甥のように見えるだけで、誰も興味を示さなかった。

ダレンはジェニーヴァがピックアップに乗るのに手を貸そうとしたが、ジェニーヴァはその手をピシャリと払いのけて、うめき声をあげ、祈りの言葉をつぶやきながら、高い前部座席へなんとか自力で体を引きあげた。ダレンが運転席側にまわってハンドルのまえに座ったときには、ジェニーヴァはすでにシートベルトを締め、両手を膝の上に置いていた。ダレンはステットソンをベンチシートのふたりのあいだに置き、エンジンをかけた。

シボレーの座席によじのぼったせいで、ジェニーヴァはかすかに息を切らしていた。ダレンがそちらを見やると、ジェニーヴァの額で光が踊っているのが目についた。灰色のきつい巻毛の房がいくつか、蠅取り紙にくっついたブヨのように肌に貼りついていた。ジェニーヴァは自分のまえにあるエアコンの吹き出し口の向きを調整したが、それ以外は動かず、口もきかなかった。

ふたりの車は州道八七号を走りはじめた。

ダレンは郡内の一番いいところを横断して、眺めのいい道路を通ってラークまで戻ろうかとも考えた。東テキサスのこの地域はルイジアナに近いので空気に湿気があり、テキサスライブオークの幹に生えた苔の息《い》吹《ぶき》が感じられた。息をのむような田舎の景観だった。けれどもジェニーヴァは一番早い道で帰りたがるだろうと思ったので、ダレンはティンプソンへ行き、そこで五九号に乗って、南のラークへ向かった。最初の五キロほどはジェニーヴァの沈黙を尊重した。しかし最後には、何かしらいわなければならないと思った。

「おれは逮捕にはいっさい関わっていない」ダレンはジェニーヴァにいった。誤解があるなら取り除きたかった。しかしこれで石のように固く食いしばられたジェニーヴァの顎がすこしでもゆるむと思っていたなら、ダレンはまちがっていた。ジェニーヴァはどこまで知っているのだろうか、とダレンは思った。キースの逮捕について、あるいはヴァン・ホーン保安官が昨夜ジェニーヴァを自由にしてかまわないと思っていたことは、知っているのだろうか。ジェニーヴァが留置場で寒い夜を過ごすことになると知りながら、もうすこし時間をくれとダレンが無理をいったことは耳に入っているのだろうか。「今回のことでは、悪意はまったくなかった」ハイウェイからちらりと助手席に視線を向けながら、ダレンはいった。ジェニーヴァはうなずきもせず、しゃべりもせず、笑いもせず、ダレンに注意を向ける様子をすこしも見せなかったので、ダレンは胸のなかに怒りの炎がちらつくのを感じた。年配だろうがそうでなかろうが、ジェニーヴァは頑是《がんぜ》ない子供のように依怙地《いこじ》になっていた。

「おれはあんまり好かれていないんだな」ダレンはいった。

「知らない人だから」うっかり漏れたげっぷのように、どことも知れない場所から言葉が出てきた。「信用する理由がない。それだけ」

「おれは助けになろうと思ってここへ来たんだ」

「それであたしがどうなったっていうの」ジェニーヴ

ァはスカートのまえを撫でつけていった。スカートは淡い色の綿混で、留置場でひと晩を過ごしたあいだに汚れていた。

「おれがラークに足を踏みいれていようといまいと、あなたはミシーの件で逮捕されていたはずだ。保安官が罪を着せられる誰かを探しまわっていることを知りながら、ミシーが死んだ夜に会っていたことをはっきりさせなかったせいで、自分でそれを招いたんだ」ハンドルを握るのに、爪が手のひらにあたって食いこむほど力をこめながら、ダレンはいった。「もしおれがキースにスポットをあてなかったら、地区検事が勾留を大陪審にはかって、あなたはまだあの留置場にいたかもしれない」

「で、あんたはほしいものを手に入れたんだろうから、もうどこなりともとの場所へ帰って、あとは放っておいてくれればいいんだよ」ジェニーヴァは腕を組み、道路を睨みながらいった。「あたしたちは、あんたがいなくなったあともずっとここで暮らしていかなきゃならないんだから」

「それはどういう意味なのかな？」ダレンはいった。ジェニーヴァの言葉が頭のなかのある部分に明かりをつけ、ダレンの意識に注意を喚起した。ダレンはジェニーヴァの声のなかに、以前にはなかった不安を聞きとった。その不安が、トラックのせまい前部座席にいるふたりのあいだの空気を震わせているのを感じた。ダレンはシートの向こうのジェニーヴァに顔を向け、表情を読みとろうとした。

「キースがやった証拠はない」

「ああ、キースがあの娘を殺したんだよ、まちがいない。あのクズがあたしの孫から母親を奪ったんだ、この世で唯一気にかけてくれる母親を」ジェニーヴァは身を固くしてまっすぐに座っていたが、激しい怒りに爪弾かれたかのように、送電線のように震えていた。

「それにあの黒人の男もキースが殺したんだよ。それがわからないようならあんたは馬鹿だね。あたしはね、ここに、あんたが立小便もできないうちからあたしたちが住んでるこの町に、よそ者の理解の及ばないこの場所にやってきて、自分だけはなんでもわかってると思いこむような人たちが嫌いなんだよ。あんたやあの娘みたいな人たちがね」

「おれはサン・ジャシント郡の生まれだよ」ダレンはいった。「それに〝あの娘〟には名前がある」

ランディ。

「それは知らなかった。あの娘はあたしの店にやってきて、名乗る程度の敬意も払わなかったんだから」

「彼女は夫をなくしたんだよ、ジェニーヴァ」

ジョー。

「それは何もあの娘だけってわけじゃない」

ダレンはその名前を口に出していえなかった。いったら魔法が解けてしまいそうだった。

「あたしは神から与えられたあの人を愛してた」ジェニーヴァはいった。「何が自分のものかはわかってた」

　その後ジェニーヴァは黙りこみ、ダレンも口をひらかないよう努めた。けれどもランディをかばわなければならないような気がしたし、ジェニーヴァが若い寡婦から侮辱されたように感じているというのも理解できなかった。「ランディとマイケルの結婚生活のことは何も知らないんでしょう」ダレンはミシーにまつわる噂のことを考えていた。そしてランディの多難な結婚生活に入りこんできたほかの女たちのことも念頭にあった。

　ジェニーヴァはいかにも関心なさそうに小さく肩をすくめた。

「マイケルが話してくれたことなら知ってる」ジェニーヴァはいった。「ミシーがいっていたことも」

「ミシーが？」

　ジェニーヴァは顔をそむけ、窓の外を流れる緑色と蜂蜜色を、つねと変わらず青い空を見やった。「あの晩ミシーとマイケルが何を話したか、あたしはミシーから聞いたけど、それがなんだったかわかる？　今回のことすべての原因がなんだったか？」ジェニーヴァが顔を向け、ベンチシートに並ぶふたりの目が合った。ダレンは心臓が持ちあがって肋骨に押しつけられるような気がした。どうしても理解したいと思った。

「失われた愛だよ」ジェニーヴァはいった。「あたしの息子と、息子の妻。ふたりとも、何かをもぎ取られた。方法も理由もちがったけれど。ミシーはあたしとおなじように、マイケルのなかに何かを見た。マイケルが店に入ってきたときに」

23

彼は息子を思わせた。

どことはっきりいえるようなところはなかったが、年はぴったりだった。見かけや、人生そのものはまったくちがったとしても。ある特定の年齢と雰囲気の黒人男性を見ると――自信たっぷりな態度のなかに垣間見える、意識して身につけた自制とか、顔つきに表われた控えめな品のようなものが目につくと――いつもジェニーヴァの心臓は締めつけられた。あんただって、最初に店に入ってきたときには息子を思わせたよ、とジェニーヴァはダレンにいった。先週の水曜日、ジェニーヴァはキッチンでアカインゲンマメを水に浸し、デニスが燻製にできるようにターキーを塩水に漬けていた。

その日の午後五時ごろ、ジェニーヴァはエプロンの裾で手を拭きながら、スイングドアを抜けて店に戻った。ドアについたベルの音が聞こえたのは、ちょうどライトニン・ホプキンスの曲がジュークボックスにかかったときだった。〝あんたは女を愛したことがあるかい、自分を愛するより深く〟。ジョーのお気に入りのひとつだった、とジェニーヴァは思い、笑みを浮かべながら顔をあげると、マイケル・ライトがいた。黒のTシャツにオーバーオールという格好で、乗ってきた高級車に反射した光が窓から入ってきて、彼のまわりの空気を温かい琥珀色に染めていた。いまとなってはそれがマイケルの人生最後の日だったとわかっているので、その瞬間はジェニーヴァの記憶に永遠に焼きついている。

マイケルは、ぼろぼろのケースに入ったあのギターを持っていた。ケースの安い革は、五十年近く経ったいまではずいぶん擦りきれていた。ハクスリーはアイザックの椅子のそばでティムと話をしていた。ティムはまた運転に戻るまえに散髪してもらっていた。もしかしたら、緑色の理髪用の椅子の肘掛けを使って、ふたりでカードゲームをしていたかもしれない。マイケルはカウンターのハクスリーのいつもの席に座って、ギターをほかのふたつのスツールの上に寝かせた。

「ギターを弾くの？」ジェニーヴァは、テーブルマットと兼用の紙のメニューを渡しながら尋ねた。そして要るかどうか訊かずに、背の高いグラスに水を注いだ。

「いや」マイケルは、何かを決心したかのように顔をあげてジェニーヴァを見ながらいった。

「あんたとおなじくらいの肌の色だった」いま、ジェニーヴァはダレンにそういった。だけどマイケルの目は黒くて、つやのある細いメタルフレームの丸眼鏡をかけていた。

「弾きません、マーム」マイケルはいった。「一度も弾いたことがない」

「ご注文は？」

「ナマズのプレートを」

「付け合わせは？」

マイケルはメニューをちらりと見おろした。「ええと……豆と、トマト・オクラで」

「水以外の飲み物は何かいる？」

「あればぜひビールが飲みたいけど」

ジェニーヴァはソーダとビールの壜の詰まった冷蔵ケースのほうを向き、クアーズの壜をつかむと、ケースのドアにひもでさげてある栓抜きでふたをあけた。そして壜をマイケルに渡してから、キッチンのデニスに大声で呼びかけた。「ナマズに豆とオクラをつけて出して」

マイケルがクアーズの壜を口もとまで持ちあげると、結婚指輪がジェニーヴァの目についた。

彼がどこの人間かはわからなかった。表の車のナンバープレートはイリノイ州のものだったが、ジェニーヴァはなぜかこの男を知っているような気がした。マイケルには、この東テキサスの田舎のカフェにしっくりとなじむような独特の雰囲気があった。あるいは、いま思い返すに、ここに合うと感じられたのはギターのほうだったのかもしれない。ジェニーヴァはまたギターについて尋ねた。「ギターを弾かないなら、どうしてこんなところまでわざわざ運んできたの？」

マイケルはクアーズを置いた。壜底の汗で最初にメニューについた輪から数センチずれた場所だった。マイケルは視線をあげ、ジェニーヴァの顔をじっと見つめて、しばらくそのまま時間が流れるに任せた。ライトニンが歌いつづけていた。〝女たちにいい家《ホーム》を与えようとしたことはあるか？　まさにそのとき、女が馬鹿な真似をして出ていったとしても〟。マイケルは手でギターケースのてっぺんをぽんぽんとたたいた。

「これはジョー・スイートのものだった」マイケルは、

その名前に反応があるか、ジェニーヴァの顔を見ながらいった。「ジョー・〝ピーティ・パイ〟・スイート」マイケルが見守るなか、ジェニーヴァはカウンターの向こうから出てきてケースをあけた。一九五五年製のレスポール、見事なギターだった。ジェニーヴァは木に指を走らせた。とりわけニスの摩滅した場所、時の流れを語る場所に。マイケルは笑みをこらえながらジェニーヴァを見つめた。声のなかに、ここまで来たのは無駄ではなかったのだという安堵の気持ちがかすかに混じった。「あなたがジョーの妻ですね？」

「これはジョーのギター？」

「そうです、マーム。ずっと彼に返したいと思っていました」マイケルはほんのすこし声を詰まらせながらいった。「いや、そのつもりだったんですが、彼が亡くなったのは知っています。だからこれはあなたのものだ」

「どうしてジョーを知っているの？　長く離れ離れだった息子だとか、そんな戯言を聞かせるつもりじゃないでしょうね？」ジェニーヴァはマイケルの鼻と口を長々と見つめた。

「ちがいますよ、マーム」マイケルはちょっと笑っていった。「彼と僕のおじが、昔一緒に演奏していたんです。ブッカー・ライトというんですが。僕の家族はタイラー出身なんです」マイケルは正面の窓のほうを向いてうなずいてみせた。まるで、タイラーが木立のすぐ向こう、ハイウェイの反対側にあるかのように。

「ブッカーが最初にテキサスを出ました。次いで僕の母親と父親が結婚して、ふたりは父親の兄弟を追って北へ向かい、シカゴにおちついて二度とうしろをふり返らなかった。よくも悪くも、僕自身もテキサスはルームミラーに映したきりでした。おじの最後の望みをかなえるのに、こんなに長くかかってすみません。おじはあなたにこれを渡したがっていました」

「ブッカー」ジェニーヴァはもう何年もその名を口に

していなかった。ブッカーのことはよく覚えていた。昔の店のドア口に立ったときのシルエットを、ジョーが決心を変えて彼とほかのバンドメンバーと一緒にインパラに乗りこむ気になるのを待ってぐずぐずしていた姿を覚えていた。男ふたりのあいだの苦々しいわだかまりは何十年ものあいだ消えなかった。長年のあいだに、ジョーは絵葉書を一枚か二枚送った。けれどもテキサス州シェルビー郡で手に入るものといったら、ひとつ星《ローンスター》の絵か、ライブオークやブルーボネットや、大草原に牛のいる風景写真の葉書くらいしかなく、それではブッカーが感じていた憤りの熾火《おきび》を消すことなどできそうになかった。ブッカーは自分の知る一番のギタリスト、兄弟とも友人とも思っていた男をテキサスの田舎で失ったのだから。「ジョーは彼を愛してた」ジェニーヴァはいった。

「知ってます」

ジェニーヴァはマイケルに微笑みかけた。ジョー・スイートについて話すことで自分の人生の一部がよみがえったのをうれしく思いながら。「ジョーのことは、ほんとうに知らないの?」ジェニーヴァはいった。

「話に聞いただけです」マイケルはいった。「会ってみたかったですけどね。当時のあなたとジョーについてブッカーが聞かせてくれたラブストーリーはかなりのものだったから」

「ジョーは、人は一生巡業をつづけていられるわけじゃないっていつもいっていた」

キッチン入口のスイングドアが向こうからあいて、デニスが入ってきた。ナマズの切り身にコーンミールをまぶして焼いた料理と、ローリーのシーズンド・ソルトに加えてジェニーヴァが自分でつくって製法を秘密にしているスパイス・ブレンドを手にしていた。デニスは皿を置くと、カウンターのマイケルのいるほうに向けてホットソースの壜をすべらせた。しばらくのあいだ、ジェニーヴァはマイケルが心穏やかに食べられるように放っておいた。ジェニーヴァはギターとそのケースを空いたボックス席に運び、テーブルに置いた。そこはいまギターが上に掛かっているのとおなじ席だった。マイケルは食欲旺盛だった。皿に残ったホットソース混じりの汁と、脂と、トマトの果汁を浸して食べられるように、食パンのスライスを注文した。最初のビールにつづけて二本めを飲み、機嫌がよさそうに見えた。子供のころから食べつけてきたどんなものともちがう食事に満足しているようでもあった。マイケルはビニールのスツールごとぐるりとまわり、ギターを持ったジェニーヴァを見た。

「こんなに長くかかって、すみませんでした」マイケルはいった。

ジェニーヴァは気にしないでというように手を振った。ギターから目を離さなかった。

「あんたにも妻がいて、自分の人生があるんだから」

ジェニーヴァはマイケルの結婚指輪を顎で示した。マイケルは身を固くした。そしてジェニーヴァから顔をそむけ、スツールごとゆっくりと戻り、二本めのビールをひと口飲んだ。ジェニーヴァはその変化を、見るより先に肌で感じた。まるで雲が太陽を呑みこんだかのようだった。ジェニーヴァはボックス席にケースを残して、自分の持ち場に戻った。そしてマイケルの皿を片づけ、カウンターを拭いて、いくらか時間を稼いだ。「フライド・パイもあるよ」

「ありがとう、でもけっこうです」

マイケルは腕時計をちらりと見た。魔法は解けてしまった。

「子供はいるの？」ジェニーヴァは尋ねた。

「いません」

「結婚してどれくらい？」

「六年です」

「六年は長いね、足もとにチビたちがいないまま過ごすには」

「妻はたいてい旅行しているので」マイケルはクアーズの壜を持ちあげて、もう一本注文したそうなそぶりを見せたが、途中で気が変わったようだった。空いた壜を自分のまえに置き、親指の爪でラベルをつつきはじめた。「仕事で」説明する必要があると感じたらしかった。「妻は仕事でものすごく成功していて、僕もそれを妬《ねた》んでいるわけじゃない。だからといって、自分の仕事をやめて妻の仕事から仕事へと世界じゅうついてまわりたいわけでもない。僕のために仕事をやめてくれと頼むのはフェアじゃない、それはわかってるんです。だけどどう思いますか、マーム。もしかしたら僕は完全に思いちがいをしていたのかもしれない。〝転がる石〟になるべきなのは、男のほうだと思っていたんだけど」

「誰だって自分の望みどおりにやればいい――男だろうと、女だろうと、なんだろうと」

その返事のどこかに非難が混じっていた気がして、マイケルは弁解しようとした。

「妻はすばらしい女性ですよ、それに僕自身、完璧ってわけじゃないし」マイケルはいった。「ほんとうのところ、僕が浮気したのは妻が家にいないからなのか、妻が家にいないのは僕が浮気したからなのか、よくわからないんです。わかっているのは、僕らがひどくしくじってしまったこと、だけどそれがどうしてか僕には理解すらできないってことだけ。以前は愛しあっていたのに。僕はいまでも愛してる」

いま、ダレンはそれを聞きながら、自分の胸の内にも痛みを感じていた。マイケルとランディの話は、自分とリサの話とおなじで、ただ妻と夫が逆になっただけのように聞こえた。自分たちの場合、ダレンが外に出ていたいほう、家庭をどんなふうにつくったらいいかわからないほうだった。**誰だって自分の望みどおりにやればいい――男だろうと、女だろうと、なんだろうと。**ランディもダレンも、じつのところ自分で認めているよりもほんとうの望みがわかっていなかったのではないだろうか？

　ジェニーヴァの店で、マイケルはビールの壜だけを残して、どこかほんとうの酒が飲める場所がないかと尋ねた。ジェニーヴァといて気まずくなってきたので、逃げ道を探していたのだ。ジェニーヴァは、このへんでそういう店は道の先のアイスハウスだけだが、あの店を出るときはひとりで出てきたほうがいい、と話した。ジェニーヴァの言葉は、知っている者にとっては険悪な鋭さを持って響いたが、マイケルにはそれがわからなかった。「ウォリーの店とは関わらないほうがいい」ハクスリーが、コーヒーのおかわりをもらうためにアイザックの床屋から出てきていった。ハクスリーがカードゲームにふらふらと戻っていくと、マイケルは徐々に自分自身の感情から距離を置いて、ジェニーヴァの人生について尋ねた。「あなたとジョーのあいだに子供はいたんですか？」

「男の子がひとりだけ」ジェニーヴァはいった。「もっとほしかったんだけどね。でもほかはひとりも持ちこたえなかった。だからあたしたちは神から与えられた家族を愛した」

「ジョーは強盗にあって亡くなったんですか？」

　ジェニーヴァはうなずいた。「あの人をひとりにした初めての夜だった。あたしと、息子のリル・ジョー、息子の妻のメアリー、それに孫娘の四人でダラスに行ったときだった。孫娘のジュニア・プロムのドレスを買いにね。夜中の十二時過ぎに、三人の男が押し入った。一週間分の売上を盗んで、冷酷に夫を撃った」ジェニーヴァはカウンターを拭くのに使っていた端切れをたたみ、そばにしまった。肩や背中の筋肉が、語られた傷の引き起こす深い悲しみと苦悶でこわばった。

「ひどいことが起こったもんだよ」ハクスリーがいい、ジェニーヴァとマイケルはみんなが聞いていたことに気がついた。アイザックはティムの頭上数センチのところでハサミを止めた。

「アイザックが全部見たんだ」ティムがいった。

アイザックは咳ばらいをしてカチリとハサミをとじた。「裏にごみを出しにいっていたときに、犯人たちが正面のドアから入ってきた」ジェニーヴァは頭を垂れた。アイザックは、ジェニーヴァの気持ちを思いやる気がないのか、あるいはそれができないのか、しゃべりつづけた。記憶によって興奮し、その瞬間の危険や、巻きこまれた自分の勇敢さを大仰に語りたてた。

「一発の銃声が聞こえた。バン！　雷みたいな、ショットガンみたいな音で、おれがキッチンから戻ったときには、犯人たちが車に乗って逃げるのが見えただけだった」アイザックは正面の窓の外、マイケルの黒いBMWの向こうの給油ポンプと、さらにその向こうのハイウェイを指差した。

　マイケルはふり返ってアイザックの視線を追った。

「白人の男が三人だった。ミスター・ジョーはここで血を流して倒れてた」アイザックはカウンターのすぐうしろの一点を指差した。レジのそばで、マイケルが座っている場所からも遠くなかった。「おれが警察に電話したんだ」

　マイケルは床のその場所を見て、窓を見て、それからアイザックに目を向けた。「殺人犯たちが白人だって、どうしてわかったんだい？」

「なんだって？」アイザックはまたハサミを動かしはじめており、うしろをきれいにするから頭をぐっとさげるようにとティムにいっていた。

「夜だったっていってましたよね」マイケルは確認しようとジェニーヴァを見た。「そして見えたのは車が遠ざかるところだけ。だったらどうして白人だったってわかったのかな？」

　ダレンがしたのとおなじ質問だった。いま、ジェニーヴァがまたくり返した話のなかで、ダレンはまえに聞いたときとおなじこぶにつまずいていた。ジェニーヴァはマイケルの質問もダレンの質問も軽視し、保安官が来て全部調べたし、いまじゃ地面の下に眠っているわが家のふたりの男たちにとって何がどう変わるわけでもなし、といった。

ジェニーヴァの店の駐車場に車を入れるとすぐに、ダレンは見覚えのある二台の車に気がついた。ランディの青いレンタカーと、ウォリーのどでかいフォードのトラックだった。トラックのクロムメッキのバンパーが日の光でぎらぎらと輝いて、白い光の輪がダレンの目に焼きついた。ダレンはジェニーヴァの主張を聞きいれるのを拒み、ピックアップの前部座席から降りるのに手を貸すといい張った。次いでカフェの正面のドアに向かうあいだも、ジェニーヴァを肘のところでそっと支えた。ランディが何日か運転していた青いフォードのそばを通りかかったとき、ダレンはためらいながらも、なかをちらりと覗いた。何を期待していたのかは自分でもよくわからなかったが、目にしたものが期待とちがうのはわかった。荷づくりのすんだ革のダッフルバッグがまえの座席に置かれ、その上に黒いカメラバッグが載せてある。そのときが来たのだ。ランディは発とうとしている。ダレンだってそうだった。おそらく、きょうのうちには。マイケル・ライト――ダレンが知り、理解するようになった男、ダレンとおなじく東テキサスで育った男――の身に何が起こったかという謎は、指のあいだからすべり落ちてしまった。ダレンははっきりこれといい表わせない方法で、マイケルを見捨てたのだ。ただ、何かがまちがっているという感覚がどうしてもぬぐいきれなかった。

店内に入ると、ウォリーがカウンターの向こうにいて、冷蔵ケースから自分でビールを取りだしていた。ケースの扉に吊るしてあるプラスティックの栓抜きでふたをポンとはずし、ひと口飲んでから、ジェニーヴァとダレンに向かって挨拶代わりにうなずいてみせた。

まるでふたりが日向《ひなた》を避けるために、自分の家の客間に入ってきたかのような、おれは冷たい飲み物を用意して話をしようと待っていたんだといわんばかりの態度だった。ウォリーは正面のドアを覆う汚れた段ボールをビールの壜で示した。小さな真鍮のベルが段ボールに当たって鈍い音をたてている。「朝一番にドアを直しにくるようにって、連絡しておいたんだがね」ウォリーはジェニーヴァにいった。まだランチの時間にもならないというのに、ウォリーはもう何杯も飲んでいるらしく、酔っぱらって鼻のあたりがピンク色になっていた。顔に酒飲み特有の花が咲いていた。

「あのドアはあたしが直すつもりになったら直すよ」ジェニーヴァは恥じ入るでも怒るでもなく、事務的な態度でそういった。ウォリーが正気に返って、彼女のレジから離れるのをただ待っていた。一度いうだけでよかった。ウォリーはカウンターの手前にまわり、ジェニーヴァが自分に指揮権のある、正当に所有している場所——カウンターのキッチン側、ハイウェイ五九号が見渡せる場所——に戻ろうとするのとすれちがった。ふたりがお互いから十センチ足らずのところまで近づいたとき、ウォリーがジェニーヴァの腕に手を伸ばした。そのしぐさには何かを要求するようなところがあり、同時にウォリーの目は何かを必死に懇願しているようでもあった。口には出さないが、ウォリーはジェニーヴァに何かを求めているようだった。ふたりのあいだで視線が交わされ、室内の空気が煮えたった。ジェニーヴァがウォリーの手から腕をぐいと引き離し、ウォリーを押しのけるようにして通りすぎたときに彼女の顔にひらめいた表情は、ダレンには威《い》嚇《かく》射撃のように思われた。ウォリーはその場に佇《たたず》み、たっぷり一分ほどジェニーヴァのうしろ姿を凝視してからようやく動きだして、赤いスツールのうちのひとつに腰をおろした。ハクスリーからひとつおいた席だった。ハクスリーはいつもの自分の場所に座り、コーヒーのマグと新聞をまえに置いていた。ウェンディは窓のそばのボックス席のひとつを占領し、ジョーのレスポールの下に座っていた。チェスの駒とふた組のトランプを使う複雑な既定ルールのあるソリティアをしていた。ボックス席から出てきちんとジェニーヴァを迎えようと、ウェンディは年老いた体を横にずらしかけたが、ジェニーヴァはわざわざ立たなくていいといった。ジェニーヴァは、熱いシャワーの下に立ってたっぷり十五分を過ごすまでは、誰にも、何にも触れようとしなかった。ジェニーヴァが戻ってきてキッチンのドアに手をかけると、ウォリーがまたしゃべりだした。「ラークの住人は、今夜はぐっすり眠れるな。冷酷な殺人犯が檻のなかにいるんだから」

「閉店だよ、ウォリー」ジェニーヴァはそういって会話を断ち切った。

ウォリーがあたりを見まわし、ショウケースの食べ物や、食事をしている人々など、営業中の店内のにぎやかな様子に目を留めると、ジェニーヴァはきっぱりといい足した。「いま決めたんだ」

この女はいつだって必ず楽しませてくれるといわんばかりに、ウォリーは笑みを浮かべた。

ウォリーは強壮剤としてビールをもうひと口大きくあおった。さっき囚われた弱気を、ジェニーヴァに対する切望のようなものをあらわにさせた心の弱さを打ち消すための気つけだった。そして結婚指輪についたダイヤモンドをいじりながら、脚を振り動かしてカウンターの下で組んだ。角《つの》を生やしたワニの絵が一対、黒いラングラーの下から覗いた。「おれとあんたとのあいだに悪感情が残らないといいんだが」

ジェニーヴァは用心深い顔つきをして、キッチンのドアロで立ち止まった。

ウォリーは、たいしたことじゃないとでもいうように肩をすくめた。「自分が見たことについて、保安官にはほんとうのことをいわなきゃならなかった。ミシーが殺された晩、あんたの店に来たのが見えたもんでね」

ダレンはまえに進みでた。「あんたがヴァン・ホーンに話したのか？」

「この件が持ちあがった早い段階で、何かそんなようなことをいったかもしれない。誰がやったかについてまだなんにもわかっていなくて、パーカーがただ質問をしてまわっていただけのときに」

ハクスリーは、裏切りが伝染するといわんばかりにすばやくスツールを降りた。そしてボックス席のウェンディの向かいに座り、ウォリーとのあいだに一メートルほどの距離を置いた。

ダレンはハクスリーがどいた場所に腰をおろし、まっすぐにウォリーを見た。

それから小さく首を振った。ある考えを――これら二件の殺人について、頭の暗い片隅にいまもある疑念の小石を――ほぐそうとするかのように。

「いや」ダレンはいった。「それは検死解剖で――」

「そう、それが裏づけになった」ウォリーはいった。「食べ物とか何かがね」

ウォリーはカウンターの向こうのジェニーヴァを見た。棘々しい憤りの気持ちを盾として、ウォリーの密告への仕返しを自制しているようだった。「しかしね、ヴァン・ホーンは知っているわけだからな。おれがこの店からハイウェイをはさんだ向かいに五十年近く住んでいることも、ここで起こっていることは全部うちの正面の窓から見えることも」

「閉店だっていったはずだよ」ジェニーヴァはいった。次いで怒ったようなため息をつき、乱暴にスイングドアを抜けて大声で呼んだ。「フェイスはどこ？」ドアが反動で戻ると、ローリエとニンニクのにおいのする温かい空気に乗って、ジェニーヴァの声の残響が運ばれてきた。ウォリーはいまのやりとりに気をよくしているようだった。ジェニーヴァが思いきり腕を引いて彼を引っぱたいたり、店への出入りを禁止したりしなかったせいか、顔に笑みが浮かんでいた。ウォリーはビールの残りをぐっと飲みほし、げっぷをしてからダレンに意識を向けた。

「しかし仮にすべてが解決したわけじゃないとしても」ウォリーはダレンにいった。「あんたはキースを二件の殺人の犯人として挙げ、この小さな町を、来たときとおなじ状態にして出ていける」

そういってウォリーは立ちあがった。立つと百九十センチ近くあり、ダレンよりほんのすこし低いだけだった。ウォリーは指の関節でフォーマイカのカウンターをコツコツとたたいてから、向きを変えて出ていった。

ダレンはウォリーを見送った。

スツールごとぐるりとまわり、ウォリーのすべての動きを目で追った。ダレンが見ているあいだに、ウォリーはフォードの前部座席に乗りこみ、その特大サイズのトラックをバックさせてハイウェイ五九号に乗ると、ジェニーヴァのカフェとウォリーの家の玄関を隔てる短い距離を運転した。ウォリーはなんといった？　この店からハイウェイをはさんだ向かいに五十年近く住んでいる、ここで起こっていることは全部うちの正面の窓から見えるといっていた。ダレンは店の常連客、ハクスリーとウェンディを見た。「犯人は見つかったのか？」ダレンはいった。

「キースのこと？」ウェンディが当惑して眉を寄せながら尋ねた。

「ちがう。ジョー・スイートを殺した男たちだ」

ハクスリーはウェンディと目を合わせ、ふたりはすこしのあいだ、あからさまに黙りこんだ。何か暗黙の了解があるようだった。ウェンディが先に沈黙を破った。しかし言葉を発したわけではなく、口笛を吹いたのだった。やわらかなブルースの調べが、反応を要求する呼びかけとなって宙に漂った。「なんだ？」ダレンはいい、ふたりのあいだに目を向けた。ウェンディは首を横に振った。「いいや。誰も捕まらなかった」

「まあ、いつだって納得のいかないことはある」ハクスリーはいった。何かタブーになっていることをしゃべりたくてたまらないとでもいうように、言葉の端に息切れが忍びこんだ。

「何もかも納得いかないよ」ウェンディはいった。「だけど保安官はひとりしかいなくて、その保安官が事件の捜査に終止符を打った。ジェニーヴァがジョーを埋葬するより早く」

「その話は筋が通らない」ダレンはいった。

「ああ、そうだな」ハクスリーがつづけた。

ダレンは床屋の椅子のほうをちらりと見た。誰も座っていなかった。アイザックが髪を切るスペースには誰もいなかった。銃撃があった夜、ジェニーヴァの店のドアが撃たれて壊れたあのときからアイザックの姿を見ていないことに、ダレンはまた気がついた。「アイザックが嘘をついていると思うのか？」

「いや、アイザックには何がなんだかわかっちゃいない」ハクスリーはいった。「アイザックが白人の男三人といいだしたのは、保安官がそういったあとだ」

「あの晩、ほんとうは何を見たにせよ、それはアイザックをひどく驚かした」ウェンディはいった。「すべてはジョーと一緒に埋められてしまったんだよ」

「それをあえて持ちだす人間はいなかった……あの黒人の若者がここに来るまでは」

「マイケルだね？」ダレンはいった。

ダレンは心臓がどきどきと強く打つのを感じた。鼓動がどんどん速度を増した。列車が近づいてくるような、いや、自分が機関車になって何かに近づいていくような感覚があった。

ハクスリーはうなずいた。

ウェンディはいった。「ジェニーヴァがそのことを話したがらなくてね」

「いまでもそうだよ」キッチンのスイングドアがあく音が全員に聞こえた。

ジェニーヴァが入ってきた。留置場で着ていた服をまだ着ている。「あの娘が裏であんたを探してるよ」ジェニーヴァが力なくいった。「みんなそろそろ帰るんだろう?」そこに立ったままダレンが出ていくのを見るための時間ならいくらでもあるといわんばかりだった。

「ジョーの身に起こったことを、ヴァン・ホーンはなんていっていた?」ダレンはいった。

「なんのためにそれを蒸し返すの?」

「アイザックの話はどこかがおかしい、そうだろう?」

「あたしたちはもう六年もその話を抱えて暮らしてるんだよ」ジェニーヴァはいった。「あれは強盗だった」

ランディがシェルビー郡に着いたとき、夫について聞かされた話とおなじだった。

「で、それを変だとは思わないのか」ダレンはいった。「あなたがカフェにジョーひとりを残して出かけたまさにその夜、事件が起こったというのに?」

「どうしてそれが問題になるのかわからないね、あんたがそれをあたしのせいだっていおうとしてるなら話はべつだけど」ジェニーヴァはいった。「それに、あたしがそれを何年も引きずってることがわからないなら、あんたは悪魔みたいに意地が悪いだけじゃなくて、頭も悪いってことだね」

「おれがいおうとしているのは、いつ襲撃するべきかわかっていた人間がいたんじゃないかってことだ。ここで何が起こっているか、居間の窓からすべて見られる人間が」

ジェニーヴァの顔にぱっと赤みが走った。ダレンが暗に何を伝えようとしているかわかったのだ。だが、ジェニーヴァはそれを受けいれなかった。「そのことはもう放っておいて。聞こえた？」ジェニーヴァは怒りを募らせていたが、ダレンはその下に何かすこしほかのものが——固くわだかまった不安が——あるような気がした。

「何をそう怖がっている？」

「怖がってなんかいない」ジェニーヴァはいった。たぶんそのとおりなのだろう、すくなくともダレンが思ったような怖れではないのだ。おそらくジェニーヴァが見せた不安の気配は、強い警戒心に近いのかもしれない。希望をとじこめておこうとして、時間の経過とともに彼女の心のまわりには鉄条網のある柵が張りめぐらされており、そこにぶつかって怪我をするのではないかと不安なのだ。「あたしはあんたよりずっと長くこの州で暮らしてる。だからあたしみたいな人間に法律が何をしてくれるかはわかってる」

ジェニーヴァは真実をあきらめたのだ、ランディとおなじように。

ダレンは悲しくなると同時に、腹が立ってしかたなかった——どちらの女にとっても、自分がバッジをつけていることがなんの意味も持たないことに。司法と失望がこんなにもがっちりと縒《よ》りあわされ、たいていの場合、わざわざ失望を味わってまで司法に頼る価値はないのだということに。

「あの男がくれた名刺をこの人に見せるんだ」突然、ハクスリーがいった。

ジェニーヴァはその言葉を手で払いのけた。

ハクスリーはジェニーヴァを見て、自分が氷の薄くなっている場所に無理やり近づいているのがわかったが、とにかくそのまま進んだ。「あのマイケルは、弁護士だった。あの男はジェニーヴァに名刺を残していった。古い事件を調べてくれるところで、シカゴにいる自分の知り合いだといって」

ダレンはいった。「まだ持っているのか？」

ジェニーヴァは肩をすくめた。しかしハクスリーが自分でカウンターをまわって、レジの隅の一番下に押しこまれた名刺を引っぱりだしてきた。ハクスリーはそれをダレンに渡し、ダレンは浮き彫りにされた文字をじっくり読んだ。**レノン&ペルキン調査会社**。ダレンがジェニーヴァに目を向けると、ジェニーヴァは深いため息をついた。

24

それは私立の調査会社で、ふたりの元警官によって経営されていた。このふたりは、〈イノセンス・プロジェクト〉より派生した地元の組織——シカゴ大学の元法学部教授が運営する、冤罪《えんざい》被害者の救済活動をおこなう非営利組織——から長年のあいだに何度も仕事を依頼されてきた。ダレンが何本か電話をかけ、グーグルで詳しく検索した結果、なぜマイケル・ライトが彼らの力を借りることを持ちかけようと思ったか説明がついた。誤って告発され、ときに何十年も収監されている黒人やラテンアメリカ系の男女のケースを調査するうちに、ふたりの調査員はあるパターンに気がついた。やってもいないことのために刑務所に入れられた男のことを嘆く黒人の母親や、姉妹や、妻が大勢いる一方で、それとおなじくらい、愛する者を殺されたのに誰も刑務所に入っていないと嘆く黒人の母親や、姉妹や、妻や、夫や、父親や、兄弟がいた。黒人にとって、不当な扱いは法の両側から押しよせてくるものだった。心痛と苦痛を引き起こす諸刃《もろは》の剣だった。レノンとペルキンがつくりあげたのは、人種問題が関わっているために未解決のままになっている殺人事件を解決する組織だった。たとえば、被害者の人種が原因で地元の法執行機関の足が重くなっていたり、捜査のペースが落ちていたり、最終的には無気力といっていいほど真相への好奇心が鈍っていたりするケースを、改めて調べるのだ。《ニューヨーク・タイムズ》がこの会社と創始者ふたりを紹介し、ふたりが息を吹きこんで解決に導いた未解決の殺人事件数件を記事にしたことがあった。マイケルは、ジョー・スイートを殺した犯人を見つける方法をジェニーヴァに提案していたのだ。

ダレンはカフェの外に佇み、マイケルが死に先立つ何時間かのうちにジョー・スイートの死について尋ねていたことをウォリーは知っていただろうか、と思った。いや、それどころか、ウォリー自身はマイケルの死に先立つ数時間をどこで過ごしていたのだろう？　すぐにも答えを見つけなければと思い、車のキーに手を伸ばしかけたところで、携帯電話から顔をあげると、ランディがカフェの横からまわってくるのが見えた。ランディは手を伸ばしてダレンの前腕に触れ、さよならをいうために待っていたのだといった。

「遺体を返してもらえたの」ランディはいった。「マイケルを家に連れて帰るわ」

「行くな」よく考えるまえに言葉が口をついて出た。自分はランディの許可、あるいは同意を求めているのだとダレンは思った。結局のところ、自分が責務を負っているのはマイケルに対してであって、ランディにではないのに。正義は遺された者の同意を必要としないのだから。

「もう終わったのよ、ダレン」ランディはいった。

「ねえ、わたしは――」

「ランディ」

「ありがとう、ダレン。あなたがわたしのために、マイケルのためにしようとしてくれたことには感謝してる。こういう場所とか、この州のことはわたしにはよくわからないけど、マイケルにはわかっていたんでしょう。マイケルなら、あなたがここでしようとしていることに敬意を払ったと思う。マイケルならあなたを好きになったはず」

「ランディ、待ってくれ」

「それはできない」ランディはいった。「わたしには、もうここですべきことはない」ランディは青いハッチバックの運転席に向かいはじめた。ダレンはランディの左腕をつかんで止めようとした。

「マイケルについて、キースはほんとうのことをいっていると思う」ダレンはいった。

ランディは表情を固くして、腕をぐいと引き抜いた。

「もうやめて」

「キースはマイケルを殺していないと思う」

「もうこんなことはしていられない」ランディはそういいながら、レンタカーのドアをあけた。

「マイケルの死が、ミシー・デイルとは無関係だったらどうする?」

「だったら、なぜ?」ランディは金切り声でいい、目は怒りで赤くなっていた。「だったら、なぜ夫は死んだの、ダレン?」

「ジョー・スイートだ」

ランディはぽかんとしてダレンを見つめた。一瞬、その名前が思いだせなかったらしい。ギターのことも、それにまつわるラブストーリーも、そもそもマイケルが東テキサスまでハイウェイ五九号を運転してきた理由も忘れてしまったようだった。そしてその名前にようやく思い当たると、ダレンが何を耐えてくれと頼んでいるのか気づいたようで、ひどく疲れた様子を見せた。またもや答えの出る保証のない疑問を引きうけなければならないのだ、車に乗ればもう帰れるといういまになって。

「マイケルは、ジョー・スイートが殺された夜のことを尋ねていた」

「それで？」ランディは車のドアを大きくあけて、ふたりのあいだに壁をつくった。

「それで、この町の誰かに、それをやめさせたいと思う理由があった」

ダレンは背後にちらりと目を向け、自分の直感をどうやって確認しようかとアプローチを熟考しながら、ハイウェイの向こうにあるウォリーのモンティチェロを見た。

「帰ってもいい、残ってもいい」ダレンはランディにいった。「だが、おれはこれを最後まで見届ける」

知りたいことがひとつあった。ウォリーとマイケルは、マイケルが死んだ夜に出会っていたのだろうか？ウォリーのアイスハウスは、農道で殴り倒されるまえにマイケルが目撃された最後の場所だった。その夜のウォリーの動きをすべてたどりたかった。ダレンは五九号を渡り、ウォリーの邸宅のゲートを通り抜けた。玄関には誰も出てこなかったが、ウォリーの特大トラックは円形の私道にあった。ダレンはそのうしろに自分の車を停めた。三回めの呼び鈴を押しているさいちゅうに、家の裏側から音が聞こえてきた。落ち葉の上を歩く足音と、ドアがひらき、次いでとじる音。音はオークの木立に響きわたった。オークの木々は亡霊のようにそびえ、家を取り巻いており、太い枝が屋根に黒い影を落としていた。「ウォリー」ダレンは呼びかけた。反応がなかったので、ダレンは家のまわりを裏へまわりはじめ、鎖につながれた黒いラブラドールレトリバーに出くわした。犬は吠えたり唸ったりしながらダレンに向かってきた。温かく湿った息がズボンの脚に感じられるほどそばまで迫ってきた。ダレンは体を家の壁に押しつけて静かにそばを通りすぎた。赤煉瓦の壁のざらざらの角が背骨に当たった。

「ウォリー」ダレンはまた呼びかけた。裏庭にいるにちがいないと思った。

しかし沈黙しか返ってこなかった。聞こえてくるのは、ウォリーの裏庭を渡る風が起こす葉ずれの音と、近くの木から飛びたつ鳥の羽ばたきだけだった。鳥たちはダレンの知らないことを知っていて、トラブルが迫ってくるのを感じ取っているかのようだった。それはダレンも感じていた。自分のまわりの静けさを、ダレンは信用していなかった。

家の裏の土地は、景観を楽しむためにつくられた庭というよりは、手つかずの森林だった。ブナ科の木の節くれだった根がはびこっていた。東テキサスに昔からあるマツの木が、地所の境界線に沿って北と南へ、歩哨《ほしょう》のように立っていた。ここにもいくつか建物があり、落ち葉や骸骨《がいこつ》のような松ぼっくりに覆われていた。小さい緑色の家――温室というよりは道具類をしまっておく小屋――があり、それよりは大きい納屋――経年劣化で木がささくれだち、色褪せて鈍い灰色になっている――があった。どれもドアが数センチあいており、納屋を守るはずの南京錠はひらいて、装飾品のようにかんぬきからぶらさがっていた。役に立たない飾りだった。納屋のまえの地面に何かが見え、ダレンはぴたりと動きを止めた。タイヤ跡が二本、木のドアの向こうの暗がりへと消えていた。

車はどこだ？

ダレンはこの疑問を何日も持ちつづけていた。欠けたピースがあるせいで、キース・ディルがほんとうのことを話しているかもしれないと思えたのだ。ダレンには、お茶の葉が読めないのとおなじようにタイヤの溝も読めなかったが、このドアの向こうで何が見つかるか考えると、気持ちが沈んだ。ドアのひとつを引きあけると、錆びついた蝶番《ちょうつがい》がひどく軋んで身がすくんだ。この音だ、とダレンは気づいた。さっき家の反対側でドアのまえに立っていたときに聞こえたのはこの音だった。

目が暗さに慣れるまえに、銃の撃鉄を起こす音が聞こえ、ここにいるのは自分ひとりではないとわかった。天井の穴から射しこんでくる細い光線と、宙を舞う埃の筋の向こうにアイザックが見えた。奥の壁に体を押しつけ、小さな拳銃をダレンの頭に向けている。ダレンはコルトを握ろうとしたが、ホルスターから出せずにいるうちにアイザックが撃った。弾丸はダレンの肩の上を、ほんの数センチはずして通り抜けた。ダレンは一方の手を体のまえにあげて、もう一方の手を四五口径に伸ばした。「アイザック、銃を置くんだ」

アイザックがまた撃ち、納屋のドアの薄板が砕けた。

家のなかから女の悲鳴が聞こえた。

「ウォリー、誰かが外で銃を撃ってる！」

ということは、彼らは家にいたのだ、とダレンは思った。

家のなかの幼児を思い浮かべると、胃がずんと重くなった。

「ウォリーはきっと気に入らないだろうな」アイザックがつぶやいた。

ダレンは両手をあげていった。「何を見たか話してくれ、アイザック」

いまやアイザックは恐れおののいていた。大きく見ひらかれた目が充血している。泣いていたのかもしれない。アイザックはじりじりとドアに近づき、ダレンは安全な距離を保った。ふたりは奇妙なスローダンスを踊っているようだった。弧を描くようにしてピルエットでお互いから離れ、最後にダレンがおちついたのは納屋の一番奥、古いペンキの缶がいくつかあるだけの空っぽのスペースで、アイザックはドアに到達していた。ＢＭＷは、一度はここにあったのだとしても、いまはもうなかった。アイザックは納屋の外の日向へと後退していき、ドアをすり抜けて走りだした。

ダレンは銃に手を伸ばしながらアイザックを追いかけた。

「アイザック、あんたに怪我をさせたくない」

しかしアイザックはすばやく、ダレンよりもよく庭を知っている点で有利だった。まわりの森へ逃げこんだアイザックを、ダレンはすぐに見失った。仕方なく家の裏口に向かいはじめると、ウォリーに出くわした。ウォリーはダレンの銃を見ると、歪んだ笑みを浮かべて両手をあげた。

「車をどこへやった、ウォリー？」

「おれはあのシカゴの男を殺してない」

「車をどこへやったんだ？」

家の向こうの私道に大急ぎで車が入ってくるのが聞こえた。ドアがひらき、次いでバタンとしまる音がして、重そうな足音がしたかと思うと、保安官助手のひとりが息を切らしながら家の横をまわってきた。ウォリーの笑みが大きくなり、ダレンは自分がウォリーの仕掛けた罠にまんまとはまったことに気がついた。

「銃をおろしてください、サー」助手がいった。助手が構えた拳銃は震えている。

「この男はおれを殺そうとしたんだ」ウォリーがいった。

「その銃をおろせ！」

「それがテキサス・レンジャーに向かっていう言葉か」ダレンはいった。バッジが見えるような角度に体を動かすのは控えた。急な動きは怖くてできなかった。

「ヴァン・ホーンに連絡をして、おれがここで殺人犯を捕まえたと伝えてくれ」

「保安官はいま向かっているところです」助手はいっ

た。「ローラから銃撃の通報がありました。侵入者か何かがいるって。保安官はいま、助手何人かに五九号を調べさせています」

「おれに銃を向けるのをやめるように、この男にいってもらえないか？」ウォリーがいった。

「おれはこの男を逮捕したところだ」ダレンは即座に反論した。

保安官助手はダレンとウォリーを見比べた。まだ銃をダレンに向けていたが、誰を信用していいかわからずにいるようだった。ベルトにつけたトランシーバーがやかましい音をたてた。助手がそれを手に取ると、向こう側の声が全員に聞こえた。「保安官、こちらレディングです。われわれはまだ広域手配の車、黒のBMW最新モデルを追っています」

ヴァン・ホーンの声がオープンチャンネルの無線から聞こえてきた。「了解」

レディングの声が聞こえると、ダレンは寒けがした。

「郡境に向かっているのを、ラークからほんのすこしのところで捕まえました。ダニエルズとアームストロングが運転手を押さえました。被害者の妻はまだあのカフェにいます。いま、車をそちらへ運んでいるところです」

警察無線が簡単に傍受できる郡内だったので、噂はすでに広まっていた。ダレンがジェニーヴァの店の駐車場に乗りいれたときには人だかりができており、人々は表に立って見ていた。ジェニーヴァとデニス、ハクスリーとフェイス、それに店のほかの客が何人か。ウェンディもいた。そしてランディも。結局のところ、ランディはダレンを待っていたのだ。午後遅い時間の風から身を守るように腕を組んで立っていた。風は隣接する野原から落ち葉や赤土を運んでいる。ランディは身を震わせ、カフェの駐車場を眺めた。ふたりの目が合い、ダレンはランディのそばへ行って手を取ろうかと思った。だが、結局トラックとウォリーと保安官助手のそばにとどまった。助手はいったんウォリーの家に戻っていた。ミスター・ジェファソンは——若い助手はウォリーをそう呼んだ——パトロールカーの助手席に座ることに同意した。自分が見たものについて、助手にはいろいろと疑問があり、計画ではここでヴァン・ホーンと落ちあうことになっていた。最初に入ってきたのは、ダニエルズと呼ばれていた保安官助手の運転する車だった。檻の向こうの後部座席に、アイザックの輪郭が見えた。アイザックは頭を低くし、誰のことも見ていなかった。次いで、一分もしないうちに黒のＢＭＷがカフェのまえに停まった。それを見て、ランディは膝からくずおれた。手を伸ばしてランディを支え、道路に倒れるのを防いだのはジェニーヴァだった。アームストロングと呼ばれた助手がＢＭＷをここまで運転してきた。首が太く、ラインマンの肩をしたその若い助手は、車を降りてヴァン・ホーンのほうへ向かった。ヴァン・ホーンはダレンやウォリーが来る直前にここに到着していた。「これはあの男の車ですよね？」アームストロングはいった。「バイユーから引きあげた男の？」

ランディはジェニーヴァの手を引き剝がし、アイザックを乗せたパトロールカーへと走って、後部座席の窓に拳を打ちつけながら金切り声をあげた。「あなたは何をしたの？」ランディが車の反対側へ走るあいだ、ウォリーは無表情のまま目のまえの光景を眺め、アイザックは座席に沈みこんで隠れようとした。ランディの声は限界まで張りつめたピアノ線のようで、ほとんど音にならず、しゃがれた囁きを発するだけだった。「何をしたの？」ダレンがそばに行くと、ランディはようやくアイザックから目を離し、顔をダレンの胸に押しつけて泣いた。生々しい悲しみが新しく生まれたかのような泣き方だった。ヴァン・ホーンはランディを見て、それからパトロールカーのうしろにいる小柄でそばかすのある黒人の男に視線を移した。「その男をここから連れだせ」

25

アイザックは起こったことをすべて見ていた。キース・デイルがマイケルを車から引きずりおろしたところも、最初に繰りだされた何発かのパンチも、とんでもない悲鳴をあげているミシーの背中も、ミシーがいますぐやめてとキースに大声でいうところも。血も見えたし、マイケルがよろよろと立ちあがるのも、キースがトラックまで行ってツーバイフォーを引っぱりだし、すべてが変わった瞬間も目に入った。アイザックは、アイスハウスの裏口と農道のあいだの木立から、すべてを見た。そこなら闇に紛れていられたし、だいたいラークの住人でアイザックのような見かけの人間は、〈ジェフの酒場〉みたいなクラッカーのたまり場の周辺にいるわけがないと思われている。昔はこんなふうじゃなかった。アイザックが小さい子供のころは、気が向けばコーラを買いに入ることもできたものだった。ジェニーヴァの店で品切れでも、こっちにはニーハイのグレープソーダがあった。とくに親切だとかそういうことはなかったが、そこにいるだけでひどいめにあうようなこともなかった。アイザックが心底怖いのは、近ごろ店にいるタトゥーを入れた白人たちだった。なかには頭を剃っている者もいる。けれどもジェニーヴァの店にいた男のことや、その男がジョー・スイートについて何を質問したか、ウォリーが訊きたいだろうと思ったのだ。だからアイスハウスの裏口にやってきた。ふたりですばやく行動すればトラブルを押さえこむことができるかもしれないと、ウォリーに知らせるために。

あの男が偶然問題に出くわして、すでに半殺しのめにあって膝をついていたのは思わぬ幸運で、石ころみたいに足もとに転がってきたチャンスだった。アイザックが茂みと木のあいだに埋もれるようにして道路脇から見ていると、キース・ディルは材木をマイケルの頭上に持ちあげた。ミシーが叫ぶのが聞こえた。「彼はただ車で家まで送ってくれようとしただけ！」それでもキースが武器を持ったままでいると、ミシーはつづけた。「やんなさいよ。そうしたらわたしのことも殺さなきゃならなくなるんだからね。死体ひとつなら説明できるかもしれないけど、ふたつになったらうまく逃げられるほどあんたは頭がよくない」キースはツーバイフォーを放りだし、ミシーを引きずりながら、トラックに突進していった。そしてミシーをまえの座席にたたきつけるようにして押しこんでから、運転席側にまわった。そのあいだずっとブツブツ文句をいっていた。それから何分もしないうちに、キースたちはいなくなった。

「それで、あんたは何をした？」ダレンが尋ねた。

ダレンはセンターの保安官事務所のせまい取調室に戻っていた。アイザックは、最初は座ることを拒んだ。自分には椅子に座る資格がない、こうやって自分で自分に罰を与えるくらいでちょうどいいのだとでもいうように。しかし事情聴取と、告白しなければならなかった内容の重みで疲れ果ててしまった。アイザックは部屋の隅に沈みこみ、ふたつの黒ずんだ壁が交わるところに背中を押しつけた。ダレンはアイザックのまえにしゃがみ、目を合わせた。

「おれが見たときには、あの男はもうダウンしてた」

アイザックはいった。あの夜についての混乱したアイザックの思考を、ダレンはゆっくりとたどった。時間があるかどうかよくわからなかったから、とアイザックはいった。ハイウェイに出てウォリーの家まで行き、マイケルがしていた質問について知らせる時間があるかどうか。自分たちがやったこと、自分とウォリーが何年も秘密にしてきたことをマイケルに知られたように見えたと、ウォリーに伝える時間があるかどうか。ハイウェイを走っていってウォリーを連れてくるあいだに、マイケルが意識を取り戻して車に戻り、まっすぐセンターの保安官のところへ向かったらどうしよう？　しくじったら、ウォリーがすべてをアイザックになすりつけるのは目に見えていた。そうしたら、何がどうなるかわかったものではなかった。アイザックは、刑務所に入るのとおなじくらい、ジェニーヴァに知られるのが心配だった。ジェニーヴァはアイザックにとって家族のようなものだった。ジェニーヴァの店での仕事は、アイザックのすべてだった。

だからすばやく行動した。

アイザックは、キースが土と草のなかに置き去りにしたツーバイフォーを拾った。マイケルは完全に意識を失っていたわけではなかった。アイザックの足音が聞こえたようで、立ちあがろうとした。そこへアイザックは全身の力をこめて材木を振りおろした。マイケルの四肢から力が抜けて、ぬいぐるみのようにぐったりとなった。アイザックはもう一度殴った。それから自分のしたことに慌て、男を農道からアトヤック・バイユーの縁まで引きずっていくと、彼の墓になる場所へと蹴りこんだ。誰かに見つかっても、きっとキースがやったと思うだろう。けれども農道に戻ると、アイザックは自分のミスに気がついた。いままでもずっとそうだったが、ここでも抜けめなくやりおおせることなどできるはずがなかった。人からのろまだといわれていることも、みんなが陰で〝せいぜい神のお恵みがありますように〟とつぶやいていることも知っていた。アイザックは自分で自分に腹が立った。車のことを忘れていたのだ。それはまだぽつんと農道にあり、エンジンは木立のなかで低くゆっくりとアイドリングしており、ヘッドライトは明かりのなかに夜行性の蛾《が》を捉えていた。動かすしかなかった。アイザックはまっすぐウォリーの家までその車を運転していった。ウォリーは、ことの重大さをひとたび理解すると、アイザックにいった。「おれがここから持ちだしておく」

まえにもあったことだった。ウォリーとアイザックは、ひとつの嘘をふたりで共有しているのだ。

アイザックはウォリーのことが死ぬほど怖かったし、何年もまえにやったことや、自分のどうしようもない弱さを恥じていた。けれどもウォリーを必要としてもいた。ジェニーヴァにほんとうのことを絶対に知られないようにするには、ウォリーとふたりで力を合わせるしかなかった。

26

六年まえのあの夜、閉店後、夜中の十二時を過ぎたところだった。

アイザックは掃除を終え、パウンドケーキの細い切れ端をドクターペッパーに浸して食べていた。アイザックの好きな食べ方だった。ジョーはレジの上にウイスキーをバランスよく載せ、その日の売上を数えていた。上機嫌だった。昔演奏したことのあるボビー・ブランドの曲がジュークボックスでかかり、ジョーは音楽と、ウイスキーと、ブルースの演奏者として過ごした人生の思い出――愛のために捨てた巡業生活の思い出――でいい気分になっていた。もうたぶん十五回めくらいになるだろうか、ジョーはまたジェニーヴァを初めて見た瞬間の話をしていた。そのときどんなふうに地面が傾いたか。自分はピンボールの玉のように彼女のほうへ転がっていったのだと話した。「おれたちはお互いを手に入れ、それはなにものにも止められなかった」

ふたりとも、ドアのベルが鳴るのを聞いた。

ジョーは「閉店だよ」と誰が来たか確かめもせずにいった。

アイザックがふり向いて、先にウォリーを見た。様子がおかしかった。とろんとした目に、だらりとした手足。すこしして、アイザックにもようやくウォリーが酔っているのだとわかった。

ウォリーはカウンターの席について、フォーマイカの上に拳銃を置いた。

それが目に入るとジョーは顔をあげ、ウォリーを見た。

ふたりとも急な動きはできなかった。アイザックはカウンターの自分の席についたまま凍りついた。ウォリーのすぐそばだったので酒のにおいがわかったし、ほかにも何か、汗と怒りが混じりあったような、酸っぱい体臭が嗅ぎ取れた。ウォリーは顔と首のまわりが赤かった。

「いつここを売ってくれる気だ、ジョー？」ウォリーはいった。「ニーヴァがここにいなけりゃ、もしかしたらあんたを説得できるかもしれないと思ってね」

ジョーをカッとさせたのはその愛称だった。ウォリーが当然の権利のようにそれを口にしたことだった。

「出ていってくれ」ジョーはいった。

「もちろん、ただ取りあげることだってできた」ウォリーは顔を歪めてにやりとした。皺だらけのボタンダウンのシャツを着ており、ラングラーのウエストはぽっこり出た腹の下におちついていた。ウォリーがこんな体型になったのはいつだったか、アイザックには思いだせなかった。ウォリーはだらしなく見えた。それに不機嫌な様子が子供みたいだった。ああ、おれはどこにも行かないぞ、とウォリーはいった。「当然おれの手に入るはずだったものを手に入れるだけだ。このレストランと、この土地と、全部だ」

「アイザック、保安官に電話をかけてくれ」ジョーはいった。

アイザックはスツールを降りかけたが、ウォリーが手のひらをカウンターに——銃のそばに——たたきつけ、アイザックに命令した。「おまえのケツはそこに載せとけ」

「あんたとトラブルになるのはごめんだよ」ジョーはいった。「だから率直にいうが、ここはおれのものだ、おれとジェニーヴァの。あんたの親父さんからきちんと買ったんだ、それはあんたも知っているはずだろう。どうやらあんたは、もうここにいない誰かと闘っているようだな」

「親父にそんな権利はなかった。この場所も、ここの土地も、おれが生まれながらにして引き継いだものだ。あんたはおれから盗んだんだよ。おれにいわせりゃ、ここから上がる金は一ドル残らずおれのものだ。半分ニガーの血が混じったおれの弟がいつかここを手に入れるなんて、ありえないね」

　ウォリーは声に出してそういった。

　ジョーの顔を見ながら、息子はあんたの子供じゃないといったのだ。

　テキサス州ラークの住人が絶対にやらないことがある。

　血筋についてとやかくいう、というのもそのひとつだった。

「そんな口をきくなら、ほんとうに出ていってくれ」

　ジョーはいった。

「ありえないね。ここはおれのものだ、全部だよ。親父はおれに譲るべきだったんだ、畜生。聞いてるか？　親父は彼女もおれに譲るべきだったんだ」

　その言葉は、ふたりのどちらにとっても不意打ちだった。

　アイザックは、ジェニーヴァとおなじように、子供のころからジェファソン家の周辺で働いていたので、朝起きてきたウォリーがジェニーヴァをずっと目で追っていたのを覚えていた。ウォリーがジェニーヴァに気があったのも、彼女がそばにいると優しい目をしていたことも、父親がジェニーヴァのためにカフェを建てたころからすべてが変わりはじめたことも覚えていた。

「いまなんていった？」ジョーが尋ねた。

　ウォリーは表情を固くし、ジェニーヴァを攻撃しはじめた。長年の片思いが完全に恨みに転じていた。

「親父は馬鹿だ。彼女が親父に脚をひらいていなければ——」

　ジョーはカウンターの向こうのウォリーの首へ手を突きだしたが、ウォリーのほうが速かった。

ウォリーは拳銃を手にしており、それをまっすぐジョーの頭に向けながら、思っていたことを最後までしゃべった。「それがなけりゃ、おまえらニガーはみんな、何も手に入れられなかった」

ジョーは両手をあげた。「アイザック」そう呼びかけて、助けを求めた。

アイザックは立ちあがって、公衆電話のところへ行った。

電話をかけようとしたときに銃声が聞こえた。慌ててふり返ると、ウォリーがジョーの頭を撃ったところだった。ジョーはカウンターのうしろにくずおれて、床の上で血を流していた。ウォリーは次に銃をアイザックに向けた。アイザックをそこに立たせたままふたりで嘘の話を考え、ウォリーは話に説得力を持たせるためにレジから金を取ってポケットに入れた。通報したのはアイザックだった。ウォリーはアイザックが正しく話すのを確認し、ほぼ十五分後、サイレンがハイウェイを降りて向かってくるのが聞こえたときに逃げた。保安官助手たちが入ってくると、アイザックは白人の強盗犯の話をし、それをもう二回くり返した――一回は保安官に対して。もう一回はジェニーヴァに対して、彼女が家族とダラスから帰ってきたときに。いま、何年もあとになって、アイザックは唇を涙で濡らしながら、小さな声でつぶやくようにいった。「ジェニーヴァに、ごめんって伝えてほしい」

ダレンは呆然としたまま保安官事務所を出て車に乗っていた。すぐそこにあったものをずっと見逃していたのだ、家族の絆《きずな》のもつれが町の歴史をつくり、それがやがて殺人につながったのだ、と考えながら運転していると、目のまえにあるハイウェイのラインがぼやけて見えた。ジェニーヴァに会ったときにどう話そうか練習しようとしたが、ラークのカフェに戻ったときには、考えた言葉はすべてトラックの前部座席から吹き飛んで、十月の風のなかに失われていた。

店に入ると、ベルがチリンと鳴った。ボックス席のひとつにいたランディがすぐに立ちあがった。ジェニーヴァはカウンターの向こうにいて、ふり返ってダレンを見つめた。窓から射しこむ夕陽がダレンをうしろから照らした。ジェニーヴァは何をいわれるかわかっており、ふたりだけで話がしたいとダレンがいうと、ランディのほうを見てうなずきながらいった。「彼女の話でもあるんだから」

ダレンはふたりの女を裏のトレーラーへと促し、居間のソファに並んで座らせると、最初から最後まで話して聞かせた。六年まえの春の夜までさかのぼってウォリーがジョー・スイートを殺したときの話をし、それからアイザックがマイケル・ライトにとどめを刺した夜に到達した。ジェニーヴァは泣いた。その姿を見て、ダレンはひどく胸が痛んだ。仮面が完全にはずれ、ジェニーヴァは崩れ落ちてしまった。夫の命を奪った狂気に触れ、苦痛で顔も体もよじれんばかりだった。トーテムポールのようにぱたりと倒れ、頭がランディの膝についた。ランディは一瞬ビクリとして、それからすぐに体の力を抜いた。ジェニーヴァは支えてくれる誰かを求めて、傷ついた小鳥のように震えていた。ふたりはもう安全だったが、ダレンは何時間も女たちと一緒にそこにいた。歩哨のように。

27

ダレンは最後まで見届けるためにもう二日間とどまった。ウォリーがジョー・スイートの死に関して第一級殺人で逮捕されるのを見るにも、二日あれば充分だった。もっとも、その件はシェルビー郡がウォリーの上に雨あられと浴びせた多数の告発のうちのほんのひとつに過ぎなかった。ひとたび誰かがじっくり見る手間をかければこんなものだった。ダレンがピックアップの前部座席で血まみれの狐を見つけた夜にトラックから採取しておいた指紋は、ウォレス・ジェファソン三世のものだった。ジェニーヴァの店への車からの銃撃がウォリーの仕業であるとは誰にも特定できなかったが、ヴァン・ホーンは——こうしたことがすべてヴァン・ホーンの目と鼻の先でおこなわれていたことを考えると、彼自身、釈明すべき点は数多くあったものの——その件でもウォリーを逮捕した。しかしダレンにテキサス・レンジャーへの復職をもたらしたのは、アイスハウスの捜索中につかんだ証拠にもとづいて、売買を目的とした薬物の所持でウォリーを告発した件だった。キッチンに小さな覚醒剤の製造所があり、袋詰めにされた製品が大量に見つかったのだ。アイザックは法廷に呼びだされたようで、すでに郡刑務所の監房にいた。いずれにせよ、ウォリーの名前は連邦の捜査チームの容疑者リストに加えられるはずだった。ダレンはドラッグの件と、テキサス州ラークでＡＢＴが自由に活動しているといった点では正しかったが、それ以外の点ではすべてまちがっていた。確かにマイケルとミシーの殺人は人種がらみの犯罪だったが、それはおもに、テキサス州ラークではあまりにも多くのことが——とりわけ愛、それも思いもよらない愛と、その愛がつくりだす家族の絆が——人種的偏見に囚われているせいだった。ダレンは忘れていたのだが、人間の本質において最も基本的な本能は憎しみでなく愛であり、前者は後者と密接に結びついていた。アイザックは、ジェニーヴァの愛と、彼女の〝家庭〟での席を保持するためにマイケルを殺した。ウォリーがジョーを殺したのは、ジェニーヴァに対する自分の感情を受けいれられなかった、あるいは理解することさえできなかったからだった。また、自分たち全員がつながっているという事実に我慢がならないからでもあった。ジェニーヴァも、リル・ジョーも、キース・ジュニアも、ウォリー自身も、全員がどこかで結びついていた。

　彼らはひとつの大きな家族だったのだ。

　キースにもおなじことがいえた。キースは意に反して黒人の血の混じった息子を愛してしまった。それは不変のつながりであると同時にキースの名誉を傷つけるものでもあり、最終的にミシー殺しの罪でハンツビルの塀のなかに戻ったときに、どんなにたくさんABTのタトゥーを入れることになろうと、決して消せない事実だった——キースが自分の白い肌とジェニーヴァの茶色い肌のあいだにどれだけたくさんの距離を置こうとしてもおなじだった。ウォリーの人生も、キースの人生も、黒人を中心にまわっていた。憎んでいると主張しながら放っておくことのできない黒人たちに、むしろ振りまわされていた。憎しみは彼ら自身を弱らせる強迫観念だ、彼ら自身をひどく苛立たせ、最終的には自分のなかに自分をとじこめてしまう妄想だ。伯父のクレイトンならそういうだろうと、ダレンは思った。

　ミシー・デイルの葬儀の朝、ダレンの母親が電話を二回かけてきた。ダレンはどちらも留守電で受けた——**あたしは息子と話がしたいの。**〝息子〟という単語は愛情表現でも事実でもなく、策略であり、ダレンの注目と愛情を求めるあからさまな演技のように感じられた。ラークともこれでお別れだと思いながら、とうとうトラックに荷物を詰めこむと、家で厄介事が待っているようないやな予感がした。

ジェニーヴァはおなかが空いていないかと二回も尋ね、その後、ダレンが途中で食べられるようにと、頼みもしないのに弁当をつくってくれた。彼女なりの感謝の表現だったのだ。その弁当と、必要以上に長めのハグをしたことが。こんな暗い日にしてはジェニーヴァの気分が明るかったのは、ローラが子供を連れてきたからだった。

「きょう何がおこなわれているかは、この子にはわからないと思うの」ミセス・ローラ・ジェファソンはキース・ジュニアを実の祖母に引き渡しながらいった。「ミシーの家族は、この子の世話はわたしに任せるっていうし。この子はきょうは行かなくてもいいと思う」ローラはフリルの襟のついた黒のワンピースを着ており、さかんに襟をいじっていた。「この子を見ていてもらえないかしら」

ジェニーヴァは腰の上で幼児を抱えながら――子供のぽっちゃりした脚がジェニーヴァのウエストのあたりで揺れている――カフェのドアのまえに立ってダレンとランディを見送った。ダレンはカフェの駐車場をバックで出ようとしながら、ルームミラーでジェニーヴァを見た。その姿に思わず喉が詰まった。胸の痛みを引き起こすだけだとわかっていながらジェニーヴァに自分自身の母親を重ね、恋しくさえ思った。ランディのことは自分でダラスまで送っていくことにして、彼女の車はレンタカー会社に引き取りにきてもらえるよう手配した。ランディにはきちんと時間をかけてお別れをいいたかったし、マイケルに挨拶をする機会もほしかった――ダレンが優しい気持ちを持つにいたった女と夫婦だった男に、正しいことをしようとした男に、ダレンがレンジャーになったときの誓いの意味をその死で思いださせてくれた男に、すこしでも敬意を払っておきたかった。車に乗っているあいだ、ふたりはランディがこれからどうするかについても話をした。しばらくのあいだ仕事を休みたい、とランディはいった。たぶんどこかでおとなしくしてる、と。バンクーバーの郊外に、何年かまえに行って気に入った町があるらしい。おそらく一からやり直すチャンスなのだろう。シカゴのことはよくわからない、そもそもこの国にいたいかどうかもわからない、こんなにいろいろあって、しかもマイケルを埋葬したあと、独力でやりおおせなければならない儀式を終えたあとに、まだこの国に残りたいと思うのか、わたしにはほんとうにわからない、とランディはいう。「マイケルはそっちに埋葬するのか？」ダレンは尋ねた。「シカゴに？」

「ほかにどこがあるの？」

ダレンは外に広がるテキサスの風景を、なだらかにつづく丘とマツの木々を見やった。ふたりはタイラーから六十キロほどのところにいた。ランディは黙りこんだ。「まあ、考えてみてくれ」ダレンはいった。

ふたりは黙ったままダラスに入り、ダレンが検死医のオフィスの外に車を停めると、ランディは革のシートの向こうから手を伸ばしてダレンの手を取った。「わたし、まちがってた」ランディはいった。「たくさんのことについて」あなたがバッジをつけていることには意味があった——これが、ふたりでマイケルの遺体がある部屋の外の廊下に立ったとき、ランディがダレンにいった最後の言葉だった。〝ありがとう〟といったすぐあとの言葉だった。

カミラ

ダレンはハンツビルを過ぎたところで州間高速四五号を離れ、サン・ジャシント郡を走る細い国道に入った。大陪審がラザフォード・マクミランの〝不起訴〟を決定したと聞いたのは、家に向かっているときだった。公式の発表だった。マックがロニー・マルヴォの殺人で告訴されることはなくなったのだ。地区検事が起訴しない方向へ動いていたことをウィルソンは上層部に知らせたのだろうか、とダレンは思った。復職できたほんとうの理由はそれではないのか、ラークでの麻薬がらみの手柄ではなく。まあ、それはどちらでもいい。大事なのは、マックの人生が救われたことだった。攻撃を仕掛けてきた九十キロ近い獣が自分から引き離されていったような安堵感を覚えた。クレイトンは大喜びでオースティンから電話をかけてきて、今夜カミラの家でマックと孫娘のブリアナのためにお祝いの夕食会をひらきたいといった。〈ブルックシャー・ブラザーズ〉で牛の胸肉三キロと、それから鶏をいくつか買っておいてもらえないだろうか？　ダレンは燻製器をきれいにしておくと約束し、底に数時間火をつけておけるくらい充分にヒッコリーがあるかどうかも確認しておくといった。クレイトンは、最後の講義が終わったらナオミを拾ってふたりでオースティンから向かうという。

「リサも招待したよ」

「ああ」ダレンは胸郭のなかに妙な羽ばたきを感じた。妻に会えるのだ、また彼女に触れられるのだと思うと胸が高鳴った。楽しみでないのは、ロー・スクールには行かないとリサに話さなければならないことだった。まだ伯父にもいっていなかった。だが、今夜のうちに全員が知ることになるはずだった。

ダレンはバッジをつけたままでいた。

コールドスプリングに着いて食料品店の駐車場に車を入れてから、ダレンはようやく母親に折り返しの電話をかけた。郡の保安官助手たちの捜査で家がどれだけひどく荒らされていたか知りたかった。そしていまもそれを伯父には知られたくなかった。夕食会の準備をするのに数時間しかなかった。ベルは二回のコールで電話に出て、何よりも先に、約束の三百ドルはどうなったと尋ねた。

「何か壊されたものがあった?」

「あたしが見たかぎりでは、割れたグラスなんかはなかったけど」

ベルは口のなかで固いキャンディを転がしており、それが歯にカチカチ当たる音が電話でも聞こえたが、やがて吸いとるような大きな音がした。キャンディを指で取りだしたようだった。「それより、なんなの、裁判所でマックとごたごたしてたのは? マックが誰かを殺したって噂だけど」

ダレンは正面入口のそばのスペースに駐車し、電動遊具の馬に乗って、まえへうしろへと揺れている子供を見つめた。子供の母親が二十五セント硬貨をもう一枚手に持ってそばに立っている。ダレンはベルから田舎町特有のゴシップを聞いているうちにだんだんいらいらしてきた。ダレンも長年聞いてきたような、半分だけほんとうの不完全な話だった。昔、ベルはダレンにこんな話を信じこませようとしたことがあった——自分が仕事で清掃しているキャビンのひとつを、郡《カウンティ》の判事《ジャッジ》が週に一度、妻でない女との逢引きのために借りている、と。ところが実際は男の苗字がジャッジだっただけで、相手の女に関しては、誰であろうとベル・カリスにはまったく関係のないことだった。「そんなことじゃなかったんだよ」ダレンはいった。

「はっきりとはわからないんでしょ」

「もう切るよ、母さん。家に人が来るんだ」

「ああ、そう、わかった。あんたはいまじゃ大物だもんね」

ベルが電話を切るまえに、〝またあとで〟とかなんとかつぶやいたのが聞こえたような気がした。

　食料品店に入ると、カートのタイヤがリノリウムのタイルのひび割れにはまらないように操りながら、せまい通路を歩きまわった。知った顔ばかりだった。長年のあいだ、カミラの家に帰ってくるたびにこの〈ブルックシャー・ブラザーズ〉で買物をしてきたからだ。ダレンはカートにピーマンとタマネギを放りこんだ。カラードグリーンの煮込みは時間がかかりすぎるのでやめて、ロースト用のトウモロコシと袋詰めのサラダを買った。買物のあいだじゅう、漠然とした不安で胸がいっぱいだった。酒類の通路も長々と歩いたが、結局酒は買わないことにした。リサが来ることを思いだして。

　マックが最初に到着した。孫娘を引き連れ、テキサスのバーボンの太い壜を手にしていた。ダレンへの感謝のしるしだった。それだけで充分気持ちは伝わった。クレイトンとナオミが着いたときには、ダレンは二杯飲んでいた。「伯父さん」ダレンは笑みを浮かべていった。クレイトンは、もちろんバーボンのグラスを歓迎しないはずがなく、一時間もしないうちにダレンに追いついた。おかげで夜になっても夕陽が裏のポーチを照らしていたときとおなじくらい心地よく、暖かく過ごせた。クレイトンは表と裏のドアを両方ともあけ、居間に集まった全員のまわりにヒッコリーの煙の甘い香りが立ちこめるようにした。ラングラーのジーンズを穿いたマックの長い脚はソファからコーヒーテーブルの下まで届き、ダレンが物心ついたときからずっとそこに敷かれているインディアンラグの上にブーツの踵が乗っていた。漆喰塗りの壁には、額に入ったマシューズ一族の写真が所せましとかかっていた。クレイトンに、ウィリアムに、ふたりの弟の小さなデューク。それに祖父母や曾祖父母や、何代もさかのぼった祖先の写真もあって、ダレンにも全員の名前がわかるわけではなかった。ナオミとウィリアムの結婚式の写真も、記録としてここに残っていた。十九歳のナオミは目をみはるほど美しい花嫁だった。髪をシニョンに結い、キャラメル色の肌は喜びに輝いていた。この写真はずっとここに飾ったままにしておいてほしいとダレンはいった。新たにカップルになったふたりにそれをいやがる様子はまったくなかった。クレイトンは昔から望んでいたものを手に入れたので、とうの昔に過ぎ去ったものの思い出を甥が大事にするのもいやがらなかった。「学校のことを話そうじゃないか、ダレン」

「それはやめておこう、伯父さん」

「取り決めをしただろう」クレイトンはそういいかけた。

ダレンは答えなかった。妻の足音が聞こえたからだ。リサのハイヒールが木のポーチの床板を打つその音には一種独特の響きがあり、ダレンを興奮させ、怖がらせもした。妻が家の正面のひらいた戸口に立つと、ダレンは出迎えるために立ちあがった。頼まれたわけでもないのに、クレイトンもナオミも――コーラルピンクの長いサンドレスが床をすべるように動いていく――マックもブリアナも、ダレンを妻とふたりきりにさせようと、裏のポーチへ出ていった。

リサは仕事帰りで、髪はピンで留められ、ウエストは薄いグレーのスーツのジャケットで絞られていた。妻が鎧《よろい》を体から引きはがすのを――ジャケットのボタンをはずし、手首から重いバングルを取り去るのを――ダレンは感嘆の念をこめて声もなく見つめた。妻はダレンを抱きしめ、キスをした。妻の唇はふっくらとして甘く、彼女の息はダレンをよみがえらせた。ダレンはもうすこしで三つある寝室のひとつに妻を引っぱりこみそうになった。彼女と何週間分かのセックスをするために。ここ何週間かのあいだにしそびれた、突いたり、嚙んだりといったすべての行為をするために。

だが、そのとき妻が身を引いて、茶色の目でダレンを探りながらいった。「あなたはとどまることにした。そうじゃない?」

「家に帰れればいいと思っていたんだが」ダレンはいった。

「わたしがいったのは、レンジャーのままでいることにしたんでしょうっていう意味」

リサにはダレンを見た瞬間にわかったのだ。

「そうだ」

あきらめたようなため息をついてから、妻はいった。

「いいわ」

彼女の言葉が、キスが、ダレンを大胆にさせた。

「つまり、仕事となればまたどこへでも行く」ダレンはいった。

「いいわ」

「いいわっていうのは、おれが家に帰ってもいいってことか?」

リサはかなり長いあいだ口をつぐんでからいった。

「お酒はいやだけど」

それはきみのせいだよ、とダレンはいいたかった。**見捨てられた男はそうなるんだ。**

驚いたことに、ダレンはリサに怒りを感じていた。いまになるまで、妻の正面に立ってみるまで、妻の顔を見られるまで、自分がどんなに怒っていたか気がついていなかった。リサはひどく美しく、ひどく洗練され、ひどくおちつきはらっており、ふたりの人生においてそれはもう完全に主導権を握っていた。たぶんいままでもつねに感じていたはずの憤りに、ダレンがまったく気づかないほどに。自分が実際にはイエスと口にしなかったことさえ、あとになってこの夜を思い返してみるまで気づかなかった。ダレンはリサと一緒にヒューストンに帰るとはひとこともいわなかった。

夕食のテーブルでは、ふたりは並んで座り、リサは手をダレンの腿に置いたまま食事の時間の半分ほどを過ごした。マックは、自分で小さな商売をはじめようと思う、人生に新しく時間を与えられたような気がするからと話した。マシューズ家の地所や、郡内のほかのいくつかの土地を管理する仕事は続けるが、もっと利益を生む仕事がしたいのだ、個人や企業のオーナーのために育林の仕事をしたい、という。クレイトンは、デザートが出てくるまえに、マックのために推薦状を書く約束をした。

食事のあとにはナオミがレモンケーキを出した。指をなめながら、青と白の陶器の皿にケーキを六切れ並べ、クレイトンがケーキの見かけと味を褒めると、細い眉のそばに皺を寄せて笑った。ダレンが四杯めの酒を注いでいると、母親の声が聞こえてきた。

「ダレン」

グラスにかけた手が凍りついた。

ベル・カリスが、ひらいた戸口に立っていた。長年の敵であるクレイトンと対決するつもりなのか、挑みかからんばかりの顔をしている。ダレンはすぐにパニックに陥った。母親は、機会さえあれば、カリス家が長年のあいだ耐えてきた屈辱や傷に言及し、マシューズの家が警察の捜索を受けたことを持ちだして喜ぶだろう。**おまえの母親の家族なんぞものの数じゃない、**とクレイトンはよくいっていたものだった。クレイトンはこんなふうに話した。ベルの兄弟たちは郡刑務所で過ごす時間があまりにも長いものだから、みんな次回のためにお気に入りの監房にお気に入りのブランケットを残してくるんだよ。バイユーのごみをあさって生きてきたような一族で、努力することなど最後の手段だと思っているんだ。ベルのほうは、デューク・マシューズが自分と結婚しなかったのはクレイトンのせいだと責めていた。**私が生きているうちはそんなことは絶対にさせない**と、デュークが生きていたころに一度ならずいったらしかった。

　母親に自由にしゃべらせるのは危険だとダレンは思った。

　ダレンはすばやく席を立ち、ベルが戸口から奥へ進みすぎないように遮った。クレイトンはベルに家のなかに入ってきてもらいたくないと思っており、甥に耳打ちをした。「彼女を銀器に近づけるな」銀器というのは、具体的にはふたつあった。ティーポットと取り分け用のスプーンで、どちらもどうしようもないくらい変色していた。ベルも家に入りたいわけではなかった。クレイトンがいてほしくないと思っているのとおなじくらい、ベルのほうもここにはいたくないらしかった。実際、家のなかでは話そうとせず、自分と一緒に表のポーチに出てくれとダレンにいった。

　リサが心配そうにダレンに手を伸ばした。「ダレン?」

「大丈夫だ」ダレンはリサにいった。

　しかしダレンはかすかに吐き気を催していた。ベルと一緒にポーチに出て、背後のドアをしめていると、いつ床が顔までせりあがってきてもおかしくないように感じた。

　外には星が出ていた。ブルーブラックの空に、ごく小さな光の点が散っていた。

　未舗装の長い私道が、この田舎の邸宅までつづいていた。

　停めてある車は二台までしか見えなかった。正面ポーチの明かりが弱かったので、母親がどこから来たのか、自分で車に乗ってきたのか、誰かに乗せてきてもらったのかもわからなかった。ベルの黒いバレエシューズは赤土にうっすらと覆われていた。

「ダレン、話があるの」

「三百ドルのことなら、いま現金では持っていない」ダレンはいった。「あした町の銀行に出向いて、昼まえにはトレーラーに寄るよ、それでいいだろう?」

ベルはダレンを遮っていった。「見つけたんだよ、ダレン」

「何を?」

「あのちっちゃい三八口径だよ、あんたが保安官助手に見つけてほしくないと思ってた」

マックの銃。

警官たちが探していた銃だ。

「そうじゃなかったら地面に埋めるわけなんてないもの」

「母さん、聞いてくれ、おれは――」

「クレイトンは、この家であたしが絶対に歓迎されないことをはっきりさせたがってるけど、あたしとデュークはいつもこのへんをぶらぶらしていたんだよ、デュークの兄貴たちが家にいなかったときはね。だからいまでもここのことはよくわかってる」ベルはいった。暗がりでは、ベルの目は真っ黒に見え、目のまわりの皺は影で黒くなっていた。そのせいで顔が魔女のように見え、この女は自分のまったく知らない人間なのだといまこの瞬間に気がついて、ダレンは不安で息が詰まりそうになった。この状況でベルがどうするつもりなのかわかるほど彼女をよく知っているわけではなかったので、自分がどれほどのトラブルにはまりこんでいるのかもわからなかった。「あんたが頼んできたようにごみを片づけて、外のごみ入れに持っていったあと」ベルはいまも家に沿って並んでいるごみ容器を指差しながらいった。「あそこにあるあの木を見て、まえはなかったことに気がついた」ベルが指差したバーオークは、ほんとうに最近植えられたものだった。

ダレンがそれに気づいたのは、ロニー・マルヴォが殺されて一週間ほど経ったころだった。

ベルもそれに気がつくとは、ダレンには思いもよらなかった。わかっていたら、この古いファームハウスにベルを近づけたりなど絶対にしなかった。

ベルは、保安官事務所による捜索の話とマックに容疑がかかっていることを考えあわせ、ピンときて、新しく植えられた木のまわりのやわらかい土を掘り、ずんぐりした三八口径を、保安官助手らが家をあとにしたほんの数時間後に見つけたのだった。その銃が誰のものかはわからなかったが、それが重要な意味を持っていることと、長年ほしくてたまらなかった、息子に対して振るえる力がいま手のなかにあることはわかった。これで息子になんでもさせることができる。息子の愛さえ手に入るかもしれなかった。もしかしたら、一緒に暮らそうといわせることも、年を取ったときに面倒を見てもらうこともできるかもしれない。

ベルはそういうことは何もいわなかった。まだ、いまのところは。

しかしダレンにもベルの描いた将来が見えた。

ベルは暗がりで視線をしかと捉え、ダレンをその場に釘づけにした。「あんたは何をしたの?」

何もしなかった。

ダレンは何もしなかったのだ。

ロニー・マルヴォが三八口径で殺されたことは知っていたが、マックに銃をどこへやったかは訊かなかった。自分の家の敷地内に新しいオークが植わっていることには気づいたが、いつ、どうしてそれを植えたのかとマックに尋ねることはしなかった。ダレンが何もしなかったのは、マルヴォが悪いやつで、社会のがんで、歯止めがなければ甚大な破壊をまき散らすだけの憎しみの固まりだったからだ。ダレンが何もしなかったのは、正直にいってしまえば、マルヴォが死んだってまったくかまわないと思っていたからだ。ダレンが何もしなかったのは、マックが善良な男で、郡の保安官と揉めたこともなかったし、七十年近い人生で一度も悪いことをしなかったからだ。もし見ようという気持ちさえあれば、事実はすべて目のまえに並んでいた。しかしダレンは何もしなかった。マックに何も訊かず、被告弁護人のようにふるまった。誓いを立てて警官になったというのに。ダレンはときどき混乱した。自分は法のどちらの側に属するのか、と。黒人がルールに従って安全でいられるのはいつなのか、つねにはっきりわかるわけではなかったから。

ダレンは何もしなかった。

これではマックとおなじではないか？　マックだって、ラークの殺人犯たちとおなじではないか？　いや、そんなことはない。しかしダレンにはもう何ひとつはっきりとはわからなかった。明瞭だった正義は、バーボン漬けの脳みそのなかで曇ってしまった。ダレンは暗いポーチの上の母親を見た。頭のまわりに蚊の群れが飛んでいたが、ベルは赤く塗った唇にかすかに薄笑いを浮かべたまま微動だにしなかった。たこのできたかさかさの手に、ベルがスパンコールのついたハンドバッグを握っているのがダレンにも見えた。ベルはこのために着飾ってきたのだ。ダレンは金属製のローンチェアに沈みこんだところで、ふと、ベルは銃を見つけたときに当然ポケットに入れただろうと思い当たった。いまはそれをハンドバッグに入れてあるのだろう。テキサス・レンジャーとしてのダレンのキャリアもすべて、あの手に握られているのだろう。

謝辞

レーガン・アーサー、ジョシュア・ケンドル、サブリナ・キャラハン、それにマルホランドとリトル・ブラウン・アンド・カンパニーの新しいファミリーにお礼を申しあげたい。わたしと、わたしの本を迎えいれてくれたときの心遣いと熱意に感謝している。

そしていつものごとく、リチャード・アベイトに感謝を捧げたい。マネージャーとしても友人としても彼を頼りにできて、わたしは幸運だ。

テキサス・レンジャーのキップ・ウェストモーランド副官にも感謝を。よい物語にするために、わたしは事実を曲げたり、自由に書いたりしたが、それは彼の責任ではない。彼は親切にも、いくらかの時間をともに過ごしてくれた。

両親にもありがとうといっておきたい。シェラ・アギーレとジーン・ロック、このふたりがわたしに東テキサスへの深い愛を植えつけた。

ドクター・シェリル・アラットにも感謝を。彼女はこの旅のあいだ、毎週木曜日にセッションの時間を設けてくれた。

最後になったが、本書は家族の愛と理解がなければ生まれなかった。とくに娘のクララには、執筆中、多くのサッカーの試合につきあってあげられず寂しい思いをさせてしまった。そして夫のカールはたびたび親ふたり分の仕事をしてくれた。あなたたちはかなえられた祈りであり、実現した夢であり、地上の恵みである。

解説

ミステリ評論家
吉野　仁

かつてないほどアメリカ社会の分断が深まったといわれている。

とりわけ二〇一七年にドナルド・トランプが大統領に就任して以降、政治的な対立はもちろんのこと、人種間の問題や地域や階級における経済格差など、さまざまな局面で立場や意見の異なる者たちの間の溝がますます広がっているようだ。近年、ヘイトクライムによる事件や銃社会ならではの悲劇はやむことがない。もはや対話は不可能、不寛容な空気ばかりが社会を覆っているかにすら思える。そのあげく一方的な憎悪をむきだしにした犯罪やモラルもなく偏見にもとづいた暴力が多発するのだろうか。

バラク・オバマが建国以来、初のアフリカ系アメリカ人の大統領となったのは、二〇〇九年のことだ。もし二〇一六年の大統領選でヒラリー・クリントンが勝利していれば、アメリカ初の女性大統領が誕生していたはず。長らく支配してきた白人男性優位社会からの大きな変革が続くかに見えた。しかしながら、ヒラリーは敗北し、人種差別、性差別的な発言を繰り返すトランプが大統領に就任した。アッティカ・ロック『ブルーバード、ブルーバード』は、まぎれもなくこうした時代のもとに生まれた小説である。

東テキサスのスモールタウンで起こったふたつの殺人をめぐる犯罪劇。物語のなかにアメリカの歴史が凝縮されており、とりわけ南部という土地と深くかかわった事件が扱われている。

二〇一七年に発表された本作は、翌年の二〇一八年、アメリカ探偵作家クラブ賞最優秀長篇賞、アンソニー賞最優秀長篇賞、そして英国推理作家協会賞スティール・ダガー賞を受賞した。英米の主要なミステリ文学賞で三冠に輝いたのだ。第一作『黒き水のうねり』（ハヤカワ・ミステリ文庫）がアメリカ探偵作家クラブ賞最優秀新人賞にノミネートされるなど、作者アッティカ・ロックはデビュー時から注目されていたが、『ブルーバード、ブルーバード』でその評価を不動のものにした。すでに本作を原作としたドラマ***Highway 59***の制作が決定しており、作者自身も脚本を手がけるようだ。

物語の主要な舞台となっているのは、東テキサスのシェルビー郡にある、人口はわずか一七八人の小さな町ラークである。ハイウェイ沿いの田舎町だ。

主人公は、ダレン・マシューズ。黒人のテキサス・レンジャーだが、現在は停職中だった。その原因は、ロニー・マルヴォという貧乏白人の事件に関係していた。ダレンの実家の農場を長いこと管理していた老人マックには孫娘ブリアナがいた。その彼女に対し、マルヴォがしつこく嫌がらせをしていたのだ。あるとき、マックとマルヴォのふたりが銃をもって一触即発となったとき、しらせを受けたダレンがヒューストンから駆けつけ、その場はおさまった。だが、その二日後、銃弾をくらったマルヴォの死体がマックの土地の脇の溝でみつかったのだ。犯行につかわれた銃は発見されないままだった。

そんな事件のあと、停職となったダレンは高校時代からの友人でFBIエージェントのグレッグ・ヘグランドから、シェルビー郡のラークでわずか六日のうちにふたつの死体が出た事件を調べてほしいと頼まれた。殺されたひとりは、町へ立ち寄ったと思われる三十五歳の黒人男性。死因は溺死でバイユーから引き上げられた。もうひとりは二十歳になる地元の白人女性だった。最初の死体と同じような状態で発見されたという。

ダレンはさっそくピックアップトラックに乗り、ハイウェイ五九号を北上した。町に到着して最初に入ったのは〈ジェニーヴァ・スイーツ・スイーツ〉というカフェだった。六十代後半の黒人女性ジェニーヴァ・スイートが切り盛りする南部ならではの食堂で、奥には理髪用の椅子があった。いま店内はクリスマスの飾りつけがなされ、〈きよしこの夜〉が流れていた。黒人たちが立ちよる町のカフェだ。

若い白人女性ミシー・デイルの死体が発見されたのは、そのカフェのすぐ裏で、いまだ制服警官が大勢うろついていた。ダレンはジェニーヴァの店で食事をすませたあと、死体発見の現場を見てまわった。そこで出会ったのが、ヴァン・ホーン保安官ともうひとり、この町をつくった一族の長であるウォレス・ジェファソン三世、通称ウォリーだった。通りをはさみ、カフェのむかいの大きな屋敷に住んでいる男だ。
そのあとダレンは、アイスハウス〈ジェフの酒場〉へと向かう。ビリヤード台、ピンボールマシン、ダーツ盤などがある大きな店。客の大半は白人男性で、古いジュークボックスからカントリー・ミュージックがかかっていた。死んだミシーはここで働いていたのだ。店にはいったダレンは、はからずも黒人女性ランディ・ウィンストンと出会う。死体で発見された黒人男性マイケル・ライトの妻である。

以上が導入部から物語前半部分までの主なストーリーだ。そのほか、ダレンと妻リサや母親ベルとの関係、もしくはダレンのふたりの伯父など、主人公をめぐる家族のエピソードやこれまでの生い立ちなどが徐々に語られていく。読者は話が進むにつれ、ダレン・マシューズという男がどのようにしてできあがり、現在どういう状況にいるのかを把握していくのである。

ダレンがラークに着いてからも同様で、彼の視点から、ひとびとの横顔や町の風景をはじめ、事件の背景となる状況が少しずつ判明していく。アメリカ南部へ訪れたことはなくとも、町なかに流れるバイユーをはじめ、黒人が集まるカフェ、白人が騒ぐ酒場と、小説や映画でよく知る風景が描かれているばかりか、そこに田舎町ならではの、さまざまな因縁がまとわりつく濃密な人間関係がうかがえる。単に白人と黒人のおかれた立場の違いだけではないし、家族や夫婦だからといって、仲がいいわけではないのだ。

また、すでに亡くなった人物への言及にふくみをもたせることで隠された過去を暗示するなど、終始リアリズムに徹した緻密な描写で展開しつつ、表面の写生で終わっていない厚みが作品のあちこちに感じられる。そのほか、作中、過去の回想場面をドラマのかたちで物語へ挿入していく手法も効果的だ。すべての場面が生き生きとしており、臨場感にあふれている。

同時に、南部を舞台にしたミステリとしての大きなテーマが、冒頭から幾度も示されている。はたしてラークで起きたふたつの殺人は典型的なヘイトクライムだったのか。

そのことは、白人至上主義の犯罪組織〈アーリアン《A》・ブラザーフッド《B》・オブ・テキサス《T》〉の存在が、いたるところで言及されていることからもうかがえる。ＡＢＴは、覚醒剤の製造や違法銃器の売買により資金を稼ぐ集団で、入団する唯一の方法は、「ニガーを殺すこと」。クラン（ＫＫＫ）よりあくどい集団だとされている。第一章で登場し、マックとトラブルを起こした例の貧乏白人ロニー・マルヴォはＡＢＴとつながっていた。そして何者かに殺された白人女性ミシーの夫キース・デイルもまたＡＢＴの一員ではないかとされ、事件との関与を疑われていた。デイルがテキサスの刑務所で二年の刑期を終え、町に戻ってからまだ日が浅いうちに、ふたつの死体があがったのだ。

だが、ラークで見つかったふたつの死体における大きな謎は、その順番にあった。黒人男性のマイケル・ライトが先に殺され、あとから白人女性の死体があがったのだ。これが逆であれば、南部で起こる殺人の典型だ。白人女性を殺したのは黒人だとみなされ、犯人と疑われた黒人男性が殺される。人種差別にもとづく魔女狩りのようなケースである。しかし、この事件はそうじゃない。

物語の全体をみると、本作のあちこちに、こうした相似形もしくは逆転の構図がくりかえされている。鏡像関係といってもいい。殺された白人と黒人、不仲な夫と妻、問題をかかえた親と子など、登場人物の間によく似た関係性が見てとれるものの、それはことごとく反転している。

たとえば、テキサス・レンジャーとして働くダレンは妻のリサとうまくいってなかったが、同じように死体で発見されたマイケル・ライトとその美しい妻ランディもまた一年以上別居していた仲だった。マイケルがラークの町を訪れたのは、そんな妻との関係が影響していたのだ。事件捜査の仕事でやってきたダレンと、ある〈ラブストーリー〉を追い求めて町にきたマイケル。行動はおなじでも目的は正反対に思える。そのほか、カフェの女主人ジェニーヴァとふたりの〈ジョー〉にまつわる悲劇をはじめ、過去と現在のあいだに起こった、いっけんよく似た出来事が逆転や裏返しの形で繰り返される例は、本作のなかにいくつも見受けられる。とても興味深いところだ。

なにより物語の核心となる事件の真実が、それを如実に示している。

誰もが顔なじみの狭い人間関係のなかにあるスモールタウンで起こった犯罪だけに、犯人捜し（フーダニット）の意外性は乏しいかもしれない。作者もそこにこだわっていないのだろう。だが、終盤における真犯人の告白を読んだとき、なにか胸を衝かれる気持ちを味わった。皮肉にもこれは憎悪（ヘイト）ではなく愛（ラブ）による犯罪なのだ。それもただの愛ではなく、とてつもなく強い愛情、もしくは秘められた愛である。名誉を重んじ、高いプライドを有する南部人だけに、複雑で相反する力が働き、事件を不可解でねじれたものにしたのかもしれない。

この作品が英米で衝撃的に受け止められたのは、アメリカ南部の田舎町に起きた犯罪の底に横たわる、思いもよらない真実を暴き出したからではないかと、あらためて感じた。いわゆる極右が台頭し、自国中心主義の力が増大するばかりの世界に対し、強烈なカウンターパンチをくらわすような小説である。

近年のアメリカでは、武器など所持していない丸腰の黒人を白人警官が射殺するという事件が繰り返され、大きな社会問題となっている。最近では、ごく当たり前な公共の場であっても、そこに黒人がいるというだけで白人が警察に通報するという例が少なくないらしい。そのあげくの悲劇である。断絶、無理解、根拠なき偏見や憎悪、そこから生まれる犯罪と悲劇。こうした時代だからこそ、作者はダレンという黒人にしてテキサス・レンジャーという主人公を創造し、このような物語を生み出したのだろう。

そしてもうひとつ、強く胸に残ったのは、作中にあった「彼らはひとつの大きな家族だったのだ」という言葉である。南部という特別な土地だけではなく、あたかも、アメリカ合衆国とは、ひとつの大きな家族なのだと訴えているようにも考えさせられた。

さらに本作の重要な要素をあげれば、いたるところでブルースが流れていることだ。なにより伝説のブルースマンという存在が、話の大きな役割をになっている。題名の「ブルーバード、ブルーバード」とは、アメリカを代表するブルースマン、ジョン・リー・フッカーの曲「ブルーバード」からとったものだ。第十二章に登場しているが、「ブルーバード、ブルーバード、この手紙を南へ届けてくれ」という歌詞ではじまる歌である。また、ジョン・リー・フッカーと並ぶブルース・シンガーのライトニン・ホプキンスにも「ブルーバード、ブルーバード」という曲があり、その歌詞はほとんど同じ。いずれも家を出て遠く南の町にいる恋人に思いをよせたブルースなのだ。ちなみに、ダレンの母親の名が「ベル」なのは、この曲の歌詞にちなんだ命名かもしれない。

最後に作者のアッティカ・ロックについても触れておこう。一九七四年、テキサス州ヒューストンに生まれた黒人女性で、もともとシナリオライターだったが、二〇〇九年に『黒き水のうねり』で小説デビューを果たした。かつて公民権活動家で逮捕歴のある黒人弁護士ジェイを主人公にしたこの作品は、ヒューストンを舞台に、ジェイが偶然目撃した事件に巻き込まれていく犯罪小説だ。ジェイムズ・エルロイやジョージ・ペレケーノスらが絶賛した作品である。その後、二〇一二年に*The Cutting Season*、二〇一五年に*Pleasantville*を発表、『ブルーバード、ブルーバード』は第四作目にあたる。

また、アッティカ・ロックは、二〇一五年から放送が始まり、大ヒットをとばしたテレビドラマシリーズ、「Empire　成功の代償」のプロデューサーのひとりであり、何作か脚本も担当している。これは、ヒップホップ音楽業界を舞台に、大手レコード会社エンパイア社の後継者をめぐる争いを中心としたテレビドラマである。本作の主人公ダレンのイメージは、この〈Empire〉シリーズにかかわっているときに浮かんだという。先に述べたように、『ブルーバード、ブルーバード』を原作としたドラマシリーズも決定しているようだが、ダレン・マシューズが活躍する次の小説も期待したいところだ。

HAYAKAWA POCKET MYSTERY BOOKS No. 1938

高《たか》山《やま》真《ま》由《ゆ》美《み》

1970年生，青山学院大学文学部卒，
日本大学大学院文学研究科修士課程修了，
英米文学翻訳家
訳書
『サイレント・スクリーム』アンジェラ・マーソンズ
『紳士と猟犬』M・J・カーター
（以上早川書房刊）他多数

この本の型は，縦18.4センチ，横10.6センチのポケット・ブック判です．

〔ブルーバード、ブルーバード〕

2018年12月10日印刷　　2018年12月15日発行

著　者　アッティカ・ロック
訳　者　高山真由美
発行者　早川浩
印刷所　星野精版印刷株式会社
表紙印刷　株式会社文化カラー印刷
製本所　株式会社川島製本所

発行所　株式会社　早川書房
東京都千代田区神田多町2－2
電話　03-3252-3111（大代表）
振替　00160-3-47799
http://www.hayakawa-online.co.jp

（乱丁・落丁本は小社制作部宛お送り下さい
送料小社負担にてお取りかえいたします）

ISBN978-4-15-001938-9 C0297
JASRAC 出 1813314-801
Printed and bound in Japan

ハヤカワ・ミステリ〈話題作〉

1918 **渇きと偽り** ジェイン・ハーパー 青木 創訳

一家惨殺の真犯人は旧友なのか？ 未曾有の干魃にあえぐ故郷の町で、連邦警察官が捜査に挑む。オーストラリア発のフーダニット！

1919 **寝た犬を起こすな** イアン・ランキン 延原泰子訳

〈リーバス警部シリーズ〉不自然な衝突事故を追及するリーバスと隠蔽された過去の事件を追うフォックス。二人の一匹狼が激突する

1920 **われらの独立を記念し** スミス・ヘンダースン 鈴木 恵訳

〈英国推理作家協会賞最優秀新人賞〉福祉局のソーシャル・ワーカーが直面する様々な家庭の悲劇。激動の時代のアメリカを描く大作

1921 **晩夏の墜落** ノア・ホーリー 川副智子訳

〈アメリカ探偵作家クラブ賞最優秀長篇賞受賞〉ジェット機墜落を巡って交錯する人間ドラマ。著名映像作家による傑作サスペンス！

1922 **呼び出された男** ヨン＝ヘンリ・ホルムベリ・編 ヘレンハルメ美穂・他訳

スティーグ・ラーソンの幻の短篇をはじめ、現代ミステリをリードする北欧人気作家たちの傑作17篇を結集した画期的なアンソロジー